내 연출, 내 젊음 35년

김연진의 TV비망록

내 연출, 내 젊음 35년

김연진 지음

다인미디어

머 리 말

우리가 바라는 진정한 행복은 어떤 것일까.

우리는 이따금 '행복이란 무엇일까' 하는 의문점에 부딪칠 적이 있다. 누구나 행복하기를 원하고 있는 것은 분명한데, 그 행복이 도대체 어떤 것이고 어디로부터 오는 것인가 하는 의문인 것이다. 흔히들 말하는 돈만 있으면 이 세상에서 가장 행복할 것 같은데, 막상 돈이 있고 보니 그것만으로 행복한 것도 아니고, 권력과 명예만 있으면 행복할 것 같아 막상 그것들을 거머쥐었다고 해도 그것만으로도 행복한 것은 아니기 때문이다.

인간은 어찌 보면 욕망의 덩어리로 똘똘 뭉쳐진 존재라고 말할 수 있다. 하나의 일에 만족하고 나면 또 다른 것을 열망하게 되고 그 욕구를 해결하고 나면 또 다른 새로운 것으로 갈망하고 있다. 말하자면 인간생활은 갈망과 갈증의 연속인 셈이다. 입으로는 '조그만 곳에서 행복을 찾고 작은 것에 만족해야지' 하고 속세를 벗어난 도덕군자처럼 나불거리면서도 실상 내심으로는 더 크고 더 높은 행복을 바라는 것이 사실이다.

더욱이 사람과 사람이 부딪치는 사회생활에서 남과 '비교'하고 살자니까 몸뚱이는 더욱 고달파진다. 상대방을 의식하고 상대방과 경쟁을 하느라고 새벽부터 일어나 밤늦게까지 몸뚱이를 움직이는 시간이 바쁘고 마음은 괜히 초조하고 피곤할 때가 많다. 이웃이나 직장동료나 다른 사람들과 '비교'하고 산다는 것 자체가 인간사(人間事)인 모양이다.

그러고 보면 인간의 욕망이란 보이지 않는 수평선처럼 끝이 없는 것일까.

그러나 남과 비교하지 않고 오로지 자기의 길만 묵묵히 걸어가고 있는 사람들을 볼 때가 있다. 한 우물만 파고 있는 외곬 인생들이 바로 그들이다. 남들이 쳐다보지도 않는 대장간 일을 30~40년을 해온 사람들이나 산골 토담 속에서 그 나름대로 밭을 일구고 토종벌을 키우고 약초를 캐러 다니며 자연과 더불어 사는 사람들이 있다. 또 박봉생활에도 사도(師道)의 길을 50년간 지켜온 사람이나 공무원상(像)들도 있다.

언뜻 보기에는 빛이 나지 않는 사람들 같지만 그들이 갖고 있는 정신은 장인(匠人)기질이다. 조그만 것에 만족하고 조그만 것에서 삶의 가치를 알고 살아가는 사람들…… 그들이야말로 자기에게 주어진 인생을 목각 다듬듯 잘 다듬고 살아가는 사람들이 아닌가 하는 생각이 드는 것이다. 그러고 보면 이 세상에서 가장 행복한 사람은 자기 직업에 만족하고 그 길로만 정진하는 사람들이라고 할 수 있다. 그러나 자기 직업에 만족하고 사는 사람들이 어디 그리 많겠는가. 식솔을 먹여 살리느라고 마지못해 마음에 내키지 않는 직업을 택하고, 상황에 따라 움직이느라 자기(自己)를 벗어난 생활을 해온 사람도 많을 것이다.

그런 점에서 보면 방송(放送)에만 파묻혀 KBS에서 외곬으로 35년을 살아온 나야말로 누구보다도 행복한 사람이구나 하고 진심으로 신(神)

에게 감사를 드리고 싶을 때가 있다. 고달픈 배낭을 짊어지고 인생의 등산길에 올랐다가 이제는 나이 오십이 넘어 하산(下山)하는 기분이어서 다함께 노래를 하자는 것일까.

그러나 나도 별 것은 아니다. 하산을 한다는 생각으로 지나온 길을 되돌아보고 마음을 정돈하고 싶은 것이다. 나는 자기 일에만 열중하고 있는 사람들과 비교해서 장인정신을 지녔다고는 감히 말하고 싶지 않다. 다만 '방송인'이라는 내 직업에 만족하고 있다는 것이 기쁠 뿐이다. 나는 방송(放送)이라는 산을 올라갔다가 서서히 이 길을 내려오면서 '방송을 사랑하는 사람들에게' 이 글을 쓰고 싶어서다.

AD(조연출자)로부터 시작해서 이사(理事)대우가 되기까지 방송에 전념해온 35년……. 그동안의 연출 경험을 통해 본 방송사(史)의 족적을 더듬어 본다.

2000년 초봄
世明캠퍼스에서
지 은 이

제1부

젊음을 Q에 묻다

"오디오가 뭐요?"

나는 방송에 몸담을 35년 전만 해도 '방송'이 무엇인지조차 전문적으로 알지를 못했다. 대학(중앙대 국문학과)을 마치기까지 문학에도 미쳐보고, 연극에도 관계해 보고, 잡지나 신문에 라디오 평이나 시나리오도 써보긴 했지만, 방송이라는 것은 그저 막연히 라디오를 통하여 소리가 나는 것이겠지 하고 생각했을 뿐이었다.

그 뒤 군대를 갔다와서 KBS 방송국 문을 두드린 때가 65년 5월. 연예직 필기시험에 합격을 하고 면접시험을 봤을 때, 나는 3명의 면접위원 중 당시 음악과장이었던 작곡가 이희목 씨의 질문을 받고 그만 어리둥절했었다.

"오디오가 뭐요?"

오디오……? 라디오 전성시대라서 '오디오'라는 소리를 듣긴 했는데 막상 요령 있게 대답하자니 생각이 나지 않았다. 나는 머릿속에서 적당한 대답을 찾느라고 한참이나 머뭇거렸다. 그러다가 얼핏 내 나름대로 대답을 했다.

"오디오란 라디오에서 소리나는 것을 보고 말하는 것이 아닙니까?"

그러자 이희목 씨가 빙긋이 웃으며 말했다.

"반쯤은 알아 맞춘 셈이오. 그러나 엄밀히 말하면 '음향'이라는 뜻

아니오. 다시 말해 '대사'를 가리키는 것이죠. 그 반대가 비디오란 말로 '영상'이라는 뜻이구……."

35년 전 나의 방송에 관한 지식은 그 정도였다. 사실 나는 처음부터 방송인이 되리라고는 꿈에도 생각지 않았다. 애초부터 방송에 몸담을 생각이었다면 요즘의 방송국 문을 두드리는 젊은이들처럼 연극영화학과가 아니면 신문방송학과를 선택하였을 것이다.

나는 방송 쪽보다는 소설가가 되겠다는 꿈에 부풀어 있었다. 모파상의 주옥같은 『진주 목걸이』나 까뮈의 『이방인』 등을 읽고서 거기에 매료되어 좋은 작품을 쓰고 싶었다. 가난한 집의 여인이 부잣집 여인의 목걸이를 빌려 모처럼 파티에 참석했다가 그 목걸이를 잃어버린 뒤, 평생을 값비싼 그 목걸이를 장만하느라고 고생한 끝에 비싼 목걸이를 사들고 갔더니 당초 빌려줬던 진주 목걸이가 몇 푼 안 되는 보잘것없는 가짜 목걸이에 불과했다는 것이었다. 그 내용이 얼마나 내 심금을 울렸는지…….

또 햇빛이 내리쬐는 바람에 상대방을 죽일 수밖에 없었다는 『이방인』의 주인공 뫼르소오의 반항적인 심리 묘사가 내 머릿속을 얼마나 뒤흔들어 놓았는지…… 나는 그 작품을 이해하느라고 이리 뒤척이고 저리 뒤척이고 잠을 이루지 못할 정도였다.

그때 나는 이미 나의 갈 길을 정해놓은 것이나 다름없었다. 대학문을 두드릴 때 국문학과를 택했던 것이 바로 그거였다. 소설가의 꿈을 더더욱 키워 준 것은 고등학교 2학년이 되었을 무렵 『오발탄』의 작가 고(故) 이범선 선생

대광고등학교 시절(1957년).

이었다. 문단의 기둥을 세워놓은 그분은 돌아가시기 전까지 한양대학교 문과대학장을 지내셨지만 그때는 내가 다닌 대광(大光)고등학교의 문예반 지도교사였다.

"글 솜씨가 있구먼, 소설가가 되는 게 좋겠어."

그 한마디를 듣고서 나는 당장이라도 소설가가 된 기분이었다. 지금도 그때의 일을 생생히 기억하고 있지만 습작으로 써본 『감금(監禁)』이란 단편소설이 이범선 선생의 마음에 쏙 들었던 모양이었다.

6·25동란과 1·4후퇴가 나고 전흔이 가시지 않은 때라 나는 고등학교를 다니면서도 신문배달을 하고 있었다. 이집 저집 대문 밑에 잉크내가 나는 신문지를 디밀었다. 서울 종로구 청운동의 청운국민학교를 다닐 때부터 생활이 어려워 신문배달을 한 것이 몸에 밴 탓이었다. 그때의 어수선한 사회혼란 속에서 나는 무엇엔가 '감금'을 당하고 살고 있다고 생각이 들었던 모양이었다.

『감금』이란 작품은 입시를 앞둔 고교생을 주인공으로 입시 지옥 속에서 공부하는 데 진절머리를 내고 집을 뛰쳐나갈 수밖에 없는 10대들의 반항을 그린 것으로, 무엇인가 한 가닥의 빛을 찾아 갇혀진 벽을 뚫고 나가려는 젊은이의 반항심리를 주제로 한 것이었다.

나는 새벽마다 신문배달을 하며 무엇인가 짓눌리는 생활 속에서 세상을 하나의 '갇혀진 벽'으로 보고 있었음이 분명했다. 6·25가 터지기 전, 7살 때 부모의 손에 이끌려 이북에서 나왔으니까 어린 나이에도 보이는 모든 상황이 답답하고 우울하고 어디론가 탈출하고 싶은 생각이었을 것이다. 고등학교 학생이 되면서 나는 그 같은 지나온 과거의 암울했던 상황을 머릿속에 '감금'이란 말 한마디로 요약했는지도 모른다.

그러나 대학에서 국문학을 전공하면서 원고지를 앞에 놓고 아무리 씨름을 해봐야 그게 잘 안 되었다. 소설을 쓴다는 것이 무척이나 힘이 들었다. 시를 쓰든 소설을 쓰든 시나리오를 쓰든 간에 같은 부류의 예능분야라고 해도 장르에 따라서 재주가 따로 있다는 것을 알았다.

나는 내가 가진 '진짜 재주'가 무엇인지를 곰곰이 헤아려야만 했다. 나는 내가 걸어가는 길의 방향을 바꿔야겠다는 생각을 하기 시작했다. 예능 쪽에 관심을 가진 것은 분명한데 그것이 꼭 소설을 쓰는 일은 아니라는 것을 알았기 때문이었다.

아닌게 아니라 나는 대구와 부산으로 옮겨다니면서 피난살이를 할 12살 무렵에도 신문팔이를 해 번 돈으로 유독 영화관을 자주 드나들었던 기억을 지워버릴 수가 없다. 그러고 보면 정작 나는 소설을 쓰는 쪽보다는 영상(映像) 쪽에 관심을 가진 것이 그때부터인지도 모를 일이다. 그 당시는 가족들이 뿔뿔이 흩어져 피난살이를 하고 있었으므로 나는 어머니와 따로 대구에서 살고 있을 때였다.

그때 우리 두 식구는 옷가지나 금가락지를 팔아 그날 그날을 살아가야 했기 때문에 나는 어머니를 도울 양으로 가냘픈 몸에도 짐꾼 노릇을 했고 신문을 팔러 다녔다. 몸에 힘겨운 짐을 어깨에 메고 날라다 주면 3,000원을 받기도 했고 신문을 한 무더기 옆구리에 끼고 대구 역전이나 길거리로 소리를 지르고 다니면 그날의 수입이 생겼다.

그리고 신문을 다 팔고 집으로 돌아올 양이면 지나는 길의 울긋불긋한 극장 간판이 항상 눈에 띄었다. '임춘앵과 여성국극단', '전옥의 항구의 이별', 영화 '성벽을 뚫고'가 나를 유혹하였다. 어린 나이에 나는 그 유혹을 뿌리칠 수가 없었다.

나는 신문을 판 돈으로 영화관을 자주 드나들었다. 극단 쇼나 영화를 관람하는 것이 그렇게도 좋아서였다.

그 뒤 6개월이 지나서, 지금은 바로 위의 형님이 신학을 공부하고 미국으로 건너가 목회활동을 하고 있지만 형님을 비롯한 가족들이 부산에 있다는 소식을 듣고서 찾아 내려갔을 때에도 영화 구경에 대한 유혹을 떨쳐버릴 수가 없었다. 온 식구가 함께 모여 미군부대에서 나온 통조림을 국제시장에 내어다 팔 때였다.

그때 우리는 용두산 산꼭대기 위의 판잣집에 살고 있었고 그 아래로 보이는 대청국민학교에는 미군들이 주둔하고 있었다. 나는 밤마다 비록 철조망을 통해서이지만 대청국민학교 운동장을 내려다본다는 것이 얼마나 즐거웠는지 모른다.

어둠이 내려앉는 저녁만 되면 미군들이 운동장에서 대형 스크린을 설치해 놓고 영화를 관람하고 있는 장면을 한눈에 볼 수 있었기 때문이었다. 히치콕의 '북북서로 진로를 돌려라', '하이눈', '애꾸눈 잭' 같은 영화를 돈 한 푼 안들이고 공짜로 구경할 수가 있었다.

그 뿐인가. 국제시장에 조그만 서점이 하나 있었다. 책을 빌려주는 곳이었다. 나는 그곳에서 이광수의 『사랑』, 『유정』, 『무정』, 『꿈』 같은 소설을 닥치는 대로 빌려다 읽었다. 『사랑』을 읽고서 얼마나 가슴이 뭉클해 눈물을 흘렸는지…….

그 뒤 수복이 되어 서울로 와서도 영화 구경에 미쳐서 극장을 드나드는 버릇은 마찬가지였다. 그러나 일주일에 한두 번씩 영화 구경을 하는 돈도 적잖은 것이 아니었다. 나는 어떻게 해서든지 영화 구경 값을 마련하느라고 안달이 나 있었다.

게다가 축구경기를 관람하는 것까지 미쳐서 나는 경기가 있는 날에는 서울운동장에서 살 정도였다. 오죽했으면 돈은 없고 공짜로 들어가겠다는 생각으로 남몰래 서울운동장 담을 뛰어 넘으려다가 발목까지 삐었을까……. 그러고서도 학교에만 오면 나는 반 친구들에게서 대인기였다. 학과시간이 끝나고 틈틈이 쉬는 시간에 영화 애기와 축구 애기를 해주기 때문이었다. 그러면 친구들은 침을 꼴깍 삼키고서 내 애기를 경청하느라고 온통 정신들이 팔려있었다.

나는 이미 영화나 연극에 깊이 빠져들어 헤어나지 못하고 있다는 사실을 알았다. 그렇게 마음을 먹자 나는 방안에서 머리를 싸매고 소설이란 장르에 집착하기보다는 연극 구경을 하는 일이 더욱 잦아졌다. 자연 명동에 있었던 국립극장 앞을 서성거리는 일이 많아졌다.

대학 2학년 때는 아예 학교공부를 제쳐놓고 연극에 미쳐서 연극 동호인들과 함께 몰려다니고 있었다. TV방송이나 연극계의 거목들로 알려진 이기하, 김의경, 김동훈(고인), 여운계, 나영세(고인), 김기팔(고인) 씨 등과 함께였다. 이들과 만나면 한강변에서 연극연습을 하고 명동 사보이호텔 옆에 있는 삿뽀로 우동집에서 5백 환(구화폐)인가 하는 우동 한 그릇으로 점심과 저녁을 때울 때였다.

돈이 없으니까 시계를 풀어 전당포에 맡긴 적이 많았고 명동의 '케익 센터'인가 하는 다방을 집합장소로 커피 한 잔을 시켜 놓고 하루 종일 뭉그적거린 때도 많았다. 다른 다방 같았으면 아마도 쫓겨났을 것이 빤하다. 그 집의 마담이 마음씨가 좋고 연극을 이해해 줘서 망정이지 그렇지 않고서는 뻔뻔스럽게도 줄창 그 집을 드나들지는 못했을 것이다.

그런 생활 속에서도 나는 집에 틀어박혀 있을 때는 시걱시걱거리는 광석 라디오를 틀어놓고(60년 초 그 당시는 라디오가 아주 귀했다) 드라마에 귀를 기울일 때가 많았고 틈틈이 방송평을 잡지나 신문에서 읽는 취미가 붙었다. 소설을 쓰는 것과는 담을 쌓은 이상 그 같은 일은 나에게 적잖은 도움이 되었다. 나는 라디오 드라마나 희곡을 쓰는 데 점차 흥미를 느끼기 시작했다.

급기야 대학 3학년 때 '신무대 실험극회'라는 연극 동호인회에 몸을 담았다. 학교에서의 그룹 활동이 아니었다. 연극에 심취해 극장 앞을 서성이다 보니 연극을 좋아하는 각 대학의 연극학도들을 아름아름 만나 동호인회를 만든 것이었다. 그때의 '신무대 실험극회' 대표가 지금도 활발하게 드라마 집필활동을 하고 있는 이철향 씨였고 회원으로는 최불암, 이묵원, 태현실, 강민호(고인), 김순철 씨 그리고 나였다.

그러나 말이 그럴싸한 동호인들의 모임이지 워낙 배를 굶어야 하는 시절이었으므로 요즘처럼 그럴듯한 사무실을 갖추고 있다던지 운영비가 풍성할 수가 없었다. 우리는 그저 각자의 호주머니를 털어 우동 한 그릇을 사먹고 허리를 죄어가면서도 연극만을 좋아할 뿐이었다.

그때의 처음 막을 올린 작품이 폴란드 작가 마레크 후라스코가 쓴 '제8요일'이었다. 이 작품은 제2차 대전 후 폐허화된 폴란드의 수도 부다페스트를 무대로 두 남녀의 애절한 사랑을 그린 것이었다. 전쟁으로 도시 전체가 온통 폐허가 됐으므로 그들은 사랑을 나눌 방(房)마저 없었다. 이 두 남녀의 몸뚱이를 가려줄 폐허의 벽이라도 있다면 얼마나 좋을까 하고 절규하는 내용을 담은 것이었다.

공연 장소는 지금 청와대 쪽에 있었던 진명여고의 삼일당 강당으로 이철향 씨가 연출을 맡고 태현실, 이묵원, 강민호 씨가 주인공이었다. 나는 내 재주가 연기를 하는 것까지는 모자라서 그들을 뒷바라지하는 백스탭으로 신바람이 나 있었다. 기획과 진행을 맡아서 무대장치를 하고 신문팔이에 익숙했던 몸짓으로 길거리를 다니며 홍보물을 뿌리곤 했다.

그러나 연극을 좋아하는 팬들이 지금처럼 그리 많지는 않았다. 막을 올렸을 때 무대는 초라하기 이를 데 없었다. 발바닥이 부르트도록 그렇게 뛰어다니며 홍보물을 뿌렸는데도 관객들은 모여들지 않는 것이었다.

그래도 '그저 연극을 한다는 것이 좋아서' 단 1명의 관객 앞이라도 우리는 막을 올렸다. 그런 의욕과 용기가 어디서 용솟음쳤는지 지금 생각해도 신기할 뿐이었다.

결과적으로 동호인들끼리 힘을 합쳐 막을 올린 '제8요일'은 한마디로 죽을 쑤어버렸지만 '공연을 해냈다는' 그 경험은 나에게 큰 힘이 되었다.

르네상스

1960년대 문학도들의 집합장소는 지금의 명동공원 옆에 있던 음악 감상실 '르네상스'였다. 지금이야 한집 건너 카페, 호프집에 노래방까지 수두룩하지만 당시엔 유일한 음악감상실이 르네상스였고 종각 건너편 에 팝송감상실인 '디쉬네'가 있을 뿐이었다.

문학에 뜻을 같이하는 우리 삼총사 중 소설은 용산고 출신의 고(故) 조흥일, 성동고 출신의 이석형은 시의 천재였고, 나는 희곡과 시나리오 에 미친 3명의 문학광들이 단연 두각을 나타냈다. 오죽하면 E대와 S대 의 문학의 밤에 우리 삼총사가 매번 게스트로 초대되곤 했을까.

'르네상스'는 그런 의미에서 우리 삼총사에게 유일한 만남의 장소이 고 안식처였다. 베토벤의 장엄한 '운명'으로부터 레이찰스의 'I can stop loving you'까지 눈을 감고 듣고 있노라면 상상의 나래를 펴고 수 많은 영상이 떠오르곤 했다. 시장기가 들면 비로소 우리들 멤버(남녀 6명)는 근처 포장마차에 들어가 소주와 함께 오뎅을 안주 삼아 본격적 인 문학토론의 장이 펼쳐지는 것이다. 가장 적극적인 달변은 석형이였 고, 이에 질세라 S대의 M양 역시 자신의 주장을 굽히지 않는다.

이런 격론은 밤 11시 30분 통금 예비사이렌이 울릴 때까지 계속되 곤 했다. 지금의 미도파 백화점 왼쪽에 미우만 백화점 5층에서 문학의 밤 행사가 있었다.

시와 수필, 꽁트 등의 낭송이 대부분인 종래의 문학의 밤 프로그램을 과감히 탈피하고 프로그램 중간에 생방송으로 라디오 드라마 '내 마음의 기록'을 자작연출로 시도했다. 대단한 호응이었다.

이뿐이 아니었다. 우리 삼총사는 닥치는 대로 영화를 보고 토론도

중앙대 국문과 문학 동인들. 오른쪽에서 두 번째가 필자(1960년).

했다. 연출이 어떻고 연기평은 물론 앵글 구사까지. 그리곤 신문(중대신문)에 발표함에 그치지 않고 서로의 주머니를 털어 동인지를 만들어 발표하는 등 정말 그때는 정신없이 뛰었다.

당시 「주간TV」에 발표된 '편지'의 내용이다.

우리 서로 슬기로워집시다

江 —.

인생에서 참으로 못할 일들을 빼고 나면 그것은 이슬방울 같은 진실의 대화일 것입니다.

우리가 금빛 모래 위에 아무렇게나 누워 그것이 설혹 익지 않은 말들이라 해도 정에 겨웁게 얘기할라치면……. 어느새 서글픔은 저 너머로 사라지게 마련이고 대신 뜨거운 사연이 꼭꼭 점찍어지듯 가슴으로부터 망울져 터지게 되었습니다.

그때 우린 더위를 잊었던가요?

백사장 저쪽에 한 척 보트가 시원하기만 했더랬지요.

江 —.

어두워져 오는 대지 위에 물소리와 바람 소리……, 그리고 숨결 소리가

안타깝게도 마냥 열기에 떠 우리의 심혼을 뒤흔들 때…….

당신은, 당신은 참으로 나에게 은혜를 주는 여인이었습니다. 나는 내가 남자이기를……, 행여나 당신 곁에서 헤어날 수 없는 그 끈덕진 병에 시달려도 열애를 원했던 모양입니다. 사랑은 간이역이 없는 욕망의 종점이라는 묘한 생각이 들더군요. 쉴 사이 없는 꿈의 이정(里程)이 우리에겐 사랑이라 생각되기 때문입니다.

…… 허지만 그날 우린 서로의 귀중한 체온을 의식할 수 있었죠. 그것은 말할 수 없는 사랑의 수확이랄까요?

마치 신문의 호외를 보듯 놀란 당신의 얼굴이……. 저 멀리 지평선 위에 마악 떠오르는 선명한 태양처럼 끓어오르는 것은 무엇일까요?

江 ─.

당신은 언젠가 여성에서 어머니가 될 것입니다.

저는 하나의 여자인 당신이 앞으로 하나의 어머니가 되기 위한 그 숭고한 자세에 깊이 경의를 표합니다. 그것은 〈잘 있거라. 아프리카〉의 그 거대한 코끼리의 최후처럼 내게 커다란 충격을 준 이후입니다. 수십 개의 화살을 얼굴에 맞은 그 코끼리가 죽을 힘을 다해 화살을 뽑으려 하는 최후의 삶에의 발버둥. 그 눈동자와 핏자국과 처절한 비명…… 끝까지 새끼를 지키려는 그 코끼리의 눈물겨운 모성애를 내가 비로소 본 것입니다.

나는 오늘도 당신을 그날 집에 보낸 것이 결코 욕된다고 생각하지 않는 것입니다.

하나…… 지금 생각하면 그것은 오히려 나의 NG였으나 당신에게 OK였던 그 광경이 새삼 〈진실의 미소〉와 함께 점차로 클로즈업되는 것입니다. 그 부각된 당신의 얼굴에 내 의지의 입술이 살포시 가차하고 있습니다. 우리 서로 슬기로워지자고…….

방송모니터

그러나 내가 정작 방송에 몸을 담아야겠다고 나의 눈망울을 깜박깜박이게 한 계기는 따로 있었다. 나의 진로를 소설가로 인도해 주려던 이범선 선생이 있었듯이 방송인의 길로 들어서게끔 영향력을 준 사람이 있었다. 문화방송 전무를 지낸 서규석 씨였다. 그분을 알게 된 것은 내가 대학 2학년 때로 참으로 우연이요, 행운이었다.

그때 소공동에는 지금은 옮겼지만 미(美)문화원이 있었다. 나는 학교를 갔다오는 길이면 꼭 미문화원에 들려 각종 홍보물을 열람하는 버릇이 있곤 했다. 책을 살 돈이 없었을 때였으므로 내 습관대로 들려서 아무 책이나 뒤척이는 것이 취미였다. 그럴 때마다 나도 모르게 매주 간행되는 「방송문화」란 신문을 자주 집어들었다.

그런 어느 날, 눈길을 끄는 것이 있었다. 방송을 들은 청취자들을 대상으로 '방송평'을 모집한다는 광고가 실려 있었다.

내가 관심을 가진 것은 바로 그 원고 모집이었다. 소설을 쓰겠다는 마당에 그 광고가 눈에 띄었다. 틈틈이 방안에서 라디오 드라마를 듣고 내 나름대로 '드라마 스토리가 진부한 것 같구먼' 하고 불평을 털어놓은 터에 이왕이면 원고를 써서 대외로 발표를 하고 싶은 생각이 난 것이었다.

나는 들뜬 마음으로 '방송평' 원고를 작성하기 시작했다. 그리고 곧바로 미문화원으로 달려갔다. 원고가 채택이 되고 안 되고를 걱정하기보다는 글도 쓰고 싶고 라디오 드라마에 관심이 있어 '방송평'을 쓴다는 것이 좋아서였다.

나는 연극도 연극이지만 그만큼 라디오 드라마에 빠져 있었다.

그 지랄 같은 열정 때문이었을까. 시험삼아 보낸 것이 실리고, 또 보내자 또 실리고, 보낼 적마다 연속 실리는 것이었다. 나는 그만 글을 쓴다는 데 재미가 붙어버렸다. 그렇게 대학 2학년 때부터 시작한 것이 4학년까지 3년 동안 고정필자가 되어버린 것이었다.

그러고 보니 나는 방송에 대해 꽤 일가견이 있는 사람처럼 보여졌고 학교 친구들이나 주위로부터도 어줍게 부러움의 대상이 되어버렸다.

그럴 즈음. 나의 '방송평' 기고에 유독 관심을 보인 분이 서규석 씨였다. 당시 그분은 방송문화연구실 실장으로 있었다. 그분이 어느 날 나를 만나자고 전갈이 왔다. 나는 무슨 영문인지도 모르고 그분의 사무실을 찾았다.

"그동안 방송문화에 실린 글을 잘 읽고 있었어요."

그는 단도직입적으로 제의를 했다.

"이번에 KBS에서 촉탁으로 방송 모니터 모집이 있는데 한번 응시해 보겠습니까?"

그 말을 듣는 순간 나는 가슴이 콩닥콩닥 뛰고 있었다. KBS라면 얼마나 우러러보던 곳이었나. 라디오 드라마에 미친 녀석으로서 KBS 건물만 바라봐도 탑이 높고 웅장하다고 생각했는데 시험을 한번 치러보라니⋯⋯. 나는 너무도 반가웠고 한편으로는 몹시 당황하였다. 그러나 또 한편으로는 걱정거리가 생겼다. 아직도 학생 신분인데다가 군대도 다녀오지 않았는데 과연 합격이 가능할 수 있을까 하는 근심거리였다.

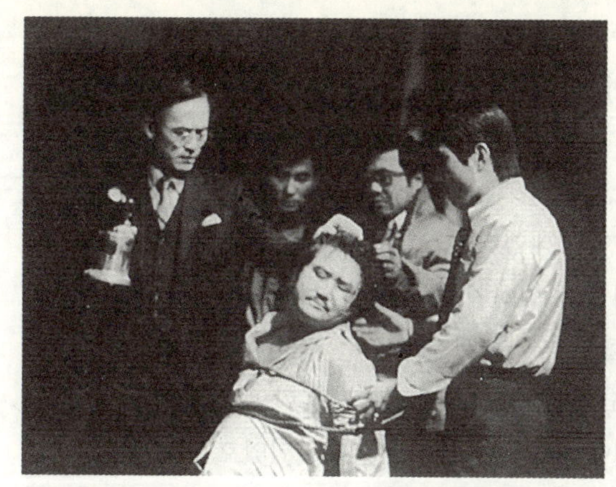

〈실화극장 - 영시지령〉(1971년).

그런데도 그 걱정거리는 서규석 씨의 말 한마디로 끝났다.

"일단 시험을 치르고 결과를 기다려 봅시다."

나는 서규석 씨가 일러주는 대로 시험을 보러갔고 열심히 시험지를 작성하였다. 그때 수험생들 중에 가장 내가 어리다는 것을 알았다. 대학 4년생에 약관 21살의 나이니 그럴 수밖에는 없었을 것이다. 나는 그만 시험장 분위기에 풀이 죽어버렸다.

그러나 행운은 나이가 적고 많고와는 관계가 없었다. 행운은 나에게 찾아오고 있었다. 시험을 치르고 일주일이나 지나 합격통지서를 받고서 인사차 서규석 씨를 찾아갔을 때, 그는 합격자에게 모니터용으로 주는 새 트랜지스터 라디오를 내밀었다. 그 트랜지스터는 여태껏 내가 들고 있었던 낡은 광석 라디오와는 아주 달랐다.

"합격을 축하합니다. 앞으로 일주일에 두 번씩 라디오 드라마만 듣고 리포터를 제출하면 됩니다."

사례는 지금 돈으로 치면 60만원 정도였다. 그 돈은 나에게 큰 보탬이 되었다. 나는 학교 공부를 하면서 열심히 라디오 드라마에 매달렸다. 학교에서나 집에서나 길거리를 걷거나 잠을 자더라도 트랜지스터를 귀에 마냥 꽂고 있을 정도였다.

그러나 호사다마(好事多魔)라고 할까. 늘 좋은 일만 생기라는 법은 없었다.

방송 모니터 요원으로 일을 한 지 6개월이 지나자 그만 대역사의 쿠데타 5·16이 꽝 터진 것이었다. 군대를 가지 않은 사람은 직장에서 일할 자격이 없다는 명령이 떨어지고 말았다. 나는 학생 신분에 군(軍) 미필자라는 이유로 촉탁의 자리에서 쫓겨나는 몸이 되었다.

사회는 4·19가 나고 5·16이 터진 뒤라 혼란의 혼란을 거듭하고 있었다. 군통치하에 치안은 안정을 되찾아가고 있었으나 사회상은 불안하기 그지없었다.

그때 젊음이 팔팔 끓는 내 나이로서는 군대를 가지 않았다는 단 하나의 이유만으로 KBS에서 밀려난 것이 여간 약오르지 않았다. 그것은 내가 좋아서 가고 있는 앞길이 세월을 잘못 만나 영영 틀어질지도 모를 일이기 때문이었다.

나는 슬그머니 오기가 나기 시작했다. 어떻게 해서든지 빨리 군대를 다녀와서 방송 일에 매달리는 길밖에는 없다는 오기가 발동한 것이었다.

지금은 대학에 입학해서 정해진 학점만 따놓고 졸업을 하면 학사학위증을 주지만 그 당시는 대학 4년제를 마치고도 국가에서 실시하는 학사고시 시험을 치러서 합격을 해야 학위증을 주는 학사고시 제도가 있을 때였다. 나는 학사고시가 끝나자마자 뒤도 돌아보지 않고 곧바로 군에 지원 입대해 버렸다.

1인 4역의 방송병

사실 나의 몸뚱이는 그때나 지금이나 좋은 편이 아니었다. 근시로 눈이 많이 나빴기 때문에 당시 뒤숭숭한 사회상황으로 봐 돈 쓰고 빽이라도 썼다면 군대를 가지 않을 법도 했지만 그 '오기'라는 녀석이 나를 군대생활로 몰아넣고 말았다. 그 '오기'란 놈이 참으로 말썽이었다.

그때 함께 입대한 사람으로 중앙대 총학생회장이었던 유용태(국회의원) 씨와 경기 이천에서 국회의원이 됐던 당시 경희대 총학생회장 정동성(고인) 씨가 있었다. 그들은 논산훈련소 26연대 입소 동기생으로, 춘천에 있는 제3보충대로 배속을 받을 때도 함께 생활하곤 했다.

그러나 막상 오기로 군에 입대하긴 했지만 군생활이란 것이 사회생활처럼 그렇게 편할 리는 없었다. 우선 명령계통에 따라 시간과 행동의 제약을 받아야 했으므로 그에 따른 부자유한 행동으로 한동안 곤혹을 치러야 했다. 그 중에도 가장 고통스러웠던 일은 매일 새벽 2시마다 그것도 2시간씩 보초를 서는 일이었다.

그런 어느 날 밤 새벽 2시경이었다. 나는 카빈총을 메고 보초를 서고 있었다. 철조망이 쳐진 오른쪽으로 춘천이 보이고 왼쪽으로 소양강이 흐르는 곳이었다. 그때 멀찌감치서 희끄무레한 물체가 보였다. 나는 그만 머리끝이 솟구치고 긴장을 할 수밖에 없었다.

"누구얏. 손 들엇!"

나는 카빈총을 겨누고 한 발짝이라도 더 얼씬하면 방아쇠를 잡아당길 생각이었다. 여간 숨막히는 순간이 아니었다. 그러나 상대방은 권총을 겨눈 채 겁도 없이 유유히 다가오는 것이 아닌가. 순간 나는 귀신에 홀린 것처럼 정신없이 방아쇠를 잡아 당겼다. 그 다음에는 눈을 감았다가 뜬 것뿐이었다.

헌데 이게 웬일인가. 총알은 나가지 않고 상대방은 내 앞에 바싹 서서 권총을 겨누고 얼굴을 바짝 디미는 것이었다.

"이 짜샤! 아무리 당겨봐라. 방아쇠 소리만 날 테니까."

아차…… 당시 총기사고가 빈번하게 일어난다고 해서 실탄을 주지 않고 건성 보초를 서라고 한 것을 나는 까맣게 모르고 있었던 것이다. 나는 그만큼 멍청이였다. 상대방은 유유히 철조망을 뛰어넘어 달아나고 있었다. 군대를 들어온 지 얼마 안 된 이등병 시절에 내가 보초를 서던 곳에서 그만 엄청난 사건이 벌어진 것이었다.

그 사건으로 몇 날을 조사를 받은 끝에 탈주병을 돕지 않았냐며 으름장을 놓았던 혐의는 벗어났지만 나는 더 이상 그 부대에서 근무하기가 싫었다. 앞으로도 무슨 일이 일어날지 두렵기도 하거니와 근무할 기분이 영 내키지 않아서였다.

그때 나는 또 한번의 오기가 슬그머니 발동하기 시작했다.

'나도 탈영은 아니지만 이곳을 벗어나자.'

전출을 신청했다. 드디어 최전방사단인 28사단으로 발령이 났다.

그러나 그 오기로 부대를 옮긴 것이 또 방송과 관계된 일을 맡을 줄은 몰랐다. 그것은 내가 생각해도 정녕 알 수 없는 묘한 인연이었다. 그 놈의 '오기'가 점지를 해준 것인지, 아니면 팔자가 그런 것인지, 나는 도무지 알 수가 없었다. 내가 배치된 곳은 사단 정훈부의 방송병이었다.

　　이후 방송병으로서 28사단 안에서
아나운서 일을 해야 하는 일이 시작되
었다. 군방송에서의 아나운서는 일인
사역(一人四役)을 어김없이 해내야 했
다. 우선 아침 6시마다 발전기를 씩씩
거리며 돌려야 했다. 그 돌리는 작동
이 여간 힘들지가 않았다. 매일 젖 먹
은 힘을 다해서라도 그 일을 해내야
했다.

28사단 방송병 시절(1962년).

　　그 다음에는 원고를 작성해서 가까스로 발전기를 돌려놓은 마이크
에다 대고 목청을 높여 고래고래 소리를 지르는 일이었다.

　　"장병 여러분! 안녕하십니까."

　　28사단 영내에 뉴스를 알리는 시간이었다. 나는 마이크를 잡은 시간
이면 정말 쥐구멍에라도 들어가고 싶은 생각이었다. 내 목소리가 별로
좋지 않다는 것을 빤히 알기 때문이었다. 또한 그때만 해도 유행가 한
곡 똑똑히 부르지 못하는 주제였다.

　　진땀이 날 정도의 뉴스시간이 지나고 나면 나는 또 서둘러서 음악
을 틀어야 했다. 레이 찰스의 '아이 캔 스톱 러빙 유'나 폴 앙카의 '크
레이지 러브' 같은 노래를…… 그러면서 어울리지 않게도 부드러운 목
소리로 손수 DJ 역할도 해내야 하는 것이다.

　　"장병 여러분! 오늘 하루도 국토방위를 위해 얼마나 수고하십니
까……."

　　그뿐인가. 크리스마스를 앞두고 캐럴을 준비하는 일도 나에게 맡겨
졌다. 외출을 해서 내 돈으로 레코드 가게에서 캐럴을 골라 사들고 들
어와 '화이트 크리스마스'나 '징글벨'을 틀어줘야 했다.

　　나는 군대에 들어와서 고추처럼 매운 된시어머니를 만난 격이었다.

방송 엔지니어에, 방송 기자 역에, 아나운서 역에, DJ 역에, 편성까지 맡고 있는 셈이었다. 요즘 생각하면 얼마나 원시적이고 우스운 일인가.

그러나 지나보니 그때처럼 추억에 남은 일도 없었다. 우선 방송병이기 때문에 내무반 생활을 안 해도 되어 정훈부 막사에서 침식을 했다. 비록 침대는 아니지만 「전우신문」을 두껍게 깔고 닭털침낭에다가 뜨겁게 끓인 물이 담긴 탄알통을 끌어안고 자면 그렇게 따스할 수가 없다.

아침방송을 끝내고 8시쯤 방송실 옆 장교식당에 가면 장교식사를 먹을 수 있고 비록 낡아빠진 당구대지만 당구까지 칠 수 있는 여유 -.

그때 배운 당구가 150까지 될 수 있었다. 또 밤이면 정훈부 전우들과 함께 부대 앞 과붓집에 가서 막걸리에 김치뿐이지만 젓가락으로 장단을 맞추며 처음 배운 유행가가 "가련다 떠나련다 어린 아들 손을 잡고……"를 목청껏 배우던 까까머리 군바리 신세. 이때 배운 '유정천리'가 훗날 방송생활에서 나의 십팔번이 될 줄이야.

캘린더에 매일 ×표를 하나씩 하면서 나의 군대생활은 그렇게 해서 지나갔다.

AD생활

64년 12월 제대를 하고 나오자 나는 사회 초년생으로서 직장을 구해야 하는 일만이 남았다. 지금도 직장을 구하는 일은 힘든 일이지만 그때는 헐벗고 굶주렸을 때였으므로 더욱 힘들었다. 월급이 적고 전망이 밝지 않은 회사라도 눈에 불을 켜고 벌떼처럼 몰려들 때였다.

그러나 나는 입에 풀칠을 하기 위해 아무 곳에라도 들어가야겠다는 생각은 하지 않았다. 직장을 신중하게 선택하는 것이야말로 일생을 좌우하는 문제이기 때문이었다. 누구나 마찬가지겠지만 나 또한 내 적성에 맞는 직장이 어느 곳인가를 곰곰이 생각하고 있었다.

어느 날 나는 명동거리를 서성거리다가 무심결에 남산에 있는 KBS 방송국의 건물 옥상에 있는 탑을 올려다보는 순간 내가 원하는 일이 무엇인가를 알아냈다. 다시 방송에 몸을 담아야겠다는 생각이 불쑥 난 것이었다.

때마침 국무원 사무처(지금의 총무처)에서 연예직을 공개 채용한다는 모집광고가 「서울신문」 광고란에 실린 것이 눈에 띄었다. 당시 연예직에 합격하기만 하면 국립국악원, 국립극장, KBS 방송국 세 군데 중 한 곳에서 일할 수 있는 기회가 주어졌다. 나는 적잖이 들떠 있었고 곧바로 연예직 공채 시험에 응하였다.

행운의 여신은 드디어 날아왔다. 군에서 제대를 하자마자였으니까 나로서는 그야말로 행운 중의 행운이 아닐 수 없었다. 1965년 5월 4일 합격통지서를 받은 즉시 내가 원했던 KBS로 발령을 받았고 TV드라마 파트의 AD로 나의 기나긴 방송생활은 시작되었다.

60년 초, 그때 TV드라마 방송이라고 해야 사실상 보잘것이 없었다. 흑백 TV시절이라 방송시설도 열악한데다가 허겁지겁 방송시간에 맞춰 생방송을 내보낼 때였다. 그때 드라마라고 해야 반공극인 <실화극장>, <금요무대>, <일요연속극>, <어린이 극장> 등 4개밖에 없었다.

AD가 되고 보니 잔일들이 많았다. 20평 남짓한 연예계 사무실 안에서 내가 나이도 적고 가장 햇병아리 직원이니 궂은 일을 도맡아야 하는 것은 당연했다. 당시 연예계에는 윤계장이라는 사람을 필두로 드라마 PD로는 지금은 고인이 된 이남섭 씨와 이평재·임학송·고성원 씨가, 프리랜서 PD로 김상봉·정소영 씨가 있었고, 쇼 PD로는 임성기·황재목 씨가 있었다.

그리고 AD로는 김창수, 유훈근(가수 김상희 씨 부군), 박재민 씨에 나까지 합쳐 4명으로 연예계 직원이 모두 13명이었다.

사무실이라고 하지만 응접세트도 없는데다가 햇볕도 구경할 수 없는 음습한 곳으로 13명의 직원에 배정된 책상과 의자는 고작 6개뿐이었다. 그러니 막 입사한 나로서는 앉을 자리가 있을 수가 없었다. 그저 윗사람들이 앉았다가 밖으로 나가면 잠시나마 그 빈자리를 차지할 뿐이었다.

직장이란 곳은 어디나 마찬가지로 선후배가 있고 규율이 있는 법이어서 나 또한 선배들 앞에서 시키는 대로 일을 할 수밖에는 없었다. 매일 도시락을 싸들고 30분 일찍 먼저 출근해서 선배들의 책상을 물걸레로 닦아야 했다. 지금 같으면 신입사원이라고 해도 사동처럼 사무실을 청소하는 일이 있을 수나 있는 법일까.

그러나 그때는 상황이 그러하였다. 그리고 퇴근 역시 선배들이 모두 나간 뒤에야 할 수가 있었다.

그때 청소를 할 적마다 나는 '프로듀서 이남섭'이라고 쓴 명패가 책상 위에 놓인 것을 걸레로 닦으면서 얼마나 부러워했는지 모른다. 나는 언제나 저 선배처럼 이름 있는 프로듀서가 될까 하고서…….

그러나 선배들의 입에서는 이따금 불평의 소리가 튀어나오곤 했다. 그것은 1964년 12월 7일 민방 TV로 TBC가 개국되는 바람에 한바탕 스카우트 선풍이 불었고 더욱이 PD들을 파격적으로 대우해 주는 바람에 스카우트되지 못하고 남아 있는 선배들의 사기가 떨어졌기 때문이었다. 그때 TBC-TV는 물량공세로 많은 제작비를 투입해 드라마를 만들고 있었다. <TV지정석>, <바이엘 극장>, <형사수첩>, <가정극장>, <루터란 아워>, <어린이 극장> 등이 자리를 잡아가고 있었다.

라이벌 상대 방송사가 생겼으니 보통 신경이 쓰여지는 일이 아니었다. 그때 민방 TBC-TV를 의식해 미리 선을 보인 프로가 매주 월요일 밤마다 방송되는 <실화극장>이란 반공 드라마였다.

1964년 11월 5일에 등장한 <실화극장>의 첫 번째 작품은 신금단 부녀의 가슴 아픈 상봉을 그린 <아바이 잘 가오>(김동현 작, 김상봉 연출)였다. 뒤를 이어 <핏줄>(이경재 작), <새야 새야 파랑새야>(김동현 작)가 시청자들의 눈길을 끌어 시청률이 단연 높았다.

당시 중앙정보부의 지원을 받고 만든 <실화극장>은 배역진들도 호화 캐스팅이었다. 톱 탤런트라고 하는 최불암, 최정훈, 오지명, 김혜자, 장욱제, 태현실, 김난영도 단역밖에는 맡지 못하고 김승호, 박노식, 최무룡 같은 인기 영화배우가 주역을 맡을 때였다.

이에 맞서기라도 하듯 TBC에서는 <유호극장>이 판을 치고 있었다. <내 멋에 산다>, <치맛바람>, <정 두고 가지 마> 등이 KBS의 <실화극장>과 대결을 하고 있었다. <실화극장>이 간첩사건이나 이북의

AD시절 '큐'모습. 목에 붕대가 감겨 피곤을 엿볼 수 있다(1965년).

실정을 다룬 드라마였다면 <유호극장>은 가정에서 일어나는 웃지 못할 얘깃거리를 담은 홈 코믹 드라마였다.

그러나 생방송인 탓으로 실수를 절대로 해서는 안 되는 상황인데도 실수가 적잖이 일어났다. 보통 이틀 동안의 대본 읽기 연습을 한 뒤, 연습실 바닥에 돗자리를 펴놓고 세트의 위치와 동작선을 백묵으로 그린 다음, 이틀 동안 또 동작연습을 했다. 방송 전날에는 밤사이에 만들어진 스튜디오 세트에서 리허설을 한 번 하고 의상과 조명을 맞춘 뒤에 카메라 리허설을 또 다시 하고 저녁식사 후 분장을 한 뒤, 본 방송에 들어갔다.

잠자는 장면이 있었는데 얼마나 피곤했으면 출연자가 그 시간에 진짜로 잠이 들었을까. 생방송 시간에 깨어나지를 않자 AD가 보다 못해 슬그머니 발을 간질여 깨웠던 적도 있었고, 긴장을 한 탓에 신인 탤런트가 그만 대사를 잊어먹자 대사를 기다리던 상대 연기자가 연기의 노련미를 살려 애드립으로 적당히 얼버무린 해프닝도 허다했다.

생방송을 해도 카메라가 2대밖에는 없었을 때였으므로 장소 이동을 하려면 아무리 조심을 해도 카메라를 움직이는 소리가 났다. 그러면 생방송중이라 말들을 못 하고 조심하라고 손짓을 해가며 상을 찡그리는 것이었다.

　스튜디오 바닥이 마루장이어서 힐을 신은 여자 연기자가 의자에서 일어나 움직이는 장면에서 마루장 구멍에 힐이 박혀 꼼짝을 못 하자, 난데없이 "엄마야!" 하고 소리친 적도 있었다. 그러니 TV드라마 초창기의 제작방법이 오죽이나 원시적이었을까.

　그럴 즈음 나는 4개나 되는 드라마 프로의 AD 역을 해내야만 했다. 몸이 열 개라도 모자랄 정도로 눈코 뜰 새 없이 바빴다. 밤 9시나 10시가 되어서 집에 들어가기 일쑤였고 툭하면 밤 12시 통금에 걸려 방송사에서 잠을 자는 일이 부지기수였다.

　그러나 그때는 낭만이 있었다. 방송이 끝나고 나면 김애리사, 최길호, 박병호, 정혜선 같은 연기자들과 어울려 명동에 있는 'OB캐빈'이라고 하는 생맥주 집을 찾는 일이 즐거웠다. 당시 톱 탤런트의 1회 출연료가 2,890원이었다. 지금 돈으로 환산하면 50만원 정도는 될 때였다. 그래서 대여섯 명이 생맥주집에 들어가서 실컷 마시고서도 1,000원이 남았었다.

　나는 지금도 마찬가지지만 한번 일에 매달렸다 하면 몰두하는 습관이 있다. 내가 좋아하는 드라마 연출을 하고 있기 때문이다. 자기 취미를 살린 직업을 택했다는 것이 얼마나 행복한 일인가.

　98년 7월 31일 명예퇴직하기 전 마지막으로 연출한 것은 청소년 드라마 <사랑이 꽃피는 교실>이다. 드라마 이름 자체가 말해주듯 청소년들의 세계 속에서 아름다움을 노래하고 꿈을 키워가는 프로다.

　나는 이 드라마를 무척이나 사랑하고 아끼고 있었다. 야외촬영을 나가거나 스튜디오에서 청소년 연기자들과 어울리면 소리를 지르느라고 목을 쉬었는데 마음은 마냥 동심의 세계로 돌아간다. 그 같은 마음가짐은 어쩌면 내가 그 일에 즐거움을 갖고 있고 방송생활 35년이 흘렀다는 연륜에서 기인하는 것인지도 모른다.

그런데 어쩌다가 사회의 친구들을 만나게 되면 입가에 실실 웃음을 흘리고 물어올 적이 있다.

"아니 방송경력이 몇십 년은 되는 것 같은데 지금까지도 청소년 드라마를 하고 있는 거야?"

물론 농담 삼아 허물없이 내뱉는 말일 것이다. 그 물음에는 적잖이 빈정거림이 스며 있음을 나는 눈치챘다. 꽁생원처럼 방송사에서 주는 월급이나 받아먹고 시키는 일만 하고 있으니 답답하다는 말이겠지. 다른 연출자들은 거창하게도 대하드라마를 연출하고 있는데 고작 청소년 드라마하고만 씨름을 하고 있다는 말이겠지.

그러나 천만의 말씀. 나이가 들면 들수록 동심의 세계를 동경한다는 깊은 의미를 모르고 하는 말일 것이다. 사람은 나이를 먹으면서 점점 어린이로 돌아가는 법…… 나는 청소년들이 좋다. 그리고 청소년 드라마가 성인용 드라마보다 더 어렵다는 것을 안다.

한 우물을 파라

내가 선배 PD들의 뒷바라지를 해주기 위해 겹치기로 AD를 맡게 된 것은 <일요극장>이라고 해서 <칸나의 연가>를 프리랜서인 정소영 감독이 연출할 때였다. 정 감독은 영화에 관심이 있는 팬들이면 지금도 누구나 알 정도로 영화 '미워도 다시 한번'을 감독해 공전의 히트를 친 명감독으로 알려져 있다.

그 드라마의 AD를 맡으면서 나는 적잖이 흥분되어 있었다. 왜냐하면 처음으로 본격적인 AD 역을 맡은 데다가 TV화면에 내 이름 석자가 '조연출 김연진' 하고서 자막(字幕)으로 흘러나갈 것이기 때문이었다. 방송사에 다니면서 TV화면에 이름 석자가 소개된다는 것이 얼마나 영광스러운 일인가. 이것은 매일 새벽 일어나 아침을 지어주고 도시락을 싸주는 어머니가 들어도 기쁜 일이고 가까운 친척이나 친구들, 내 이름을 아는 모든 사람들에게 뽐낼 만한 사건이라 생각되었기 때문이다.

그래서 나는 열심히 일에 매달렸다. 정소영 감독이 프리랜서로 정식 직원이 아니었으므로 자연히 그가 PD로서 하는 일까지 정규 직원으로 있는 내가 다 하는 것이었다. 이를테면 드라마 리허설 준비를 해놓는다든지, 출연진들이 제시간에 분장을 다 했는지, 스튜디오의 세트나 소

품준비가 완벽하게 됐는지…… 음악, 효과에 이르기까지 녹화 준비를
완벽하게 체크해 놓는 것이었다. 그러고 나면 뒤늦게 정소영 감독이
나타나는 것이었다.

 일을 빈틈없이 해놓은 것을 본 정 감독은 기분이 적잖이 흐뭇한 모
양이었다. 만면에 웃음을 담뿍 담고서 칭찬에 주는 것을 잊지 않았다.

 "수고했어. 자, 이제 가볼까요."

 사실 육체노동보다도 정신노동을 하는 사람치고서 기분에 좌우되는
일이 적잖을 것이다. 열 가지의 일을 잘해냈다고 해도 한 가지 일을
부실하게 했다던지 하면 금방이라도 얼굴빛이 달라지고 신경이 날카로
워져서 그날의 일을 죽 쑤어버리는 일이 종종 있었다. 나는 그 점을
AD생활을 통해 재빨리 터득하고 있었다.

 그런 어느 날이었다. 정 감독이 나를 조용히 불렀다. 그의 입가에는
여느 때보다는 부드러운 미소가 흐르고 있었다.

 "김 PD. 나하고 영화 연출 한 번 안 해볼래?"

 그는 내가 AD임을 버젓이 알면서도 PD라고 추켜 부르고 있었다.
물론 앞으로 의젓한 PD가 될 것이지만서도……. 그러나 나는 그 말을
상대방을 존중해 준다는 뜻으로 전해 들었고 장차 좋은 PD가 되라는
의미로 받아들였다. 그러면서도 다소 멋쩍었지만 기분은 그리 나쁘지
않았다.

 "영화 연출요? 전, 이제 겨우 방송국에 들어왔는데요?"

 "TV드라마 연출은 일과성이고 나의 꿈은 영화감독에 있어. 우리 영
화를 같이 만들어 보면 어떨까?"

 그 말에 며칠을 두고 얼마나 깊은 고민을 했는지 모른다. 그것은
TV나 영화가 같은 연예계통이라고 해도 영화 쪽으로 방향을 돌린다면
내가 가고 있는 길의 목적이 달라질지도 모른다는 생각에서였다. 나는
어디까지나 방송 쪽에서 드라마 연출자로 남아 있기를 바랐기 때문이

었다. 결국 나는 정 감독이 나를 신임하고 아껴주는 것을 알면서도 단호하게 말했다.

"저는 방송 쪽에 남겠어요."

그러자 정 감독은 더 이상 아무 말도 하지 않았다. 그 스스로만이 '영화 쪽이 좋아서' TV드라마 연출을 훌훌 털고 일어났을 뿐이었다.

그 뒤 방송생활 5년이 지나서 또 한 번 내 생활에 변화를 가져올 일이 생길 뻔하였다. 마산 MBC 라디오 방송국이 새로 생기면서 강문수 전무가 스카우트 제의를 해왔기 때문이었다.

"AD생활 5년 지겹지도 않아? 거기 가면 제작부장이 될 수 있어. 일단 자리를 옮겨서 일을 하다가 다시 서울로 올라올 수도 있지 않겠어?"

나는 제작부장을 시켜준다는 달콤한 제의에 그만 귀를 솔깃할 수밖에 없었다. 대가족이 근무하고 있는 매머드 집단 KBS에서는 장차 10년을 더 근무한다고 해도 제작부장이 될 것 같지가 않았기 때문이었다.

내가 강문수 전무를 알게 된 것은 PD와 출연 연사와의 우연한 관계가 인연이 되었다. 나는 그때 드라마 AD를 하면서 건강을 너무나 해쳤기 때문에 자원해서 교양 PD로 주 5회씩 방송되는 10분짜리 <옛날의 오늘>이란 토막 프로를 연출하고 있었다. 말하자면 '10년 전의 오늘은 무슨 일이 일어났고……' 하는 오늘의 소사(小史)를 도서관의 자료를 일일이 찾아가며 강문수 연사와 함께 꾸미고 있을 때였다. 각종 자료를 찾아낸다는 일이 한편으로는 공부가 되었지만 그렇게 따분할 수가 없었다. 그러나 우리는 서로가 열심히 했다.

그때 나를 눈여겨보았던 그분이 나를 제작부장으로 추천을 하다니……. 그럴 때의 그 제의가 얼마나 달콤했던가. 이미 마산에 가 있는 그분은 일주일마다 비행기를 타고 올라와서 나를 방송사 옆의 '산길'다방으로 불러내어 충동질을 하곤 했다.

'동진' 목사님의 졸업식에 오랜만에 가족 친척들이 모였다. 가운데가 어머니(1958년).

"다시 생각 좀 해보게나! 월급쟁이는 어차피 더 좋은 곳으로 옮겨다니는 것이 원칙인 게야."

그 즈음, 나는 그 소리를 듣고서 얼마나 마음이 흔들렸는지 모른다. 취미에 맞아서 방송국에 들어왔다고는 하지만 승진과 동시에 월급을 더 받을 수 있다는 유혹을 뿌리칠 수가 없었기 때문이었다.

나는 월급을 더 받을 수 있다는 생각과 제작부장이 될 수 있다는 꿈에 부풀어 있었다. 제작부장이 되면 장가를 가기 위해 맞선을 본다고 해도 한층 돋보이고 점수를 딸 것 같았다.

그러나 그 같은 일은 어머니의 말 한마디로 씻은 듯이 정리되었다. 오랜 고민 끝에 그 얘기를 어머니에게 건네고 의견을 타진했을 때, 어머니는 고개만을 가로 저어댔다.

"한 우물을 파거라. 한눈을 팔지 말고…… 그리고 네가 마산에 간다고 하면 그쪽의 아가씨들을 사귀게 될 텐데 마산 아가씨들은 좀 대가 세다면서……?"

어머니는 그처럼 아들을 그림자처럼 따라다니며 보살피고 있었다. 역시 어머니는 어머니였다. 어머니는 나를 장가 보내야 된다는 생각으로 늘 규수감이 누가 될까를 걱정하고 계셨고 무슨 일을 하던지 우왕좌왕하지 말 것을 당부하셨다. 그런 어머니가 이제는 고인(故人)이 되셨다.

나는 막내아들로서 어머니의 사랑을 어느 형제보다도 많이 받고 자라난 것을 지금도 잊지 않고 있다. 추운 겨울날, 출근을 할 때 구두가 차가울까봐 밤새 아랫목에 파묻고 녹였다가 내어주시던 어머니…… 새벽에 가정부 아이가 슬리퍼를 찍찍 끌고 부엌으로 나가면 내가 혹시 깰까봐 소리를 내지 말라며 야단을 치고 조금이라도 잠을 더 자기를 바랐던 어머니…… 갓 결혼해서 남대문 시장 건너편에서 30만 원짜리 전세를 살 무렵, 연탄가스로 죽을 뻔한 일이 일어난 뒤, 매일 새벽 6시면 살짝 오셔서 괜찮은가 하고 들여다보고 가시던 어머니…… 그런 어머니를 지금도 잊을 수가 없다.

그러나 나는 그런 어머니를 한 번도 기쁘게 해드리지를 못했다. 방송국 일에 매달려 새벽에 나가면 언제나 밤늦게 돌아왔기 때문이었다. 지금도 가장 가슴 아픈 일은 아들이 방송국에 다니는 것을 그렇게 대견해하시던 어머니를 한 번도 방송국 구경을 시켜드리지 못한 일이었다.

그런 어느 날, 내가 일일연속극 <아버지와 아들> 연출로 장안의 화제를 모으고 있을 때였다. 오죽했으면 어머니의 입에서 그 같은 말씀이 떨어졌을까.

"애야, 나 방송국 한 번 구경을 가면 안 되냐? 이 에미 친구들이 네가 방송국에 다닌다고 하니까 아주 대단한 아들을 뒀다고 하던데…… 내 친구들과 방송국 구경가면 누가 보더라도 모르는 체할 테니까……."

그 목소리…… 방송 일에 바빠서 "조금만 더 참으세요" 하고 차일피일 미루다가 끝내는 방송국 구경을 못해 드리고 만 것이 생각할수록 죄스럽다. 그런 어머니가 이제는 하늘나라에서 잔잔한 눈길로 내려다보고 계실 것이다.

어려웠던 시절

　이래저래 드라마 AD로 쫓기면서 나에게도 몸에 고장(故障)이 나지 않을 수가 없었다. 기계라는 놈도 연일 24시간을 가동을 하면 아무리 기름을 쳐서 쓴다고 해도 결국에는 마모가 되고 기능이 저하되어 오랫동안 놔두었던 레코드판 돌아가듯 찌그럭거릴 판인데, 나 역시도 예외는 아니었다.

　누구나 첫 직장에 들어가 봐라. 호랑이 같은 선배의 눈치를 봐야 하고 내 스스로도 긴장이 될 것이다. 더구나 대여섯 개 프로의 AD를 맡다보니 내 몸뚱이가 쇠뭉치로 만들어진 것도 아닌지라 나는 그만 쓰러졌다. 그래서 서울대학 병원에 입원을 하는 신세가 되었다. 병명은 결핵성 늑막염. 원래가 약골인 나로서는 어쩔 수 없는 일이었다. 20일 동안 병원에 입원해 있는 사이에 어머니가 무척이나 신경을 썼다. 장가도 못 간 막내아들이 입원을 하다니…… 어머니는 그 점이 가슴 아팠을 것이다.

　근 2개월을 병원과 집에서 있다가 복직을 하니까 나에게 돌아온 것은 성인용 드라마가 아니라 교양 파트의 어린이 드라마였다. 그것도 어린이 인형극.

　"연출자는 어떤 것도 연출을 해내야 하니까 이걸 만들어 보시오."

인형극 <북을 올려라>, <손오공>을 만들라는 것이었다. 그 명령이 떨어지자 나는 한편으로 솔직히 섭섭한 감정을 숨길 수가 없었다. 가뜩이나 병을 앓고 복직을 한 마당에, 대개들 탐탁하게 생각하지 않는 인형극이나 연출하라니 모든 것으로부터 소외된 기분을 느꼈기 때문이었다.

그러나 시키는 대로 인형극을 만들면서 나는 연출의 또 다른 맛을 느끼기 시작했다. 어린이 드라마를 연출한다는 것 자체가 성인용 드라마를 연출하는 것보다는 뭔지 모르게 대우를 덜 받는다는 느낌을 받으면서도 그 일도 한 번쯤 해볼 만하다는 생각이 들었고 새로운 연출 감각에 부딪치고 있다는 생각이 들었다.

그건 내가 어린이를 좋아하는 속성이 있어서인지도 모르고 무럭무럭 자라나는 아이들의 얼굴을 머릿속에서 그린다는 것이 마음에 들어서인지도 모를 일이다. 아무튼 나는 그 인형극의 연출을 하면서 점점 인형극의 매력에 빠져들었다. 동심의 세계에서 함께 숨을 쉬고 있다는 즐거움이었다.

인형극을 연출하자니까 사전에 탤런트들에 의해 녹음된 대사에 인형들이 입을 맞추면서 무대 위에서 왔다 갔다 하면서 연기 동작을 해야 했다. 그게 재미가 있었지만 그렇게 쉽지가 않았다. 그때 그 입맞춤의 대사를 지금은 중견연기자로 자리를 잡은 김상순 씨와 최정훈, 이신재 씨 그리고 작고한 홍우삼 씨가 맡았다.

방송시설이 지금처럼 좋지가 않고 스튜디오도 부족하고 시설이 미비한 상태여서 인형극의 녹음을 하자면 남산에 있는 KBS로부터 당시 종로5가에 있는 기독교 방송국 스튜디오로 달려야 했다. 그때는 지금처럼 자가용차가 흔한 때도 아니고 탤런트라고 해도 출연료로는 자가용차를 마련하지 못할 때였다.

그러니 녹음시간은 급하고 용돈이 궁한 판에도 부랴부랴 택시를 탈 수밖에는 없었다. 그런데 택시를 타자니 택시 값이 또 문제였다. 사례

비가 나와봐야 어림 반푼어치도 없었다. 버스비에 짜장면 한 그릇을
사먹을 정도의 값이 고작이었다. 서로 누가 택시비를 선심을 쓸까 하
고 눈치를 보는 일만이 생겼다. 서로 품앗이 식으로 돌아가면서 택시
비를 내면 되련만 그렇지도 못했다.

결국은 서로 눈망울을 굴리다가 '돌아가면서 택시비를 내겠지' 하고
일행 중의 한 사람이 선뜻 택시비를 내기 시작했는데 그 중에서도 끝
까지 공짜를 좋아하는 사람이 있었다. 바로 죽은 홍우삼 씨와 김상순
씨였다. 홍우삼 씨나 김상순 씨는 최정훈 씨나 이신재 씨가 택시를 잡
으면 골목에서 몸을 숨기고 있다가 후다닥 튀어나와 날쌔게 몸을 날려
합세했다. 그때는 정말이지 먹을 것이 부족한 때였다. 짜장면 한 그릇
이라도 사먹을 수 있으면 행복하다는 소리가 들릴 때였고, 샐러리맨이
월급을 탄다고 해도 며칠이 못 가서 용돈이 바닥이 날 때였으니까.

그러니 늘 공짜로만 택시 합승을 하는 홍우삼 씨와 감상순 씨가 최
정훈 씨나 이신재 씨의 눈에는 곱게 보일 리가 없었다. 보다 못해 입
이 무거운 최정훈 씨가 김상순 씨에게 농담 삼아 슬쩍 꼬집었다.

"야, 넌 몸뚱이만 갖고 다니냐?"

이 같은 얘기는 결코 홍우삼 씨나 김상순 씨의 명예(?)를 깎아내리

일일연속극 〈행복이라는
것은〉 기념촬영. 최불암,
김난영, 박주아, 정혜선,
김무영, 최지숙 등 당대
의 최고 배역진(1969년
5월).

려는 생각에서 말하는 것이 아니다. 당시의 경제적 사정이 그럴 수밖에 없을 정도로 궁핍했다는 것을 지적하려는 것이고 또한 아련한 추억으로 뇌리에 남아 있기 때문이다.

자동차 얘기가 나와서 말인데, 그 뒤 70년대 초에는 지금처럼 흔치는 않았지만 탤런트들이 고물 자가용차라도 끌고 다니는 조그만 여유가 생겼다. 지금이야 길가마다, 골목마다 자동차가 발에 채일 정도로 지천이고 시골에 가도 또한 얼마나 많은가. 그러나 그때는 고물 자동차를 몰고 다니는 것만으로도 요즘의 오렌지 족들이 외제차를 끌고 다니는 것만큼이나 으스댈 적이 있었다.

지금은 고인이 됐지만 인기 드라마 <여로>의 작가이자 연출자인 이남섭 씨와 탤런트 김난영 부부는 자동차가 없었다. 한쪽은 작가이자 연출자요, 또 한쪽은 이름 있는 연기자인 맞벌이 부부가 고물 자동차마저도 없을 때이니 당시 차를 끌고 다닌다는 것이 얼마나 귀한 일이었나를 가히 짐작할 것이다.

그런 어느 날, 이남섭-김난영 부부가 급한 일로 차를 얻어 타야 할 일이 생겼다. 그들은 고물차를 애지중지 끌고 다니는 탤런트 이치우 씨에게 간청을 했다. 그러자 이치우 씨는 뒷자리 바닥에 신문지를 깔았다. 구두의 흙이라도 바닥에 떨어질까봐서였다. 그러고도 차에 행여 흠이 갈까봐 걱정이 돼서 명령을 내렸다.

"미안하지만 구두를 벗고 타시오."

서울의 북악 스카이웨이 팔각정이 관광코스로는 1위였을 때 시골에서 올라온 촌로들이 반질반질거리는 시멘트 바닥이 너무 깨끗해 보여 신발을 벗고 들어가는 것은 봤어도, 승용차를 타면서 신발을 벗으라는 건 처음 듣는 소리였다.

그러나 어떻게 할 것인가. 차를 얻어 타는 마당에 갈 길은 바쁘고 차주의 말을 들어야지. 물질이 귀했고 그만큼 물건을 아끼던 시절이었다.

권위의식의 극치

2년간의 교양 PD 생활이 끝나고 나는 또다시 드라마 AD로서 4개 프로의 조연출에 매달려야 했다. 연출자(PD)는 고정적으로 드라마 1편에만 매달려 작품을 연출해내면 집중력도 생기지만 AD는 여러 프로 PD들의 뒷바라지를 해주어야 했다. 공사장의 경우처럼 기술자를 여러 명 모시고 시키는 대로 일하는 그 밑의 잡부 역을 맡은 것과 마찬가지였다.

"제기랄! 나도 연출자가 돼야지."

투덜거린들 뭘 하겠는가. 나는 AD로서 따라다니며 배워야 했다. 그러고 보니 하루에도 네 사람의 PD와 늘 마주쳐야 했고 또한 그들이 주문하는 대로 입맛을 맞춰줘야 했다.

한쪽에서 A라는 PD가 작가에게 대본을 다 썼느냐고 알아보라고 하면 그 일을 해야 했고, 또 다른 쪽에서 B라는 PD가 아무개 탤런트를 빨리 섭외하라고 하면 그 일을 어김없이 해내야 했다. PD 한 사람에 AD가 2~3명씩 따라붙는 요즘의 제작 시스템에 비하면 그때야말로 아주 엉성하고도 원시적인 제작방법이 아닐 수 없었다.

그러나 나는 그럴 수밖에 없다고 생각하면서도 4명의 연출자를 모시는 것이 무척이나 힘이 들었다. 그것은 그 당시의 엄연한 현실이었다. 하다못해 선배 PD들의 책상을 닦는 것 말고도 커피잔을 들고 오는 일까지 해야했으니 지금 신세대 신입사원의 모양에 비교하면 '그런 일도 있었을까' 할 정도였다.

나중에 알았지만 선배 PD랍시고 권위의식에 사로잡혀 스스로를 내세우려고 애쓰고 있다는 것을 느꼈다. 그것은 내가 AD생활을 한 지 얼마 안 되어서였다. 물론 선배들에게 그러한 권위의식이 없으란 법은 없었다. 선배들도 나처럼 AD생활을 거쳤고 그렇기 때문에 PD로서의 자기 위치를 찾으려고 애쓸 것이다. 그들은 내가 봐도 모두들 훌륭했다.

나는 4명의 PD들의 성격이 저마다 다를 뿐더러 연출방법도 특이하다는 점을 알았다. 드라마 리허설이나 녹화를 할 때 까다롭기 그지없는 연출자가 있는가 하면, 부드럽게 분위기를 이끌어가는 연출자도 있고, 또 신경질적으로 소리를 고래고래 지르며 연출을 하고 있는 PD도 있었다. 그럴 때에 나는 솔직히 말해 고개를 갸우뚱거렸고 왜들 그러는가를 생각했다.

"이상들도 해라. PD가 되면 저러는 것일까?"

나는 방송국의 문을 들어서긴 했지만 아직도 배울 것이 많다고 생각하였다. 그것이 하나 둘이 아니었다. 겉으로 봐서도 모르는 일이었다. 어떻게 보면 선배들이 하는 짓거리들은 저마다들 망나니짓 같았다. 정확히 들어와서 일을 처리해야 하는 시간에 늦게 들어와서 AD를 들볶아치지를 않나, 콘티(연출작업)를 짜다가 스스로 못마땅해하는 등 짜증을 부리지 않나, 사무실은 영 엉망이었다.

그런데도 선배 드라마 PD들은 자존심과 개성이 얼마나 강한지 박사, 교수와 장관, 기업체 사장 알기를 우습게 알고 연출자 특유의 프라이드를 한껏 뽐내고 있었다.

옛말에 얼어 죽어도 겻불은 안 쪼인다고…….

김희창 작, 임학송 연출의
〈김옥균〉(1971년 2월).

그 즈음 어느 신문사가 E대생들의 결혼상대자의 선호도를 조사한 것이 활자화되었다.

1위에 판사, 2위가 검사, 3위가 의사, 4위가 약사, 5위가 변호사 등으로 20위까지 차례로 순위가 나왔는데, PD는 말석에도 못 끼었다. 최근의 여론조사에서 PD가 인기 1순위임을 계기로 '사'자 돌림이 3D현상으로 역전된 것을 보면서 30년 전과의 벽해상전을 떠올릴 수 있었다.

그럴 즈음, 내가 방송국에 있다고 하니까 친구들이 찾아들었다. 고등학교 동창과 대학동창생들이었다. 녀석들은 나를 추켜세웠다. 술집으로 불러 마냥 지껄여댔다.

"너, 나 방송에 출연 좀 시켜줄 수 없나?"

"너는 참 좋겠다. 미인 탤런트들을 많이 구경해서……."

미인 탤런트라니? 나는 가만히 눈을 감았다. 미인 탤런트가 있다고 쳐도 나는 PD 등쌀에 못 배길 정도였다. 나는 꿀 먹은 벙어리 모양 잠자코 있을 수밖에 없었다. 선배들을 따라다닌다는 것이 그만큼 힘이 들었다. 그래도 친구들은 나를 아주 대단한 방송국의 연출자로 보고 있었다.

“방송에 조연출자라고 해서 네 이름이 나오는 걸 봤어.”

그들은 두꺼비 눈처럼 끔벅끔벅거리며 부러움을 표시했다. 나는 침을 꼴깍 삼키고서 말해 버렸다.

“출연은 아무나 하는 것이 아냐.”

PD들 중에도 사극(史劇) 연출을 많이 해온 임학송 씨는 보통 까다롭고 깐깐한 사람이 아니었다. 탤런트들은 그가 마치 염라국에서 내려온 저승사자가 도깨비 방망이나 든 것처럼 옆에만 가도 두려워할 정도였다. 그는 출근을 하면 사무실로 들어오는 것이 아니라 탤런트들의 분장실부터 가는 것이 습관이 있었다. 아무리 화장실을 가는 것이 바빠도 그것은 나중의 문제였다.

그는 입에 건성 파이프를 물고 머리에는 베레모를 쓰고 다니고 있었다. 그 모양새가 무척이나 예술인다웠다. 그가 분장실에 나타나자 녹화 준비차 맡은 배역에 따라 분장을 하고 있던 탤런트들이 호들갑스럽게 일어났다. 호랑이로 소문난 연출자를 보는 순간, 무의식적으로 움직이는 행동들이었다.

“선생님 나오셨습니까?”

저마다들 꾸벅꾸벅하였다. 당연한 예의의 표시였다. 그러나 그 중의 한 친구 L탤런트가 선뜻 나서서 입을 한 번 더 놀렸다.

“선생님. 어젯밤에 나온 작품…… 잘 봤습니다. 아주 좋던데요?”

L탤런트는 임학송 씨의 옷에 먼지가 묻은 것까지 섬세하게 신경을 쓴다는 관심을 보이고 바싹 다가가 톡톡 털었다.

그때 임학송 씨의 눈살이 흐린 날씨의 먹구름처럼 잔뜩 찌푸려졌다. 그리고 입에 물었던 파이프가 파들파들 흔들렸다. 순간 주위는 찬물을 끼얹은 듯 조용해졌다. 임학송 씨의 입에서 청천벽력 같은 말이 떨어졌다.

“이 짜식아, 어저께는 스포츠 중계 때문에 방송이 안 나갔어. 네가 언제 봤다는 거얏! 예고를 본 모양이구만?"

그때 L탤런트는 쥐구멍이라도 찾듯 머리를 구석으로 틀어박았다. 바른 말을 잘하는 독설가라고 할까? 아니 독설이라기보다는 직언(直言)이라고 봐야 할 것이다. 나는 그 L이라는 탤런트의 이름을 밝히고 싶지 않다. 그 탤런트의 자존심과 명예를 지켜주기 위해서…… 그는 지금도 용케 A급으로 활약하고 있다.

그 경우와는 다른 모양이지만 최명주라고 하는 탤런트가 있었다. 이화여고를 나와서 방송국에 들어온 아주 똑똑한 아가씨였다. 나는 그 아가씨가 생김새도 야무진데다가 언젠가는 큰 역을 맡아 대성할 것이라고 믿고 있었다. 그 아가씨가 고성원 씨가 연출하는 생방송 사극에 주역을 맡았다. 사극이니까 한복을 입고 사뿐사뿐 걸어가는 장면이었다.

그 아가씨가 해내야 하는 연기는 허리에 주머니를 찬 장면에서 무엇인가 꺼내 주는 역할이었다. 그러나 무엇인가 꺼내 줘야 하는데 그것이 아무리 끄집어내려 해도 잘 안 나왔다.

"얏! 이 계집애. 왜 시간 끌엇?"

고성원 씨의 날카로운 목소리가 이어폰을 흔들었다. 물론 신경질이 나서 무의식중에 언성을 높였을 것이다. 그 같은 일은 스튜디오 안에서는 종종 벌어지는 일이었다. 그러나 그 순간 최명주 그 아가씨는 처음 들어보는 소리에 그만 쇼크를 먹었다. 그리고 그 다음날부터 방송국과는 '아듀!'를 했다.

나중에 스튜어디스로 직업을 바꿨다는 소식이 들려왔다.

부부 탤런트

나는 KBS-TV에 입사해서 3쌍의 연예인 부부를 목격하였다. 내가 총각 때였으니까 그들이 유독 눈에 띄었을지도 모른다. 이남섭-김난영 부부가 있었고 김현철-조영일(본명:조희자) 부부, 박병호-정혜선(본명: 정영자) 부부가 있었다.

요즘은 연예인 부부들의 등장이 일반화되었고 같은 분야에서 함께 활동을 하고 있다는 것이 하나도 이상하게 생각될 것이 없지만 60년대 말만 해도 한 직장에서 이른바 부부가 함께 일을 한다는 것이 그렇게 흔한 일은 아니었다. 겉보기에는 돋보이는 것 같아도 부부가 같이 돌아다닌다는 것이 괜히 손가락질을 받는 것 같아 어색하고 부자연스러울 때였다.

보통 사람들이 길을 걸어가도 남편은 앞장을 서서 헛기침을 하고 가고 아내는 뒷전에서 몇 발짝 떨어져서 쫄랑쫄랑 뒤따라갈 때였으니까 그러할 것이다. 그뿐인가. 대학가에선 포크 댄싱을 체육과목으로 내놓았어도 남학생들이나 여학생들이 서먹서먹해서 반색을 하고 달려들지를 않았다.

오죽했으면 체육담당 교수님 왈,

"포크 댄싱에 빠지는 학생들은 이틀 결석한 것으로 간주한다. 알겠나?"

하고 엄포를 놓았을까. 그러니 요즘 대낮에도 달팽이처럼 부둥켜안고 다니는 세대에 비하면 얼마나 우스웠겠는가. 30여 년이 흐르면서 세태는 몰라보게 바뀐 셈이다.

이런 세상에 3쌍의 그들 부부는 유행의 첨단을 걸어가듯 언제나 잉꼬새처럼 붙어다니고 있었다. 방송국에 함께 나타나고 일이 끝나면 또 함께 집으로 돌아가는 모습이 얼마나 아름다워 보였는지…… 나는 그들이 무척이나 부러웠다. 결혼을 하게 되면 나도 저렇게 살아야지 하고 생각하였다.

그러나 이 3쌍의 부부는 그 뒤 몇 년이 안 되어 불화의 조짐이 보였고 끝내는 틈이 벌어지기 시작했다. 별거생활 아닌 이혼을 해버린 것이었다. 그 유명한 <여로>를 집필, 연출한 이남섭 씨와 탤런트 김난영 씨는 한때 별거를 했다가 나중에 합쳐 함께 저 세상으로 갔지만 교양 프로그램 PD 김현철 씨와 탤런트 조영일 씨, 탤런트 부부였던 박병호-정혜선 씨는 영영 헤어지고 말았다.

나는 지금 이 3쌍의 부부 이야기를 꺼내면서 사실은 망설이는 마음이 없지 않다. 그것은 이 얘기를 꺼냄으로써 혹시 그들의 인격이나 사생활에 조금이라도 흠집을 내지는 않을까 하는 기우가 들어서다.

그러나 요즘처럼 신혼여행을 가서도 단 하룻밤만에 닭싸움을 하듯 툭탁거리고 각자 뒤돌아서는 마당에 그들은 이미 30년 전에 누구도 감히 엄두도 내지 못하는 이혼의 기록(?)을 세웠다는 점이다. 나는 그 점을 지적하려는 것이지 그들이 파경으로 치달은 것에 대해 손가락질을 하거나 흉을 보려는 생각은 추호도 없다.

나는 그때 많은 팬들의 선망의 대상이 되어 예능의 길을 함께 걷는 부부들로서 개성들이 얼마나 강했으면 별거를 하고 헤어져야 했을까를 생각했고 파경에 이를 수밖에 없었던 이유가 무엇일까를 곰곰이 생각해 보았다. 그리고 3쌍의 부부 중에 유독 이남섭-김난영 부부와 김현철-조영일 부부를 눈여겨보았다.

이남섭 씨는 원래가 내가 존경하는 분이었다. 재주가 많은데다가 후배들을 그렇게 아꼈다. 드라마 녹화를 하는데 내가 스튜디오에 들어가면 늘 자상하게 일러주곤 했다.

"일이라는 것은 부담감이 없이 하면 되는 게야."

나는 그 소리를 듣고 AD의 역할을 하면서 '언제나 저 양반처럼 되나'를 생각하였다. 그런 양반이 김난영 씨와 별거생활을 하고 있다는 얘기를 들었다. 이남섭 씨가 불문학을 공부했으므로 프랑스에 1년간 연수를 간 사인가, 그동안에 일어난 일이었다.

그리고 나서 이남섭 씨는 다시 KBS-TV로 돌아왔다. 이남섭 씨는 드라마 연출이나 대본의 콘티를 짜느라고 열중할 때였고, 김난영 씨는 연기자로서 드라마 대본을 챙기기 위해 방송사의 PD사무실을 드나들고 있었다.

두 사람은 방송사에서 마주쳐도 시큰둥하게 지나치고 있었다. 그들은 일거리로 마주쳐도 그냥 남남처럼 히끗히끗 부딪칠 뿐이었다. 그들은 안타깝게도 별거생활을 하고 있었다.

그러나 그 별거생활을 다시 '화합'으로 이끌어 준 쪽이 있었다. 바로 탤런트 정혜선 씨의 1살배긴가, 하는 딸이었다. 어느 날 정혜선 씨 부부가 PD들이 있는 사무실(연예계)을 들어왔다가 아무 생각 없이 아이를 이남섭 씨의 책상 위에 올려놓았다.

그런데 그 아이가 말썽이 났다. 그만 이남섭 씨의 책상 위에다가 실례를 해댄 것이었다. 책상 위에 놓여 있던 드라마 대본이 몽땅 홍건히 젖어버렸다. 그걸 보자 이남섭 씨의 눈매가 고울 리가 없었다. 워낙 꼼꼼하고 빈틈이 없는 분이어서 버럭 화를 냈다.

"이 책상이 어린아이의 화장실이야?"

KBS-TV 탤런트 1기생들의 수료식기념(1961년).

그 소리가 어찌나 컸던지 그만 정혜선 씨의 얼굴이 새빨개졌다. 정혜선 씨가 당황을 한 것은 물론이었다. 박병호 씨의 표정 또한 고울 리가 없었다. 어린아이가 이남섭 씨의 성난 목소리를 듣고 마구 울어대자 보다 못한 박병호 씨가 발칵 화를 냈다.

"어린애가 화장실인지 책상인지, 어떻게 알아요?"

박병호 씨와 정혜선 씨 부부가 불쾌하다는 표정을 지었다. 홧김에 쏘아댄 이남섭 씨는 그들이 노골적으로 맞대응을 하자 감정을 가까스로 눌렀다. 그러나 그 싸움을 마침 옆자리에 와서 드라마 대본을 가져가려던 김난영 씨가 봄으로써 비화(飛火)되었다.

"아니, 어린애를 거기 올려놓으면 어떻게 해. 오줌을 싸서 대본이 온통 젖었잖아?"

그러자 질세라, 정혜선 씨 왈,

"어린애가 뭘 알아. 좀 쌌으면 가만 있으면 될 것 아냐?"

"뭐야?"

싸움은 엉뚱한 데로 붙었다. 그러나 그 싸움은 몇 마디의 오고가는 공방전으로 끝났는데 또 다른 이변(異變)이 일어나고 말았다. 별거생활을 한답시고 집을 나와 여관방으로 돌아다니던 이남섭 씨가 얼마 있지 않아 합방(合房)을 했다는 소식이 들려온 것이었다. 그리고 또 나중에 이남섭-김난영 부부가 케이크를 사들고 정혜선 씨를 찾아갔다는 소리가 들렸다.

그런가 하면 나는 김현철-조영일 부부와도 인연이 깊다. 그 무렵 내가 원효로에 살 때였고, 그들도 원효로 방면에 살고 있었으므로 퇴근길이면 함께 집으로 돌아가는 횟수가 많았다.

그때 김현철 씨는 아들을 낳고서 호주로 1년간 연수를 갔다 온 뒤였다. 나는 그들 부부와는 친한 편이었고 저녁 퇴근길에 참새가 방앗간을 지나치지 못하듯 생맥주집에 들려 목을 축일 때가 많았다. 술값은 맞벌이를 하는 부부여선지 주로 김현철 씨가 냈고, 그들이 서너 번 사면 나는 한 번인가 냈을 정도였다.

그때 나는 그들 부부의 성격이 판이하게 다르다는 것을 알았다. 조영일 씨는 여자로서 집안 살림을 꾸려가려고 매사에 꼼꼼하고 돈 한 푼이라도 아끼는 터였지만 김현철 씨는 그렇지를 못했다. 조영일 씨가 명동 쪽에 있는 정류장으로 걸어 내려가 버스를 타고 집에 가자고 하면 김현철 씨는 몇 발짝을 걷기가 싫다고 한사코 택시를 잡아타자고 고집하는 것이었다.

나는 중간 입장에서 난처하지 않을 수가 없었다. 부부간의 입씨름이어서 어느 편도 들어줄 수가 없었다. 다만 어색한 표정으로 머뭇거리고 있다가 그들의 결정에 따라 버스를 타거나 택시를 잡으면 앞자리에 끼어들 뿐이었다.

나중에 알았지만 조영일 씨는 너무나 절약형인 데 비해 김현철 씨는 대단한 낭비벽이 있었다. 주머니에 두둑하게 돈이 들어 있으면 그것을 그날에 작살을 내야만 직성이 풀리는 것 같았다.

이들 부부는 어느 날, 또 한판 크게 다투었다. 퇴근길에 버스 정류장 앞에서 새로 난 양복점이 김현철 씨의 눈에 띄었다. 그는 대단히 차분한 성격에 옷을 잘 입는 축에 들었다. 그는 잠깐만 기다리라 하고서 양복점 안으로 뛰어 들어갔다. 그러나 아무리 기다려도 나오지를 않았다. 보나마나 새 양복을 맞추고 있는 것이 틀림없었다.

"아니 집에 있는 옷도 많은데 아예 옷가게를 차릴 셈예요?"

조영일 씨의 따발총 퍼붓는 소리가 터졌다. 알뜰하게 살려고 하는 그녀의 눈에 양복을 두 벌씩이나 맞추는 남편이 얼마나 기막히게 보였을까.

나는 이들과 방향이 같은 원효로에 살고 있다는 것이 죽을 맛이었다. 함께 동행만 하면 조그만 일에도 틀어지는 부부싸움을 구경해야 했기 때문이었다. 그러면서도 무슨 이유를 달아서라도 혼자서 퇴근해야겠다고 벼르고 사무실을 살짝 빠져나오려고 하면 어느 틈에 눈치챘는지 같이 가자는 김현철 씨의 제의를 거절할 수가 없었다.

그런데 그 뒤 정말로 알 수 없는 일이 생겼다. 김현철 씨와 조영일 씨가 함께 퇴근하는 횟수가 갑자기 눈에 띄게 줄어든 것이었다. 나는 왜 그러냐, 하고 묻지도 않았다. 다만 지켜볼 뿐이었다.

그 즈음 조영일 씨는 장사공 작, 고성원 연출의 새 연속극 <태양은 늙지 않는다>에서 오지명 씨와 함께 주인공 역을 맡고 있었다. 그들은 밤 녹화가 잦았으므로 통금이 가까워 올 때까지 함께 있는 시간이 많았다. 서로가 애틋한 연인 역을 맡았고 그들을 중심으로 드라마가 꾸며지고 있었으니 그들이 함께 있는 시간이 많다고 해서 의심할 사람도 없었다. 나는 조영일 씨가 드라마 녹화 때문에 퇴근시간이 맞지 않아 요즘은 동행이 뜸해졌구나, 하고만 생각했다.

그러나 그들을 색다른 눈길로 지켜보고 있던 사람이 있었다. 바로 <태양은 늙지 않는다>의 연출을 맡고 있던 고성원 씨였다. 그는 그들의 사이가 심상찮음을 알고서도 군내가 나도록 입을 다물고 있었다. 직장 동료의 아내가 이미 딴 남자에게 마음을 둔 것을 차마 알릴 수가 없었다.

그 뒤 얼마가 지나서였을까. 김현철 씨와 조영일 씨는 이별을 고했다는 소리가 들렸다. 그때서야 고성원 씨가 입을 열었다.

"내, 그럴 줄 알았지만 사생활들이라서 차마 입을 열 수가 없었어."

나는 그들이 헤어졌다는 데 대해 큰 충격을 받았다. 내가 총각이었던 시절인데다가 그들 부부의 성격을 잘 알고 있었기 때문이었다. 지금 나이가 들어서야 그들이 성격이 맞지 않아 헤어질 수밖에 없었다는 것을 이해하고 있지만 그때는 그들이 왜 그랬을까 하고 고개를 갸우뚱거렸던 시절이었다.

작가의 괴벽

　나는 지금부터 AD와 PD의 역할이 무엇인가를 얘기하려고 한다. 똑같은 연출자이긴 한데, 한마디로 말한다면 PD는 주역이고 AD는 조연이다. 드라마상에서 주연이 있고 그 주연을 받혀주는 조연이 있다고 생각하면 우선 이해가 쉬울 것이다.

　나는 AD생활을 길게 하였다. 그것은 내가 험한 훈련을 받고 군대생활을 해낸 것과 같은 생활이었다.

　AD로서 우선 해내야 하는 일은 PD인 선배의 명령에 따라 작가들의 집필실을 찾아가서 대본을 가져오는 일이었다. 우선 대본이 있어야 콘티를 짜고 리허설을 해서 녹화에 임할 수 있기 때문이다.

　그러나 작품을 제시간에 받아오는 일이 그렇게 쉽지 않았다. 작가들의 작품이라는 것이 누에에서 실 풀리듯 술술 나오는 것이 아니었고, 정해진 시간에 내어놓기로 약속을 하고서도 번번이 시간을 어기기가 일쑤였다. 이른바 작품 하나하나를 내어놓는다는 것이 산고(産苦)의 산물이 아닐 수 없었다.

　작가들은 대개가. 괴팍한 성격들을 갖고 있었다. 정신노동을 하니까 스트레스가 쌓이고 마음먹은 대로 작품이 잘 풀리지가 않아서였을 것이다.

몇 시간을 정성 들여 20~30장의 원고를 써놓았다가도 신경질적으로 북북 찢어버리는 작가가 있는가 하면, 구상이 잘 떠오르지 않아선지 목욕탕에 들어가서 참선을 하듯 눈을 감고 있는 이들도 있다. 또 술집에 처박혀서 '에라 모르겠다' 하고서 대낮부터 술에 취해 있는 이들도 있었다.

이쯤 되면 가장 초조하고 안달이 나는 것은 PD나 AD들이었다. 방송시간에 맞춰 드라마 제작을 서두르자면 1초라도 아껴 써야 할 판인데 작품이 나오지 않으니 작가들 못잖게 스트레스가 쌓이는 것이었다. 그러나 어떻게 하랴. 할 수 없이 비위를 맞춰가며 다독거릴 수밖에 없었다. 하지만 한편으로는 그들이 왜 그럴 수밖에 없는가 하는 점이 이해가 되었다.

이미 고인이 되었지만 우리 나라 방송드라마사상, 사극의 대부격이라 할 수 있는 이서구 선생은 유일한 취미가 카메라를 만지는 일이었다. 그분은 꼭 카메라를 만지작거리고서야 글을 쓰는 습관이 있었다. 야외촬영 때도 자기의 작품에 남다른 애정을 갖고서 촬영현장까지 따라나와 출연 탤런트들의 모습을 카메라에 담기도 하고 함께 기념촬영을 해주는 것이었다. 그분이야말로 멋쟁이 중의 멋쟁이였다.

KBS 아침드라마 〈은하수〉(1981년).

그런 분이 노구의 몸으로 집필을 하느라고 정신이 이따금씩 깜박거렸던지 이미 극중에서 죽어버린 배역을 엄연히 살아 있는 사람처럼 작품을 써와 연출자를 당황하게 한 적이 있었다. 막상 대본을 받아쥔 연출자로서는 연습을 하다가 여간 당황하지 않을 수 없었다. 얼굴이 죽상이 된 연출자가 부랴부랴 이서구 선생을 찾아가서 하는 말,

"선생님. 이 배역은 지난 번 대본에서 죽지 않았습니까?"

"가만있자. 언제 죽었지?"

"지지난 주였지 않았습니까. 그런데 이렇게 버젓이 살아 있으면 시청자들이 뭐라고 그러겠습니까?"

하도 답답하여 연출자의 입에서는 하소연이 나왔다.

"그런가? 그럼 어떡하지?"

"그걸, 지금 제가 묻지 않고 있습니까?"

"그래? 알았어. 그럼 곧 죽여주지."

연출하는 입장에서는 짜증이 나서 죽겠는데 선생은 그럴 수도 있지 않느냐는 눈빛을 보이고 즉석에서 대본을 고쳐주는 것뿐이었다. 배역 하나 살리고 죽이는 것은 작가의 입장에서 누워서 떡 먹기겠지만 연출자로서는 신경이 쓰이는 일이 아니었다.

독자들은 또 정열적인 작가로 대표작 <곰>과 <마부(馬夫)>라는 작품을 내놓아 장안을 떠들썩하게 한 김영수 선생을 기억할 것이다. 그분은 다리를 절룩거려서 항상 지팡이를 들고 다니다가 돌아가셨다.

그분의 특징은 연습실에서 탤런트들과 함께 대본을 읽어내려 가다가 자기 감정에 빠져 눈물을 찔끔찔끔 흘리는 것이었다. 얼마나 감정에 사로 잡혔으면 눈물까지 흘리고 있었을까.

그러나 김영수 선생은 정말이지 외곬으로만 파고드는 집중력이 있었다. 그 앞에 앉아 있으면 선생의 침방울 세례를 받지 않는 연기자가 없었다. 선생과 함께 대본을 읽을 때는 연기자들은 멀찌감치 떨어져서

연습을 하곤 했다. 지극히 감정이 풍부했다.

그런데 김영수 선생 못지않게 감정이 풍부하기로 둘째가라면 서러워할 작가가 또 있었다. 지금은 공주에서 칩거중이란 소식이 들려오고 있는 장사공 씨였다. 그는 세상을 떠들썩하게 한 '정인숙 사건'에도 관계가 있는 분이었다.

그분은 책읽기 연습 때부터 슬픈 장면을 연기자가 읽으면 뒤에서 훌쩍훌쩍 울어대는 눈물의 작가이다. 사극(史劇)의 대가로 알려진 신봉승 씨는 초록색 잉크의 만년필이어만 작품이 슬슬 풀리는 습관이 있다.

도무지 무슨 말인지 알지도 모를 흡사 거미줄 같은 악필의 작가는 91년 크리스마스 이브에 급서한 김기팔 씨와 반공드라마의 대가 김동현 씨가 있다. 용케도 이들의 원고를 판별하는 아가씨들은 영문사(대본제본사) 타자수뿐이다. 알다가도 모를 기이한 버릇들이다.

인상 깊은 영상들

1966년에서 2년간 교양 PD시절. 난 영화와 연극을 꽤 보았고, 또 「KBS사보」와 「방송」지에 글도 자주 썼다. 훗날 생각해 보았을 때, 이때 공부하고 발표했던 글이 PD생활에 많은 보탬이 되었다고 본다.
1966년 8월 4일 「방송」에 게재된 영화감상문이다.

인상 깊은 영상들

'카메라는 펜보다 강하다'

프랑스의 신진 영화감독 와잇트망의 말을 빌지 않더라도 현대인에겐 절실한 명구라 생각한다.

제아무리 미사여구를 재치 있게 구사하는 명필자라 하더라도 극적 장면을 효과 있게 묘사하는 데 고도의 정밀한 카메라를 따를 수 있을까?

생전의 케네디가 대통령 취임식을 끝내자 기쁨에 넘쳐 그의 턱을 살짝 치켜올려 주고 있는 재클린 여사와의 극적 장면을 AP 사진기자 헨리 브르크스가 찍어 특종상을 획득한 거라든지, 영국에서 열렸던 세계축구대회의 영국과 우루과이 대전중 막상막하의 접전을 TV로 보다 못해 자기 집 풀에 빠져 자살한 축구광의 얘기를 보더라도 역시 카메라의 위력은 큰가 보다.

이처럼 카메라가 우리 인간에게 주는 심리적인 영향은 막대하며 영화관은 노상 만원이고 TV수상기 역시 날개 돋친 듯 팔려 TV방송 붐이 멀지 않았음을 암시해 준다. 사실상 전 스태프와 캐스트들이 그토록 오랜 시간과 심혈을 기울여 오직 이 한 작품의 성공을 위해 영상에 바치는 정열은 실로 막대하다.

연출자는 연출자대로 영상 하나하나마다 신경을 곤두세워 연기자를 지도하고 연기자는 그들대로의 의상과 조명의 각도까지 예리하게 의식하는 등…… 정녕 완전한 영상미를 구현시키기에 신경과민이 될 수밖에 없다. 때문에 스릴러의 명장 히치콕크는 "연기란 미련한 삶의 잘라 낸 한 부분을 산다는 것이다"고 디렉터의 고충을 갈파했고, 오죽했으면 본격적인 연기파 스타인 샤리 마클레인이 "나는 나의 일생을 의상 밖으로 뛰쳐나와 살고 싶다"고 외쳤을까?

결국 이처럼 영상(카메라)은 철두철미하게 리얼하고 관객은 냉혹한 심판자이기 때문이다. 그러면 이러한 상황 속에 제작되어 상영된 그 숱한 영화 가운데서 저마다의 가슴속에 잊혀지지 않고 아스라이 도사리고 있는 인상적인 영상은 과연 얼마나 될까? 한번 기억을 더듬으며 이 무덥고 긴 여름밤을 새워 보기로 하자.

'다이얼로그의 묘미'

"톰, 넌 오늘부터 시스터 보이야! 사내녀석이 못 되니까 말이야……"

영화 '차와 동정' 중에서 불우한 가정 환경 때문에 예술과 사색을 즐겨 결국 내성적인 성격의 소유자가 된 톰(죤 카 扮)-. 그의 온유한 성격과 고독한 환경을 이해하고 동정한 나머지 '차와 동정'의 한계를 넘어 무분별한 사랑에 휩쓸리지 않으면 안 되었던 사감 부인 로라(데보라카 扮)와의 애달픈 사랑의 이야기. 이것은 브로드웨이에서 엘리 카잔의 연출로 공연 당시 장기흥행기록을 수립한 바 있는 로버트 앤더슨의 희곡영화 '차와 동정'(Tea and Sympathy)의 스토리이다.

물론 영화는 '파리의 아메리카인' 등 일련의 뮤지컬 감독인 빈센트 미네리의 차분한 하이틴 영화밖에 될 수 없고 문제작은 될 수 없었으나, 시종 흐르는 따스한 정감과 치밀한 심리 묘사는 아직도 우리들 기억 속에 살아 있으리라고 본다. 특히나 도입부 뉴잉글랜드 대학의 동창회날 교정을 찾은 톰이 그 옛날 기숙사 창가 의자에 앉아 10년 전의 정사를 회상하는 장면과 시스터 보이란 친구들의 닉네임을 씻기 위해 바 걸 엘리(노마 크레인 扮)를 찾아가 남자임을 증명하려 했으나 오히려 "시스터 보이란 당신을 두고 말하는 거냐"고 조롱을 당하고 엘리의 칼로 자살을 기도하는 장면 등 전편을 흐르는 다이얼로그가 여간 매끄럽지 않다.

'시스터 보이!' 이 한마디가 내성적이고 사색을 즐기는 주인공의 성격을 얼마나 재치 있게 표현한 다이얼로그의 묘미인가?

'감각적인 구도'

『지상에서 영원으로』, 『나자와 사자』와 함께 제2차 세계대전을 배경으로 한 3대 소설의 하나인 어윈 쇼의 동명 영화 '젊은 사자들'(The Young Lions)은 견실한 연출로 정평이 있는 에드워드 드미트릭의 리얼한 연출로 인해 유일한 전쟁영화로서 우리들 가슴에 아로새겨지고 있는데, 특히 이 영화에서 인상적인 것은 호프 랭그의 청순한 연기, 몬티와 마론 브란도의 대조적인 연기이다.

특히나 영창에서 노아(몬티 扮)를 면회 온 호프의 애수 깃든 표정은 철창을 가운데로 마주한 전쟁 속의 애절한 청춘상으로 길이 기억된다.

외로움에 사무친 30대 여인(이민자 扮)과 세상 물정 모르는 20대 청년(신성일 扮)과의 애절한 사랑을 그린 한국 영화의 대표작가 유현목 감독의 '아낌없이 주련다'는 신성일의 출세작이라는 의미에 앞서, 본격적인 포토제니론 시도의 성공으로 주목할 만한 작품이라 하겠다. 영화 전편을 흐르는

'누구를 위하여 종을 울리나'(1953년).

섬세한 감각구도, 흐뭇한 서정과 밀도있는 장면이 여간 감미롭지 않다.

특히 해안가에서 벌어지는 대담한 정사신이나, 이민자가 세면대에서 복약하는 날카로운 쇼트, 도입부에 군중들이 철조망 경비원에게 달려가는 압권신, 라스트에 부둣가에서 밧줄을 가운데로 쇼리(안성기 扮)의 작은 손을 쥐어 주며 떠나가는 장면 등은 영상미의 구현이라 아니할 수 없겠다.

연상의 여인과의 묘한 관계를 그린 작품 부류 가운데는 1910년대 영국 노팅감주의 탄광촌을 무대로 한 D. H 로렌스의 '아들과 연인'이 있다.

부부생활 속의 불만을 아들 폴(딘 스톡웰 扮)의 편애로 충족시키려는 어머니(웬디 힐러 扮) 때문에 청순한 소녀 밀리암(히저 시어스 扮)을 사랑하면서도 헤어져야 하는 등 온갖 모순의 청춘을 썩혀야 하는 이 작품은 습기찬 탄광촌의 무드 구성이 어둡지 않아 한결 이색적이며, 카메라맨으로 첫 데뷔작인 작 카디프로서는 급제품이다. 특히나 베드신에서 묘출되는 유동적인 카메라 워킹은 문예영화로서 향기를 더 한층 높였다 하겠다.

'해피 엔딩과 트레직 엔딩'

헝가리 사태를 배경으로 최후의 비행기를 놓친 14명의 민간 여행자가 부다페스트를 떠나 군용버스로 오스트리아에 이르기까지 고난의 기록을 그린 린드버그 감독의 '여로'는 전반부에 핀치를 벗어나는 묘한 스릴과 서스펜스의 알맞는 시추에이션으로 재미있으나, 후반부에 처지는 느린 템포와 멜로드라마틱한 극적 구성으로 산만하지만 라스트 신은 퍽 인상적이다. 경비대장인 율 브린너가 극적인 회심으로 자유의 다리를 무사히 건네주고 지프에 오른 순간, 윈도우를 뚫고 자신의 가슴에 박히는 총탄으로 인해 숨지는 결말은 보는 이의 가슴을 한층 뜨겁게 해준다.

정의를 위해 분연 게릴라전에 참여하여 철교 폭파의 대임을 받은 로버트 죠단(케리 쿠퍼 扮)이 3일간의 짧은 생명을 마리아(잉그리트 버그만 扮)와의 사랑에 불사르고 장렬하게 죽는 헤밍웨이의 '누구를 위하여 종을 울리나'는 트래직 엔딩의 대표적인 좋은 예다.

적의 기관총에 명중된 죠단, 애통하는 마리아를 억지로 말에 태워 보내고 자신은 점점 멀어져가는 동지들의 안전을 위해 최후의 순간까지 기관총의 방아쇠를 당기는 라스트 신-. 정녕 감동적인 장면이었다.

미국 본토로 향하는 항해선상에서 두 여성 카렌(데보라카 扮)과 로린(도나리드 扮)이 서로 알게 되어 이야기를 나누는 데서부터 회상장면으로 바뀌는 후랫드 진네만의 '지상에서 영원으로'는 전쟁의 뼈저린 아픔을 직접 체험한 휴전 직후 우리 나라에서 상영된 작품이라 그런지 많은 사람들의 심경을 울려 준 전쟁영화였다. 1941년 여름 호놀룰루의 스코필드 병영에서 벌어지는, 생활 감정이 각기 다른 세 남성의 로맨스, 그 가운데도 몬티의 억센 대결 정신이 눈물겹도록 장하다.

회상장면이 끝나고 다시 현실로 돌아와 마스트를 때리는 파도를 내려다보며 꽃목걸이를 벗어 그 꽃잎을 하나하나씩 뜯어 던지는 눈물어린 카렌과 로린-, 파도를 따라 점차로 멀어져 가는 꽃잎들…… 이 얼마나 감정 어린 트래직 엔딩의 영상인가?

여기에 비해 '젊은 사자들'은 같은 전쟁영화의 걸작이지만 라스트가 퍽 아이러니컬한 데가 있다.

연합군은 전진하였다.

라인강을 건너서 동쪽으로 동쪽으로. 다시 공격의 목표는 독일의 포로 수용소. 크리스챤(마론 브란도 扮)은 패전에서 떨어져 나와 여기에 도착한다. 하지만 그가 여기서 본 것은 인간의 허무함과 욕망뿐, 생사의 경지를 헤매는 반라의 초라한 포로들…… 그가 오늘 이 순간까지 청춘의 전부를 걸고 싸운 것이 요 모양 요 꼴이란 말인가? 모든 것은 끝난 것이다.

총을 던지고 산비탈길을 내려간다. 고개 밑에는 마이켈(딘 마틴 扮)과 노아(몬티 扮)가 있었다. 돌연 마이켈의 총이 요란한 불을 뿜었다. 뻘구덩이 속에 빠져 물위로 한 번 치솟은 후 다시 움직이지 못하는 그 물방울만이 해면 위로 솟구치고 있었다. 이리하여 대전 전야의 라인강 근처 눈 덮인 스키장에서 마이켈의 연인인 마가렛(바바라 러슈 扮)과 짧은 인연을 맺었던 크리스챤은 마이켈의 손에 의해 죽는, 죽음의 아이러니컬한 모습을 엿보이게 한다.

트레직 엔딩의 극치로서 빼놓을 수 없는 작품은 다그라스 서크의 '사랑할 때와 죽을 때'가 있다. 항시 치열한 전쟁의 포화 속에서도 연인의 편지만은 꼭 가슴속에 간직하고 다니는 주인공 죤 카빈. 그가 적탄에 맞아 개울가에 쓰러져 숨을 거두면서도 냇물에 떠내려가는 연인의 편지를 건지려는 필사적인 안간힘. 손에 잡힐 듯, 잡힐 듯하면서도 끝내는 편지를 못 쥔 채 눈을 감는 죤 카빈-.

눈시울이 뜨거워지는 트레직 엔딩의 극치다.

그러면 트레직 엔딩 작품에 비해 해피 엔딩의 작품에는 어떤 것이 있을까. 미국인의 생활감정이 안일한 낭만의 신념 속에 있어 그런지 대부분의 미국영화는 해피 엔딩이다. 특히나 서부영화는 정석적인 해피 엔딩의 심벌로 볼 수 있는데, 1880년 미국 아이오밍 고원을 무대로 농장 소유권과 이주민 소유권을 둘러싸고 벌어지는 정의의 사나이 센(아란랏드 扮)이 북부의 돼지라 일컫는 악당 라이커(잭 파란스 扮)를 물리치고 이 마을에 다시 평화를 심고 떠나는 '센'은 대표적이라 하겠다.

　특히 섬세한 연출로 정평이 나있는 죠지 스티븐슨이 '젊은이의 양지'에 이어 제작 감독까지 겸한 영화 '센'은 서부를 묘사한 웅장한 일대 교향시로써 아직도 우리들의 기억에 생생한데, 더욱이 라스트 주점에서 라이커와의 결투를 끝내고 소년 죠이(브란돈 데 와일드 扮)에게 훌륭한 사람이 되어 양친을 잘 모시라고 타이르고 눈 덮인 산 저쪽으로 말을 몰아 사라지는 센의 뒷모습을 따라가면서 "센 돌아와요! 센(Shane, Come back to me)" 하고 외치는 절규가 웅장한 아이오밍 고원에 메아리쳐 오는 아름다운 서부의 황혼……. 얼마나 인상 깊은 영상의 극치인가?

　나는 드라마 파트의 혹독한 생활로부터 훼손된 몸을 충분히 휴식하면서 오랜만에 부산으로 휴가까지 갈 수 있었다.

　당시 TV방송 3사에서는 PD들을 교대로 일본TV를 유일하게 볼 수 있는 부산에 며칠씩 출장 보내는 게 관례였다.

　일본의 TV프로그램을 보고 좋은 프로그램을 제작하라는 취지였지만 솔직히 얘기해 일본 프로그램을 모방해도 좋으니 시청률만 올리라는 회사측의 공공연한 암묵이었다.

　이런 관례가 훗날 모방을 훌쩍 지나 100% 표절의 대명사인 MBC의 〈청춘〉 드라마가 탄생되는 악순환의 고리가 된다.

<여고 동창생>과 박노식

　　내가 드라마 AD에서 PD가 된 것은 69년 2월이었다. 65년 5월 KBS에 입사했으니까 5년만에 연출할 수 있는 PD가 된 것이었다. 말하자면 나는 어느 AD들보다도 가장 늦게 PD가 된 셈이었다.

　　그런데 내가 PD가 된 데는 그만한 계기가 있었다. 드라마를 연출중이던 임학송 씨가 갑자기 연출을 그만두고 낙향을 해버렸기 때문에 그 대타로 PD를 맡은 것이었다.

　　나중에는 시골로 내려갔던 임학송 씨가 다시 돌아오기 했지만 그가 방송국을 떠난 것 또한 그만한 이유가 있었다. 그것은 순전히 방송사의 풍토가 어지럽고 질서가 잡혀 있지 않은 데 대해 실망과 회의를 느껴서였다.

　　웃어 넘겨야 할지 상을 찡그려야 할지, 당시 음악 PD로서는 <무용에의 초대>를 연출하고 있는 오모 PD와 쇼프로의 대가임을 자처하는 황모 PD가 있었다. 임학송 씨가 잠정적이나마 방송사를 떠난 것은 이들 때문이었다.

　　그들 두 사람은 틈만 나면 포커를 즐기고 있었다. 생방송으로 프로가 진행될 무렵인데도 그들은 정신없이 포커에 빠져 있었다.

　　"자, 또 한판!"

그들은 돈 따먹기에서 자주 싸웠고 그것이 소문이 나서 상사로부터 경고도 많이 받았다. 나도 한때 당구에 미쳐(미쳐봐야 지금까지도 150) 틈만 나면 당구장을 드나들긴 했지만 그들이야말로 옆에서 봐도 너무 지나치다는 소리가 들릴 정도였다.

그때 그 광경을 여러 번 목격한 임학송 씨가 보다 못해 소리를 질렀다. 임학송 씨는 그런 꼴을 봤을 때 그냥 넘기지 못하는 성미였고 성격 자체도 다혈질인 데가 있었다.

"제발 방송국 안에서 그놈의 포커 좀 그만두지 못햇!"

그러나 그 소리도 소귀에 경 읽기였다. 나중에 그들은 징계를 받아 지방 방송국으로 떨려났지만 오죽했으면 임학송 씨가 소리까지 질렀을까. 임학송 씨는 모든 것이 꼴 보기 싫다 하고서 방송국을 떠나버리고 말았다. 나는 그런 점에서는 임학송 선배를 존경한다.

아무튼 나는 대타로 맡겨진 연출작업에만 매달려야 했다.

<여고 동창생>(김석야 작)은 주부들을 위한 홈 멜로물로서 최불암, 김혜자 씨가 부부 역을 맡았고 액션스타로 알려진 박노식 씨가 체육선생을 맡고 있었다. 최불암, 김혜자 씨가 지금은 MBC-TV의 최고의 연기자로서 <전원일기>에서 추종을 불허하는 독보적인 콤비를 이루고 있지만 그렇게 된 것도 <여고 동창생>에서 부부 역을 맡은 것이 시발이 되었기 때문이었다. 처음에 최불암, 김혜자를 부부로 캐스팅했을 때 선배들은 미스캐스팅이라고 비웃었다. 왜? 그때까지만 하더라도 최불암 씨는 악역이나 터프가이 역할만 했기 때문이다. 그러나 MBC-TV 개국과 함께 이들은 0순위로 스카우트되었다. 이를 인연으로 3개월 후 나의 결혼식에서 최불암 씨는 사회까지 했다.

그럴 즈음, 박노식 씨는 한창 인기가 절정에 올라 영화 '용팔이' 시리즈에 출연해서 2~3개 프로에 겹치기를 할 때였다. 그러니 연습 때가 되어도 허겁지겁 늦게 달려오는 그를 보고 뭐라고 짜증을 낼 수 도

금요무대 〈여고 동창생〉. 좌로부터
김혜자, 한은진, 김정훈(1969년).

없는 형편이었다.

그런데 문제는 박노식 씨가 아주 골칫거리였다. 그는 술만 마셨다 하면 왕년에 주먹깨나 휘둘렀다는 권투를 해서인지 성격이 과격했고 적잖이 주사(酒邪)가 있었다. 녹화가 있는 전날 밤에 집엘 가다가 그만 일을 저질렀다.

"저기 봐라. 노식이 간다."

팬들이 앵무새처럼 지저귀었다. 팬들은 그 유명한 '박노식'을 향해 말한 것이었다. 그 소리에 그만 화가 났다.

"뭐야! 어디다 대고 반말이야!"

그 팬을 흠씬 두들겨 팼다. 코피가 나도록……. 물론 상대방의 하는 짓거리가 미워 보였을 것이고 따라서 화가 나니까 패고도 남을 것이다. 그것이 화근이 되고 말았다.

취중 폭행죄로 중부서 유치장에 갇힌 신세가 됐다. 잘한 것도 없는 취중(醉中)죄…… 녹화는 해야 하겠고 이를 어쩐단 말인가.

나는 그만 울상이 되었다. 죄는 밉고 할 일은 많았다. 녹화를 펑크 낼 수는 없는 일이었다. 나는 애가 탔고 이 일을 어쩌나, 하고 몸둘 바를 몰랐다. 생각 끝에 중부경찰서장을 직접 찾아갔다.

“죄송하지만 녹화를 해야겠으니 선처를 바랍니다.”

“안 됩니다. 법은 법입니다.”

경찰서장은 연예인이라고 해서 눈감아 주거나 특혜를 줄 수 없다고 완강하게 잘라 말했다.

“그건 알고 있습니다. 법적으로는 박노식 씨가 잘못 됐다는 것을 알고 있습니다. 그러나 시청자와의 약속도 지켜야 합니다. 그것도 법으로 지켜주시기를 바랍니다. 녹화를 끝내고 다시 돌려보내 드리겠습니다.”

나는 <여고 동창생>을 책임 맡은 연출자로서 어떻게 해서든 녹화를 해야겠다는 생각밖에는 없었다. 박노식 씨가 법을 어긴 것을 모르는 바는 아니었다. 잘못한 것은 분명히 벌을 받아야 하는 것이 마땅했다.

나는 그러면서도 서장실에서 꼼짝 않고 선처만을 바랬다. 내가 얼마나 그 자리에 끈질기게 서 있었던지 경찰서장은 그만 손을 들고 말았다.

“내가 졌소. 다만 시청자를 위해서 특혜를 베풀어주는 것이오. 이 조치도 법 테두리 안에서요. 그리고 녹화시간이 끝나면 곧 되돌려 보내야 하오.”

서장은 그렇게 말하며 담당 형사 하나를 딸려서 박노식 씨가 방송에 출연하도록 선처해 주었다.

박노식 씨는 간밤에 숙취가 풀리지 않고 유치장에서 잠마저 설친 탓인지 얼굴이 꽤나 까칠해 보였다. 그 얼굴로 녹화에 임하는 모습이 영 엉망이었다.

서장이 딸려 보낸 형사가 스튜디오에까지 들어와서 박노식 씨가 화장실을 가도 따라다니고 행여 줄행랑이라도 칠까봐 살쾡이처럼 노려보고 있으니, 연기가 제대로 될 리 없었다. 연신 그 놈의 NG를 내는 것이었다.

나는 그가 연거푸 NG를 내는 바람에 진땀이 날 수밖에 없었다. 그러나 그가 왜 그러는지를 나중에야 눈치챘다. 녹화가 끝나면 곧바로 중부서 유치장으로 되돌아가야 했기 때문에 그것이 싫어서였다. 그러면서 그는 나의 귀에 대고 조그맣게 속삭였다.

"김 감독! 슬슬해. 나 좀 생각해서 제발 좀 슬슬 하란 말야…… 녹화가 끝나면 나는 또 유치장으로 끌려가야 된단 말야."

평상시에는 녹화를 빨리 끝내고 술집으로 달려가는 것이 소원이었던 그가 유치장에서 하룻밤을 새운 것에 얼마나 지겨웠으면 녹화시간을 질질 끌려 했을까. 그는 녹화를 끝내고 다시 유치장으로 끌려갔고 피해자와의 합의가 잘 돼 이틀 후 자유의 몸이 되었다. 지금 생각하면 슬며시 웃음이 날 뿐이다.

대타(代打) 인생

그 뒤 나는 <여고 동창생> 연출을 끝내고부터 계속 드라마 PD로서 활동하기 시작했다. 그런데 나에게는 묘한 징크스 하나가 따라다녔다. 드라마 1편을 처음부터 끝까지 맡는 프로가 없이 늘 남이 하던 드라마를 도중에 대타(代打)로 맡는 경우가 빈번히 생기는 것이었다.

야구시합에서 경기가 잘 풀리지 않을 때 대타를 내놓는 것은 오히려 어깨나 으쓱거리고 홈런이나 한방 때려야겠다고 눈독을 들일 일이지만, 연출의 대타는 그야말로 다른 연출자가 하다만 뒷설거지를 하는 것 같아서 찜찜하고 영 반갑지가 않았다. 그런데도 "드라마를 연출하다가 연출자가 바뀌는 일이 생기면 그 프로는 김연진에게 맡겨라"라 할 정도였다.

사실 난 뼈저린 대타의 실패를 일찍이 경험한 과거가 있었다. 교양 파트 PD시절 그 어느 날 미모의 동료 조 PD로부터 느닷없이 점심을 사겠다는 호의에 맛있는 중국요리와 함께 커피까지 얻어먹게 되었다. 그리곤 느닷없이 자신이 이번 일요일 친구들과 백운대 등산 약속을 꼭 지켜야 한다면서 대신 자신의 프로인 <TV유치원>을 연출해 달라는 것이다. 점심도 거나하게 먹었겠다 처녀 PD의 간청을 못 이겨 큐시트(방송진행표)를 넘겨받게 되었다. 그 당시 KBS-TV는 남산(서울예대 건너편)에 있었는데 A스튜디오는 방청석과 스튜디오가 유리 칸막이가 안 된 그야말로 공개 스튜디오였다. 유치원 합창단 50여 명이 계단식 세트에 5줄로 서 있었다.

타이틀과 함께 어린이 합창이 시작되었다. 한 순간 가운데 줄에 섰던 남자 어린이의 바지가 흘러 내렸다. 바지를 끌어올리려는 남자아이가 몸을 앞으로 구부리자 앞에 있는 여자아이가 앞으로 넘어지니 좌우에 있던 어린이들까지 덩달아 넘어진다. 방청석에 있던 어머니들이 아이들을 정돈한답시고 스튜디오로 뛰어드는 게 아닌가. 일순간 스튜디오는 아수라장이 되고 말았다. 생방송 속에 카메라는 이 모든 소동을 상세히 영상화하고 있었다. 나 역시 당황한 끝에 우선 주조(主調)의 필러(사고비상시 방송하는 문화영화)를 요청하고 타이틀 음악과 함께 30분 프로그램이 5분만에 끝나고 말았다.

결국 방송사고로 인해 엉뚱하게 내가 시말서를 쓰고 담당 처녀 PD는 결혼을 이유로 당당히 사직서를 제출했다. 그녀가 회사를 떠난 후 밝혀진 사실은 산행이 애인과 함께였다나……

그 이후 난 어떠한 일이 있더라도 대타는 절대 않기로 작심했다.

〈실화극장-돌무지〉 전야제(1968년).

그런 어느 날 나에게는 또 대타 역할이 떨어졌다. 1971년 박모 PD 가 반공극 <실화극장>을 연출할 때였다. 사실 박모 PD는 방송사에 들어온 선후배로 따져 봐서도 나보다는 아래라고 해야 할 것이다. 그의 능력을 평가 절하해서가 아니라, 나는 공채로 KBS의 문을 두드렸고 그는 낙하산을 타고 내려왔는지, 아무튼 촉탁직으로 옆구리에서 끼어들었기 때문이었다.

그런데도 수완이 좋아서였는지 나보다 한발 앞서 PD가 되어 있었다. 그러니 난들, 겉으로 표현하지는 않았지만 경쟁사회에서 뒤쳐졌다는 생각에 기분이 좋을 리 없었다.

그런데다가 그는 내가 맡기로 한 드라마 연출을 꿰어찬 적이 있었다. KBS에서 최초로 20분짜리 일일연속극을 만들어 보자고 과감히 선언을 하고 나섰을 때였다.

당시 연예계장이던 신윤생 씨의 배려로 신출내기 PD인 내가 일일연속극을 맡는 행운을 안을 수가 있었다. <행복이란 것은>(이성재 작)을 필두로 <아버지와 아들>까지 내리 6편을 연출해 히트시켰고 그 바람에 한창 상승 무드를 타던 <실화극장>은 점점 인기가 하강하고 있었다.

이런 때에 박모 PD는 갓 부임한 P부장에게 어떻게 잘 보였는지 일일연속극 <가시리>(이상현 작) 연출을 맡게 되었고 나는 하루아침에 노는 신세가 되었다. 나는 그만 허탈감에 빠져 몸이 나른할 수밖에 없었다.

박모 PD와 나와는 알게 모르게 그런 묘한 관계를 유지하고 있었다. 그런 그가 <가시리>를 연출하고 있었을 때, 결혼식을 올린다는 소식이 날아들었다. 신부는 영화배우로 유명한 전양자 양이었다.

어느 틈에 팬들의 사랑을 한몸에 받고 있는 그 예쁜 신부를 제비처럼 날쌔게 꿰어찼는지 주위에서는 화제가 될 정도였다. 그는 <가시리>를 연출하랴, 결혼 준비를 서두르랴 눈코 뜰 새가 없었다.

그러나 막상 결혼식 날을 정하고 보니 바로 그 전날이 <가시리>를 녹화하는 날이었다. 결국 그는 일일연속극 3편을 녹화하고서 제 풀에 쓰러지고 말았다. 녹화 펑크가 나게 되자 당황한 P부장이 나에게 달려왔다.

"김 PD. 미안해. 대신 한 번만 연출 좀 해줘. 이 은혜는 꼭 갚을게!"

부장은 애걸하듯 말하고 있었다. 그러니 마음 약한 난들, 또 어쩌랴. 결국 연출을 승낙하고 말았다.

그러나 이 대목에서 꼭 말하고 싶은 것이 있다. 사람마다 풍기는 체취가 다르듯 남이 연출하던 드라마를 대신 연출해 준다고 해서 그 연출자의 개성의 표현과 맛을 그대로 살릴 수는 없는 법이란 점이다. 그것은 연출자마다 특유의 연출 감각이 있고 개성이 다르기 때문일 것이다.

어쨌거나 해보지 않은 <가시리>를 제작하자니 그가 주문하고 간대로 연출에 임할 수밖에는 도리가 없었다. 극중 장면은 세도가로 나온 탤런트 정민 씨가 하녀 역을 맡은 신수강을 광 속에선가 겁탈하는 장면이었다. 그리고 아마 광 밖에서는 어린아이들이 철모르고 뛰어 노는 장면이었을 것이다.

나는 겁탈하는 장면을 소리만 지르는 것으로 처리하고 있었다. 그러나 장면을 보여주지 않고 효과음으로만 겁탈장면을 상상하게 한 것마저도 심의에 걸리고 말았다. 이유는 안방극장에서는 금기로 되어 있는 불륜 장면을 의도적으로 유도했다는 것이었다. 당시 상황은 그러하였다. 2000년을 맞은 지금은 키스 장면도 노골화하는 판에 호랑이 담배 먹던 시절이라고나 할까

어쨌든 나는 박모 PD가 웨딩마치를 올리고 신혼여행을 간 사이에 대타로 연출을 하고서 억울하게 또 한 번 시말서를 쓰는 신세가 되었다. 그 뒤 주위에서는 '대타 연출'은 언제나 사고를 동반하는 징크스가 있으니 제발 맡지 말라는 소리가 들릴 정도였다.

무지개의 꿈

그해 가을 신인 탤런트 모집이 있었다. 또 다른 피곤이 나를 기다리고 있었다.

스타(Star)라는 게 뭔지 해마다 연중행사처럼 모집하고 있는 신인 탤런트 응모에 스타의 꿈을 안고 숱한 탤런트 후보생들이 구름처럼 모여들고 있었다.

최종 탤런트로 선발되는 합격자는 불과 10명 내외지만 매번 5천여 명이 몰려드니 평균 500 대 1이 넘는 치열한 경쟁을 뚫고 영예의 합격을 맛보는 것이다.

응시장은 어느 회사의 신입 사원 모집 광경과 다를 바 없지만 소위 미남 미녀를 자처하는 탤런트 후보생들의 옷차림이 각양각색이어서 이채를 띠는 것이다.

얼굴은 멀끔한데 기름독에서 방금 빠져나온 듯이 머릿기름이 번지르르한 남자 후보가 응시장에 들어와 면접에 임한다.

"이백팔십구번 박○○."

간부들과 연출자 몇으로 구성된 시험관의 첫 질문이 날아든다.

"연극해 봤어요?"

"네! 해 봤습니다."

"언제요?"

"저- 국민학교 때……."

"아, 학예회요? 알았습니다. 다음."

첫 질문에 그 실력은 알쬬다.

국민학교 학예회에 나갔던 것도 연극 출연이라니, 속된 말로 뻔할 뻔자이다.

그러나 이 친구, 시험관이 더 물어줘 자신을 PR하고 싶은 모양인지 머뭇거린다.

"아, 됐으니깐 나가 주세요."

90도 각도로 꾸벅 · 절을 하고 물러선다. 동방예의지국이 사라진 줄 알았더니 시험장에서는 동방예의가 철철 흘러넘치고 있다.

얼굴색이 까무잡잡하고 묘하게 생긴 여자가 들어왔다.

"존경하는 탤런트는?"

"하나도 없습니다."

사뭇 비분강개조의 당당한 대답이다.

"왜요?"

"그걸 꼭 대답해야 하나요? 미안하지만 하나도 쓸모 없는 탤런트뿐이에요. 그래서 제가 이렇게 나선 게 아닙니까?"

"좋습니다. 가장 감명 깊게 읽은 책은?"

"네,『로미오와 줄리엣』중에서 '로미오'였습니다. '줄리엣'은 못 읽었습니다."

터져 나오려는 웃음을 가까스로 참아 버렸다.

『로미오와 줄리엣』을 반쯤은 읽었다고 봐 줘야지.

이번에는 극성파의 등장, 다짜고짜로 커다란 사진앨범 서너 권을 들고 들어와 펼쳐 보이며 세일즈맨처럼 자신의 연극공연 기념사진을 PR한다. 그리고는,

"이번에 떨어지면 자살하겠습니다. 이번이 럭키 세븐, 일곱 번째니까요."

"그래요? 잘 알겠습니다."

제기랄, 자살할 것도 많은가 보다. 탤런트가 되는 길이 뭐 그리 목숨과도 바꿀 직업이라고 이처럼 공갈협박일까. 저절로 한숨이 튀어나온다.

그러나 이 같은 진풍경 외에도 면접장에 들어오자마자 목청을 길게 뽑아 노래를 부르는 응시자도 있다. 특기가 '노래'라며 과시하겠다는 것이다.

또 있다. "한번 울어 보시오" 하니까 감정을 잡는 데 2~3분이 걸린다. 그리고는 무릎을 꿇고 개거품을 흘리면서 기어나오며 독백을 읊는다.

"어머니…… 어머니 우리 어머니……."

그쯤이면 알겠으니 그만 하라고 해도 독백에 열중한 나머지 들리지가 않는 모양이다. 끝내 시험관 앞을 무릎을 꿇은 채 한 바퀴 돌고 만다.

아마 모르긴 해도 말끔히 차려입은 양복바지가 해졌을 것이다.

오전 내내 근 1천 명을 면접했더니 눈이 피로하다.

그 얼굴이 그 얼굴 같고 도대체 확 끌어당기는 얼굴이 없다.

짙은 화장내에 골치가 아프고 화사하게 차려입은 옷차림에 시선이 따갑다.

심사를 같이 한 동료가 입을 연다.

"인조인간이군."

화장한 얼굴에서 순수미가 엿보이지 않고 성형한 콧날에서 기계문명의 조립품 같은 인상을 받았음을 일컫는 푸념이다.

그러나 마침 확 뜨이는 얼굴을 발견했다. 화장도 하지 않은 깨끗한 얼굴, 시골티가 나면서도 이지가 엿보이는 얼굴. 순간, 연출자의 기쁨이 앞선다.

"저거야, 바로 저 얼굴……."

하지만 낙타가 바늘구멍으로 들어가듯 어려운 관문을 통과했어도 톱스타가 되려면 피나는 훈련을 쌓아야 하니, 이 길은 무지개 잡는 식의 험난한 길인지도 모른다.

탤런트(Talent) - , 한마디로 브라운관의 우상적인 존재다. 길을 가도 힐끗 쳐다보기 마련이고 때로는 극성맞은 팬으로부터는 사인 공세까지 몰려 교통 혼잡을 초래하기까지 한다.

그러나 이러한 경우의 탤런트는 비교적 성공한 탤런트의 경우이고 명색은 탤런트이지만 탤런트 생활 7, 8년에 아직도 이렇다 할 출연 작품 하나 없이 뒤안길에서 기다리는 생활을 하는 무명의 탤런트가 허다하다. 그럼 여기서 500대 1의 치열한 경쟁을 뚫고 탤런트 시험에 합격한 A양과 B군의 경우를 살펴보기로 한다.

A양은 고등학교를 갓 졸업한 후 유수한 기업체의 타이피스트가 되었다. 용모가 뛰어난 A양은 직장 퀸을 차지하여 동료들의 선망의 대상이 되었다.

평소부터 탤런트가 되는 꿈을 가지고 있던 A양은 직장 동료의 권유

아침드라마 〈은하수〉(1981년).

로 탤런트 시험에 응시하여 별 어려움 없이 꿈을 실현시킬 수 있었다. 어쩌면 A양은 선천적인 연기 소질을 지녔는지도 모르지만 실상 A양은 연기 수업이라고는 고작 초등학교 학예회에 나간 것밖엔 없다. 하지만 개성이 뚜렷하고 용모가 특출한 A양은 탤런트로서 첫걸음인 탤런트 기초 교육을 3개월 받았다.

교육 시작부터 주위의 시선을 끈 A양은 착실히 탤런트 수업에 열중하였다. 한 생활에서 다른 환경으로 생활 태도를 바꾸어 적응한다는 것은 쉬운 일이 아니지만 A양의 경우는 회사 타이피스트에서 탤런트로서의 인생의 길을 달리 걷기 시작했지만 평소의 몸가짐이나 정신자세는 조금도 흐트러짐이 없었다. 주위 친구로부터도 내 친구 A모라는 명칭보다는 항상 A 자신의 A를 지키기에 안간힘을 다하였던 것이다.

그리고 A양은 본연의 자기를 고수하는 길이 탤런트로서 성공하는 지름길이라고 믿고 있었던 것이다. 그래서 그녀 자신의 개성이 무엇인가를 자신이 발견하기에 노력하였다.

교육이 끝난 후 발표 작품을 하게 되었을 당시 A양은 무척 긴장하고 있었다. 비록 단역이었지만 난생 처음 자신의 얼굴을 브라운관에 선보인다는 점에서 무엇이 자기에게서 나타날 것인가 하고 긴장과 초조에 싸여 있었다.

자신의 맡은 역이 무엇이건 간에 그 역의 개성을 파악하고 자기 자신의 영역을 넓혀 그 역에 맞는 새로운 인간을 창조하려고 노력하였던 것이다.

물론 어려움이 없었던 것은 아니다. 조그만 실수로 자신이 맡은 역을 소화시키지 못할 경우 주위로부터의 실망 어린 냉소가 두려웠다.

몇 번씩 본 대본을 다시 찾아 검토하고, 눈여겨 지켜보고, 자신의 결함이 무엇인가를 찾았다. 또한 그녀는 이것을 독서와 선배의 가르침이나 주위의 충고로 보충해 나갔다. 이러한 노력의 결과에서인지 A양은 발표 작품에서 동기생 10명 중에 가장 유망한 신인 탤런트로 PD들의 시선을 끌 수 있었다. 이러한 결과는 A양에게 더욱 용기를 북돋워 주었으나 결코 교만과 나태는 보이지 않았다.

그녀가 탤런트로서 첫걸음마인 단역에서 조연, 그리고 대망의 주연을 맡았을 때도 주위 사람들은 아주 당연한 결과로 받아들였다. 탤런트 생활 2, 3년만에 주연으로 부상한 A양. 뚜렷한 개성과 신선미가 뭇 사람들에게 당연한 결과로 생각되게 하였던 것이다.

탤런트로서의 길을 걷기 시작한 지 3년. 그 보람을 분명히 찾았으리라고 본다. 그러나 A양 본인은 탤런트의 길은 아직 멀다고 생각하고 있고 더욱 연기 정진에 열중하고 있다.

이번에는 B군의 경우를 보기로 하자.

B군은 고등학교를 졸업하고 별 일 없이 집에서 시간을 보내고 있었다. 대학에 진학하기보다는 자신의 세계를 남보다 빨리 완성시키기를 원했던 그의 꿈도 역시 선망의 대상인 탤런트였다. 흡사 탤런트의 꿈을 완성시키는 것이 그의 가장 큰 인생 목표인 것처럼 화려해 보이기만 한 탤런트가 되기 위해 그는 신문 광고에서 본 탤런트 양성학원에 들어갔다. 거울을 보고 미끈하게 생긴 자신의 얼굴에 도취해 왔던 B군이지만 탤런트학원에서는 하루아침에 그를 탤런트로 만들어 줄 수는 없었다. 반복되는 이론과 실습, 그리고 그가 흘린 땀과 노력은 가히 그 자신도 대견할 정도였다. 그는 기성 탤런트의 특징과 성격을 거의 비슷하게 모방할 수 있었고, 목소리까지도 비슷하게 발성할 수 있었으며 발걸음, 표정, 모든 기성의 것은 그대로 재연할 수 있게 되었다.

그는 이제는 탤런트가 될 수 있다고 희열에 차 있었으며 자기야말로 진짜 탤런트라고 큰소리를 치게 되었다.

그는 방송국에서 실시한 탤런트 시험에 응시했으나 묘하게 계속 낙방만 하였다. 낙방의 고배는 결코 그를 포기시킬 수 없었고, 고배를 마시면서도 B군은 끈질기게 2년 동안 탤런트학원을 다녔고 그동안 엑스트라로 가끔 화면에 모습을 비치기도 하였다.

그러나 B군에게 가장 중요한 것은 사실상 2년 동안 탤런트학원에서 자신도 모르게 몸에 밴, 지금은 결코 뜯어고칠 수 없는 신파조 대사와 과장된 연기였다. 칠전팔기라 할까. 5번의 낙방 끝에 간신히 탤런트 시험에 합격할 수 있었으나 실상 B군에겐 그 다음부터가 문제였다.

처음엔 엑스트라로 시작한 B군은 계속 단역에만 머물고 있다. 같이 들어온 동기생이나 나이 어린 후배들은 자꾸 커 가고 있는데, 지금도 10년을 탤런트로 생활하고 있으나 자신이 만족할 만큼 좋은 역도 맡지 못함은 물론 연출자도 큰 역은 그에게 줄 생각도 하지 않고 있다. 모두가 생각하고 있는 것은 그에게 개성이 없다는 것이다. 남의 흉내는 기막히게 잘 내면서, 실제로 새로운 성격을 창조해 내거나 소화시키는 역은 B군에게 너무나 거리가 멀었던 것이다.

무엇이 B군을 이렇게 만들었을까?

첫째로 B군의 용모가 문제다. 개성이 없는, 흔히 쉽게 발견할 수 있는 평범한 미남형에다가 자칫 잘못 몸에 밴 신파조의 대사가 B군을 결코 탤런트로서의 빛을 볼 수 없는 결과로 몰아 넣었던 것이다.

탤런트가 되는 길은 누구에게나 열려 있다. 하지만 자신을 옳게 파악하고 피나는 노력을 경주했을 때, 비로소 탤런트로서 성공할 수 있지 않을까. 결코 미남 미녀라고 전부 탤런트가 될 수 없듯이.

아내의 눈물

그리고 보니 나도 총각신세를 면해야 할 때가 되었다. 내가 결혼을 하게 된 것은 원효로 큰집에서 더부살이를 하다가 남대문 시장 쪽에 30만 원짜리 조그만 전셋집을 얻어놓고서였다.

그때 나는 전셋집이라도 가졌다는 것이 얼마나 가슴 뿌듯하고 반가웠는지 모른다. 학창시절을 줄곧 신문팔이에 가정교사로 떠돌아다닌 나로서는 KBS에 입사한 이후 전셋집이라도 마련했다는 것이 여간 신통하고 기분 좋은 일이 아니었다.

사실 집 얘기가 나와서 말이지만 집 없는 설움처럼 더 큰 것이 없다는 것을 나는 누구보다도 뼈저리게 느껴온 쪽이다. 학창시절 때 어머니가 함께 셋방을 전전하긴 했지만 그때는 아직 미혼이었고 또 어머니가 옆에 계셔서 그저 의지하는 기분만이 들었었다.

그러나 결혼을 한 뒤에는 어떻게 해서든지 내 집을 장만해야겠다고 마음을 다잡았다. 나 스스로 개척해야 하고 가장(家長)의 책임을 져야 했으므로 여간 신경이 쓰여지는 것이 아니었다. 내가 처음으로 대문간에 '김연진'이란 내 명패를 붙이고 집을 마련한 것은 결혼한 지 15년만이었다.

요즘이야 생활수준이 높아졌으므로 갓 사회에 진출한 젊은이들이 받는 초봉이라고 해도 자기 앞의 생활을 꾸려나갈 수준이지만 30여 년 전 당시는 어림도 없는 일이었다. 박봉생활에 마음의 여유도 없었다.

그때 집을 마련하기까지 15년 동안에 전셋집으로 옮겨다닌 것만 해도 자그마치 15번이었다. 1년에 한 번 꼴로 이삿짐을 옮긴 셈이었다. 이삿짐을 싸는 일이 얼마나 지겨웠는지 집주인이 방을 비워달라는 날이면 노이로제에 걸릴 정도였다.

그러다가 조그만 한옥을 내 이름으로 장만하고 보니 나는 마치 세상을 한 주먹에 움켜쥐기라도 한 것처럼 붕 뜨는 느낌이었다. 아내는 내가 출근을 하고 나면 연신 낡은 마루 바닥을 닳고닳도록 정성스레 닦는 즐거움으로 나날을 보냈다.

물론 집을 장만하기까지는 아내의 내조가 컸다. 조그만 집을 마련하고 나서도 아내가 푼푼이 저축을 해 조금씩 집을 더 넓혀간 것만도 5번이나 된다. 그러고 보면 내 방송생활 35년 동안 20번이나 이사를 다닌 셈이 된다.

그런 아내를 나는 KBS 탤런트실에서 만났다. 이남섭-김난영 부부, 김현철-조영일 부부, 박병호-정혜선 부부를 선망의 대상으로 바라보면서, "나도 취미가 같은 길을 가거나 예능 분야를 이해해 주는 배필을 만나야지" 하고 생각했던 것이다.

아내는 신인 탤런트로 입사해서 오리엔테이션을 거쳐 막 단역에 출연하였을 때 만났다. 그때 나는, 지금은 아내가 된 여성이 스튜디오 한 구석에서 훌쩍훌쩍 울고 있는 것을 유심히 눈여겨보았다.

1969년 5월 23일.

그 순간 어느 PD한테 연습을 하다가 꾸중을 받았을 거란 생각이 퍼뜩 떠올랐다. 그 같은 일은 방송사 안에서는 종종 있는 일이기 때문이었다. 드라마 리허설을 할 때 제시간에 모이지 않거나 녹화를 할 때 연기자가 연거푸 NG를 내거나 하면 여간 짜증이 나는 일이 아니었다.

아닌게 아니라 그녀는 선배 K씨가 연출한 드라마에 단역으로 출연을 하고서 울고 있었다. 그때 나 역시 신참 PD로서 선배들의 눈치를 보며 방송국의 생리를 익혀가고 있을 때였으므로 유독 눈물을 짜고 있는 그녀의 마음을 십분 이해할 것 같았다. 일종의 동병상련이랄까. 그래서 다가가 친근하게 물었다.

"왜, 무슨 일이 있었어요?"

그러자 그녀는 눈물을 꾹꾹 찍어내고서 원군을 만났다는 듯 입을 열었다.

"연기를 한다는 게 힘들어요. 그리고 연출자 선생님이 무서워요. 어떻게 야단을 치시는지……."

그렇겠지. 사실 좋은 연기자가 되기까지는 카메라 앞에서 수십 번, 아니 수백 번은 울어야 대성한다는 말이 있을 정도다. 그만큼 PD들은 NG가 나면 10번이라도 강훈련을 시키고 때에 따라서는 인격적인 모독까지 느낄 때가 있다. 그런 경우를 처음 당해서 그렇지 어디 이 여성뿐일까. 난생 처음 카메라 플래시를 받고서 주어진 연기를 하라니깐 떨리기도 하고 긴장이 된 바람에 NG를 내니까 보나마나 담당 PD로부터 불호령이 떨어졌을 것이다.

그런 일이 있은 뒤, 나는 그녀를 방송국에서 틈틈이 만나 방송국의 생태나 생리에 대해 자상하게 설명해 주었고 좋은 연기자가 되기 위해서는 설령 PD들로부터 자존심이 상하는 말을 듣는다고 해도 이겨낼 수 있는 비위장을 가져야 한다고 일러주었다. 그것이 아내와의 첫 만

남이었다. 만남치고는 아내의 눈물부터 훔쳐본 셈이었다.

아내는 감사원장 비서실에서 근무하다가 주위에서 탤런트가 되어보라고 부추기는 바람에 방송국엘 들어온 것이었다. 감사원에 근무할 때 전체 여직원 중에서 '미스 감사원'으로 뽑힌 것이 주위의 관심을 끌었기 때문이었다.

그렇다고 아내를 미인이라고 추켜세우고 싶은 생각은 없다. 마누라 자랑하는 남자는 팔불출에 속한다고 하니까……. 다만 지금까지 30년 동안의 결혼생활을 해 온 아내야말로 '방송쟁이 마누라'라는 직함(?)만을 달았을 뿐이다.

아내는 지금도 30년 전의 결혼식을 올린 첫날밤을 추억 속에 떠올리고 농담 삼아 불평 아닌 불평을 늘어놓을 때가 있다. 첫날밤을 제주도나 설악산을 가서라도 몇 박(泊)을 하고 와야 할 일인데, 엎어지면 코 닿을 데인 워커힐호텔에서 딱 1박만 하고는 그것으로 땜질을 한 신세가 됐기 때문이다.

이유는 방송국 PD를 신랑으로 맞은 탓에 결혼식을 한 다음날 공교롭게도 드라마 녹화를 해야 했다. 첫날밤을 보내고서는 아내를 호텔에 남겨둔 채 다음날 하루종일 최불암, 김혜자 주연의 드라마 <여고 동창생>(김석야 작) 제작을 해야 했으니 신랑과 신부의 꼴이 오죽했겠는가.

그러나 문제는 그것만이 아니었다. 이튿날 이른 새벽 호텔 방문을 다급히 두드리는 소리가 났다. 나는 또 방송국에 무엇인가 잘못된 일이 있나 싶어 가슴이 덜컹 내려앉았다.

하나 전갈이 온 것은 방송국 쪽이 아니었다. 장인 어른이 돌아가셨다는 것이었다. 결혼식을 올리고 하루만에 장인 어른이 돌아가시다니…… 맙소사! 놀라운 소식이었다.

아내는 그 비보(悲報)를 듣고 방송국에서 처음 만났을 때처럼 또 울기 시작했다. 나는 결혼 초부터 또 아내의 눈물을 볼 수밖에 없었다. TV드라마에서 슬피 우는 장면이 나올 때 나는 "감정을 살리려면 실컷 울어야지, 더, 더" 했는데, 드라마 녹화와 아내와 눈물…… 나야말로 그 '눈물'이라는 것과는 기이한 인연이 있는 모양이었다.

　결국 나는 새신랑에서 하루아침에 장인의 위패를 들고 화장장으로 가는 슬픈 상주로 바뀐 것이다.

편지 소동

나는 PD생활이 사건을 추적하는 형사나 신문기자의 생태와 별로 다를 바가 없다는 생각을 늘 해오곤 한다. 드라마를 연출하다 보면 NG가 빈번하게 일어나 밤샘을 하기가 일쑤이고 방송시간에 꿰어 맞추느라고 허둥거릴 때가 종종 있기 때문이다. 그렇게 되면 밤늦게 귀가하는 일이 다반사이고 친구들과 모처럼 퇴근시간에 만나 대포 한잔을 하기로 철석같이 약속을 했다가도 펑크를 내야 하는 불상사가 일어난다.

아침 일찍 방송국에 나와서 연기자들을 모아놓고 리허설을 하고 오후부터 녹화에 들어가려 하면 스튜디오에 세트가 세워지지 않은데다가 소품이 완벽하게 정돈이 되지 않아 녹화시간이 지연될 때가 있고, 툭하면 녹화기가 고장이 나거나 효과 음악이 제대로 준비가 안 돼 애를 먹일 적도 많다. 연출, 연기자, 기술, 스태프, 어느 한 부분이라도 박자가 맞아야 순조롭게 풀릴 터인데 재수가 없는 날이면 짜증이 날 정도로 일은 뒤틀려버리는 것이다.

그러고 보니 PD들의 하루 일과는 전투병처럼 늘 긴장감이 감돌고 개인시간을 가질 만한 마음의 여유가 없다. 집에 들어가는 시간도 일정치 않으니 아내의 눈초리가 부드러울 리 없다. 철야근무를 하는 경찰관의 아내가 독수공방에서 남편을 기다릴 때가 많듯 PD들의 아내도 다를 바가 없을 것이다.

그런 어느 날, 내가 밤늦게 집엘 들어갔을 때 나를 기다리다가 새우잠이 들었던 아내가 눈을 비비고서는 입을 열었다. 결혼생활 1년이 지나고서였다.

"당신, 요즘 꽤 고달프시겠어요?"

"……?"

나는 그 말에 순식간에 피곤이 풀리는 것 같았고 아내가 좋아하는 포도나 귤이라도 한 뭉치 사들고 들어오지 못한 것을 후회하였다.

역시 가정이란 따뜻이 반기는 아내가 있어서 좋은 곳이구나. 새벽 일찍 나가서 밤늦게 돌아오고 툭하면 지방출장이랑 야외촬영으로 밤샘을 하고 있으니, 그 사정을 알아주는 아내가 있다는 것이 얼마나 고마운 일인가. 아마 아내는 피곤해 보이는 남편을 위해 당장 보약이라도 달여주고 싶은 생각일지도 모른다. 고맙기도 하여라. 나는 내심 그렇게 생각하였다.

그러나 그 같은 기대는 다음 순간에 완전히 빗나가고 말았다. 아내의 입에서는 전연 엉뚱한 말이 떨어졌다.

"방송국에는 예쁜 여자들만 있으니 그 여자들을 쳐다보는 것만으로도 얼마나 눈이 피곤하겠느냐구요?"

"뭐라구?"

나는 그만 눈이 휘둥그래져서 아내의 얼굴을 빠끔히 쳐다보았다. 매일 늦게 들어와서 짜증이 난 것인지, 아니면 정말로 남편을 의심해서 그런 말을 하고 있는 것인지를 알 수 없었다. 나는 할 말을 잃었다.

사실 따지고 보면 아내의 말이 하나도 틀린 게 없다. 스튜디오에서 드라마 리허설을 하고 녹화를 하면 하루종일 여자 연기자들과 얼굴을 마주 대하는 것이 보통 있는 경우다. 사무실에 앉아 있어도 여자 연기자들이 찾아오고 여자 분장실에 들어가도 여자들뿐이다. TV드라마 화

TV드라마 PD 첫 연출 리허설(1969년 3월).

면에 남녀 주인공이 나와야 하고 또 많은 여자, 남자들이 등장해야 하니까 장님이 아닌 다음에야 여자 연기자들과 부딪치는 것을 피할 길이 없다.

그러나 아내가 느닷없이 여자 얘기를 끄집어냈다는 자체가 나로서는 심각하게 받아들여지지 않을 수가 없었다. 결혼하기 전 얼마동안 탤런트 생활을 한 경험이 있는 아내가 방송국의 생리를 모르는 바도 아닐 텐데, 왜 이런 말이 불쑥 튀어나왔을까.

아내의 입에서 떨어진 말이 진심이라면 이건 앞으로 긴긴 결혼생활을 하는 데 두고두고 문제로 남을 것이 빤할 것이었다. 뿐만 아니라 PD란 직업을 가진 나로서도 아내의 그 같은 말이 귀에 거슬려 두고두고 신경을 쓸 것이 빤할 것이다. 나는 아내에게 집요하게 파고들어 문제의 실마리를 풀어야겠다고 마음먹었다.

"도대체 뚱딴지처럼 무슨 말야? 내가 바람이라도 피우고 다닌단 말야?"

그러자 아내가 경멸하는 눈길을 던지고서는 내 앞에 편지 하나를 내밀었다.

발신인이 'KBS 탤런트 김미옥'으로 되어 있었다.

"이런 편지가 집에까지 날아들 정도니 이걸 보고도 가만있으란 말예요? 도대체 김미옥이란 여자가 누구예요?"

나는 그 편지를 받아들고 순간 당황하지 않을 수가 없었다. 김미옥과는 아무 관계가 없는데도 여자의 편지를 받았다는 것이 마치 아내에게 말 못 할 죄를 지은 것 같아 얼굴이 벌개졌다. 그러나 편지봉투를 개봉하고서 나는 금방 얼굴이 펴져서 껄껄 웃고 말았다.

편지를 쓴 주인공 김미옥은 방송국을 들어온 지 5개월밖에 안 되는 신인탤런트였다. 그녀의 편지 내용이 가관이었다.

존경하는 선생님 보세요.

저는 9기생으로 들어온 탤런트예요. 지금 제 동기생들은 모두 다 출연하고 있어요. 그런데 저만 한 번도 출연을 하지 않았어요. 특히 선생님이 연출하고 있는 드라마에 제 동기생들이 여섯 명이나 출연하고 있는데 저만이 빠졌지 뭐예요. 그러니 얼마나 자존심이 상하겠어요. 제가 연기에 소질이 없어서 선생님이 픽업을 안 하셨나 하고서요.

그래서 이렇게 실례를 무릅쓰고 편지를 드립니다. 저를 기억 좀 해주세요. 저도 남 못잖게 훌륭한 연기자가 되고 싶답니다. 가정의 행복과 평화가 있으시기를…….

김미옥 올림

말하자면 출연을 읍소하는 애교스런 편지였다. 나는 그녀가 얼마나 출연하고 싶었으면 편지까지 다 띄웠을까를 생각하였다. 사실 나는 TV드라마에서 대사도 한마디 없이 왔다 갔다 하는 엑스트라로 6명의 동기생들을 아무 생각 없이 출연시켰을 뿐이었다. 그런데 그녀는 공교롭게도 자기만이 제외됐다는 실의에 빠져 있었던 모양이었다.

그 사연을 알게 된 아내의 기분이 다소 풀렸다. 그러나 눈을 깜박이던 아내가 신문을 하듯 재차 내쏘았다.

"그럼 그런 말을 방송국에서 직접 말할 것이지 이렇게 연애편지 날리듯 보내야 하나요?"

"이봐, 얼마나 망설였겠어. 직접 말하기가 거북하니까 이렇게 편지로 띄웠겠지. 당신이라도 이렇게 편지 써야겠다는 생각이 안 들었겠어?"

그날 밤, 나는 어느 날보다도 아내를 극진히 사랑하여 주었다. 아내가 나를 끔찍이도 사랑하고 있다는 사실을 확인했기 때문이었다.

별빛 추억

다음날 아침, 나는 방송국에 출근하자마자 사무실부터 들리지 않고 곧바로 탤런트실로 향하였다. 간밤에 아내에게 닦달을 받긴 했지만 김미옥이란 신인 탤런트를 머릿속에 떠올렸기 때문이었다.

탤런트실의 분위기는 묘한 데가 있다. 그날의 드라마 출연을 위해 대본을 들고 신바람나게 대사를 연습하고 있는 연기자들이 있는가 하면, 맡은 배역이 없으면서도 PD의 눈에 띄어 행여 깍두기 역이라도 맡는 행운이 돌아오지 않을까 하고 일찍부터 대기하고 있는 탤런트들로 붐비고 있다. 이를테면 명암이 엇갈리는 생존의 현장, 고정배역이 있는 탤런트들은 휘파람이라도 불듯 생동감이 흐르고 배역이 없는 탤런트들은 그들이 부러워 다소 풀이 죽어 있는 분위기를 한눈에 읽을 수 있다.

깍두기 역이라고 하는 것은 탤런트실에서 오가는 방송 속어(俗語)로 드라마 화면에서 커피잔을 날아다 주며 "여기 차 가져왔어요" 하고 한마디를 한다든지, 사극인 경우에 마님이 하인을 부르거나 할 때 "네, 마님" 하고 단 한마디의 대사를 내뱉고 허리를 굽실거리는 단역을 일컫는다. 그러나 어느 분야든 간에 신출내기로부터 경험을 쌓아나가듯 깍두기 역 하나라도 맡는 것이 이 길에서는 그나마 조연으로 발돋움하는 길목이다.

나는 탤런트실의 문을 열고 들어서면서 주위를 두리번거렸다. 저마다 앞다투어 나서면서 "선생님, 나오셨습니까" 하고 머리들을 조아렸다. 예절 바른 동방예의지국 자손임을 굳이 내세우지 않더라도 친절하게 얼굴에 미소를 띄우고 인사를 한다는 것이 얼마나 좋을 일인가. 설령 그것이 잘 봐달라는 아부형의 인사일 망정.

"저기, 김미옥이란 탤런트 나왔나?"

나는 그들로부터 일일이 인사를 받으면서도 편지의 주인공 김미옥을 찾았다.

"김미옥요? 방금 있었는데요."

약방에 감초처럼 끼어들기를 잘하는 남자 탤런트 하나가 앞에 성큼 나서 말하더니 다시 동료들을 향해 소리쳤다.

"김미옥이 못 봤어?"

그때 구석에서 탤런트들의 등에 가려 보이지 않던 김미옥이 당장 숨어버리기라도 하듯 고개를 숙이고 있다가 얼굴을 쏘옥 내밀었다. 그녀는 나에게 편지를 띄운 것이 괜한 짓을 했다고 후회하는지도 몰랐고, 또 내 입으로부터 편지얘기가 나와 주위 동료나 선배들이 앞으로써 자신이 마치 음모라도 꾸민 것처럼 비쳐지면 어떻게 하나, 하는 생각을 가졌는지도 모른다.

그녀의 얼굴에는 대충 그렇게 쓰여 있는 것 같았다. 그러나 나는 아무 표정도 짓지 않고 간단하게 한마디만 했다.

"저, 다름 아니고 오늘 녹화에 골목을 지나가는 여자 엑스트라 역이 한 사람 더 필요한데, 그리 알구 대기하고 있어."

그리고 돌아섰다. 그때 그녀의 얼굴이 갑자기 밝아지는 것을 보았다. 엑스트라 역 하나라도 맡으려고 궁리 끝에 편지를 띄운 연기자…… 엑스트라 한 사람을 더 끼어 넣었다고 해서 드라마의 모양이 달라질 것은 없었다. 오히려 화면이 더욱 풍성하게 보일 것이었다.

녹화가 시작되었을 때 나는 카메라맨에게 그녀의 얼굴을 한 컷트 클로즈업시킬 것을 은밀히 주문하였다. 그녀의 하고자 하는 열정을 높이 사줘야겠다는 생각에서였다.

점심시간이 되어 점심을 먹고 방송국 현관에서 휴식 삼아 서성거리고 있었을 때 김미옥이 살포시 다가와 두 손을 모으고 곱살하게 인사를 했다.

"선생님, 고맙습니다."

그녀는 엑스트라 역 하나라도 맡은 것에 대해 대단한 황홀감에 취해있는 것 같았다. 나는 빙긋이 웃음으로만 답례했다. 열심히만 하면 길이 열린다는 무언의 암시였다.

그녀가 기쁨을 감추지 못하고 물러간 뒤, 나는 마치 선행(善行) 하나를 베풀었다는 기분이 들었다. 그리고 저렇게 조그만 일에도 감사하고 사는 사람에게는 반드시 좋은 결과가 올 것이라는 믿음이 들었다.

그때였다. 내가 오후에 있는 드라마 녹화를 다시 시작하려고 스튜디오로 발길을 돌리려던 참이었다.

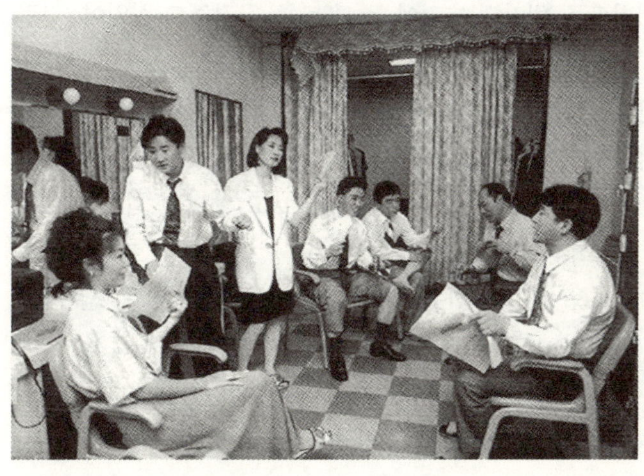

아침드라마 〈서른한 살의 반란〉 분장실 (1993년 4월).

“말씀 좀…… 여기 방청석이 어디 있죠?”

등뒤에서 묻는 소리가 들렸다. 방송국에는 공개방송을 방청하기 위해 외부 사람들이 방청객으로 많이 드나든다. 갓을 쓴 시골 촌로나 아낙네들까지 북적거릴 때가 많다. 나는 그 중의 한 사람일 거라고 생각하고 얼굴을 돌렸다.

그 순간, 나는 하마터면 소리를 지를 뻔하였다. 아아, 이런 우연의 순간이 있을 수가 있나. 그녀는 내 대학시절의 첫사랑이었던 지연(知娟)이었다.

“아니, 너 지연……?”

그러고 나서 보는 순간, 그녀는 등허리에 어린 아기를 달랑달랑 매달고 있었다. 그 어린 아기의 얼굴이 천진난만하였다. 그녀도 나를 보자 그만 어안이 벙벙해져 무엇에 쫓기기라도 하듯 달아나려 했다. 어떻게 이리 만날 수가 있을까.

우리는 한동안 그렇게 마주보고 있었다. 그러다가 방송국 안의 구내매점으로 함께 가서 다시 한 번 그녀를 바라보았다. 그녀가 히쭉 웃었다.

“나. 오늘 시청료를 내러오는 길에 쇼 프로를 구경하고 싶었어. 그런데 이렇게 만날 줄이야……?”

그녀는 간신히 더듬거렸다. 지금은 그렇지 않지만 당시는 시청료를 꼭 방송국에 접수하는 제도가 있었다. 텔레비전을 보는 사람이 지금처럼 흔하지 않을 때였다. 나는 그녀의 얼굴을 보고 옛날을 회상하고 있었다.

영화 ‘벤허’가 한창 장안의 판을 치던 1962년도였다. 우리는 남자 셋과 여자 셋이서 그걸 보러 갔다. 원래 영화를 좋아하는 나로서는 ‘벤허’를 꼭 보아야 한다는 것이 그렇게 좋을 수가 없었다. ‘벤허’에 나오는 찰톤 헤스톤이 그렇게 남자다울 수가 없었다.

갖은 고통을 당하면서도 이기는 남자…… 어떤 역경에서도 자기를 지켜가는 사나이…….

"나도 저 사나이처럼 되리라."

이 글을 쓰면서도 조심을 좀 해야겠다. 이 글은 내 아내가 꼭 볼 것이다. 아내는 이 글을 구석구석 족집게처럼 집어내어 음미하면서도 겉으로 괜찮다고 웃고, 속으론 고양이처럼 "알았어" 하고 눈독을 들일지도 모른다. 아내는 여우요, 고양이지만 나는 아내를 사랑한다.

그러나 그때의 감정은 꼭 그러하였다. 나는 영화에 미쳤고 비록 찰톤 헤스톤처럼 닮지를 않았지만 꼭 닮겠다고 생각했다.

대한극장이었던가. 아마 그랬을 것이다. 우리는 찰톤 헤스톤의 남자 다움을 보고서 그 흥분을 이기지 못해 뚝섬으로 달렸다.

지금이야 뚝섬이란 곳이 빌딩이나 주택가로 꽉 차있지만 그때는 그렇지 않았다.

사람도 드물고 깨끗한 물이 있는 모래사장이었다. 우리는 거기서 신바람나게 뒹굴었다. 그러다가 나는 지연과 함께 약속이나 한 듯 멀찍이 달아나서 함께 숨어버렸다. 그것이 나에게는 꽤나 감미로운 시간이었다.

그 뒤 지연이 나를 찾아온 것은 내가 양평에 있는 부대에서 군 복무를 할 때였다. 그 당시, 한창 가련다 떠나련다 '유정천리'가 흘러나올 때였다. 그녀는 찾아와서 울고 있었다.

"아버지가 시집을 가라고 해요. 선을 열 번이나 봤어요. 그러나……."

나는 지연이 무엇을 말하려는가를 알았다. 지연은 나를 보려고 양평까지 찾아왔고 바로 이 말을 하려고 온 것이었다.

그러나 나는 아무 대답도 할 수가 없었다. 그때의 내 꼬락서니야말로 후줄근한 군복을 입은 군인일 수밖에 없었다. 나는 경제적인 여건도 되어 있지 않고 또한 당시의 그녀를 감당할 길도 없었다.

“돌아가. 어른들의 말씀이 옳겠지.”

나는 그 말만 하고 그녀를 돌려세웠다. 그리고 5년이 흐른 뒤에 이렇게 만났을 뿐이다. 내 아내가 상상하면 또 웃을 것이다.

지연은 한참을 멍해 있다가 서러움이 복받치듯 울음을 쏟아놓았다. 오랜만의 해후와 원망의 푸념이 뒤섞였을 것이다. 그녀는 조용히 말하고 있었다.

“결혼생활이 뭔지는 몰라도 나는 매를 맞고 살아요. 그 양반은 술주정꾼예요.”

맙소사. 상황이 이렇게 달라지다니…… 내 머리는 둔기로 맞은 것처럼 멍해졌다. 그녀가 가여워졌다. 그녀를 가까스로 보내놓고서 나는 그날의 녹화를 정신없이 해대었다. 그리고 밤늦게 집으로 돌아와서 아내가 해주는 밥상을 받았다. 아내가 어젯밤의 미안스러움을 만회나 하려는 듯 두부를 썰어 넣어 부글부글 끓인 된장찌개를 내밀었다. 그러면서 다정하게 말했다.

“어젯밤에는 정말이지 미안했어요. 다시는 그런 일이 없을 거예요.”

아내는 방긋 웃었다. 나는 죄를 지은 사람이 되어 밥숟가락을 입에 떠넣었다. 그러면서 무엇을 훔쳤던 사람처럼 씁쓰레 웃었다.

‘이상한 날이군. 오늘 같은 날이 다시 오면 안 되겠어.’

내 마음을 읽기나 한 듯 그 뒤로 지연은 다시 나타나지 않았다.

한운사 씨와 빠찡꼬

한운사(韓雲史) - .

일찍이 방송국에는 삼사(三史)를 꺼리는 경우가 있었다. 즉 한운사, 조남사, 장사공 이들 세 사람은 늑장 집필의 대명사로 PD들의 기피 작가였다.

그러나 나는 많은 주옥같은 문제작을 집필했으면서도 늑장 집필로 연출자의 애를 어지간히도 먹인 한운사 씨를 잘 알고 있다.

요즘의 젊은이들이 기억을 하는지는 몰라도 '현해탄은 알고 있다'는 한운사 선생의 대표작이다. 이분은 아예 쓸 만한 분량의 원고지에 번호부터 매겨 놓고 눈을 감고 명상에 젖어 있다가 붓을 드는 분이었다.

1970년 1월 내가 <아버지와 아들>을 연출하고 있을 때였다. 그 드라마는 '한운사'란 필명이 이미 세상에 알려져서인지 꽤나 시청률이 높았다. 그러나 시청률이 아무리 높다고 해도 약속한 시간에 작품이 나오지 않는다는 것은 정말이지 환장을 할 노릇이었다.

대본이 나와야 프린팅을 해서 곧바로 콘티를 짜고, 그 다음에는 연기자들에게 돌려주어 연습도 시켜야 할 판인데, 아무리 기다려도 작품이 나오지 않는 것이었다.

이럴 때는 연출 작업도 팽개치고 어디론지 뺑소니치고 싶은 심정이

굴뚝같았다. 하지만 달아나고 싶다는 것도 말뿐이지 그게 어디 쉬운 일인가. 나는 마음을 가까스로 달래고 작가실로 달려갔다. 이때쯤이면 집필을 끝내고 연출자가 원고를 가져가기를 기다리고 있겠거니 해서였다.

그러나 작가 선생은 원고지 첫 장 맨 위에 제목과 횟수만을 적어놓았을 뿐, 유유자적 바둑을 두고 있었다. 기가 막힐 노릇이었다. 한참 바둑에 심취해 있는 선생의 기분을 깨뜨릴 수는 없었다. 만약 그랬다가는 상대방의 신경을 더욱 건드려 원고는커녕 한바탕 핀잔을 받는다는 사실을 나는 그간의 경험으로 알고 있었다.

나는 눈치를 살피며 가만히 다가가 '대본은 언제 주실 겁니까' 하는 표정을 지었다. 그걸 알기라도 하듯 작가는 바둑판만 들여다보면서 말했다.

"걱정하지 마. 곧 될 거야."

작가 선생님이 걱정 말라는 것은 믿어야지. 나는 연출실로 돌아와서 또 기다렸다. 바둑 한판 끝난다면 기껏해야 한 시간밖에 더 되랴.

그러나 두 시간이 지나도 종무소식이었다. 나는 바둑하고는 먼 삼촌 지간이지만 바둑을 붙잡고 있으면 긴 시간이 흐른다는 것을 안다. 나는 한참을 기다리다가 모래알 씹듯 씁쓸한 기분으로 다시 달려갔다.

"선생님, 왔습니다."

그래도 선생은 마지막 계가(計家)에 열을 올리고 있었다. 나는 순간에 어렸을 때, 둥근 원을 그려놓고 가위, 바위, 보 하며 '땅 뺏기' 하는 것을 생각했다. 그리고 바삐 다시 말했다.

"선생님……!"

그러자 작가 선생은 나를 보더니 머쓱해서 툴툴 털고 일어났다. 이겼는지 졌는지는 모르나 얼굴에 미안감은 있는 모양이었다. 한운사 선생은 나를 따라 오고 있었다. PD의 명령…… 독촉 한마디에 아무리 생각해도 빨리 써줘야겠다고 생각했을 것이다. 그러나 다음 말이 나를 또 아찔하게 만들었다.

"이봐. 점심은 먹고 써야 될 것 아냐?"

나는 또 한번 속이 부글부글거렸다. 연출자가 작가를 납치하듯 붙잡고 온다는 것이 우스웠다. 하지만 금강산도 식후경인데 점심을 굶어서야 무슨 글발이 나오겠나.

"그럼은요."

나는 맞장구를 쳤다. 점심을 든 뒤에는 꼭 약속을 지켜주겠지. 나는 한운사 선생을 중국집으로 모셨다. 배가 고플 때는 짜장면 한 그릇이 최고니까. 그러나 중국집으로 들어가서 짜장면을 시켜놓으니 또 분위기가 바뀌었다.

"이봐. 이왕 왔으니 배갈 한 잔은 입에 넣어야 되겠지?"

그 독주? 그 말에 질려 선생의 얼굴만을 쳐다보고 있자 선생은 마치 화난 어린아이 달래듯 입을 열었다.

"왜 거 있잖아? 찌르르한 맛…… 그걸 한 잔 마시면 글발이……?"

순진한 작가 선생. 그러나 나는 더 이상 참을 수가 없었다. 시간이 급박했다. 한운사 선생인들 왜 약속시간을 모를까.

"아니, 작품은 언제 쓰시려고요?"

"아. 점심 먹고 곧 써준다고 했잖아?"

나는 믿기지 않아 고개를 절레절레 흔들었다. 그러면서도 작가의 마음을 읽었다. 기분대로 풀어줘야 글은 쓸 것이다.

"그럼, 딱 한 잔이에요?"

"그럼, 그럼……"

선생은 쭈욱 한잔을 들이켰다. 그러나 어디 한 잔뿐인가. 병 속에는 또 술이 남아 있는 걸. 한 잔이 두 잔 되고, 두 잔이 또 석 잔 되고 그리고 마지막 남은 또 한 잔…… 크윽.

선생은 배갈 한 병을 탈탈 떨어내고서야 중국집을 나왔다. 밖에는 싸락눈이 내리고 있었다. 나는 강아지처럼 따라다니고 있었다. 앞에 가던 선생이 그만 배갈에 취해 흐느적거렸다.

"선생님, 이러고서 어떻게 작품을 쓰신다는 겁니까?"

"걱정하지 말어. 글이란 자연 발생적으로 발동이 걸려야 하는 법야. 그건 그렇고…… 이제는 졸립구먼? 졸려 죽겠어. 우리 어디 가서 한잠 자지."

"뭐라고요?"

"한잠 자고, 맑은 정신으로 글을 쓰자구……."

어쿠 맙소사, 배갈을 마셨으니 그럴 수밖에 없을 것이다. 눈 앞에 우뚝 세종호텔이 서 있었다. 선생은 호텔 방에서 글을 쓰는 것이 평상시의 습관이었다. 나는 선생이 호텔에서 한잠을 자고 난 뒤 글을 쓸 것이라고 믿고 있었다. 우리는 연인도 아닌 남자끼리 눈을 털면서 호텔 방을 들어섰다.

선생은 웃통과 바지까지 벗더니 그대로 침대 위에 쓰러졌다. 그리고 이내 코를 골기 시작했다.

일일연속극 〈아버지와 아들〉 기념사진(1970년).

나는 참담한 기분으로 모든 것을 체념할 수밖에 없었다. 재촉을 한다고 해서 되는 일이 아니었다. 한 시간을 자고 난 선생이 일어나 냉수를 주전자째로 벌컥벌컥 들이켰다. 어지간히 머리가 개운한 모양이었다.

그때 나는 한운사 선생의 진지한 표정을 보았다. 책상 앞에 정좌를 하듯 반듯이 앉아서 원고지를 대하는 눈빛…… 선생은 200자 원고지를 1~40페이지까지 매수를 매겨놓고 묵상에 잠겨 있었다. 드디어 펜대를 놀리기 시작했다. 선생은 신들린 듯이 원고지를 메워가고 있었다. 나는 그 무거운 침묵과 고요 속에 잠시 스르르 잠이 들어버렸다.

한 시간쯤 잠을 잤을까. 눈을 뜨고 일어났을 때, 선생은 놀랍게도 1회분(40매)의 원고를 마쳐놓고 2회분째를 집필중이었다. 원고를 읽어보니 그야말로 끝내준다. 대가다운 재기와 마술적인 문체가 번뜩인다.

"역시……!"

내 입에서 감탄이 흘러나온다. 가슴속에 앙금처럼 쌓여 있던 선생에 대한 불만이 눈 녹듯 사라지는 순간이었다.

그렇게 원고지와 씨름하기를 3시간 여. 선생은 3회분의 원고를 탈고시켰다. 이제 나머지 3회분만 더 작성하면 된다. 20분짜리 드라마 6개의 녹화를 마쳐야 하므로 선생 옆에 감독관이나 문지기처럼 지켜 서서라도 집필을 채근해야 한다.

그러나 아무리 대가라고 해도 누에의 실 풀리듯 작품이 술술 풀릴 수가 있을까. 3시간 여를 강행군을 했으니 휴식이 필요할 수밖에 없을 것이다. 선생은 나를 보자 또 엉뚱한 발상을 한다. 마치 얼굴에 장난기가 덕지덕지 붙어 있는 개구쟁이처럼 재미있는 일이 생각났다는 듯 눈빛을 반짝였다.

"이보게, 우리 좀 쉬었다 하지. 그리구 잠깐만 우리, 돈 좀 따러 갑세."

"네? 무슨 말씀을……."

"아, 호텔에 왔으니 밑에 내려가서 외국 놈들이 즐겨하는 빠찡꼬를 한판 하자, 이 말야."

"돈은 어딨구요?"

"돈은 있는 돈만 털어내면 되잖아? 자네 돈도 있을테구……."

선생은 주머니에서 돈을 홀랑 내놓으며 내 눈치를 살폈다. 어서 돈을 보태라는 것이었다.

"뭘 꾸물거려. 별 세 개만 나란히 나왔다 하면 몇 배의 돈이 생길 판인데……."

나는 어처구니가 없다는 표정을 지으면서도 웃음이 났다. 더 이상 작품을 기대할 수가 없었다. 내일 아침, 사과나무를 심지 않더라도 한운사 선생에게는 오로지 오늘밖에 없는 것처럼 보였다. 나는 그대로 내버려두었다. 그러면서도 나는 선생이 나머지 3회분의 원고를 틀림없이 끝내 줄 것을 믿고 있었다. 나는 선생을 따라서 그 번쩍거리는 빠찡고장으로 향하였다.

그러나 돈이 눈먼 장님이라던가. 아무에게나 처덕처덕 밥알처럼 붙게? 반시간이 되지 않아 홀랑 털리고 말았다. 이제 선생과 나에게는 한 푼의 돈도 없었다. 알거지와 진배없었다. 할 수 없이 호텔 방안으로 들어왔다.

선생은 다시 담담한 마음으로 책상 앞에 앉아 원고지를 펼쳤다. 그리고 원고 매수부터 또 다시 매기기 시작했다. 그 다음에는 첫 장에다가 '아버지와 아들'이라고 큼지막하게 썼다. 마음을 비운 듯이 원고지를 대하는 선생의 얼굴빛이 차분하고 잔잔했다.

이제 다시 선생의 중후한 작품이 쏟아질 판이었다. 그러나 한참을 정좌를 하고 있던 선생이 다시 나를 바라보았다. 선생은 연출자를 너무 골탕 먹이는 것 같아 미안하다는 표정으로 머쓱히 웃고 있었다.

"여보게, 연출자 선생!"

선생은 난데없이 존칭어를 썼다. 얼굴에 어른답지 않게 심술기가 묻어 있다. 그럴 때는 또 무슨 주문이 떨어질 것이라는 걸 나는 그간의 경험으로 안다. 아니나 다를까.

"자, 이제는 목이 타는데 삐루(맥주) 좀 마셔야 되잖겠나?"

갈수록 태산…… 연출 진행비까지 털었는데 무슨 돈이 있겠나. 그것을 낌새라도 챈 듯…….

"김 PD도 돈이 떨어졌지?"

은근히 달랜다. 나는 또다시 치미는 울화를 가까스로 참고서 무뚝뚝하게 대답했다.

"네, 집에 갈 차비밖에 없단 말예요."

"그렇다면 심부름 좀 시켜 주게나. 내가 일단 전화를 해놓을 테니까."

나는 정말이지 손을 들어 버렸다. AD가 원고를 다 썼으면 인쇄소에 넘겨 프린팅을 하려고 달려와 기다리고 있는 중이었다.

"틀림없어. 방송은 틀림없이 될 거라구……!"

나는 AD에게 할 수 없이 선생이 간략하게 쓴 메모지를 쥐어 주었다. 메모지의 내용인 즉,

나, 운사(雲史)일세. 배가 좀 출출해서…….

AD가 유공(油公)의 부사장이란 선생의 친구로부터 돈을 가져왔다. 하얀 봉투였다. 그러자 선생의 얼굴에는 또 화색이 돌았다. 철없는 어린아이의 표정이었다. 그리고 그 돈으로 또 맥주를 시키는 것이었다.

"걱정하지 마, 내일 아침 8시까지는 집에 가서 틀림없이 탈고해 갖고 나올 테니깐……."

맥주를 몇 컵 마시더니 이제는 곯아떨어지는 것이었다. 쫓아다니던

나도 할 말을 잃었다. 더 이상 비위를 맞출 수가 없었다. 이건 인격 모독이요 수모를 당했다는 생각에 당장이라도 연출 작업을 때려치우고 싶은 심정이었다. 그러면서도 치밀어 오르는 울화를 꾹꾹 눌렀다. 그 이유는 내가 연출자의 입장에서 작가를 대하고 있다는 생각을 한시라도 잊어서는 안 된다는 점이었다. 그리고 이렇게 따라 다닌다고 해도 작가 선생도 오죽했으면 이렇게 어린아이처럼 빙빙 돌고 있을까를 생각했다.

나는 실낱같은 희망을 갖고서 기다릴 수밖엔 없었다. 작가 선생도 책임은 있을 것이다. 공동 작업이니까. '내일 아침이면 분명히 써놓겠지……' 나는 그렇게 생각하였고 그렇게 마음을 돌렸다.

그러나 그 기대조차도 물거품이 되고 말았다. 그 다음날 아침 8시에 선생은 방송국에 모습도 비치지 않았다. 나머지 3회분은커녕 1회분도 안 나와서 녹화를 뜨다 말고 11시쯤에 다시 작가실로 달려갔을 때 맙소사, 쓰긴 뭘 써 줘.

선생은 근심 걱정도 없는 철부지처럼 바둑 삼매경에 빠져 있었다. 그 순간, 도끼로 바둑판을 와장창 박살을 내고 싶었지만 대가 앞이라 나는 참을 수밖에 없었다. 내 얼굴은 수세미처럼 아예 일그러져 버렸다.

내 마음, 네 마음

그런 고통을 당하고 나서 나는 한운사 선생이 그렇게 미워 보일 수가 없었다. 작가의 글발이 술술 풀리지 않는다고 것을 알면서도 연출자를 그 정도로 골탕을 먹이고 있다는 것이 여간 화가 나지 않았다.

나는 한운사 선생에게 신경을 쓰는 바람에 가뜩이나 건강이 좋지 않아 체중이 7kg이나 빠졌다. 아내는 쏙 빠진 내 몰골을 보고서 은근히 걱정이 되는지 밤늦게 녹화를 마치고 들어가면 새우잠을 자다가 일어나 다리를 두 발로 질근질근 밟아주는 상태였다.

나는 다시는 한운사 선생과 작품을 같이 하지 않겠다고 다짐을 했고 만약에 다시 할 경우가 있을 때도 이런 일이 일어나지 않도록 단단히 작전을 짜야겠다고 마음먹었다.

그만큼 한운사 선생에 대해서는 독이 올라 있었다. 하나의 작품을 만들기 위해서는 작가와 연출자, 그리고 연기자가 삼위일체가 되어야 한다는 것이 드라마 제작의 일반론인데, 한운사 선생을 따라다니며 애를 먹다보니 작가들이 제시간에 집필을 맞춰주지 않는 것처럼 미워 보이는 것이 없었다.

그래서 나는 한운사 선생만 생각하면 다른 작가들도 그렇게 보이는 것 같아 "미안하지만 시간은 꼭 지켜주시오" 하고 서약부터 하고 집필을 의뢰하는 버릇이 생겼다.

그런데 한운사 선생에 대한 나의 힘들고 뼈에 사무쳤던(?) 응어리는 <아버지와 아들>이 1백50회로 대단원의 막을 내리고 끝났을 때 눈 녹듯 풀렸다.

사람의 마음이란 참 묘한 데가 있었다. 그렇게 속을 썩혀 미운 정, 고운 정이 들었으면서도 일단 방송이 끝났다고 하니까 서운할 수가 없었다. 이심전심(以心傳心)이라고 할까. 명동 한일관에서 왁자지껄 쫑파티를 하고 연기자들과 헤어지는 날, 한운사 선생은 나를 조용히 불러내었다.

"나 좀 봐. 김 PD!"

나는 그 말에 또 돈을 톡톡 털어 빠찡꼬로 같이 가자고 하지 않나를 생각했다. 그러나 선생의 방향은 달랐다. 빵집이었다. 그리고 큼지막한 케이크를 집어 들어 그 속에 메모 한 장을 써넣어 내밀었다.

아심 엄마에게.
〈아버지와 아들〉을 방송해오는 동안 속을 썩여드려 미안하오.

- 雲史 -

순간, 가슴이 뭉클했다. 메모지에 쓴 단 한마디의 말이 나를 감동시켰다. 상대방의 입장은 전연 고려하지 않고 자기 멋대로 행동하고 있는 사람에게도 이 같은 인간미와 멋이 있다니…….

"이걸 내가 준다 하고서 부인에게 꼭 갖다 드리게. 그동안 얼마나 힘이 드셨겠어……."

그 뒤 나는 두고두고 그 일을 잊어버릴 수가 없었다. 끈끈한 인간의 정이 오가고 있음을 감지하였다.

아내는 내가 <아버지와 아들>을 연출하고 있을 때 첫 딸을 낳았다.

배불뚝이가 되어 간신히 운신하는 것을 알면서도 나는 한 번도 집에 일찍 들어간 적이 없었다. 나는 연출자란 직업 때문에 아내에게 불편을 주고 있다고 생각했고 장차 딸을 시집보낼 때는 나 같은 직업을 가진 사윗감은 맞지 않을 것이라고 생각했다.

그러나 사실 아내에게 불충실한 남편이 되어버린 데는 한운사 선생에게도 어느 정도의 책임이 없지 않았다. 작가 선생을 쫓아다니며 작품을 받아내느라고 밤늦게 집을 들어가거나 함께 밤을 새운 적도 많았기 때문이었다. 그렇다고 한운사 선생을 원망하고 싶은 생각은 없었다. 이유야 어찌되었건 작품을 되도록이면 빨리 받아내는 일은 내 수완에 달려 있었으므로 말하자면 내가 요령이 부족했다고 봐야 할 것이었다.

그런 한운사 선생이 내가 첫 딸을 낳았을 때, 딸아이의 이름을 지어준 것은 매우 인상적이었다. 딸아이를 낳았다는 소식을 들은 것은 내가 밤 늦도록 드라마 녹화를 하고 있을 때였다.

병원에서 전화가 걸려온 날이었다. 대개들 아내가 해산을 한다고 하면 직장에서 아무리 급한 일이 있다고 해도 만사를 제치고 달려가서 그 순간을 지켜보는 것이 남편으로서 할 일일 것이다. 그러나 나는 그렇지를 못했다. 녹화중이니 달려갈 수가 없었다. 이럴 때는 집안에 초상이 났다고 해도 꼼짝을 못 할 것이었다.

새벽 4시에야 녹화를 마치고 뒤늦게 병원으로 달려갔을 때는 아내는 산통을 겪다가 이미 해산을 한 뒤였다. 간호사가 마스크를 벗

나의 가족들(1992년 제주도 휴가중).

고 나오며 기다렸다는 듯 말했다.

"기뻐하세요. 딸을 낳았습니다."

그렇게 알려줬는데도 나는 아이의 아버지가 됐다는 사실을 실감하지 못했다.

나는 누워 있는 아내에게 다가가 의례적인 인사만을 전했다.

"수고했소."

순간 나를 본 아내는 설움이 북받쳤는지 그만 고개를 홱 돌려버렸다. 그리고 말이 없었다. 나는 아내가 그렇게 할 수밖에 없다고 생각하면서 아내의 해쓱한 얼굴만을 바라봤다. 드라마 연출자가 이럴 때는 왜 연기를 못 하는지, 뽀뽀라도 해줄 수 있는 것을…… 나는 그렇게 멍청할 수가 없었다.

아내는 지금도 나를 나무랄 때는 빈정거리듯 그때 혼자서 첫 딸을 낳고서 울었던 일을 끄집어낼 때가 있다. 그만큼 아내는 그때의 일이 가슴에 응어리지듯 못이 박혀 있는 모양이었다.

내가 병원을 다녀와서 아내가 여간 기분이 뒤틀려 있는 상태가 아니라고 말했을 때, 한운사 선생은 빙긋이 웃으며 이렇게 말하였다.

"드라마 연출만 할 줄 알았지. 가정사(家庭事)의 연출은 영 젬병이구먼. 그래, 아이 이름은 지었나?"

"아뇨. 무어라고 지어줘야 할지……."

"염려 말게 내가 지어 주겠네."

작가 선생이 지어준다는데 얼마나 흐뭇한 일인가. 며칠 지나서 선생은 나에게 곱게 접은 종이 한 장을 내밀었다.

金我心(김아심).

"내 마음일세. 자기 마음을 잘 다스리면서 살아가라는 뜻이야. 나중에 커서 좋은 사람이 되라고 말야, 어떤가?”

나는 고개를 끄덕거렸다. 미웠던 선생이 그토록 고마울 수가 없었다.

2년 후 72년 7월 12일[<고향>(한운사 작)을 연출할 때] 둘째 딸을 낳자 ‘여심(汝心)’이란 작명 역시 한 선생님의 작품이었다.

내 마음, 네 마음, 얼마나 이쁜 이름인가.

자칭 천재 양주동

70년도, 내가 한운사 작 <아버지와 아들>을 연출하고 있었을 때, 멕시코에서는 월드컵 축구경기가 열리고 있었다. 월드컵 축구경기는 예나 지금이나 열렸다 하면 지구상의 수십 억 인구가 열광의 박수를 보내는 세계적인 축제가 된다.

그 축구 열기가 얼마나 뜨거웠던지 위성중계를 해주는 날에는 새벽이건 대낮이건 간에 시청자들이 TV앞에 앉아서 떠날 줄을 몰랐다. 전자상점 쇼윈도 안에 켜놓은 대형 브라운관 앞에 길 가던 사람들이 발길을 멈추고 실황중계를 시청하고 있었고, 택시기사들도 길가에 차를 세워두고 다방으로 들어가 축구경기를 시청해, 그 시간이면 거리가 한산할 정도였다.

다방에서는 월드컵 축구를 중계하는 날에는 대목이라도 만난 듯 눈코 뜰 새 없이 바빴다. 소극장을 방불할 정도로 의자를 TV세트 앞에 다닥다닥 놓고서는 그 날따라 커피 한 잔 값을 2백 원짜리면 1백 원을 더 얹어서 3백 원에 팔았다. 커피 값이라기보다는 변칙적으로 입장료를 받는 셈이었다. 두 시간 동안을 축구경기를 시청해야 할 판이니 그 정도는 받아야 한다는 것이 다방 마담의 소리였다.

그러나 축구경기는 남자들에게만 인기가 있었을 뿐, 여성들은 그렇게 관심을 갖지 않았다. 여성들은 언제나 TV연속극에 빠져서 극중 주인공의 팔자가 기구하면 같이 슬퍼하며 눈물을 흘리고 또 반대로 행복하게 살아가면 같이 기뻐하며 깔깔거릴 뿐이었다.

여성들은 태어나면서부터 감정이 풍부하고 섬세해서 <심청전>이나 <장화홍련전>을 열 번째 봤다고 해도 극중의 주인공이 불쌍해서 열 번이라도 눈물을 흘리는 쪽이었다. 안방극장의 드라마가 시청률이 높은 것이 바로 여성 시청자들을 겨냥했기 때문이었다.

그런데 <아버지와 아들>이 방송된 지 한 달만에 지금은 KBS 제2TV로 합병이 됐지만 민간방송 TBC-TV에서 임희재 작 <아씨>가 선을 보였다. <아버지와 아들>이 시청률이 높으니 상대 방송사의 드라마 인기를 누르기 위해서도 한판 승부를 벌여보자는 심산이었다. <아버지와 아들>보다도 더 구슬픈 <아씨>를 내놓아 여성 시청자들의 시선을 끌어 모으자는 뜻이었다.

<아씨>는 지금은 고인이 됐지만 작가 임희재 씨가 내놓은 히트작이었다. 김희준 씨를 주인공으로 해서 10대로부터 70대에 이르기까지 한 여성의 기구한 운명을 구구절절이 간장을 녹이듯 극화한 것이었다.

<아버지와 아들>이 선이 굵은 남성용의 내용을 담은 것이라면 <아씨>는 여성 취향의 드라마로써 몇 개의 손수건이 젖을 만큼 여성들의 눈물을 짜내기에 족했다. 물론 월드컵 축구가 인기가 있었던 것은 사실이지만 <아버지와 아들>과 <아씨>도 팽팽한 대결을 보여 시청률 1, 2위를 다툴 만큼 장안의 화제를 일으켰다.

내가 <아버지와 아들>의 연출을 맡게 된 것은 1969년 2월 임희재 작, 이남섭 연출의 <신부 일년생>을 시발로 <행복이라는 것은>, <다녀왔습니다>, <사랑과 미움의 계절>, <사랑합니다>가 방송이 되고 난 뒤였다. 하지만 이 같은 드라마들은 30회 연속극이라 평균작밖에 되지 않았을 때였으므로 <아버지와 아들>의 시청률이 높아지자 방송

국에서는 여간 고무적인 찬사를 보내지 않았고 나의 어깨는 점점 더 무거워질 수밖에는 없었다.

솔직히 말하지만 나의 방송국에서의 생활은 긴장의 연속이었다. 맞대결을 보이고 있는 KBS, TBC, MBC 등 3개의 방송국에서 쏟아지는 드라마 중에서 시청률 1~2위를 지킨다는 것은 그야말로 고역 중의 고역이었다.

황영조 선수가 올림픽의 꽃인 마라톤 경기에서 세계의 기라성 같은 선수들을 제치고 영광의 우승을 차지하고서 그 1위를 지켜야겠다는 강박감 때문에 머리가 무겁다는 술회를 한 것을 언젠가 주간지에서 읽은 기억이 있는데, 내가 꼭 그 꼴이었다. 선두를 달리자니 피가 바짝바짝 말랐다.

나에게는 사생활도 없었고, 아내와 어쩌다 외식할 시간도 없었고, 나의 귀여운 딸 아심이와 동화책이나 장난감을 갖고서 오손도손 얘기를 나눌 시간도 없었다. 가장(家長)으로서는 빵점 아빠였고 잠만 자기 위해 집엘 들어갈 뿐, 오로지 방송국 생활이 전부였다. 나는 그만큼 일에 미쳐 있었다.

그런 어느 날, 나는 무엇보다도 뿌듯한 행복감에 젖었다. 미치광이처럼 일을 하다 보니까 그 결실을 인정해 주는 곳이 생긴 것이었다. <아버지와 아들>을 끝내고 나자마자 MBC-TV로부터 스카우트 제의가 날아들었다.

"대우도 더 좋게 해줄 테니 이곳에 와서 같이 일합시다."

나는 한동안 번민에 싸였다. 3년 전 MBC 라디오 마산 방송국이 개국될 즈음 제작부장으로 와 달라는 제의를 받고서 망설였을 때와 똑같은 경우였다. 나는 대우를 더 좋게 해주겠다는 그 달콤한 유혹을 뿌리칠 수가 없었다.

더욱이 MBC-TV라면 KBS처럼 서울에 있는 중앙방송사라 한 번 옮

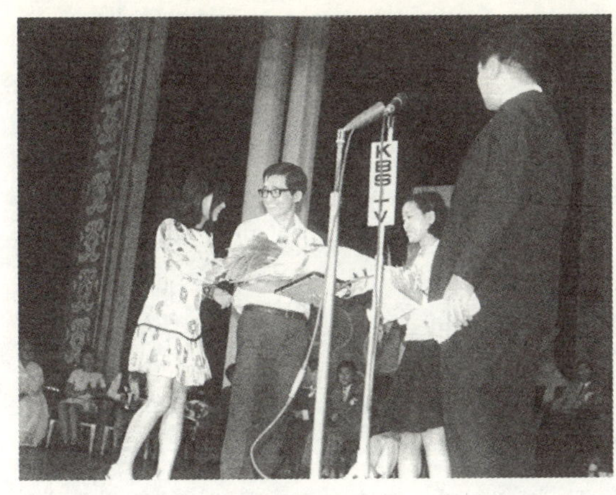

〈아버지와 아들〉 연출상 수상
(1970년).

겨서 자신의 역량을 힘껏 발휘해 보는 것도 괜찮겠다는 생각이 들었다. 나는 그런 생각으로 며칠 동안을 구름처럼 붕 떠서 생활하고 있었다.

그러나 일자리를 옮겨도 괜찮다는 생각에 마음이 산만해지자 나의 머릿속에는 또 하나의 얼굴이 선히 떠올랐다. 언제나 무슨 문제가 생기면 해결사처럼 떠오르는 어머니의 은은한 얼굴이었다.

"제발 한 곳에서 한 우물을 파거라. 그래야 결과가 좋으니라."

MBC 마산으로 오라는 유혹을 받았을 때, 조용히 타일러 주신 어머니의 말씀이 떠올랐다. 어른의 말씀…… 그 말씀이 메아리처럼 들려왔다. 내가 아무리 나이를 먹고 사회인이 됐어도 어른의 귀중한 말씀을 귀담아 들어야 한다는 생각이 들었다.

그러자 내 머리는 허덕이던 번민 속에서 차츰차츰 벗어나 개인 날처럼 맑아지기 시작했다. 나의 마음은 지극히 평온해졌고 어머니에 대한 믿음과 사랑과 끈끈한 정으로 그 유혹을 뿌리칠 수가 있었다.

그 뒤 나는 교양 프로를 맡았다. 전공 분야라고 해야 드라마를 연출하는 것이지만 다른 성격의 프로를 연출해 보는 것도 장차 드라마를 연출하는데 도움이 된다는 생각에서였다.

내가 맡은 프로는 토크 프로로서 <마음의 고향>이었다. 구체적으로 말해서 하나의 묵직한 주제를 갖고 풀어가는 토크쇼 형식으로 예를 들어 전화가 없기 전에는 우리의 문명은 어떻게 이루어졌는가 하는 것을 매거진 스타일로 풀어보는 프로였다.

현재 이화여대 석좌교수인 이어령 씨가 사회를 맡고 양주동 박사하며, 현재 「조선일보」에 '이규태 칼럼'을 쓰고 있는 이규태 씨, 그리고 박노수 서울대 미대 교수 등 우리 사회의 내노라 하는 지식인들이 출연하고 있었다.

그때 지금은 고인이 됐지만 양주동 박사가 누구보다 재담이 있어 시청자들의 인기를 한 몸에 받았다. 그분은 "기체 일향 만강하옵시며……" 하고 어른들에게 정중하게 편지 쓰는 법을 구수한 말투로 젊은이들이 잘 깨닫도록 일러주는 섬세함도 보였다.

그분은 당시 대학가에서도 명강의 교수로 이름이 나 있었다. 강의실 강단에서 강의를 하는 것을 보면 완전히 신들린 사람이었다. 단상에만 서 있는 것이 아니라 학생들의 사이사이를 헤쳐가면서 정열적으로 강의를 하는 것이 특유의 습관이었다. 열광적으로 강의를 하느라고 침이 얼마나 튀었는지 학생들이 그분의 지나다니는 앞에 앉는 것을 꺼려할 정도였다. 여학생들은 더더욱 구석자리만 찾아다녔다. 한마디로 입체적인 강의를 하고 있었다.

그런 분이 "나는 천재다" 하고 입버릇처럼 자기 PR을 하고 다니는 것은 유명한 일화였다. 그분은 강의실에 들어와서는 항상 자기 PR의 첫 마디를 빼놓지 않았다.

"여러분들은 이 천재 교수에게 강의를 듣는 것을 가장 영광스러움으로 알기를 바랍니다."

그러면 학생들은 까르르, 하고 웃음을 토해냈다. 아마 하루에도 수십 번은 학생들 앞에서 "나는 천재요!" 하고 외쳐댔을 것이다.

　그러니 얼마나 우스운가. 언제나 남 앞에서는 자기를 낮추어 말하라는 유교사상을 배워온 터에 무슨 교수님이 자기 자랑만을 하고 있나, 하고 교수의 인격을 의심할 정도였다.

　그러나 양주동 교수가 그렇게 얄밉거나 건방져 보이거나 미워 보이지가 않았다. 이상한 일이었다. 그것이 양주동 박사가 갖고 있는 장점이었다. 학생들은 양주동 박사가 “나는 천재, 천재……” 하고 말하는 뜻을 알기 시작했다. 자기를 모범 삼아 공부를 잘하라는 독려요. 교훈이었다.

　“그래요. 교수님은 이 세상에 둘도 없는 천재예요” 하고 긍정할 정도로 즐겁게 유쾌하게만 들리는 것이었다.

　그런 분이 방송프로에 출연해서는 말끝마다 “나는 천재니까……” 하고 토를 다는 것이었다. 그러고서도 머쓱해 하거나 얼굴빛 하나 붉히지 않는 것이 그분 특유의 배짱이요, 멋이었다.

　옆에서 보다 못해 사회자가 오죽했으면 제동을 걸고 나섰을까.

　“교수님, ‘나는 천재다’ 하는 말씀을 입에 달고 다니시는데 좋은 말도 여러 번 들으면 싫증이 난다고 시청자들이 듣기에 그렇지 않을까요?”

　“허허, 모르는 소리…… 나야말로 천재니까 천재라고 하는데 누가 싫증을 낸단 말이오. 듣기 싫다는 사람 있으면 나보다 더 천재인 모양인데 나와 보라고 하시오.”

　그러면서 한술 더 떠서 연출자인 나를 불러 세웠다.

　“그건 그렇고, 지금 내가 받고 있는 출연료가 다른 분들이 받고 있는 출연료에 비해 얼마나 더 높으오?”

　“다른 분들과 똑같습니다.”

　“그건 말도 안 되오. 불공평하단 말이오. 나는 천재니까 다른 출연자들보다는 더 받아야 하오. 천재를 이렇게 대우하는 법이 어디 있단 말이오?”

양주동 박사는 부득부득 출연료를 더 내놓으라는 것이었다. 처음에는 농담 소리인가 했으나 그게 아니었다. 그분은 진지한 표정으로 말하고 있었다.

결국 방송국의 명사 출연료 책정상 출연료를 더 올려주지는 못했지만 그렇게 말하는 양주동 박사의 말이 하나도 귀에 거슬리거나 밉지가 않았다. 왜 그럴까. 석학이어서 그럴까? 아니면 저분은 그렇게 말하지만 돈의 욕심은 없는 분이라고 생각해서 그럴까.

뒤에서 얼핏 보면 시골에서 갓 올라온 지게꾼 같은 모습이었다. 그런 양주동 박사야말로 주위의 사람들을 푸근하게 포용하고 끌어들이는 매력이 있었다. 그리고 그 행동 하나하나가 덕스럽게 보이는 것이었다.

고은아와 김활란

앞서 딸을 낳은 얘기를 해서 말인데 나는 <아버지와 아들>에서 여주인공 고은아 씨를 잊을 수가 없다. 고은아 씨는 60년대부터 문희, 남정임 씨와 함께 은막의 스타로 인기의 정상을 달려온 스타였다. 그런 그녀를 어렵게 캐스팅 했는데 드라마가 100회에 이르면서 고은아 씨가 실제로 임신 8개월이 되어 더 이상 출연을 시킬 수가 없었다. 그래서 작가에게 멋있게, 아니 명분 있게 도중하차시켜 줄 것을 간곡히 부탁했다.

"그래? 걱정 마. 잘 처리할게!"

그런데 다음날 써온 대본이 해산을 하다가 죽는 장면으로 되어 있었다. 나는 머리를 감싸고 고민할 수밖에 없었다.

왜냐하면 출산을 앞둔 고은아 씨를 극중에서 죽이는 일은 첫 아이를 낳는 마당에 썩 내키는 일이 아니었다. 몸을 곱게 다스려야 하는 임신부로서는 극중에서 죽는 역할이 더군다나 부정을 타는 일이었다. 나는 정말이지 고민하지 않을 수 없었고 작가인 한운사 선생도 고은아 씨에 대한 자초지종을 듣더니 그 역시 작품을 어떻게 이끌어 갈까로 난감한 표정을 짓고 있었다.

그때 이를 눈치채기나 한 듯 고은아 씨가 문제를 해결하였다.

"괜찮아요. 그건 생각하기 나름이니까요. 어디까지나 극중 역할인데요?"

그 말 한마디가 얼마나 힘을 주었는지 모른다. 한운사 선생도 그 얘기를 전해 듣고 칭찬을 아끼지 않았다.

"연기자가 연기만을 잘한다고 해서가 아냐. 모름지기 저런 자세로 움직여야 하는 것이야."

그 뒤 고은아 씨로부터 희소식이 날아들었다. 복스럽고 달덩이 같은 아들을 낳았다는 소식이었다. 매우 다행스러운 일이었고 만의 하나라도 혹시나, 하는 기우가 일시에 사라지고 스태프 모두에게도 얼마나 고마웠는지…… 얼마 후 우리 나라 여성 선각자의 대표적인 여걸 김활란 총장이 서거했을 때 일이다. 드라마에서 고은아 씨가 이화학당에서 개화교육을 받고 농촌운동을 하는 역할이라, 우리는 그날 방영분에 고인의 초상화와 함께 추모의 문구를 삽입했다.

또 하나 에피소드는 탤런트 최정훈의 극중 이름이 조용중인데 당시 경향신문의 편집국장이 동명이인이라 조용한 항의가 있었지만 작가와 상의 끝에 일고에 부치고 강행한 해프닝이 있었다. 2년 후 1973년 지

〈아버지와 아들〉에서 톱스타 고은아의 출연과 함께 AFKN의 현역 아나가 등장하기도 했다(1970년 3월).

금은 고인이 됐지만 곽일로 작 <파도>의 연출을 맡았을 때였다. 16살에 시집을 와서 난봉꾼인 남편과 살아가며 고난을 당하는 여자의 일생을 그린 작품이었다. 나는 여자 주인공을 누구로 하느냐로 고민하고 있었다. 한국의 여인상이 흐르는 연기자가 필요했다.

이때 나는 TBC-TV에서 방송된 <아씨>에서 폭발적인 인기를 얻었던 김희준 씨를 마음속으로 점찍고 있었다. 그녀의 애수에 잠긴 표정, 잔잔한 미소, 고전미가 풍기는 인상이 마음에 들었다.

그러나 정신과 의사와 결혼을 해서 브라운관을 떠난 김희준 씨를 다시 TV로 컴백시킨다는 것이 쉽지 않았다. 그녀는 은퇴를 선언하고 이미 가정으로 돌아갔기 때문이었다.

그녀는 재동고개에 살고 있었고 시댁은 서울 토박이였다. 그래서 나는 묘안을 하나 생각해냈다. 그것은 내가 잘 아는 당시 서울신문사의 연예부 K기자와 함께 그 집을 찾아가는 일이었다. 아무리 연기자를 찾아다닌다고 해도 시집을 간 여자의 집을 찾아간다는 것은 서먹서먹한 일이었다.

'그래도 그녀를 꼭 TV에 등장을 시켜야 한다.'

기자와 함께 김희준 씨의 대문을 두드렸을 때였다. 시어머니가 대문을 열어주었다. 순간 우리가 찾아온 이유를 알고서는 그만 대문을 잠가버리려 했다. 우리는 찾아온 목적을 밝히고 가까스로 응접실로 들어섰다. 김희준 씨는 얼굴을 비치지 않았다. 함께 온 K기자가 말문을 열었다.

"어떡합니까. 우리는 김희준 씨가 아직도 팬들의 사랑을 받고 있다는 것을 알기 때문에 찾아왔는데……."

그러자 김희준 씨의 시어머니는 매우 난감한 표정을 짓고서 사정을 하듯 우리에게 말했다.

"연예인 출신의 며느리를 두어서 얼마나 신경을 쓰고 있는지 알아요? 제발이지 돌아가 주세요. 그리고 우리 집 애기는 지금 임신중예요. 대대로 손이 귀한 집예요. 첫 번째 아이는 유산이 됐어요. 무슨 말씀을 드리는지 아시죠? 그러니 돌아가 주세요.”

김희준 씨의 시어머니는 시장을 가거나 길을 가도 김희준의 얼굴을 알아보고 모여드는 바람에 정신이 없다고 푸념을 늘어놓았다. 게다가 아들이 예민한 환자들만 다루는 정신과 의사여서 스트레스를 받기가 쉬운데 아들을 생각해서라도 제발 돌아가 달라는 부탁이었다.

그 시어머니의 애원이 얼마나 간절했던지 나와 K기자는 돌아서고 말았다. 나의 어머니라고 해도 집안의 평온을 위해서 응당 그러했을 것이다. 나는 출연섭외에 실패를 했고 또 다른 연기자를 찾아 나서야 했다. 문득 하늘이 노랗게 보였다.

그때 K기자가 빙긋이 웃었다.

“왜 웃어?”

“당신은 낙종을 했지만 나는 특종을 했지.”

“그게 무슨 말이야?”

“당신은 섭외에 실패를 했지만 나는 오늘 소득이 있었어. 바로 김희준 씨가 임신을 했다는 기사를 얻은 거야. 다른 기자들은 모르고 있는 사실이야.”

“뭐야. 누굴 약 올리는 거얏?”

“약은 무슨……? 그렇다는 말이지.”

여자 연기자와 임신, 그리고 시댁의 눈치……. 나는 아내가 병원에서 첫 딸을 낳은 것을 머리에 떠올렸고 임신한 여자 연기자를 섭외한다는 것이 어렵다는 것을 알았다.

주인공을 찾아라

그 일이 있은 뒤에 또 다른 연기자를 찾아 나서야 했다. 그때 생각난 것이 김희준 씨와 인상이 흡사한 김민정 씨였다. 나는 극중에서 원하는 한국 여인상을 찾아다니고 있었다. 한국의 여인상은 바로 전통적으로 내려온 우리의 어머니상이다. 김민정 씨는 그런 분위기를 주고 있었다.

1972년 12월의 어느 날이었다. 김민정 씨는 당시 MBC-TV 소속이었다. MBC에서 데려오려 하니 적잖이 신경이 씌어졌다. 남의 방송국에서 도둑질을 하듯 연기자를 빼 온다는 것이 스스로도 언짢고 씁쓰름했다. 그러나 드라마 1편을 만들기 위해 연출자들이 욕심을 부리는 것은 다 마찬가지였다.

당시 임학송 씨는 주연을 맡을 연기자의 이미지를 물색하기 위해 멋쟁이들이 돌아다닌다는 E여대 앞에서 특유의 빵모자를 쓰고 서성거리다가 치한으로 몰려 봉변을 당한 적이 있었다. 멀쩡하게 생긴 남자가 애인을 찾는 것처럼 대학 문앞에서 강의를 마치고 나오는 여대생들의 얼굴만을 뚫어져라고 지켜보고 있으니 경비가 임무인 수위들 눈에 걸릴 수밖에 없었다.

"당신, 뭐 하는 사람이오?"

“나는 방송국에서 나온 연출자요!”

임학송 씨의 말소리는 두툼하고도 컸지만 그들에게 그 말이 통할리 없었다. 그만 수위들 손에 이끌려 인근 파출소로 끌려갔다. 연출자란 직업이 죄라면 죄였다.

김민정이란 탤런트를 찾아가는 마당에 왜 그런 생각이 났을까. 나는 웃음이 푸푸푸 났다. 혹시 임학송 씨처럼 봉변을 당할지도 모른다는 생각에서였을 것이다. 당시 MBC에는 김포천 제작부장이 탤런트를 관장하고 있었다. 지금이나 그때나 연기자들의 스카우트 열풍은 마찬가지였으므로 민감하게 탤런트들의 동태를 살피는 이른바 연기자 관리의 역할을 제작부장이 단단히 해내고 있었다.

마치 사극에서 대감집을 넘나드는 밀정처럼 김민정 씨를 은밀히 만나 섭외를 했다. 그러자 그녀는 단번에 반색을 하고 나섰다. 탤런트라면 누구나 하고 싶은 주인공 역…….

누구나 신데렐라가 되고 싶은 것이 꿈이었기 때문에 그녀는 자신에게 다가온 행운의 순간을 놓치지 않으려는 기색이 역력했다. 그녀는 뛰는 가슴으로 홍조를 띠고 말했다.

“선생님 고맙습니다. 그런데 제가 그 비중 있는 역을 잘해낼까요?”

“처음 주인공을 맡는 연기자로서는 누구나 그런 두려움을 갖고 있지. 그러나 마음을 단단히 먹고 우리 한번 해봅시다.”

사실 시청자에게 별로 알려지지 않은 조연급의 연기자를 일약 주인공으로 픽업한다는 것은 연출자로서도 대단한 모험이었다. 그것은 연출자에게도 사활이 달려 있는 문제였고 자칫 잘못했다가는 죽을 쑤어버리기 때문이었다.

그늘 속에 묻혀 있는 연기자 하나라도 발굴해 스타를 만들겠다는 의욕에 차 있었던 나는 과감히 김민정 씨에게 승부를 걸기로 한 것이었다. 그녀는 설레는 마음으로 계약서에 도장까지 찍었다. 그리고 곧바로 연습에 들어갔다.

그런데 다음날, 문제가 터졌다. MBC의 김포천 제작부장이 김민정을 스카우트했다는 소식을 듣고 그녀를 그만 옴짝달싹 못하게 호텔에 감금시킨 것이었다.

아뿔싸.

물론 그쪽에서도 그럴 수밖에는 없었을 것이다. 그러고 보니 녹화를 눈앞에 두고 여간 초조하지가 않았다. 김포천 부장을 만나 선처를 바랐지만 그는 눈 하나 깜박이지 않고 오히려 역정을 내었다.

"남의 방송국의 연기자를 살짝 빼가는 법이 어딨단 말이오. 이건 방송국간의 예의에도 벗어나는 일이오."

맞는 말이지. 예의를 벗어나면 안 되지. 하지만 자기들은 그러지를 않았나?

서로가 마찬가지였다. 나는 그쪽의 사정도 알고 있었다. 그렇게 했어도 아무 소용이 없었다. 이것도 전쟁이라면 재미가 있다.

나는 몸이 후끈 달아올랐다. 방송 날짜는 다가오는데 자칫하다가는 펑크를 낼 판이었다. MBC에서 연기자를 보호한다는 차원에서 김민정 씨를 빼돌렸으니 항의도 할 수 없는 일이었다. 할 수 없이 나는 KBS 안에서 주인공을 다시 찾아낼 수밖에 없었다.

그때 지금은 고인이 됐지만 작가 곽일로 씨가 이효춘 씨를 주인공으로 써보면 어떻겠느냐는 제의를 해왔다. 그의 말에 의하면 이효춘 씨가 내가 찾는 한국 여인상과 흡사하다는 것이었다. 당시 그녀는 사극 <선화공주>에서 왕비 역을 맡고 있었다. 연기생활이 얼마 되지 않았으므로 연기력은 능숙하지가 않을 때였다.

그러나 펄펄 뛰며 반대한 것은 당시 AD였던 최상식 씨였다. 자신은 대학시절 함께 연극을 해봐서 알고 있는데 주인공은커녕 단역감밖에는 안 된다는 것이었다.

하지만 나는 또 다시 모험을 걸 수밖에 없었다. 신인을 일약 주인공으로 내세운다는 것은 누가 봐도 도박과 다름없었다. 배팅을 잘해야 돈을 따먹는 것인데 상대방의 연기력도 모르고 승부를 건다는 것은 정말이지 모험이었다. 더군다나 방송 날짜는 임박했는데 꾸물거리기만 하면 어떻게 할 것인가.

나는 '이효춘'이란 연기자에게 주사위를 던졌다. 그런데 또 난감할 수밖에 없는 일이 생겼다. 당사자인 이효춘 씨가 한사코 사양을 하는 것이었다. 이유는 스스로가 겁이 난다는 것이었다.

"선생님, 다음 기회를 주시고 이번만은……."

"무슨 얘기야?"

"저에겐 주인공을 맡는다는 것이 벅차요."

본인 스스로 자신이 없다니 그만 힘이 쑥 빠졌다. 벅차? 그렇다면 주인공을 맡을 자격이 없지. 나는 연출자로서 처참한 곤궁에 빠져버렸다. 드라마 1편을 만든다는 것이 그렇게 어려웠다.

그러나 다음날 오기 같은 힘이 솟았다. 여자 주인공만 뽑아놓지 않았지 이미 조연으로는 원로배우인 장민호 선생, 지금은 미국에 가서 살고 있지만 천선녀 씨, 그리고 오현경, 이치우, 남능미, 민치환 씨 등이 캐스팅에 올라 있는 터였다.

'좋다. 신인을 하나 키워서 스타를 만들자. 배경에는 이처럼 든든한 조연들이 있잖냐?'

이효춘 씨가 용기를 얻은 것도 그 점이었다. 시골뜨기처럼 어설픈 연기를 해내는 그녀를 둘러싼 능숙한 선배 탤런트들이 뒷받침을 해줘 '이효춘'이란 이름은 빛나기 시작했다. 하룻밤 사이에 자고 일어나 갑자기 스타가 됐다더니 바로 그 격이었다.

나는 연출자로서 흐뭇했고 더 이상 바랄 것이 없었다. 드라마 <파도>는 순풍에 돛을 달고 이름대로 파도 같이 달리고 있었다. 연출자인

일일연속극 〈파도〉
의 출연진들(1973
년).

나로서의 기대치는 바로 이러한 것이었고 나는 드라마 1편을 만들어
가는 데만 골몰하고 있었다.

결국 <파도>는 73년 1월 1일 첫 방송이 되어 그해 10월 6일에 끝났
다. 그리고 우리는 드라마 하나를 무사히 끝냈다는 성취감에 싸여 쫑
파티에 들어갔다. 거기서 이효춘 씨가 화사한 파티복을 입고 나타나서
나에게 말했다.

"선생님, 고마워요. 이젠 자신감이 생겼어요."

그 말이 나에겐 그렇게 좋을 수가 없었다. 하나의 스타를 만들었다
는 자부심, 그것이 나를 만족하게 했다.

참고로 73년 5월 6일 선우휘 주필이 쓴 「조선일보」 사설과 73년 10
월 10일자 「KBS사보」에 실린 나의 칼럼을 소개한다.

진지성과 시청률의 비례

텔레비전을 눈여겨보는 사람이면 저녁과 아침의 제시간에 하나의 확실한
세계가 눈앞에 전개되고 있는 것을 느낄 것이다. 종으로 대가에 살던 외로
운 처녀가 이를 사려 물고 구한말서부터 이른바 한일합병으로 말미암아 일

제의 식민지로 넘어 가는 어두운 시대를 세파와 싸우며 악착같이 살아가는 것이다.

일제 통치의 질곡이 날로 심해 가는 시대적 상황에, 개화는 일본의 식민지정책과 얼버무려져서 제대로 그 갈피를 잡지 못하는 가운데, 그 처녀를 둘러싸고 역시 그 시대를 살아간 몰락한 양반집 내외의 발버둥. 그들은 지체와 민족적 지조를 지키는 것이 한 가닥의 산보람이다. 그리고 개화사상과 일제에 대한 저항으로 살아가는 아들의 나약한 인텔리겐치아로서의 고민. 또한 시대가 변모하고 흘러가는 대로 시세의 물결을 타고 현실과 영합하는 친척과 외척들. 대의가 양반귀족과 더불어 사라진 상황에서 오로지 경제적인 추구를 삶의 목적으로 삼는 상민들.

그러한 사람들이 자아내는 드라마는 그 나름의 긴장상태를 유지한 채 어떠한 처지에도 죽지 않고 살아야 하는 인간의 서럽고도 애달픈 업을 그려 보인다. 이 〈파도〉라는 일일드라마가 시청자에게 보여 주는 것은 어떻게 해서든지 하루하루를 내팽개칠 수 없이 악착같이 살아가야 하는 일상생활의 단단한, 너무도 단단한 감촉과 무게를 실감케 한다.

이 드라마가 주는 감동은 인간관계의 감미로움이나 감상적인 슬픔보다 어느 한 시대를 제가끔 열심히 살아가려는 현실생활의 무게를 뼈저리게 느끼게 하는 데 있다.

따라서 상황의 조건은 전혀 다르고, 50년 이상의 시간적 격차를 갖는 이 드라마는 어느 시대에나 열심히 살아가야 하는 삶의 의지나 생활의 무게가 가장 절실히 실감되는 까닭에, 현대를 살아야 하는 의지를 가지고 열심히 살려고 애쓰는 사람들에게 단순한 TV화면 속의 옛날 이야기로서가 아니라 고금을 통하여 변치 않는 인간의 진실로서 절실한 공감을 불러일으키게 하는 것이 아닌가 생각하게 한다. 따라서 이 드라마에는 과장된 표현이나 황당무계한 극적 구성이 끼여들 틈이 없다. 만약 이 드라마가 시청자에의 천박한 영합을 꾀했다면, 당장에 드라마는 파탄을 일으키고 말았으리라는 것을 드라마에 대한 공감 어린 격려로서 말해 두는 것이다.

물론 〈파도〉와 같은 진지한 드라마는 스폰서를 필요로 하지 않는 비상업 방송에서만 가능하다고 할는지 모른다. 그러나 거기에는 일리 있으면서 상업방송 당사자나 스폰서들이 다시 한 번 깊이 생각해 볼 여지를 충분히 남긴다고 여겨진다. 비슷비슷한 멜로드라마나 궁정물은 이미 시청자에게 식상을 안겨주고 있으며 그런 속에서 인간과 인생을 정면으로 다루는 드라마의 진지성은 시청자의 심금을 깊이 울려 두드러진 인상을 줌으로써, 결과적으로 시청률이 높아진다는 점을 방송 당사자나 스폰서들은 검토해 볼 필요가 있을 줄 안다.

진지성과 장사가 상치된다는 것은 타성적 상식에 지나지 않을지 모른다. 바보스런 웃음을 자아내는 소극이나 장난스러운 게임이 늘어가는 추세에서 감히 〈파도〉를 내세우고 그 시청을 권장하는 소이가 바로 이 점에 있는 것이다.

〈파도〉를 끝내고

그것은 정녕 엄청난 모험이었다. 저질운운을 비롯한 숱한 찬반의 소용돌이 속에서도 7시 30분대를 석권한 전작 〈여로〉의 인기를 그대로 계속 유지해야 한다는 지상명제와 또한 공사 발족을 앞두고 더 한층 시청률을 높이면서도 품위 있고 격조 높은 드라마로 승화시켜야 한다는 이중의 책임감 때문에 처음 출발부터 중압감을 지녀야만 했다.

헌데 주인공 선희 역에 무명의 신인 이효춘 양을 과감히 픽업했으니 모험치고는 실로 비장한 모험이 아닐 수 없다. 하지만 이런 모험 가운데도 우리(작가 및 연출자)의 마음가짐은 기획 단계에서부터 단단한 무장을 했다.

"대중적인 인기 드라마보다는 진지한 문제성을 내포한 격조 높은 감동의 드라마를 보여주자."

그리하여 플롯부터 등장 인물 하나하나의 디테일까지 머리를 맞대고 서로의 의견을 나눴다. 그러나 만일 우리의 진지한 작가정신을 시청자들이 외면하고 실패작이 됐을 때는 우리 둘은 깨끗이 현역에서 물러서기로 약속을 했다.

드디어 주사위는 던져졌다. 첫 반응은 호조였다. "첫 회 작품이 주는 기대감과 주인공의 참신한 이미지는 내일을 돋보이게 한다"는 평.

모든 드라마가 다 그렇겠지만 첫 회의 반응은 실로 초조하다.

일단은 한숨을 돌려도 좋았다. 하지만 안심은 금물이라 더 한층 연기자를 채찍질하고 온갖 두뇌를 다 짜내기에 밤샘을 하기 근 10개월-. 225회라는 최장수 문제의 일일연속극으로 대단원의 막을 내리면서 흡사 알뜰히 키운 외동딸을 시집보내는 아쉬움에 잠겼었다.

건강을 극히 해쳐 3회나 입원해야만 했던 나, 20분 드라마에 무려 20신 이상 잡다했던 세트와 1회당 등장 인물 20여 명씩을 거느리고 악전고투하기 10개월-.

그것은 흡사 길고도 짧은 전력투구의 전쟁이었다.

그러나 수확은 정녕 값진 것이었다. 주인공 이효춘 양의 청순한 연기는 신인스타의 탄생을 불러일으켰고, 진지한 드라마는 대중에 영합하는 저질적인 드라마로 전락하지 않아도 시청률을 확보할 수 있다는 실증을 여실히 안겨 주었다.

특히나 5월 6일자 조선일보 'TV드라마 〈파도〉의 세계'의 사설은 한국신문사상 최초의 공감 어린 격려의 논평이라는 의미에 앞서, 드라마가 갖는 비중이 이처럼 중차대함에 담당 연출자로서 무거운 책임감과 함께 커다란 용기와 자부심을 갖게 되었다.

그동안 뜨거운 격려와 성원을 보내주신 시청자 여러분께 올 스태프를 대신하여 다시 한 번 심심한 감사를 드린다.

이효춘 씨보다 먼저 〈파도〉의 주인공 역을 시키려고 출연 계약을

했다가 물거품이 된 김민정 씨를 만난 것은 그런 일이 있고 나서 23년
이 흐른 어느 날 KBS제작단 복도에서였다. 그때 그녀는 나를 보는 순
간 머쓱한 표정을 지었다. 그러면서 말했다.
　"선생님, 그때는 정말 죄송했습니다."
　나는 지금도 그 말을 잊지 않고 있다.

제2부

스탠바이 인생 35년

지독한 항의

　　드라마 〈파도〉에서 주인공 이효춘 씨를 가슴에 보따리를 움켜쥐게
한 채 철도길을 걷게 했다고 해서 철도청으로부터 항의와 경고장이 날
아든 일이 있다. 철도청으로서는 사실상 당연한 조치였다. 하긴 연출자
인 나로서도 철길을 걸어가는 장면을 청소년들이 보고 흉내를 낼 것이
란 점을 모를 리 없었다. 다만 가련하고 애수에 젖은 여자 주인공을
〈가도가도 끝이 없는〉 철길을 걷게 함으로써 극적 효과를 한껏 높여
보자는 연출 의욕만이 앞서다가 보니 깜박 잊었을 뿐이었다.

　　그러나 드라마 연출을 하다 보면 이 같은 항의사건이 종종 일어난
다는 것을 알면서도 극중 효과와 분위기를 살리기 위해 감행하는 경우
가 많았다. 말하자면 항상 시한폭탄을 등에 짊어지고 다니기라도 하듯
언제 터질지도 모르는 시청자의 항의가 날아들 것을 의식하고 있는 것
이 연출의 세계였다.

　　75년도에 KBS로 방영된 〈엘루야〉(이남섭 작·연출)에서 이효춘은
극중 면도사로 나왔다. 같은 이발소의 총각이 이효춘을 짝사랑해 고백
하나, 이효춘은 재벌집의 대학생 애인이 있는 몸.

　　"너 같은 이발사한테 내가 왜 가니?"

　　단호한 보이콧이다. 다음날 방송사 예능국엔 하루종일 사무가 마비

〈실화극장-귀로〉 기념사진(두 번째 줄 오른쪽으로부터 다섯 번째가 필자. 그 옆이 홍세미 씨. 1971년 9월).

될 정도로 항의 전화가 쇄도했다. 정식으로 공개사과 않으면 전국 이발사협회 회원들이 집단항의 시위하겠다고. 그뿐이랴. 메디컬 드라마 〈소망〉에서 간호사가 채혈하는데 팔에 고무줄도 안 묶고 하고, 의사가 간호원이라고 호칭한다고 해당협회가 '간호원'을 '간호사'로 호칭해 달라고 시정을 요구하는 전화가 왔다.

80년대 초 한창 코미디 프로가 안방극장을 사로잡을 무렵, 연출자나 작가가 코미디 프로의 등장인물을 누구로 선택하느냐로 꽤나 고심한 적이 있었다. 코미디 자체가 풍자극인데다가 독재가 기승을 떨던 때인지라 어느 부류의 직업을 등장시켜도 항의가 빗발쳤다.

청진기를 귀에 꽂은 의사를 등장시켜 시청자들을 웃기려 하면 의사들이 "왜 그런 저질 프로그램에 의사를 끼어 넣느냐"고 항의하고 신문기자나 검사, 경찰을 등장인물로 내세우면 또 그들이 저마다 품위를 손상시키고 있다고 항의를 해오는 것이었다.

그러니 코미디 프로에서는 만날 굶주린 거지나 깡패, 도둑놈들 아니면 사기꾼들을 주인공으로 내세울 수밖에 없었다. 그들을 내세우면 항의가 날아올 리가 없다는 생각에서였다. 그쯤 되니 코미디 프로가 재미있을 턱이 없었다. 코미디 프로마다 거지, 깡패, 도둑놈 아니면 불량배들만 등장할 수밖에 없었다. 그런데도 또 시청자들의 항의가 날아드는 것이었다. 시청자들이야말로 또 다른 권력층이다.

"그렇게 재미없게 만들 바에는 차라리 코미디 프로를 집어치워라. 이제는 식상했다."

신문 방송란에서는 연일 저질 코미디…… 운운하고 혹평을 늘어놓고 있고 시청률은 떨어지고 있으니 잠정적이나마 코미디 프로를 없앨 수밖에는 없었다. 지금이야 '국민의 정부' 시대를 맞아 어느 정도 표현의 자유가 있는 터인지는 모르나 독재라고 하는 그 시대에는 코미디 프로를 만드는 작업도 그처럼 어려웠었다.

〈고 향〉

73년 드라마 〈파도〉가 끝나고 잠깐 쉬다가 다시 〈고향〉이란 드라마를 만들 때였다. 야외 촬영장이 지금의 한국정신문화원이 있는 자리인 신갈에 있었다. 그때 또 탤런트 스카우트 소동이 일어났다. TBC 〈마부〉에서 한창 인기가 있는 김창숙 씨를 끌어내자는 작전이었다.

김창숙 씨는 고향이 전라남도 완도로 단신 서울로 올라와 탤런트로서 성공한 처녀였다. 그러나 TBC-TV 방송은 완도에서는 볼 수가 없기 때문에 그녀의 부모나 할머니는 "서울 가서 성공했다는 말은 들었는데 얼마나 출세를 했는지 알 수가 없다"며 안타까워한다는 소리가 들릴 정도였다.

그러던 차에 전국을 커버하는 KBS에서 출연 섭외가 왔으니 그녀는 스카우트 제의에 반색을 하지 않을 수가 없었다.

"좋아요. 이 기회에 시골의 할머니와 부모님이 TV화면을 통해 제 얼굴을 볼 수 있게 됐으니 정말이지 기쁘군요."

그녀는 한마디로 OK를 했다. 그녀의 기뻐하는 모습을 보고 혼신을 다해서 연기에 임할 것이라는 생각이 들었다. 그러나 문제가 또 벌어졌다. 스카우트 소문을 들은 TBC가 제동을 걸고 나선 것이었다.

"툭하면 남의 방송사의 연기자들을 빼가니, 이것 되겠소?"

"그거야 당신네들도 그렇게 하지 않았소? 김창숙 본인도 고향 부모에게 효도하는 마음으로 KBS 방송에 출연하고 싶어 하니 이번 한번만 이해를 해 주시오."

"안 돼요."

농담 같은 말이지만, 남북이 만나 '아바이 동무들' 하는 것처럼 말들이 오갔겠다. 끝내는 무산이 되고 말았다. 김창숙 씨는 TBC의 전속 탤런트로 계약이 되어 있었기 때문에 TBC의 명령에 따를 수밖에 없었다.

그 뒤 1980년 TBC가 KBS와 통폐합되어 내가 예능부장이 되었을 때, 김창숙 씨가 나를 찾아왔다.

"그때는 계약을 어기고서라도 정말 KBS에 출연하고 싶었어요. 부모님이나 할머니가 보시면 얼마나 기뻐하실까 하는 마음에서 말예요."

그녀는 그 일을 잊지 않고 있었다. 그런 그녀가 요즘은 성숙한 연기자로서 전국을 커버하는 채널에서 연기는 물론 MC까지 맡고 있으니 시골의 부모님들이 아침마다 그녀의 얼굴을 보고 얼마나 기뻐하실까 하는 마음이 든다.

나는 1972년 10월 31일자 「방송」지에 제작노트 '〈고향〉을 끝내고'를 기고했다.

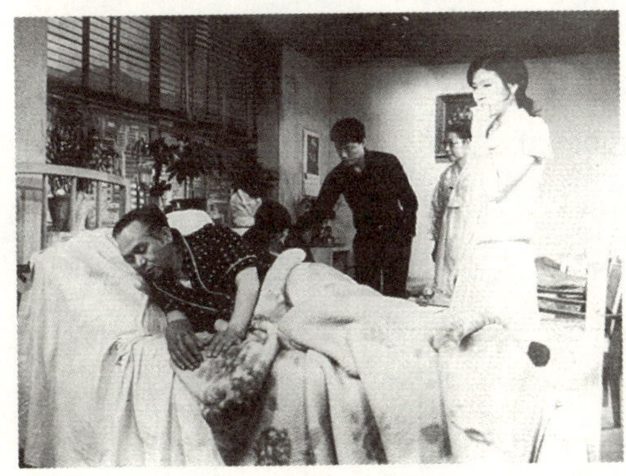

일일연속극 〈고향〉(1972년 5월).

〈고향〉을 끝내고

돌아가리라 돌아가리라
내 고향으로 돌아가리라
그립던 내 고향에 돌아가서 살리라
다정한 일가친척 다시 만나 살리라
돌아가리라 돌아가리라
내 고향으로 돌아가리라

흡사 흑인영가의 애조 띤 주제가와 아울러 만 4개월을 노심초사했다. 그러나 막상 88회를 끝을 내고 나니 커다란 멍에를 일시에 내려놓은 것 같은 묘한 기분에 사로잡힌다. 그동안 서신과 전화를 통해 숱한 격려와 항의가 있었다.

정외과 출신의 이미지를 왜 손상시켰느냐는 모 여대생의 항의에 찬 장문의 편지와 변호사의 지위를 격하시켰다는 저명한 변호사의 항의 등. 반면에 오랫동안 망각했던 고향을 다시 찾게 되었으며 TV드라마의 무질서한 난립 속에 그나마 우리들에게 뭔가 생각할 수 있는 유일한 드라마 중의 드라마라는 분에 넘치는 격려의 서신 등 헤아릴 수 없는 찬반의 의견을 보내 주었다. 무척 안타깝고 고마운 기분이다. 그러나 문제는 여기에 있는 것 같다. 드라마의 극중 인물에 지나치게 신경과민인 시청자 말이다.

드라마는 어디까지나 드라마이지, 그 이상도 그 이하도 아니지 않는가. 물론 TV의 특성이 안방극장이나 그 제한성이 무한하다는 것은 알지만 극중 인물에 대하여 실생활처럼 착각해 혼돈하여 과열한 흥분 상태를 초래하는 경우 말이다.

3년 전 〈아버지와 아들〉(그때도 작가는 한운사 씨였다)을 연출할 때에 드라마의 남주인공의 정치적 라이벌 인물 때문에 한 차례 소동이 있었다.

주인공의 성명 석자 때문에 말이다.

　드라마의 극중 인물이 김모인데, 부정선거로 당선되는 드라마의 내용이라 실존인물 김모 씨와 동명이인으로 명예손상이 된다고 엄중한 항의를 보내와 녹화 테이프를 지우고 다시 녹화한 적이 있었다. 웃지 못할 난센스였다.

　TV드라마의 난립!

　TV드라마의 저질화!

　온갖 치욕적인 수식어를 전부 나열하여 공박하지만 문제는 다른 데 있다. 어쩌다 한 번, 또는 겉치레를 보고 논하는 것은 경솔한 짓이 아닐까?

　드라마 속에 담고 있는 철학과 참뜻은 그렇게 쉽게 발견되는 게 아니지 않는가. 그렇다고 드라마의 전문가가 되어 달라는 것은 아니다. TV드라마는 역시 오락성이 결여되어서는 안 되며 보고 즐기면 그것으로 족하지 않을까. 하루에 주 6회분을 일시에 녹화해야만 하는 이 한국적 현실을 조금 이해한다면 말이다. 모든 PD가 다 그렇겠지만 한 작품을 끝내면서 갖는 기분은 실로 다양하고 착잡한 심정일 것이다. 완벽이란 없듯이 온갖 정열을 다 바쳐 가꾸어온 자신의 작품이 '끝'자와 더불어 영영 화면에서 사라져가는 순간 남는 것은 아쉬움밖에 없는 것이 아닐까.

　영화는 필름, 연극은 프로그램이라도 있지만 말이다.

<고향>!

이 작품을 끝내면서 그나마 나로선 가슴 뿌듯한 기쁨을 느낄 수 있었다. 그것은 두 딸의 아버지가 된 것이다.

나시찬과 안옥희

44년 전 내가 중학교를 졸업할 무렵, 추억을 남기느라고 은사나 선배 동료들에게 졸업사인을 받은 적이 있다. 지금은 시대가 변하여 누구나 자동카메라로 추억거리를 만들거나 외국여행까지 다녀오고 있지만 먹을 것이 부족하고 헐벗고 굶주렸을 1950년대는 추억거리라고는 흑백 앨범이나 졸업사인을 받는 것이 고작이었다.

하얀 백지에 '선생님의 좌우명을 교훈으로 남겨주십시오' 하는 졸업사인을 받으러 다니는 일은 그때만 해도 여간 소중한 일이 아니었다. 그때 국어 선생님이 써 주신 말씀이 아직도 귀에 쟁쟁하다.

"이 세상에는 꼭 필요한 사람과 있어도 좋고 없어도 좋은 사람, 그리고 반드시 없어져야 할 사람 등 세 부류의 사람들이 있다. 그 중의 꼭 필요한 사람이 되어라."

이 말은 사회 어느 분야에서 일을 하든 자기 본분을 지키고 책임감이 강한 사람이 되라는 소리로 들려 지금까지 한시도 잊어 본 일이 없다.

내가 새삼스레 이 말을 왜 하느냐 하면 드라마를 연출할 때 보면 반드시 필요로 하는 연기자가 있기 때문이다. 자기에게 주어진 연기를 책임 있게 소화해내는 사람이 연출자로서 그렇게 예쁘고 사랑스러울 수가 없었다. 30대의 젊은 나이로 아깝게 요절한 나시찬 군과 암으로 죽은 안옥희 양이 바로 그런 연기자였다.

드라마 <전우>에서 열연을 벌였던 나시찬 군이 요절하기 전, 마지막으로 출연한 작품은 김영곤 극본의 사극 <꽃신>이었다. 이 드라마에서 그는 남자 주인공인 정기룡 장군 역을 맡았고 상대역은 TBC 인기드라마 <어머니>(전세권 연출)로 일약 스타덤에 오른 안옥희 양이었다. 임진왜란 당시 수군(水軍)으로선 단연 이순신 장군을 꼽는다면 지상군으로서는 두말 할 것도 없이 정기룡 장군일 것이다.

<꽃신>은 정기룡 장군을 내조한 부인의 애틋한 사랑과 조국을 위해 몸을 초개처럼 불사른 장군의 일대기를 드라마화한 것이다.

나는 노래라면 음치에 속하지만 지금도 <꽃신>의 주제가를 잊지 않고 있다. 가슴을 울리는 끈적끈적한 노랫말…… 1978년도에 나온 노래였다.

님이신가 반기던 말방울 소리
아련히 멀어가니 나는 울었네
울리고 또 울려서 멍이 든 가슴
그 님이 오실 때에 선달님 되어
선물 주며 달래주네 꽃신 한 켤레

풀벌레 우는 소리 나를 깨우니
꿈에 본 님 생각에 나는 울었네
오실 듯 오실 듯이 안 오시던 님
그 님이 오실 때에 장원랑 되어
내 품에 안겨주네 꽃신 한 켤레

이때 우리 제작팀은 정기룡 장군의 고향인 경북 상주에서 야외촬영

일일연속극 〈꽃신〉 기념사진(1978년 7월).

을 해야 하는 일이 생겼다. 그러나 막상 현장에 도착하고 보니 정기룡 장군의 묘역이 너무도 초라해 놀라지 않을 수 없었다.

"임진왜란 때 나라를 위해 싸운 장군의 묘가 이 지경이라니……."

그때 나시찬 군과 안옥희 양이 제의를 하고 나섰다.

"선생님, 우리 할 일도 바쁘긴 하지만 시간을 쪼개서 자선공연을 벌여 묘역을 다듬을 기금을 마련하는 것이 어떻겠어요?"

안옥희 씨의 말은 따뜻했다. 그 말에 우리 제작팀은 감명을 받았고 쌍수를 들어 환영했다.

"좋소, 우리가 뜻있는 일을 한번 벌여 봅시다."

우리는 일정에도 없는 공연준비를 서두르기 시작했다. 장소는 상주극장. 그 전날까지만 해도 당시 톱가수 하춘화 양의 극장 쇼가 있었으나 관객이 들지 않아 참담한 실패를 하고 철수를 했다는 것이었다.

그러나 우리가 예정에도 없는 즉석 공연을 벌이자 의외로 극장은 만원사례. 관객이 넘쳐흘러 극장 유리창이 깨어지고 일대 소동이 벌어질 정도였다. 나시찬 군과 안옥희 양을 보기 위해 관객들이 빽빽이 들어선 것이었다. 나는 제작팀의 총책임자로서 관객들 앞에 정중하게 인사말을 했다.

"여러분 이렇게 대성황을 이뤄주셔서 매우 감사합니다. 우리는 이 공연의 수익금으로 정기룡 장군의 넋을 기릴 것입니다."

공연이 끝났을 때, 나시찬 군과 안옥희 양은 자신의 연기생활 중에 가장 의미 있는 일을 해냈다고 흐뭇해했다. 꼭 필요한 일을 해낸, 필요했던 나시찬 군과 안옥희 양…… 하지만 신(神)은 그들을 왜 그리 일찍 불러 갔을까? 나시찬 군은 조금 더 있다가 새로 나온 컬러방송도 못 본 채…….

사회의 꼭 필요한 사람으로 등불이 되려 했던 나시찬 군과 안옥희 양, 그 영전 앞에 다시 한 번 명복을 빈다.

〈전투(Combat)〉와 〈전우〉

외화 〈전투(Combat)〉-. 빅 모로 주연의 이 본격적인 전쟁드라마를 모르는 독자들은 아마 드물 것이다. 2차 대전 당시 독일군과 싸우는 미군의 한 분대원들의 활약상을 그린 이 TV영화는 한때 시청률 1위를 차지했던 인기 프로였다.

그런데 이 프로가 얼마 후 독일 정부와 미묘한 문제를 일으켰다. 이유인즉 미군들은 기발한 전략으로 승승장구하는데 독일군은 항상 미군들에게 참패만 당하는 멍청한 군대로 그려지고 있기 때문에 독일 대사관측이 엄중한 항의를 해왔기 때문이었다.

그도 그럴 것이 2차대전이 미국의 승리로 끝나기는 했어도 당시 독일의 군사력은 막강했고 또 세계를 통치하고 싶을 만큼 전투력을 갖춘 그들이 어쩌다 패했다고 해서 국지전에서마저 만날 패했겠는가. 그런데도 매회마다 미군의 승리만 보여주고 독일군들은 하나같이 미련한 사람들로만 묘사한 게 사실이었다.

시청자들도 그 같은 TV를 봄으로써 미군은 아군으로 생각하게 됐고 독일군은 적군인 것처럼 모두가 미군이 이기기를 바라고 있었을 것이다. 그것은 미국만이 우리의 우방인 것으로 자칫 인식한 우리 국민들의 의식이 아니었나 하는 생각이 든다.

또 하나는 우리가 외화(外畵)를 수입함에 있어 전적으로 미국 영화만을 수입 방영해, 우리 시청자들은 선택의 여지가 없이 일방적으로 미국 영화만을 볼 수밖에 없는 결과가 그렇게 된 것이 아닌가도 생각된다.

아무튼 그 '전투'를 모델로 한 전쟁드라마가 탄생했는데 KBS의 드라마 <전우>였다.

첫 작품은 75년 6월 29일 방영된 <산하여, 통곡하는가>였다. 경기도 전곡과 한탄강을 무대로 전쟁을 방불케 하는 전투장면을 재현하기 위해 전 연기자와 스태프가 3년에 걸쳐 일구어낸 값진 드라마였다.

그러나 <전우>에서 소대장 역을 맡아 열연했던 나시찬 군이 피로가 겹쳐 요절하는 바람에 이 드라마는 한동안 중단되었다가, 컬러방송 실시 3년만인 83년 9월 1일 <불타는 다리>(윤혁민 작)편을 필두로 부활되어 3명의 PD(김재순, 한정희, 정영철)가 열정을 쏟아 본격적인 전쟁드라마를 만들었다.

그리고 보니 나시찬 군은 전쟁드라마를 촬영하다가 죽은 결과가 되었다. 전쟁드라마를 찍을 때는 전투 장면을 적나라하게 표현하기 위해 폭약이 터지는 곳을 통과도 해야 하고 그 외 여러 가지 많은 위험이 따르게 마련이니 얼마나 신경을 썼겠는가.

완벽한 시설과 고도의 기술로 영화를 만드는 미국 같은 나라에서도 전쟁영화 촬영을 하다가 폭약이 늦게 터지는 바람에 오디 머피 같은 명배우를 죽게 하는 마당에, 열악한 우리 기술과 장비로야 더 말할 필요가 없을 것이다.

그래서 나는 이미 흑백시절 <전우>로 인한 두 사람(나시찬, 박성재)의 희생자를 생각해 위험수당을 과감히 결재 받아 출연사례의 50%를 위험수당으로 지급하는 혜택을 주되, 모두가 생명보험에 가입하는 조건을 붙였으나 목구멍이 포도청이라 그날 그날의 사례로 생활하기도

〈전우〉 '전곡' 촬영장에서 고사(告祀) 기념사진(1983년 8월).

바빠 보험에 가입하는 것은 말짱 헛것이었음을 나중에 알고 실소를 금치 못했다.

나는 1974년 8월 20일 「KBS사보」에 '회수보다는 질 향상을'이란 타이틀로 본격적인 일일연속극 경쟁시대에 엿가락처럼 횟수를 연장하는 방송사의 안이한 대처에 경각심을 주는 글을 기고했다.

횟수보다 질 향상을

얼마 전 미국에서는 세인의 이목이 총집중된 가운데 '워터게이트' 사건의 하원 법사위원회 탄핵공개 심의를 TV로 생방송한 일이 있었다.

한 가지 아이러니컬한 사실은 미국도 예외가 아닌 듯 TV 공개 방영시간이 시청률이 가장 높은 연속극 시간이라 한동안은 시청자들의 강력한 항의와 불만에 부닥쳤지만, 막상 생방송된 탄핵 공개심의 방송을 본 후에는 오히려 시청률이 연속극보다는 월등히 높았다는 사실이다.

물론 공개방송의 진가가 생동감 있는 현실의 분위기 묘사와 공감 어린 리얼리티에 근거를 둔 데도 원인이 있겠지만, 황당무계한 스토리 텔링의 전개와 공감 없는 허황된 소재의 드라마보다는 훨씬 호소력이 강력했기 때문이 아닐까?

현재 우리의 현실을 한 번 살펴보자. 이 땅에 본격적인 일일연속극이 선보인 것은 1969년 5월로 〈신부 일년생〉이다. 그러나 그 당시 일일연속극은 모두가 월간 단위로 기획, 제작된 작품들이었다.

즉, 애초에 30회 내외의 회수로 못박아 기획했기 때문에 작가와 소재 자체도 다양하려니와 사건의 전개 과정 역시 스피디하고 비약이 놀라웠던 것이다.

그러나 1970년에 접어들어 TBC가 KBS의 일일연속극의 아성에 도전하여 복고조의 여인의 일생을 그린 〈아씨〉(임희재 작)를 내놓으면서 몰락해 가는 한 지주의 3대를 그린 대하드라마 〈아버지와 아들〉(한운사 작)과 본격적인 시청률 경쟁에 접어들었던 것이다. 결국 〈아버지와 아들〉은 한국 최초의 일일연속극 100회 돌파라는 기록(?)을 세우면서 150회로 대단원의 막을 내렸으나, 〈아씨〉는 200회를 훨씬 넘게 끝나 이후부터 일일연속극은 롱런의 시대로 접어들었던 것이다.

결국 원인이야 어떻든 한국의 일일연속극은 이때부터 무슨 유행이라도 되는 듯 방영되었다 하면 우선 100회를 예정 회수로 정해놓고 스타트하니 작가 역시 안이한 스타트를 할 수밖에 더 있으랴.

때문에 플롯 역시 30회 단위로 나누어 전개 과정 30회, 갈등과 클라이맥스 30회, 그리고 마지막 30회로 엔딩을 장식하는 마라톤식 수법으로 엮어온 게 사실이다.

그러나 필자가 생각하기에 현대 일일연속극은 결단코 마라톤이 아니고, 100미터 단거리라고 생각한다.

첫 회, 그리고 첫 주에 시청자를 사로잡지 않으면, 결단코 그 흔한 일일연속극의 홍수 속에서 일일이 기억할 수도 없으려니와 시청률 경쟁에서 탈락할 수밖에 없는 것이다.

문제는 여기에 있다. 횟수의 양보다는 드라마의 질적인 향상이 더 문제가 아닐까? 특이한 소재라면 금상첨화로 바랄 게 없겠지만, 평범한 소재일지라도 우리들 생활 주변에서 항시 느끼고 또한 쉽게 공감할 수 있는 감동 어린 드라마라면 어느 시청자가 외면하랴.

비현실적인 소재에다 국적 불명의 드라마, 시대에 뒤떨어진 복고조의 스타일을 가지고 지루하게 회수만 채우려드는 일일연속극의 퇴조현황을 어떻게 방관만 할 것인가?

특히나 스피디한 미스터리 TV영화(형사 콜롬보 따위)에 열광하는 이 현실 속에서……

그렇다면 정녕 일일연속극의 탈출구는 없는 것일까?

해답은 간단하다. 단기적으로 지금이라도 일일연속극의 회수를 줄여야 한다. 50회 단위로 못을 박되 길어야 100회를 결코 넘기지 않는 일대 획기적인 용단이 필요하며, 장기적으로 골든 아워에 의존되어 있는 드라마의 집중 편성을 점차로 현장 르포나 다큐멘터리 프로 등으로 대체시켜야 한다.

얼마전 일본의 모 방송사에서는 〈어느 작가의 하루〉라는 프로그램 속에 카메라를 시종 작가의 서재와 방 안팎에 고정시켜 작가의 작품 집필시의 고뇌와 습성(이를테면 담배를 몇 번 태우고 재떨이에 끄는 거나, 파지를 구겨 방바닥에 버리는 등)을 담아 히트한 일이 있었다고 한다.

이 프로그램이 인기를 얻은 이유는 간단하다고 본다. 배경이 생동감 있는 실물이라는 사실성과 방송되고 있는 것 하나하나가 실제의 행동이라는 동시성, 그리고 시청자를 그러한 분위기에 끌어들이는 현실감 때문인 것이다.

아무런 해설도 없이 시종 카메라가 작가의 화장실 출입까지 촬영하는 등 현실감 있는 화면 속에 시청자들은 40분간을 시종 빨려 들어가는 압권의 경지에까지 이르렀다니 이 얼마나 멋진 히트인가 말이다.

문제는 PD의 '아이디어' 개발과 여기에 곁들인 강력한 스태프의 뒷받침이다. 언젠가 세인을 경악시킨 오산 카빈 강도 사건의 두 범인을 놓고 보자.

물론 이것은 사건 자체가 잔인 무도한 행위라 방송 윤리에 위배되어 현장 중계 프로로는 합당치 않지만, 만일 사건 자체가 방송 윤리에 위배되지 않는 사건이었다면 얼마나 멋진 프로그램이 탄생될 수 있었을까?

다시 한 번 공감 어린 프로그램의 탄생을 기대하면서 남몰래 가슴 설렌다.

불만의 삼백예순 날

　지금도 기억이 생생한 1974년 8월 15일 장충동 국립극장 대극장에서는 광복절 기념식과 더불어 서울의 지하철 1호선 개통이 있었다.

　그런데…….

　'조총련'의 사주를 받은 문세광이 도시락에 숨긴 권총으로 박정희 대통령을 저격했으나 실패하고 엉뚱하게 학 같은 육영숙 여사가 총에 맞아 급서했다.

　북한의 지령에 의한 조총련의 음모라고 즉각 결론을 내려 온 겨레가 조총련의 만행에 분노를 표할 때, 그 날따라 토요일이라 12시에 퇴근해 머리를 식히느라 나는 방송국 근처에 있는 당구장에서 탤런트들과 당구를 즐기고 있었다.

　한가로이 당구를 친다는 것이 남이 보면 근무시간에 살짝 빠져나와 빈둥거리는 것으로 보일지는 몰라도 실은 그렇지 않았다. 변명을 늘어놓는다고 말하겠지만 어떻게 보면 그 자체로 근무의 연장으로 봐야 한다는 것이 내 생각이다. 새로운 아이디어를 창안하기 위한 방편이니까.

　내가 당구장을 나와 피곤한 몸을 이끌고 곧바로 집에 들어섰을 때였다. 어머니가 걱정스런 표정으로 나를 맞아 주시며 왜 지금 오느냐고 야단을 치셨다. 오후 2시부터 부장이 찾는 전화가 뻔질나게 걸려왔다면서 무슨 사고라도 저질렀나 해서 걱정을 하신 것이었다.

나는 무슨 일 때문인가 하고 급히 전화를 걸었다. 그랬더니 무조건 택시를 타고 빨리 사무실로 나오라는 명령이었다. 사무실에 도착해 얘기를 들어보니 월요일부터 당장 <조총련> 드라마를 제작, 방송해 내야 한다는 것이었다.

나는 어안이 벙벙할 수밖에 없었다. <조총련>이 정부의 정책 드라마라서 시의에 맞게 빨리 제작해야 한다는 것은 이해하겠지만 이렇게 번갯불에 콩 튀겨먹는 식으로 채근을 할 줄은 몰랐기 때문이다.

작가를 섭외하고 출연진도 캐스팅하는 시간은 줘야 하지 않겠느냐고 묻자 작가는 이미 김동현 씨로 정하고 산길다방에 대기시켜 놓았으니 작가와 밤을 새워서라도 상의해 빨리 캐스팅을 하라는 것이었다.

나는 그때 <조총련>의 주인공 만경봉호 선장 역이 가장 키 포인트이며 그 배역만 일단 정해놓으면 일은 술술 풀릴 것이라고 생각하고 있었다.

만경봉호를 이끌 선장 역이라면 적어도 눈이 부리부리하고 상대방을 제압할 수 있는 두목다운 면모를 풍겨야 할 것만 같았다. 나는 그런 우악스럽고 개성이 강한 얼굴을 찾고 있었다. 그러자 언뜻 머릿속에서 의지의 사나이 문오장이란 연기자가 떠올랐다. 훗날 탤런트 생활을 청산하고 목회자로서 교리를 전파하다가 얼마 전 지병으로 사망했지만 그의 체격이나 풍김이 만경봉호 선장으로서는 제격이라는 생각이 들었다. 그래서 나는 한창 영화출연에 바쁜 그를 불러냈다.

"이번 역이 아주 비중이 큰 역이야. 잘만 하면 일약 스타덤에 오르는 길이지. 어때, 한번 해볼 생각 없어요?"

그 말에 문오장 씨는 흥분을 억누르지 못했다. 상상만 해도 구미가 당기는 모양이었다. 그러나 그의 얼굴에는 다소 망설이는 빛이 보였다.

"왜 시간이 없어?"

"아냐. 그 역은 꼭 하고 싶어 그런데……."

그는 액션스타로서 2개 영화에 겹치기 출연을 하는 중이었고 또 다시 새 영화에 출연하기 위해 막 30만 원을 계약금으로 받아놓은 터라고 솔직히 털어놓았다.

문오장 씨는 영화에 출연하느냐, TV드라마 <조총련>에 출연하느냐로 고민하고 있는 것 같았다. 영화 출연을 포기한다면 계약금조로 받은 30만 원의 배를 물어야 할 판이었다.

나는 빨리 캐스팅을 해야 하니까 당장 결정을 내려야 한다고 말했다. 그때 그의 얼굴에는 곤혹의 빛이 역력했다. 이리 갈까, 저리 갈까. 그는 한참을 생각하다가 결심을 한 듯 말했다.

"다른 사람 결정하지 말고 나에게 한 시간만 시간을 주시오."

그리고 그는 영화사로 다람쥐처럼 달려갔다. 한 시간 안에 돌아온 그가 단호하게 입을 열었다.

"좋아요. 지금 계약을 파기하고 돌아오는 길이오."

그래서 문오장 씨에게 처음으로 큰 배역이 떨어졌다. 그는 아주 시원스럽고 중후한 연기로 시청자들을 매료시키기 시작했다. <조총련>이 방송되는 시간에는 택시기사들도 자동차를 길에 세워두고 다방으로 들어가 시청할 정도였고 거리에도 인적이 뜸해 거리가 휑할 정도였으니 얼마나 인기가 있었나를 가히 짐작할 것이다.

밤샘을 해서 드라마를 제작하느라고 몸은 천근만근 무거웠고 고달팠지만 연출자의 매력은 이런 것이 아닌가 하고 생각하였다. 방송이 1주 나간 후 당시 국무총리였던 김종필 씨가 수행원을 대동하고 직접 스튜디오로 찾아와 출연자들과 스태프를 격려하고 금일봉을 내놓았을 때는 너무 기분이 좋아 가슴마저 뛸 정도였다.

연출자의 보람이 이런 데 있다고 해서 말인데 사실 매력만큼이나 피가 마르고 살이 깎이는 게 PD란 직업이다.

〈실화극장-조총련〉
제작진을 격려하는 당
시 김종필 총리(1974
년 8월).

방송인들이 흔히 쓰는 용어로 'PD 입봉'을 해서 AD 딱지를 뗀 한 후배 드라마 PD가 있었다.

그 친구는 처녀 연출 작품을 맡고서 여간 흥분하지 않았다. 36살에 '입봉'한 것이 PD 승격치고는 늦은 편인데도 그는 천하를 손아귀에 쥔 것처럼 기뻐했다.

최근에 와서는 방송시설이 첨단에 이르러 드라마의 80%가 야외촬영인데 첫 작품의 연출을 맡고서 자그마치 3박4일을 강행군을 했다는 얘기를 듣고 나는 "그 친구야말로 드라마 연출을 위해 태어난 사람"이라고 칭찬을 아끼지 않았다.

그러나 그 같은 강훈련을 받고서 PD가 되면 그 책임은 더욱 무거워진다. 연출을 맡은 드라마가 성공했느냐, 실패했느냐의 책임을 지는 것은 말할 것도 없지만 윤리위원회나 심의에 지적 당하거나 행여 방송사고가 발생해도 책임을 면할 수 없는 것이 PD의 직책이다.

말하자면 PD란 직책이 일반 셀러리맨처럼 열심히 일하고 봉급을 타 먹는 것은 마찬가지라고 해도 한편으로는 또 하나의 독립된 프로덕션을 운영한다고 봐야 할 것이다. 열 번을 잘해도 한 번 잘못하거나 실수를 하면 PD의 수명은 그만큼 단축되기 때문이다.

이처럼 피와 살이 바짝바짝 마르는 직업이고 고작 몇 초간 이름석 자가 영상에 흘러가는 명예를 잠깐 만끽할 뿐인데도 아편 같은 그 매력에서 헤어나지를 못하고 있는 것이다.

그러나 방송사 일에 빠져 밤늦게 귀가하고 툭하면 밤샘도 하는 동안 골병을 앓는 것은 독수공방하는 아내다.

나는 스크랩을 들추며 지난날을 회상하다가 1973년 8월 15일자 신문 '아내의 일기'라는 난(欄)에 '불만의 삼백예순 날'이라고 쓴 아내의 수필을 읽고 내조(內助)가 얼마나 중요한가를 새삼 깨달았고 'PD의 아내야말로 진정한 AD다'란 결론을 내렸다. 다음은 결혼 5년이 됐을 때 쓴 아내의 글이다.

불만의 삼백예순 날

모든 작업이 다 그렇겠지만 미치지 않으면 정녕 빛을 낼 수 없는 것인가 보다. 자신의 맡은 임무를 성실히 수행하는 일, 그 과정 속에 파생되는 조그마한 불만은 도시 희생되는 게 예사인가 보다.

그런 의미에서 PD의 아내는 불만의 삼백예순날이다. 남보다 한 주간을 일찍 살아가는 것만도 서글픈데 '가정'이란 두 글자는 예전에 망각한 듯 무슨 일이 항시 꽉 찼는지 그이는 시간에 쫓기며 이리저리 뛰어다닌다.

월, 화, 수요일…… 주초의 3일간은 귀가해 드라마 〈파도〉를 모니터하기가 바쁘게 밤 12시까지 '콘티'의 계속이다.

목요일은 그이의 '카운트다운' 날이다. 3일간의 총연습과 '콘티'에 의해 그이의 작품이 영상화되는 날이니까 말이다. 아침 7시에 우유 한 잔과 토스트 한 조각을 허겁지겁 들고 집을 나가선 밤 11시가 넘어서 피로에 지친 모습으로 가정을 찾는다.

녹화작업이 그토록 힘드는 일인지 4살짜리 첫 딸과 내가 오랜 시간 다리를 주물렀는데도 밤새도록 끙끙 앓는 신음소리로 날이 밝는다.

드디어 금요일이다. 한 주일 중 유일한 해방감에 젖을 수 있는 소중한 시간이지만……. 다시 토, 일요일. 격주로 MD 근무와 교회 출석 때문에 주말의 기쁨도 뺏기는 아쉬움. 이런 나날의 연속이니 PD의 아내는 불만일 수밖에…….

모든 PD의 아내가 다 이럴까 가끔 생각한다. 그러나 이런 불만도 속마음일 뿐 어쩌다가 푸념 비슷한 얘기라도 나오면 "쳇, 인제 겨우 5년 갖고서…… 난 10년째야!"

10년 -. 강산도 변한다는데 이 땅의 방송인에게도 뭔가 변화가 있어야겠다. 아내와 자식이 소중하고 나아가 '가정'이 존중되는 그날이 반드시 와야겠다. 그날을 그리며 난 다소곳이 외친다.

"더 미치세요! 그날이 빨리 오기 위해……."

- 당신의 아내 -

나는 아내가 쓴 이 글을 읽고 아내야말로 나의 영원한 AD라는 생각이 들었다. 아내의 말대로 어느 분야건 간에 시간에 쫓기지 않는 직업이 없겠지만 PD란 직업이야말로 정말 출퇴근이 없는 24시간의 직업이다.

나는 아내의 얼굴을 새삼스레 다시 들여다보았다.

신구와 정영숙

1975년 2월. 나에게는 또 <대동강>이란 반공드라마가 떨어졌다. 조금 쉴까 했더니 그것도 뜻대로 안 되었다. 조직사회에서 상사들이 많다 보니 나는 아내를 생각하면서도 그 명령을 따를 수밖에 없었다.

그 <대동강>은 원래 윗사람들이 제목을 붙이기를 <북한 20년사 대동강>으로 하라는 것이었다. 그러나 나는 그 제목이 어설펐고 마음에 닿지도 않았다. 대동강이면 '대동강'이지 무슨 '북한 20년사'란 사족을 달란 말인가. 그래서 나는 당시 최창봉 부사장실로 뛰어들어가 한마디로 당돌하게 말했다.

"대동강이란 제목만 붙이면 누구나 그 뜻을 압니다."

그때 주인공은 숙명여대 출신인 정영숙 씨였고 오지명, 신구 씨가 뒷받침을 잘 해줬다. 지금야 훌륭한 연기자가 됐지만 그때의 정영숙 씨는 누가 봐도 풋내기 탤런트였다.

그녀의 극중 역할은 보따리를 움켜쥐고 서울로 올라온 갓난이 역으로 코미디언 배삼룡 씨처럼 비실비실거리는 촌뜨기 연기였다.

나는 그녀로 하여금 어떻게 하면 시청자들에게 어필할 수 있을까를 곰곰이 생각하고 있었다. 원래 맡은 역할은 촌티가 케케 묻은 여자였지만 극중에서 여주인공 역인 그녀에게만 시청자들의 플래시를 받도록 하겠다는 생각이었다. 그러나 그녀에게 긴 대사를 외우게 할 수는 없었다. 비중 있는 주인공 역을 맡았으므로 그녀는 적잖이 떨고 있었고 생각한 끝에 짧은 대사만을 줄 수밖에 없었다.

"아바디! 던기불이 번떡번떡해디 않아요?"

그녀에게 잘 하도록 주문한 대사는 그것뿐이었다. 이 대사 한마디가 그녀를 일약 하룻밤에 스타로 만들기 시작했다. 그녀는 간난이 연기로 시작하여 오늘에 이르렀다고 봐야 할 것이다.

그때 조만식 역의 이신재 씨나 남성우, 강효실 씨 그리고 양광남 교수가 조연이긴 하지만 아주 열연을 해주었다. 주역을 맡은 정영숙 씨의 연기가 다소 서툴다고 해도 주위에서 능숙한 연기자들이 뒤를 받쳐주었으니 정영숙 씨의 연기가 밤하늘에 별빛처럼 반짝이지 않을 수가 없었다.

그러자 <대동강>의 시청률이 높이 치솟아 올랐다. 집집마다 <대동강>을 시청하느라고 일찍 귀가하는 일들이 생겼다. 저마다들 "아바디! 던기불이 번떡번떡해디 않아요?" 하는 유행어가 시중에 나돌았다.

그러나 한편으로 또 문제가 생겼다. 원래 반공극이란 것이 북쪽의 잔학상이나 빈곤한 생활상을 그대로 보여주는 것이어서 북쪽의 애기만을 자주 하다보니 북쪽 사람들의 강한 이미지만이 어필된 것이 문제였다. 방송사 고위층으로부터 질책의 소리가 날아들었다.

"드라마가 재미있기는 하지만, 왜 이북사람들로 분장한 쪽은 강한 인상을 주고 남쪽 사람들은 하나같이 나약한 인상을 주는 거지?"

반공의식을 고취시키자고 만들고 있는 드라마가 연출 효과만을 노린 나머지 반공교육을 염두에 둔 본래의 의도를 이탈하고 있지나 않을까를 염려한 지적이었다.

사실 북한 실정을 그린 내용이 주무대를 이루고 있었으므로 인민군이나 그쪽의 기관원으로 출연한 연기자들이 자주 나오다 보니 이미지

일일연속극 〈대동강〉 기념사진(1975년 2월).

가 더 강하고 돋보일 수밖엔 없었다.

나는 방송사 고위층의 지시대로 그 점에 신경을 쓰지 않을 수가 없었다.

툭하면 무장간첩이 튀어나오고 정부에서도 반공의식을 철저히 강조하고 있었을 때였으므로 나는 시청자들에게 반공의식을 심어주는 목적극을 만드는 것이 우선이었다.

그래서 북한 쪽의 무대를 부쩍 줄이고 남한 사람들이 활기 있게 살아가는 모습을 강조하다 보니 드라마가 갖는 재미는 줄어들고, 장면이 싱거울 수밖에 없었다. 방송사 고위층에서는 그 정도로 만들면 된다고 적이 안심을 하고 있었는데 이번에는 또 시청자들로부터 냉랭한 반응이 나타나기 시작했다.

"무슨 놈의 반공드라마가 처음에는 재미있는 척하다가 용두사미로 싱겁게 얼버무리는지 모르겠다. 드라마란 다 속임수에 불과하다."

끝내는 구렁이 담 넘어가는 식으로 〈대동강〉은 끝나고 말았다. 어느 드라마건 방송이 끝나고 나면 연출자로서 만족을 못 느껴 뒷맛이 개운치가 않았지만 어물쩍 끝난 것 같은 〈대동강〉이야말로 입맛이 쓰디 썼다.

나는 그때 정말이지 참담한 심정이었다. 목적극을 만든다고 해도 내 연출 능력이 고작 이 정도밖에 안 되는가를 생각했고, 내가 해낼 수 있는 연출에도 한계가 있다는 것을 느꼈다. 아무리 목적극이라고 해도 얼마든지 재미있게 만들 수 있고 시청자들을 실망시키지 않았을 법한데 그게 뜻대로 이루어지지 않아서였다. 그러면서 드라마 연출은 도(道)를 닦는 사람처럼 10년이고 20년을 해내도 어렵고 배울 것이 많으며 더 겸손한 자세로 연출에 임해야겠다는 생각을 했다.

<대동강>을 끝내자 나에게 또 반공드라마 <타향>을 연출하라는 주문이 떨어졌다.

나는 이젠 반공드라마 연출자로 아예 딱지가 붙어 있는 것 같았다. 타향살이 몇 해 전인가…… 하는 유행가도 있듯 일본에서 살고 있는 교포들이 조총련들의 등쌀 속에서 얼마나 꿋꿋하게 살아가고 있는지를 드라마로 만들라는 것이었다.

나는 이번에야말로 멋있는 반공극을 제작하기 위해서는 생생한 현지 취재를 통해 고증을 철저히 해야겠다고 생각했다. 그래서 작가 김동현 씨와 6박7일간의 일본 출장길에 나섰다. 나로서는 일본행이 처음이었다.

그때 일본을 처음 간 나로서는 눈에 보이는 모든 것이 생소하기만 했고 벽촌의 시골아이가 모처럼 서울을 올라온 것처럼 어리벙벙하기만 했다.

오사카 이꾸노꾸라는 곳…… 조총련들이 사는 거리…….

그곳을 찾았을 때는 나는 가슴이 두근거렸고 공포감마저 가졌다. '위대한 동지 김일성 만세!'라고 빨간 글씨로 쓴 현수막이 여기저기 걸려 있었기 때문이었다.

한 민족이라고 해도 이렇게 달리 보일 수가 있는가. 일본에 와서 같은 민족을 만나면 반가워해야 할 텐데 이건 그게 아니었다. 얼굴만 마주쳐도 귀신 모르게 납치를 할 것 같아서 와락 겁이 나는 것이었다.

그 같은 심정은 동행한 김동현 씨도 마찬가지였다. 그는 혹시 누가 말을 걸어올까봐, 그것까지 겁이 나서 오히려 나를 꽉 붙잡고 거리를 걸었다. 초행길에다가 조총련 거리로 들어섰으니 머리카락이 쭈뼛하지 않을 수가 없었다.

그런 중에 기어코 사건은 발생했다. 몇 발짝마다 붙어 있는 듯한 '위대한 수령동지 김일성 만세'란 현수막을 보고서 작가 김동현 씨가 그만 놀라 길을 걷다 말고 거리에 쓰러져버린 것이었다.

그러니 또 한 번 놀랄 수밖에 없었다. 나중에 알게 됐지만 그는 고혈압과 당뇨병을 앓고 있는 환자였다. 나는 부랴부랴 택시를 불러 그를 병원에 데리고 갔다.

김 작가는 주사 한 대를 맞고서 제정신으로 돌아왔다. 그러나 다음날 아침이 되자 또 혈압이 오르는 것이었다. 고혈압 환자가 시뻘건 현수막을 보고 충격을 받았으니 나는 취재 여행보다는 그에게 신경을 쓰지 않을 수가 없었다. 우리는 대충 현지를 둘러보고 서울로 돌아오는 비행기를 탈 수밖에 없었다.

그러나 비행기 안에서도 문제는 또 일어났다. 그와 나는 비행기 안에서 서로 좌석이 달라 떨어져 앉았었는데 그가 넥타이를 푼 창백한 얼굴로 나에게 다가와 합석을 하자는 것이었다.

"이봐 김 형! 내 옆자리로 와 줘!"

"왜요?"

"와 보면 알아."

나는 그가 익숙하지 않은 비행기를 타고서 고소공포증을 느끼거나 또 혈압이 올랐다는 것을 알았다. 김동현 씨 옆에 앉은 외국인에게 양해를 구하고 그 옆에 앉아 진정시켜줄 요량으로 손을 잡아주자 그는 가까스로 입을 열었다.

"김 형! 무슨 말이라도 좋으니 나에게 자꾸 말을 걸어 줘. 그래야 내가 안정이 돼."

나는 그가 시키는 대로 아무 말이라도 떠벌릴 수밖에 없었다. 서울에 가면 신바람나게 술이나 한잔하자는 둥, 여행을 하면 누구나 집이 그리워지는 법이라는 둥, 집에 있는 식구들을 머릿속에 그리라는 둥 마냥 주절거렸다.

고혈압을 치료하는 방법이 말을 시키는 것인가를 의아해하면서도 한참을 주절거리느라고 입이 아플 지경이었다. 나는 말하는 것으로 먹고사는 아나운서나 성우가 되기에는 영 글렀다고 생각하였다.

그러나 어떻게 하랴. 자꾸만 떠벌려달라는데야……. 나는 주위에서 봐도 실없이 떠벌리는 사람이 되어가고 있었지만 그는 점점 안정을 되찾고 있었다. 김포공항에 내리자 그는 언제 그런 일이 있었느냐는 듯 멀쩡했다. 비로소 안도의 한숨을 쉬었다.

그런 일이 있고서 방송사나 어디서든 만나기만 하면 그는 입이 닳도록 함께 일본에 갔던 얘기를 하고 있었다.

"그때 김 형이 아니었으면 나는 객지에서 죽었을지도 몰라. 그때는 정말이지 무서웠어."

그는 내가 생명의 은인이라도 되는 것처럼 진심으로 감사를 하고 있었다.

대머리집의 낭만

1976년에서 77년 사이, 교양부 차장으로 일을 할 때였다. 당시 교양 프로그램을 만드는 데 대단한 긍지를 갖고 있었다. 나를 팀장으로 해서 지금 있는 이홍주 대구총국장을 비롯해 10명이 만들고 있었다.

만드는 작품은 청소년들이 좋아하는 <인형극>(조수영 연출), 노래를 곁들인 <어린이 뮤지컬>(이상화 극본), 고등학생 프로에 직접 참여하는 <우리들의 세계>(안국정 연출) 같은 것이었다.

그때 나는 오로지 인형극만을 위해 살다간 고(故) 조용수 선생에 대해 많은 관심을 갖고 있었다. 당뇨병에 걸렸다가 나중에는 갖가지 합병증에 시달려 돌아가셨지만 부인이랑 처제랑 동생까지 한가족이 방송국에서 살다시피 하면서 갖가지 인형극을 만드는 것을 보았을 때, 여간 존경심이 가지 않았다. 저렇게 한가족이 일심동체가 되어 인형을 만든다는 것이 쉽지가 않기 때문이었다.

"어린아이들은 누구나 인형을 좋아하죠. 어린이들에게 어른이 해줄 것은 이것밖에 없어요."

조용수 선생은 인형을 만드는 일을 돈벌이라고 생각하지 않고 오로지 어린이들을 위해서 봉사하는 것이라고 생각한 모양이었다. 그 인형을 만드는 작업에 얼마나 세심한 정성을 들였던지 그것은 내가 봐도 감탄할 정도였다. 조용수 선생은 인형극을 한국TV방송에 끌어들인 첫 기획자인 셈이었다.

그때 우리들 역시 조용수 선생이 인형극에 집착하듯 청소년 프로와 교양 프로그램을 만드는 것이 그렇게 즐거울 수가 없었다. 그리고 일과시간이 끝나면 약속이나 한 듯 동아리를 져 술집으로 향하는 것이었다.

지금은 없어졌지만 서울 사직동 골목에 '대머리집'이라는 술집이 있었다. 주로 막걸리에 전을 부쳐 팔았는데, 헙수룩하고 바퀴벌레가 기어다닐 정도로 때가 낀 우중충한 한옥이었다. 그곳을 누가 먼저 발을 들여놓았는지 방송사의 PD들이나 각 신문사의 기자들이 모여들기 시작하더니 나중에는 문화계에 종사하는 사람들이 찾아드는 명소가 되어버렸다. 그 집을 '대머리집'이라고 부르게 된 것은 3대째 내려온 그 집의 맨 처음의 주인 영감님이 대머리였기 때문이었다.

그때는 지금처럼 생활의 여유가 있을 때도 아니고 술값이 넉넉할 리도 없었다. 그래도 그 집엘 가면 주인은 아무 말 없이 외상을 주고 월급날이면 꼭 받으러 오곤 했다. 나는 월급날마다 찾아오는 '대머리집'의 주인에게 밀렸던 술값을 지불하면 되었다. 그러니 방송사 일만

〈영이의 일기〉 종료 기념사진(남산 D스튜디오, 1976년 10월).

끝나면 그 집을 찾아가서 막걸리를 마시는 것이 그렇게 부담도 없고
편했다.

우리는 '대머리집'에서 막걸리를 얼큰하게 먹고서 또 2차를 향해 달
리기 시작했다. 누가 알아냈는지 불광동에 조명등이 번쩍번쩍거리는
스탠드바가 있었다. 거기도 외상으로 긋기만 하면 되었다. '두꺼비'라고
하는 닉네임을 가진 웨이터가 있었는데, 얼마든지 술을 마시게 하고서
월급날만 되면 또박또박 외상 술값을 받아가곤 했다.

우리는 그곳에서 3인조 밴드에 맞춰 마이크를 잡고 노래를 부르기
도 했고 간이식 무대에서 몸을 흔들어 대며 춤을 추기도 했다. 그러면
하루 종일 연출에 시달렸던 몸이 가벼워지고 피로가 풀렸다. 통금이
있어서 시간에 쫓기고 있을 뿐이지, 그렇지 않다면 밤새껏 마시고 취
하고 싶은 기분이었다.

그러나 기분대로 할 수만은 없었다. 통금 사이렌이 울리기 전에 집
으로 돌아가야 했다. 여우 같은 마누라와 토끼 같은 눈망울을 가진 새
끼도 볼겸.

그때 나는 집이 화곡동 쪽이었다. 다른 친구들은 나보다도 더 멀었
다. 우이동에다 인천 쪽도 있었다. 나는 신촌으로 부랴부랴 나와서 거
기서 통금 5분전에 총알택시를 집어타는 것이었다. 얼마나 스릴 있고
낭만이 있었는지……. 그것이 그때까지도 몸에 배었던 젊음의 발산이
었다.

아내는 밤늦게 들어온 내가 직장에서 이제까지 있다가 온 걸로 알
고 아랫목에 따뜻하게 묻어둔 밥을 내놓았다.

"피곤하시죠. 그렇게 방송 일이 많아서 어떻게 해요?"

아내는 진심으로 걱정하는 표정을 지었다. 나는 그런 아내를 보고서
마음 한구석이 찔려서 밥은 뜨는 둥 마는 둥하고 얼른 이부자리 속으
로 들어가 이불을 푹 뒤집어 쓸 수밖에 없었다.

선후배가 뭐길래

내가 방송생활을 하면서 가장 값진 시간을 보낸 적이 있다. 당시는 선배에게 밉게 보여 별 신통찮은 신설 부서로 밀려났다고 생각했으나 지금 와서 생각하면 여간 잘된 일이 아니었다. 그것은 79년 PD생활 15년만에 1년 동안 교육방송 실무준비팀으로 전격 파견발령이 난 것이다. 내가 교육방송 팀으로 전격 발령 난 데는 무서운 음모가 있었기 때문이다. 얘기는 당시 60년 후반으로 돌아간다.

당시 문공부 산하였던 KBS가 복마전이란 소문이 나 하루아침에 문공부 4급 공무원 10명이 자진 지원해 왔다. PD들의 수입이 자신들보다 3배나 높다며. 그 중에 L모라는 대학 선배가 끼어 있었다.

그러나 그는 공교롭게도 욕쟁이로 소문난 K모 PD의 AD로서 군대 용어로 ×빠지게 고생길에 들어선 것이다. 자기보다 계급도 낮고 나이도 젊은 PD가 이래라 저래라 명령하는 것조차 비위가 상했다. 그러나 어쩌랴? TV제작과는 서열(연출 순서)이 최우선인데…….

견디다 못한 선배가 나에게 찾아와 하소연을 하길래 아마 지금 같은 고생을 5년은 해야 PD로 승격할거라고 하자, "소문난 잔치에 먹을 것 없다"고 투덜대면서 어찌 손을 썼는지 다음날 편성과로 올라갔다.

당시 TV프로그램 중에 <종교시간>이 있었는데 이 프로는 기독교,

〈우리들 세계〉 녹화차 진해
에서(1977년 6월).

천주교, 불교의 각 분야전문 종교인 등이 출연하는 프로였다. 그 중 기
독교 시간에는 NCC가 스폰서가 되어 20분짜리 종교드라마를 제작 방
송했다. 이 드라마 PD를 선배가 맡은 것이다.

그러나 드라마 연출은 아무나 하는 게 아니다. 방송 입사 후 4년차
AD인 나 자신도 연출을 못 하고 있는데, 정부 기관에서 행정만 보던
선배가 하루아침에 드라마 연출을 하다니 아무리 공무원 사회의 원리
원칙이라 해도 현실을 외면한 인사였다.

고민 끝에 찾아온 선배가 대신 연출을 애원하면서 NCC에서 나오는
연출료를 50%로 줄 테니까 꼭 비밀로 해달란다. 후배 좋은 게 뭐냐고
하면서……. 결국, 선배를 기꺼이 돕는 게 후배의 도리라 생각하고 콘
티를 짜고 연출까지 해주었다.

그러나 나는 끝까지 연출료를 한 푼도 안 받는 고집을 부렸고, 이
고집은 우리 두 사람의 선후배 관계를 더욱 두텁게 하는 계기가 되었
다.

그해 가을 선배는 사무관 시험에 합격한 후 편성실 계장을 거쳐 얼
마 후 예능국에 관리과장으로 부임했다. 나 역시 입사 후 10년만에 차

장으로 승진하여 교양차장을 하고 있었다.

직책상 나의 직속상관은 제작과장이고 선배는 예능국의 예산을 총 집행 관리하는 과장이었다.

지금은 재벌(?)이 되어 멋들어진 저택에서 살고 있는 한국예술협회(엑스트라조합) K회장은 당시에 저렴한 출연료 때문에 무척 고생을 많이 했지만 해마다 10% 미만의 출연료 인상으로 회사를 운영하는 처지였다.

원래 출연료 인상문제는 관리과장과 K회장의 협의과정 문제다. 한데 그해는 협상결렬로 인해 양측이 고민하고 있었다.

어느 날 아침이었다. 선배는 자신의 방으로 나를 부르더니 문을 안으로 잠그고 대뜸, "너 임마! 넌 선배도 없어? 니가 깡패들 데리고 우리 집에 쳐들어가 도끼로 날 패라고 K회장에게 충동질했다면서? 넌 오늘부터 후배도 아니고 인제 우리 선후배 사인 끝났어!" 하며 흥분해 날 뛰는 것이다.

나는 하도 어처구니가 없어 멍하니 있다가, "아니 선배님은 선후배 관계가 더 신뢰됩니까? 아니면 일개 장사속인 K회장을 믿습니까?" 하면서 기막힌 충격에 빠져들었다. 그리고 어제 저녁에 구내 다방에서 K회장과 차 마신 생각이 났다.

K회장이 관리과장과는 씨도 안 먹힌다면서 대책을 하소연하길래 그런 문제를 딱딱한 사무실에서 협의하지 말고 레스토랑이나 과장 집에 찾아가 인간적으로 호소하는 게 어떠냐고 내 의견을 얘기한 것뿐이었다. 그런데 내가 깡패를 데리고 도끼로…… 도대체 얘기가 안 되는 것이다.

내가 자초지종을 설명하려는 것도 안 듣고 선배는 문을 꽝 열고 나가 버린 것이다. 그날 이후로 난 구미가 없고 불면증에다 선배에 대한 심한 배신감에 속으로 치가 떨렸다. 선배랍시고 급할 때 드라마 연출까지 해줬는데 이럴 수가 있는가?

결국 그날부터 앞머리가 빠지기 시작하더니 이마에 주먹만큼이나 되는 공간이 생겨버렸다. 결국 병원에 간 나는 피부과에서 심한 스트레스로 인한 일시적 탈모현상이란 의사 처방과 함께 매일 머리가 빠진 공간에 호르몬주사를 맞기 시작해, 일주일쯤 지나니까 머리카락이 하나둘씩 자라기 시작했다.

이런 못난 후배를, 선배는 당시 의형제 사이인 방송사 감사에게 모함해 나를 하루아침에 유배 보내듯 교육방송 준비팀에 발령낸 것이다.

그러나 그것이 전화위복의 계기가 될 줄이야 누가 알았으랴. 부장으로 승진하고 2년 후 선배보다 더 빨리 국장이 될 줄을…….

"나도 할 수 있다"

갑자기 신설된 교육방송 팀은 당시 실무 책임자로 김호영 과장을 비롯해 나까지 합쳐 6명이었다. 본관 3층에 20여 평 남짓한 창문도 없는 깜깜한 창고방이 사무실이었다. 거기서 셋방살이를 하는 것처럼 우리는 교육방송을 준비하고 있었다.

그때 나는 '세계의 교육방송의 경향'에 대해서 많은 공부를 하였다. 독일, 영국, 네덜란드 각국의 대사관을 통해 교육방송 자료를 모으고 집중분석해서 우리 현실에 맞는 교육방송을 창출해내는 일을 맡은 것이었다. 그 중에서도 특히 나의 관심을 끈 것은 영국과 네덜란드의 교육정책이었다.

영국이나 네덜란드 같은 곳에서 성인교육이라고 해서 성인들이 틈틈이 시민대학에 다니고 있었다. 공부라고 하는 것은 어릴 때만 하는 것이 아니고 일평생을 두고 하는 것이란 관념이 그들의 몸엔 배어 있었다. 어른들이 아이들보다 더 열심히 배우려 하고 있다는 사실을 알아내고 나는 너무도 놀랐고 우리의 교육 현실과는 너무도 다르다는 것을 뼈저리게 느꼈다.

즉, 성인교육 과정을 수료하는 학생들(주로 가정주부나 정규교육코스를 놓친 성인들)에게 라이센스(자격증)를 주어 뒤늦게나마 성인교육을 받으면 원하는 곳에 취업할 수 있는 길을 터주는 일종의 평생교육이다.

실상 교육방송이란 크게 보아 두 가지로 분류하는데, 그 첫 번째는 학교 교육방송이라 해서 정규 학교에서 배우는 교과과정에 맞게 방송에서 '커리큘럼을 짜서 전문교사를 통해 내실 있는 학교방송을 실시'하는 것을 말하며, 두 번째로 성인교육 방송을 말하는데 경제사정을 비롯해 제때에 정규교육을 못한 미취학(여기서 말하는 미취학은 초등학교에 안 들어간 어린이를 가리키는 게 아님) 대상자와 결혼 후에도 자신의 전공이나 취미를 살리기 위해 평생교육을 받는 성인교육을 말한다.

그런데 아쉽게도 아직 한국의 교육방송(EBS)은 외국어 교육과 학교 교육에만 주력할 뿐, 참다운 성인 교육방송은 외면하는 오류를 범하고 있다.

당시 나는 이런 교육방송의 목표를 성사시키기 위해 성인 교육방송을 위한 기초작업에 몰두했다. 예를 들어 아직도 장애인에 대한 인식이 고루하고 방치된 현실에서 이들을 위한 예방교육과 취업을 위해 '나도 할 수 있다' 하는 타이틀로 장애인 교육 프로그램을 만들기로 하고 당시 단국대 특수학과 교수였던 김승국(현 단국대 총장) 씨를 섭외해 이와 곁들인 다양한 자료와 한국의 장애인 시설을 파악하면서 사회 편견에 놀라움을 가졌다.

현재 등록된 장애인 보호, 재활시설도 열악한데다가 우리 나라 사람들의 그릇된 인식으로 인해 많은 장애인들이 가정의 다락방이나 사이비 기도원에 방치되고 있음을 안 것이다.

우리는 지금도 가끔 대로상에서 휠체어나 목발을 짚은 장애인이 택시를 잡기 위해 안간힘을 쓰는 것을 발견할 때가 있다.

건강한 일반인도 택시잡기가 힘들고 그나마 합승해야 하는데 어쩌

교양 프로 PD들과 함께(1978년 3월).

다 빈 택시가 오더라도 장애인을 태우면 "재수 없다"고 승차를 거부하고 또 건널목의 짧은 신호에 시각장애인(장님)이 늦게 건너간다고 빵빵 크락션을 울리는 등 장애인을 이래저래 천덕꾸러기 취급을 하는 한국은 아직도 후진국이다.

20년 전에 비하면 장애인 전용 주차장과 전철역에 비치된 장애인용 승강기, 각종 공중화장실의 개조, 심지어 2002년 월드컵 축구 전용구장에까지 장애인을 위한 특수좌석이 설치되는 등 뒤늦게나마 표면적으로는 장애인에 대한 그릇된 인식이 깨쳐가고 있는 것은 바람직한 현상이다. 그러나 아직도 멀었다.

줄서기 문화가 오래 전부터 정착된 미국을 비롯한 선진국처럼 극장, 전철, 레스토랑 등에서 최우선 대접받는 장애인 천국에 비해 세계장애인 체육대회에 출전해 1위한다는 데 '긍지'를 갖고 안주하는 한 이 땅의 장애인들은 여전히 외로운 신세일 뿐이다.

이럴 즈음 1980년 5월, 제5공화국은 가히 혁명적인 교육정책을 발표한다. 이른바 망국병인 과외공부를 없앤다고……

나는 과외폐지 대안으로 내려온 〈TV가정고교〉의 준비로 눈코 뜰 새 없이 바빴다. 우선 돌다리도 두드려 가랬다고 많은 고교과목 중에 국어, 영어, 수학만 스타트하기로 하고 문교부(현 교육부)를 통해 서울 지역 각 고교에 공문을 보내 해당과목의 유능한 교사를 추천하도록 했고, 또한 서울시내 유명학원을 찾아가 인기 강사의 강의실에 잠입해 녹취를 하고 분석작업을 하여 각 과목당 3배수로 압축해 결재를 올렸다.

최종 결정은 사장 주재하에 교육방송 자문위원들과 담당이사, 과장 그리고 말석에 앉은 내가 회의록을 정리하는 데서 이루어졌다.

결국 일선교사들과 학원강사가 3 : 3으로 균형을 이룬 가운데 교재와 프로그램 제작이 병행되었다.

<TV가정고교>의 히트

　방송은 대성공이었고, <TV가정고교> 교재는 날개 돋친 듯 팔렸다. 동아출판사에서 만든 교재가 눈 깜짝할 사이에 자그마치 60만부나 팔려나갔다.

　사실 우리의 교육현실로 보면, 요즘 아이들은 스물다섯 살이 될 때까지 참으로 바쁘다. 대여섯 살이 되면서부터 학교생활이 시작되어 유치원의 문을 두드리고 초등학교, 중학교, 고등학교를 거쳐 대학교, 대학원으로 이어진다. 인생은 시작부터 바쁜 모양이다.

　가정 형편상 중·고등학교까지만 마치거나 대학을 중퇴하는 경우도 있지만 유치원생활 1~2년으로부터 시작해서 대학원까지 나오자면 21년 동안을 줄곧 학교생활에 매달려야 된다. 거기에 학문에 뜻이 있고 가정생활이 넉넉한 집의 아이들은 해외유학까지 간다. 자기의 재능을 살려 전공 쪽을 파고드는 것이다.

　그러나 이것은 현행 교육제도의 정규 코스를 그대로 밟고 있는 것이고 학교생활 말고도 쉬쉬해가며 과외로 특별 학습에 매달리는 경우가 허다하다. 유치원에 들어간 여섯 살짜리 아이가 방과후엔 앙증맞게 도복을 들고 태권도학원을 드나들고 미술학원이나 피아노학원을 드나든다.

초등학교 1학년생이 학교를 다녀와서 곧바로 주산학원, 영어학원으로 달려간다. 중·고등학생이 되면 학교에서 돌아오자마자 학교에서 배운 영어, 수학, 국어 과목 등의 보충수업을 위해 다시 학원으로 달려간다. 그리고 고등학교 2·3학년이 되면 좋은 대학에 들어가기 위해 특별과외를 받거나 독서실을 찾아 책과 씨름을 하다가 파김치가 되어 새벽 2시가 되어서야 집에 들어온다.

유치원 때부터 태권도학원 다니랴, 피아노학원, 미술학원, 주산학원, 컴퓨터학원에 하다 못해 바둑학원, 웅변학원까지 다니느라고 시달린 데다가 고등학교에 들어가면서 또 대학입시 전쟁에 허덕이느라고 그야말로 얼이 빠져 있을 정도다.

머릿속에 넣어야 할 지식의 용량은 한정이 되어 있는 것 같은데 한꺼번에 온갖 지식을 쏟아 부어 포화상태가 되고 과식이 될 정도다. 그래서 요즘의 도회지 아이들은 하나의 사회적인 틀에 얽매어 측은하리만큼 마음과 몸이 쫓기고 있고 고달프기 이를 데 없다.

하긴 일생 동안 배운다고 해도 부족하고 또 미흡한 것이 배움인 것은 두말 할 나위가 없다. 배움이라는 것은 죽을 때까지 먼 바닷가로 항해를 하듯 끝이 없는 것이다.

그러나 이토록 정규 교육을 받으면서까지 수단과 방법을 가리지 않고 각종의 학원 문턱을 드나드는 것은 어째서일까. 누구나 똑같이 문교정책에 따라 학교만 다니면 될 터인데 학교생활 말고도 억척스럽게 학원을 보내야 하는 이유는 어디에 있을까.

정해진 학교생활만 하고 살아간다면 마음도 편하고 재미있을 것 같은데 부모들의 마음은 하나같이 그렇지가 않다. 아이의 재능이 어디에 있는지를 세심히 눈여겨보지도 않고 미술학원엘 가면 화가를 만들고 싶고, 텔레비전에서 천재 신동이 피아노 독주를 하고 있는 것을 보고서는 갑자기 피아니스트를 만들고 싶은 충동이 생기는 것이다. 경쟁사회에서 내 아이만큼은 누구에게도 지지 않고 세상을 이겨나갈 수 있는 힘을 키워 주어야겠다는 절실한 소망이 있고 욕망이 꿈틀거리기 때문이다.

그 소망은 부모로서 누구나 갖고 있는 본능적 욕구요 생존번식에 대한 갈망이다. 그래서 부모 역시 눈코 뜰 새 없이 바쁘게 움직인다. 남보다 더 빨리 움직이고 머리를 굴려서 잘 먹이고 잘 입히겠다는 이기주의적인 사고방식에만 빠져 있는 것이다.

그러고 보면 세상 사람들은 어른이고 아이고 간에 누구나 쫓기면서 바삐 움직이고 살아가는 도망자들 같다. 한눈에 봐도 모두가 쫓아가고 쫓기고 있는 모양들이다. 부모가 바삐 움직이면서 양떼를 몰듯 아이들을 채찍질을 하니까 아이들도 새우잠을 자고 일어나자마자 양치질을 하고 밥을 먹는 둥 마는 둥 학교로, 학원으로 쫓겨가고 있다.

아침에 집집마다 집을 나서는 꼬락서니들 좀 봐라. 아이가 등교시간에 맞춰 서두르고 있고 아버지가 출근시간이 늦을까봐 집을 나서면서 웃옷을 걸쳐 입고 부랴부랴 넥타이를 매고 신발을 거꾸로 신고 나갈 정도로 허둥댄다. 이른바 아침부터 집집마다 뛰쳐나와 속도의 경쟁이 시작되는 것이다.

교육방송 간담회(중앙이 이덕주 이사 및 자문위원들. 1980년 1월).

움직이는 행동이 빨라지니까 생각하는 것도 빨라지는 것은 물론이다. 한 번 더 생각하고 행동에 옮겨야 할 것을 순식간에 얼핏 생각하고 움직인다. 시간에 쫓겨 허둥대다 보니 잊어버리는 것도 많고 사물을 판단하는 데 속단하는 것도 많다.

나는 방송에 출연중인 일선 교사들을 만나 우리 현실에 처한 교육문제를 다각도로 분석할 때마다 새로운 것을 배울 수 있었다. 이 같은 중요한 자료가 밑거름이 되어 뒤에 '네덜란드의 교육방송 제도'란 논문을 쓰게 됐고 방송생활 18년만에 중앙대 신문방송대학원에서 석사학위를 받았다.

네덜란드의 교육은 6세부터 16세까지는 의무교육이며 그후 주 2일의 의무적 출석이 요구되는 1년간의 의무교육이 뒤따른다.

성인교육은 야간학교, 통신과정, 실무훈련, 시민대학 등 여러 가지 형태를 갖추고 있다. 이러한 교육시설을 이용하는 성인 수는 1970년 이래로 급격한 상승을 보여오고 있다. 예컨대 1975년에는 성인 3일학교(야간학교의 분신)가 시작되었는데 나중에는 '엄마 중학교'란 애칭으로 인기를 끌고 있다. 그 이유는 학생의 90%가 기혼여성들이기 때문이다.

그래서 현재는 벌써 41개의 그와 같은 일수제(日數制) 학교가 있어 어른들은 제2의 공부 기회를 얻는 셈이다. 이 같은 교육형태는 최근에 와서는 우리에게도 많이 보편화되어 있는 현상이다. '주부교실'이 그렇고 교육기관이나 언론기관에서 벌이고 있는 '문화강좌'가 또한 그 예일 것이다.

도대체 가르친다는 것이 뭔가? 배운다는 것이 뭔가? 교육이란 것이 뭔가? 일생동안 배우면서 살아가는 것이 인생이라고 했지만 인생살이를 터득하기 위해 '배운다'고 하는 근본적인 교육이념은 도대체 어떤 것인가.

교육문제는 두고두고 풀어가야 할 숙제로만 보인다.

결국 <TV가정고교> 교육방송은 드라마보다 높은 시청률을 기록함과 동시에 공영방송인 KBS 위상을 제고하는 데 큰 기여를 했다고 본다. 그 공로인지 김호영 과장은 국장으로 승진했고, 나 역시 차장이 된 지 5년만에 부장으로 승진했다.

그러나 그것도 잠시, 사회 전반에 대대적인 사정(司正) 바람이 불기 시작했다.

방송사에도 삭막한 공기가 감돌았다. 아침 출근과 동시에 차장급 이상 간부는 사직서 쓰기에 바빴다.

사 직 서

본인은 일신상 사정에 의하여 현직을 사직하고자 합니다.

1980년 8월
본인 김연진

한국방송공사 사장 귀하

사직서를 모아 국장이 갖고 올라갔다가 점심때가 다 되어 내려오면 한 10명 가량이 수리된다. 오후에 똑같은 내용의 사직서를 쓰면 갖고 갔다가 또 여러 사람의 목이 달아나는 등 하루에 썼다 찢었다 하는 사직서가 반복되었다.

PD들은 모였다 하면 "어떻게 될 것인가" 하고 웅성웅성거리고 혹시 자기 자신이 다치지나 않을까 하고서 몸들을 사리고 있었다. 결국 사정의 대상으로 선배 중에 이모, 임모, 또 이모 연출자가 걸려들었다.

그들은 저마다 "내가 왜 사정의 대상에 들어가야 하느냐"고 항의하고 나섰지만 아무 소용이 없었다. 뚜렷한 흠이 잡혔거나 증거가 있어서도 아니고 소문으로만 들어온 문제가 있는 사람들을 청소 좀 한다는 데 는 내세울 만한 아무 이유도 없었다. 더군다나 서슬이 퍼런 군부시절 이었으니 입이라도 한번 뻥긋했다가는 더 큰 욕을 당할지도 모를 일 이었다.

방송통폐합과 이주일

1980년 12월 1일 - .

방송 역사에 길이 기억될 언론통폐합 - , 사이비 언론인과 경영 부실의 신문, 방송, 통신사를 재정비한다는 미명하에 많은 언론기관이 통폐합되었다.

그로 인해 많은 언론인이 대립과 갈등이 노출됐고 이로 인한 자기모순은 11년 후 SBS란 민영방송의 탄생으로 언론과 권력과의 관계는 적절한 긴장관계가 가장 바람직하다는 '뉴욕헤럴드 트리분의 흥망사'(The paper - the life and death of Newyork Herid Tribune)가 시사하는 바가 크다고 하겠다.

그러나 개인적으로는 교육부장에서 예능부장으로 보직 변경이었기에 나로서는 아주 잘된 일이었다.

그러나 밤새 안녕도 못하고 전전긍긍하고 있는 선배들이 볼 때는 내가 얼마나 얄밉고 야속하게 보였을까. 나는 예능부장으로 발령을 받고도 선배들에게는 무슨 죄나 지은 사람처럼 얼굴을 들지 못했다.

게다가 통폐합이 되고 보니 KBS에 흡수된 TBC에서 온 연출자나 연기자들은 사기가 떨어져 마치 패잔병 같은 모습이고 KBS에 있었던 사람들은 정예군으로 주인 노릇을 하는 것 같이 보여 괴롭기 짝이 없었다.

그러나 통폐합은 됐어도 TBC에서 방송되던 드라마 〈달동네〉, 〈형사〉, 〈추적〉, 〈부부〉는 그대로 옮겨와 방송되었다. 배역도 쌍방이 불만이 없도록 KBS 쪽과 TBC 쪽의 연기자들을 반반씩 안배하였다.

그때 보안사에서는 방송출연 금지명단이 내려왔다. PD들의 사정바람이 불고 2차로 연기자들에게도 철퇴가 내린 것이었다. 연예인 정화작업의 일환으로 사생활이 문란하거나 저질 연예인 몇몇을 출연 금지시킨다는 것이 대의 명분이었다.

시국은 누구나 가만히 있고, 나도 잘못됐다고 생각하는 판도였다. 이유가 없었다. 그 순간을 어떻게 표현하는가. '못 생겨서'란 자신의 라이센스를 정공법으로 들고 나와 많은 사람들로부터 웃음을 유도하는 데 성공한 코미디언 이주일 -.

그러나 그도 잠시 동안이지만 방송출연이 정지된 적이 있었다. 80년 방송사 통폐합 당시 그는 성격파 여배우 허진 씨를 비롯한 방송출연 정지 연예인 7명의 명단 속에 끼어 있었다. 저질스럽다는 것이 그 이유였다.

이주일 씨는 지금이야 명예도 얻고 재물도 넉넉히 갖추었겠지만 당시는 생계가 막연하였다. 돈도 없고 명예도 없고 아무 것도 없었다. 그것은 허진 씨도 마찬가지였다.

나는 그들을 되도록 구제해야겠다는 생각이 들었다. 그들의 좋은 연기는 사생활 떠나서도 인정해줘야 한다는 것이 내 생각이었고, 또 사생활이 문란하거나 저질 연예인이라고 못박아야 하는 기준이 어디 있느냐는 게 내 주장이었다.

나는 그때 방송사에 출입하는 수사기관담당관을 만나 되도록 구제해주는 방법이 없느냐고 의견을 나눴고 사장이 책임지면 구제 받을 수도 있다고 하자, 사장실로 뛰어 들어갔다.

LA에 거주하는 대광고 동기동창들과 함께(1990년 1월).

"사장님, 보안사에서 명단이 내려오긴 했습니다만 우리가 데리고 있는 연기자들은 우리가 보호해야 하지 않겠습니까? 더욱이 통폐합이 되어 어수선한 마당에 융화를 위해서도 최소한 희생자를 줄여야 한다고 생각합니다."

사장은 의외로 내 말을 순순히 받아들였다. 사장도 나와 같은 생각을 갖고 있었던 모양이었다. 사장의 마음인들 그 점이 좋았을 것이다. 두 사람은 출연정지 당한 지 한 달만에 다시 브라운관에 모습을 비쳤다. 나는 흡족한 마음으로 그들을 구원했다는 데 뿌듯함을 느꼈다.

그런 와중에 또 괴로운 일이 생겼다. TBC에서 온 강부자 씨의 출연을 금지시키라는 외압이 떨어진 것이었다. 이유는 별 것이 아니었다. TBC가 KBS에 흡수되어 마지막으로 방송되는 날, TBC에서는 '이 방송이 마지막입니다' 하는 <TBC 생방송 고별 쇼>가 있었다. TBC의 전 직원들과 탤런트들이 출연하여 침통한 분위기를 보이고 있었다.

그때 강부자 씨가 그만 감정이 북받쳐 누구보다도 슬프게 엉엉 울어버린 것이었다. 정들었던 TBC가 문을 닫는 마당에 그 슬픈 사정을 왜 모를까.

그러나 강부자의 그런 모습을 TV를 통해 지켜본 고위층에서는 눈빛이 곱지 않았다. 가뜩이나 통폐합으로 어수선한 판에, 눈물 방울을 뚝뚝 떨어뜨려 분위기를 더욱 어수선하게 부채질하고 있다고 판단한 모양이었다.

"당분간 출연을 금지시켜!"

그러니 강부자 씨 쪽에서 항의가 없지 않을 수 없었다. 몸 담아온 TBC와 영영 이별하는 마당에 눈물도 흘리지 말란 말이냐는 항의였다. 그러나 당시의 상황이 경직되고 삭막한 만큼 강부자 씨는 눈물 한 번 보이고 잠시 쉴 수밖에는 없었다. 그것도 생각하면 아이러니한 일이었다.

<TV문학관>과 아침드라마

그런 일이 있는 뒤, TBC와 합병된 대형 KBS-TV의 이미지를 새롭게 심어보자 하고서 <TV문학관>이라고 하는 대형 드라마 프로가 생겼다.

이 프로는 문예물을 중심으로 다루는 단막물 프로로서 이를테면 김동리의 『을화(乙化)』나 황석영의 『삼포 가는 길』, 이문열의 『금시조(金翅鳥)』 같은 소설들을 극화하는 것이었다.

눈물을 쪽쪽 짜는 애정류의 통속(通俗)드라마만을 제작해 오다가 문예물을 다룬다는 것 자체가 대단한 모험이었다. 우선 시청자들의 반응이 어떻게 나타날까가 주목거리였고 앞으로 시청자들의 드라마에 대한 인식을 얼마나 높여줄 수 있는가 하는 것이 큰 숙제거리였다.

이렇게 해서 <TV문학관>이 생기니까 연출자가 KBS 쪽의 장형일, 김홍종, 이유황 씨와 TBC에서 온 심현우 씨 등 4명이 맡게 되었다. 패를 가르는 것은 아니지만 이쪽은 3명이고 저쪽은 1명이 참여한 셈이었다.

일주일 단위로 문예물 <TV문학관>을 만들자니까 제작 시간이 여간 촉박하지가 않았다. 번갯불에 콩 튀겨먹을 정도로 몸을 바삐 놀려야 했다. 야외 촬영이란 것은 장면의 바뀜이 하늘을 날을 수도 있고

물 속으로 들어갈 수도 있을 만큼 광범위하므로 한 커트를 입맛에 맞게 찍기 위해서도 하루 종일 걸리기가 예사였다.

그러고 보니 알게 모르게 연출 경쟁이 붙고 있었다. TBC에서 온 심현우 씨가 8·15 특집극 〈에바다〉를 연출할 때였다.

주인공을 탤런트 이경진 씨로 정해 놓고서 야외 촬영에 들어갔다. 그런데 장형일 씨도 〈TV문학관〉을 만들면서 주인공으로 이경진 씨를 쓰고 있었다. 말하자면 이경진 씨는 2개의 드라마에 겹치기 출연을 하는 셈이었다. 그러니 이경진 씨는 이쪽으로도 뛰고서, 또 저쪽으로도 뛸 수밖에 없었다.

그러자 두 연출자간에 문제가 생겼다. 먼저 이경진 씨를 야외 촬영으로 데리고 나간 심현우 씨가 낮에만 야외촬영을 하기로 철석같이 약속을 하고서도 밤늦게까지 이경진 씨를 돌려보내지 않는 것이었다.

이럴 때에 연기자는 자기도 모르게 값이 뛴다. 밤 촬영을 하게 된 장형일 씨는 기다리고 있는 이경진 씨가 제시간에 오지를 않으니까 몸이 달 수밖에 없었다. 그야말로 연기자 쟁탈전으로 아우성이 났다.

이때 나는, 아까도 말했지만 예능부장이었다. 예능부장이라는 게 대단한 자리가 아니었다. 다만 잘못된 점을 챙겨 시정시키고 연출자들의

〈TV문학관 – 어떤 여름방학〉 (1982년).

드라마 제작진행이 잘 되어가나 하는 것을 일일이 체크하는 것이 내 업무였다.

나는 이들이 서로 의가 상하지 않도록 중매쟁이 역할을 해야 했다. 심현우 씨는 그때까지도 촬영이 끝나지 않아서 부득이 약속을 어겼다는 것이었고 장형일 씨 쪽에서는 밤 촬영 준비를 해놓고서 이경진 씨 때문에 많은 스태프들이 스탠바이를 하고 있으니 화도 나고 안타깝기가 짝이 없다는 것이었다. 일을 한다는 것은 똑같았다.

이럴 때 나는 정말이지 어떻게 하면 좋을까?

일이 끝나지 않은 쪽더러 무조건 철수하랄 수도 없고, 기다리고 있는 쪽에게 조금만 참고 더 기다리라고 소리를 지를 수도 없는 처지였다. 그렇다고 나 혼자서만 모르는 체하고 퇴근할 수도 없었다. 밤새도록 그들의 움직임을 주시하고 기다려야 했다.

장형일, 심현우 두 사람은 연출자로서 의욕이 대단한 이들이었다. 연출 욕심으로 친다면 모두 둘째가라면 서러워할 사람들이었다. 심현우 씨는 드라마 녹화를 할 때, 소품으로 파 열 단을 쓸 것도 오십 단을 쓰는 쪽이었다.

되도록 제작비를 아껴야 하는 판에 연출 의욕이 앞서 그렇게 쓰고 나면 나는 책임자로서 "무슨 놈의 소품을 헤프게 썼느냐"고 국장이나 사장에게 야단을 맞은 적이 한두 번이 아니었다.

그런가 하면 장형일 씨는 모든 일에 적극적으로 강행군을 하는 쪽이었다. 한번 일을 시작했다 하면, 끝을 보고야 마는 성미였다. 두 사람 누구 하나를 나무랄 수는 없었다. 나는 그 사람들이 좋다.

그러고 보니 내가 연출을 하기 위해 방송사에 들어왔지, 연출자 관리나 맡으려고 방송사에 들어왔나 하는 생각이 불쑥 들었다. 나는 관리직보다는 다시 연출생활 쪽으로 돌아가야겠다고 마음먹었다.

그럴 즈음, 이원홍 사장으로부터 10일 안으로 TV 아침드라마를 부활하라는 명령이 떨어졌다. 갑자기 아침드라마를 만들라고 하니, 어디 그게 말 떨어지기가 무섭게 되는 일인가. 모두들 어안이 벙벙했다.

윗사람들은 한마디 명령만 내리면 모든 것이 다 된다는 식이었다. 모두들 "못 합니다" 하고서 나가 떨어졌다. 그때 이원홍 사장의 서슬이 퍼런 불같은 호령이 또 떨어졌다.

"전부들 못 한다면 부장이 책임지고 연출하시오."

나는 그만 기가 질려버렸다. 어떻게 만들란 말인가. 한편으로는 드라마 연출을 다시 할 수 있는 기회가 생겼다는 마음에 들떴지만 걱정이 이만저만이 아니었다. 그러나 최고 상사의 말을 거역할 수가 없었다. 할 수 없이 부랴부랴 작가 조남사 씨에게 <은하수>란 홈 멜로드라마를 쓰게 했다. 그리고 연습에 임하기 시작했다.

그런데 나는 앞에서도 말했지만 드라마 연출자와 연기자들의 일거수 일투족을 관리하는 예능부장이었다. 부장이기 때문에 출근만 하면 아침 8시마다 이사가 주재하는 간부회의에 들어가는 일이 큰 멍에가 되었다.

그렇다고 아침드라마 연출을 핑계 삼아 불참할 수도 없는 일이었다. 부득이 아침드라마를 연습하는 시간이 아침 6시로 정해졌다. 출연자들이 반가워할 리가 없었다. 그러나 나는 단호하게 명령을 내렸다.

"이건 나도 어쩔 수가 없어. 6시 정각 연습시간을 어기는 연기자는 출연진 모두에게 모닝커피를 사는 것을 벌칙으로 정하겠어."

겨울 아침 6시는 집에서 나오자면 늦은 새벽이나 다름없었다. 누구나 새벽 4시에 부시시한 눈을 뜨고 일어나 움직여야 했다.

나 역시 연출 책임자로서 누구보다도 그 약속을 지켜야 했다. 그러니 얼마나 지겨웠을까.

그때 연출자 이남섭 씨의 부인 김난영 씨가 망우리에 살고 있었다. 6시에 대충 화장을 하고 뛰어나오는 것도 힘이 들었을 것이다. 번번히 약속시간에서 5분이나 10분이 늦는 것이었다. 그러면 백을 내려놓자마자 미안함을 감추지 못했다. 김난영 씨는 스스로를 알고 있었다.

"아이구, 미안해요. 길이 막히는 바람에……. 그 놈의 차는 매일 왜 막히지? 오늘도 커피는 제가 살게요?"

김난영 씨는 애교 삼아 엄살을 피우면서 늘 커피 담당을 자청했다. 얼마나 고마운 애교인지……. 지금은 남편과 함께 천국에서 편히 쉬고 있겠지만 그때 김난영 씨가 커피 값을 얼마나 내놓았는지를 안다면 천국에서도 슬그머니 웃고 있을지도 모른다.

그렇게 해서 아침드라마를 만들자, 칭찬이 인색하기로 소문난 이원홍 사장으로부터 극구 칭찬의 소리가 떨어졌다. 이원홍 사장은 일단 명령만을 하는 사람이었다.

"열심히 하면 안 되는 일이 없어요. 아침드라마를 본받으세요."

간부회의만 들어가면 하루에도 세 번이나 칭찬을 할 정도였다. 나야말로 몸뚱이는 꽤나 고달팠지만 기분이 그렇게 좋을 수가 없었다.

그러나 KBS에서만 아침드라마를 만들어 독주를 할 수는 없었다. 상대방 방송사에서도 이에 질세라, 하고서 눈독을 들이고 있었다. <은하수>라는 아침드라마가 시청자들의 호응을 받으니까 MBC-TV가 또 홍승연 작 <포옹>이란 아침드라마를 내놓았다. <은하수>와 맞대결을 보여 자기네들도 시청률을 확보하자는 것이었다.

하지만 과열경쟁에서는 언제나 부작용을 낳는 법. <포옹>이란 드라마가 제목 그대로 남녀간의 불륜을 부채질한다고 해서 문공부로부터 제동이 걸리고 말았다. 내용이 너무나 선정적이니 즉각 도중하차시키라는 것이었다. 곁들여 아침드라마 자체를 없앤다는 문공부의 시책에 의해 <은하수>도 된서리를 맞지 않을 수가 없었다.

"아침부터 무슨 포옹이야. 아침 식탁에 이거야말로 퇴폐 풍조야."

아침드라마는 신선한 아침을 맞는 것처럼 신선한 감각을 줘야 한다.

그런데 지금 방송되고 있는 아침드라마는 시청자들의 정서를 해친다. 막을 내려라 — 이것이었다.

그때 정말로 포옹을 한 연기자가 있었다. <포옹>에 곁들여 된서리를 맞은 드라마 <은하수>의 주인공으로 나왔던 이영하 씨가 극중에서 "오빠, 오빠" 하고 쫓아다니던 선우은숙 씨와 정말로 포옹을 한 것이었다. 사랑, 사랑, 사랑……. 나는 그들의 속을 알 수가 없었다. 아무튼 훌륭한 결혼식을 올렸다. 지금 아기를 낳고 잘산다. 그 뒤 아침드라마는 한동안 TV에 얼굴을 내비치지 않았다.

한혜숙의 연서소동

1981년 어느 날 시청자로부터 나에게 편지 한 장이 날아들었다. 겉봉을 뜯어보니 그 안에 또 하나의 봉투가 들어 있었다.

"연출자 선생님, 도와주십시오. 아무리 편지를 띄워도 소식이 없어 이렇게 연출자 선생님께 부탁하는 겁니다."

사연인즉 탤런트 한혜숙 씨에게 보내는 연서를 나더러 대신 그녀에게 전달해 달라는 것이었다. 연애편지를 전해주는 배달부 역할까지 맡으라니 생각만 해도 어처구니가 없는 일이었다. 그러나 나는 그 편지의 주인공에 대한 호기심이 일었다. 20대도 아닌 40살이 넘는 사내였다. 한양에게 가는 연서를 도둑질해 보니 더욱 가관이었다.

"사랑하는 혜숙 씨, 밤잠을 못 자고 매일 이렇게 편지를 띄워도 님께서는 침묵만 지키시고……. 사랑합니다. 이 불타는 40대의 가슴을 보살펴 주옵소서."

나는 그 사연을 읽자 오죽이나 그녀를 동경하고 그리워했으면 이런 편지를 연출자에게까지 의뢰했을까 하는 생각이 들었다.

그러나 한혜숙 씨가 이런 일에 신경을 쓰리라고는 생각도 안 했다. 나는 그녀의 성격을 잘 알고 있었다. 개성이 강하고 앞가림이 분명한 그녀는 결벽증이 있을 정도로 자세에 흐트러짐이 없는 연기자였다. 나

는 한가한 시간에 탤런트실로 들어가 마침 쉬고 있는 그녀에게 농을
걸어야겠다고 생각했다.

"한혜숙 씨, 청혼을 해온 남자가 있었대…… 나이는 40대."

그러자 그녀는 비밀이 들통난 것처럼 얼굴이 새빨개졌다.

"아니, 그걸 어떻게 알고 계셨죠?"

"어떻게라니?"

오히려 의아해 한 것은 내 쪽이었다. 나는 필경 무슨 곡절이 있다는
것을 알았다. 아닌게아니라 그녀의 말을 듣고 보니 요절복통할 노릇이
었다.

"말씀 마세요. 매일 집 앞에 서 있어요. 오늘도 집에 가면 문 앞에
있을 거예요."

40대의 남자가 제 딴에는 모양을 낸답시고 머리에 기름을 바르고
장미꽃 한 송이를 들고서 대문 앞에서 서 있는 것이 일과라는 것이었
다. 몇 달을 구애의 눈빛으로 자신을 바라보고 있는 것이 아무래도 신
경이 쓰여 결단을 내려야겠다는 생각에서 상면해 주었단다.

"아저씨, 우린 나이를 봐도 그럴 수 없는 입장이잖아요? 우리, 팬과
연기자 사이로 자연스럽게 지내요."

그러나 상대방은 막무가내여서 할 수 없이 경찰에 신고를 했는데
경찰서에서 하룻밤을 지내고 나온 그는 그래도 여전히 대문 앞에 서
있더라는 것이었다.

그녀는 울음 섞인 목소리로 소리를 질렀단다.

"도대체 하고많은 연예인 중에 하필이면 왜 나를 따라다니는 거죠?"

그러자 그 사내는 매우 수줍은 표정으로 속마음을 털어놓았다.

"사실은 한혜숙 씨가 병으로 죽은 제 집사람의 모습과 얼굴이 똑같
아서 그런 거예요. 이해하세요."

"뭐욧!"

KBS 대하드라마 〈노다지〉의
한 장면(1987년).

순수하게 그녀 자신이 좋아서가 아니고 죽은 아내를 닮아서 좋아한
다니 기분이 몹시 언짢으면서도 아내에 대한 그리움을 자신을 통해 충
족해 보려는 그 남자의 순정에는 동정이 가더라는 얘기였다.

나는 그런 그녀를 눈여겨볼 때가 많았다. 사람은 누구나 가만히 보
면 특유의 재능을 갖고 있다. 운동 신경이 유난히 발달해 운동선수가
된 사람이 있는가 하면 장사 수완이 좋아 사업가로 성공한 사람도 있
다.

그런데 그 재능이 일찍 발견되는 사람이 있고 늦게 발견되는 사람
이 있는가 보다. 한혜숙 씨야말로 뒤늦게 재능을 발견해 그 재능을 유
감없이 발휘한 탤런트였다. 그녀더러 자신의 대표 출연작을 뽑으라면
두말 할 것 없이 87년에 KBS에서 방송된 대하드라마 <노다지>라고
말할 것이다.

그녀는 1970년 한운사 극본 <꿈나무>의 주인공으로 화려하게 데뷔
는 했으나 자신의 뛰어난 용모와 몸매에 비해서는 덜 익은 과일처럼
두각을 나타내지 못했다. 그런데 불교신자여서 그런지 미륵보살 같은
겸손한 사고방식이 그녀로 하여금 뒤늦게나마 연기의 눈을 뜨게 한 것
같았다. 아무튼 탤런트 생활 18년이 지난 87년에야 비로소 물에 있던

물고기가 물을 만난 듯 <노다지>에서 그동안 숨어 있던 재능이 빛을 발하기 시작했다.

그런 어느 날, 짓궂기로 소문난 상대역인 민지환 씨가 원래 수줍음을 잘 타는 그녀를 놀려먹을 양으로 스태프들이 모여 있는 곳에서 큰소리로 떠벌려댔다.

"혜숙아, 입 좀 맞추자!"

"어머, 망측해라. 싫어요."

"히히 - 놀라기는……. 오늘 녹화할 대사 좀 맞추자니까 펄쩍 뛰네."

"아이, 선배님도…… 처음부터 그렇게 말씀을 하셨어야죠."

'입맞춤'이란 사랑하는 사람끼리의 지고지순한 감정의 표현인데, 여기서 입맞춤이란 상대 연기자끼리 대사를 맞추어서 NG 내지 말자는 뜻이다. 하여튼 TV방송에서는 처음으로 모험적으로 시도했던 획기적인 작품 <노다지>에서 그녀는 1인 2역의 재능을 힘껏 발휘했다.

〈아로운〉과 〈홍길동〉

1981년 봄 KBS에 감사원 감사가 닥쳤다. KBS가 TBC와 합병 당시 신봉승 작 〈홍길동〉과 한운사 작 〈아로운〉을 인수받은 것이 미결(未決)로 남아서 그만 들통이 나게 된 것이다. 나는 책임자로서 또 당할 수밖에 없었다.

이미 작품료는 지불했으나 방송이 되지 않았으니 작품료를 회수하든지, 그렇잖으면 다른 작품으로 다시 쓰게 하라는 것이었다. 엄밀하게 행정 처리면에서 보면 당연한 처사였다.

그러나 이미 작품료를 받아먹은 뒤에 작품을 다시 쓰게 한다는 것이 어디 쉬운 일인가. 특히 작가들의 생리가 숫자를 따지는 개념에는 둔감한 편이고 조금이라도 신경을 건드리면 청개구리처럼 엉뚱한 반응을 보이는 판에, 이 같은 일을 사무적으로 처리한다는 것이 나로서는 고역이 아닐 수 없었다. 더욱이 서슬이 퍼런 5공 초기 때인지라 구렁이 담 넘어가듯 어름어름 넘어갈 수도 없는 노릇이었다. 나는 우선 작가 신봉승 씨를 만났다.

"선생님, 쓰려고 구상을 잡아놓은 〈홍길동〉은 안 되고 부득이 다른 것으로 써 주셔야 하겠습니다."

"다른 것으로 쓰라니…… 왜 〈홍길동〉 드라마가 안 된단 말이오?"

"빤히 아시잖습니까. 지금 시국에 의적 홍길동 얘기를 쓰면 정부가
좋아하겠습니까?"

"무슨 말인지를…… 알았소."

신봉승 씨는 아무 말 없이 다른 작품(대하드라마)을 내놓았다.

그러나 한운사 씨야말로 말을 순순히 들어줄지가 의문이었다. 워낙
성격이 칼날 같고 <아버지와 아들>을 제작할 때에는 집필 시간을 맞
추지 않아 무척이나 애를 먹였기 때문이었다.

"선생님, <아로운>을 빨리 마무리해 주셔야겠습니다. 이미 방송사와
약속을 한 것 아닙니까?"

"약속은 했지만 무슨 글이 실타래 풀리듯 나오는가. 쓰기야 하겠지
만 언제 쓸지는 나도 모르겠어."

나는 더 이상 캐묻지를 않고 입을 다물었다. 한운사 씨의 성미를 잘
알고 있어서였다.

그러나 미적미적 시간만을 보내며 기다릴 수는 없었다. 그렇게 되면
나에게도 업무 태만이 된다. 나는 이 직장에서 얼마나 살아남을 것을
생각하는 것이 아니라 내가 맡은 책임이 무엇인지를 알고 있었다.

생각다 못해 묘안을 하나 생각해 냈다. 그것은 한운사 씨가 이미 영
화화한 '현해탄은 알고 있다' 작품으로 대치하면 된다는 생각이었다.
영화 '현해탄은 알고 있다'와 TV드라마 <아로운>은 제목만 다를 뿐이
지 주제와 내용이 맥을 같이 한다는 것을 알았기 때문이었다.

우선 한 선생님을 전화로 통화해 퇴근시간에 방송사 근처 일식집에
서 만나기로 했다.

그 당시 한 선생님은 부인의 사업실패로 집까지 타인에게 넘어가
가족들이 뿔뿔이 흩어져 있었다.

지금은 서울에서 가장 비싼 땅값과 고층건물 및 아파트로 차고 넘
치지만 당시는 허허벌판이던 잠실에 천막 하나 치고 막내아들과 처량

〈아로운〉(1968년).

하게 기숙하고 있었다.

난 이때 내 자신이 원망스럽고 미미한 몸임을 절실히 느껴야 했다. 그렇게 위대한 혼의 작가가 이처럼 비참해졌는데 내가 도울 수 있는 힘이 없음을…….

청승스러운 봄비를 맞으며 들어선 한 선생님을 나는 두 손을 맞잡고 구석 테이블로 모셨다.

"선생님 죄송합니다. 여러 가지로……."

정종을 시켜 권하면서 나는 한운사 씨에게 이미 써놓은 '현해탄은 알고 있다'란 시나리오로 대치할 것을 곧바로 제의하였다. 그러자 한운사 씨의 입가에는 잔잔한 미소가 흘렀다.

"김 PD가 나를 이렇게 생각해 주는데 그것까지 마다할 수 있겠어?"

선생님은 순순히 따라 주었다. 그리곤 내일 즉시 짐을 뒤져 원고를 갖고 나오기로 굳게 약속했다. 버스를 타기 위해 대방역으로 향하는 뒷모습이 너무 안쓰러웠다. 난 급히 달려가 주머니를 뒤져 3만원을 기어이 손에 쥐어주었다.

주옥같은 작품으로 천하를 호령하던 선생님이 이때처럼 나약해 보이기란 처음이었다.

그러나 나는 지금도 잊을 수가 없다. 당시 이원홍 사장이 한운사 씨의 원고 못 받은 이유를 듣고 고성을 지르던 말을…….

"김 부장, 당신은 아무리 봐도 한운사 씨 집사구먼. 한운사 선생을 그렇게 감싸고 있으니 말야!"

'멍에'와 원미경

사람은 누구나 어느 분야에서 일하든 간에 좋은 일만 생기란 법은 없는 모양이다. 호사다마(好事多魔)라고나 할까. 갑자기 마(魔)가 끼어 입장을 거북하게 만드는 경우가 허다하다.

항상 마가 따라다녔지만 81년 1월에 터진 PD사건은 그야말로 나를 곤혹스럽게 만든 충격적인 일이었다. PD들의 비리가 있다고 해서 신문지상을 통해 PD들이 온통 범죄자 취급을 받을 때였다.

PD들이 드라마에 탤런트들을 출연시켜 주는 조건으로 뒷구멍으로 금품을 받아먹었다는 소문이 장안에 퍼진 것이었다.

그러니 시청자들인들 방송사 PD들을 어떤 색깔로 볼 것인가.

더군다나 PD들을 관리하는 예능부장의 직책을 맡고 있는 나로서는 위로 모시고 있던 김모 부국장이 비리에 휘말려 파면을 당했고 밑에 있는 정모 차장이 감봉처분을 받는 사태까지 일어났으니 도의적인 책임을 지는 것은 물론 괴롭기 짝이 없었다.

사실 당시 내 마음은 얼마나 우울했는지 모른다. 방송이 좋아서 방송사에 들어오긴 했지만 그때처럼 PD가 된 것을 후회해 본 적도 없었다. PD들이 모두 세상 사람들에게 따가운 눈총을 받고 있는 것처럼 생각되어 여간 부끄럽지가 않았고 쥐구멍이라도 있으면 머리통을 처박고 싶을 정도였다.

물론 PD와 연기자와의 사이는 언제나 밀접한 관계를 이루고 있어서 금품이 오가는 오해를 받을 수도 있다는 것을 안다. 연출자와 연기자, 작가와는 주어진 작품의 톤을 맞추기 위해 언제나 달팽이처럼 붙어살아야 하니까 그런 오해의 시각으로 볼 만도 하다.

그러나 그것은 어디까지나 보는 쪽에서의 시각이다. 설령 그런 일이 있다고 해도 미꾸라지 한 마리가 물을 흐려놓지 어디 다 그렇단 말인가. 어느 분야라도 다 마찬가지일 것이다. 그걸 몽땅 싸잡아 PD들의 세계를 비리의 소굴로만 치부한다면 서로 얼굴을 맞대고 어떻게 드라마를 만들어 가란 말인가.

그래서 예능부장으로 PD들을 관리한다는 것이 당초부터 싫어서 오로지 PD로서 연출을 하겠다고 위에 건의를 했다. 내가 진심으로 바라는 터였다. 남들은 징계를 받는 마당에 그렇게 하는 것이 가장 마음이 편하고 내가 해야 할 일이라고 생각하였다. 나는 PD사건이 터진 뒤에 방송사에 나가지도 않고 며칠을 쉬면서 위에서 떨어질 처분만을 기다렸다.

그러나 그 같은 나의 진심에서 우러나오는 건의는 제대로 받아들여지지 않고 오히려 역반응을 불러 일으켰다. 내가 예능부장으로만 앉아 있는 것에 대해 불만을 품고 한 계급 위인 부국장을 시켜주지 않아서 그러는 줄 알고 부국장을 시켜줄 테니 빨리 나오라는 것이었다. 그 말을 듣자 나는 입장이 더욱 난처해졌다. 남들이 징계를 받는 틈을 타서 내가 흉물스럽게도 승진운동이나 벌이고 있는 것밖에는 안 되었다. 나는 한사코 부국장이 되는 것을 마다하였다.

언젠가는 부국장으로 승진할 것이지만 이번만은 부국장직을 고사하겠다는 것이었다. 사무실은 초상집처럼 우울한데 부국장으로 승진을 한다는 것이 나로서는 정녕 괴롭고 반갑지도 않았다. 그러자 위에서 사무적으로 나무라는 소리가 떨어졌다.

"당신의 입장은 충분히 이해하지만 조직이란 것은 그런 것이 아냐. 윗자리가 비워서 빨리 충당을 해야 하는데 다음번 타자가 당신밖에 더 있어? 아무 소리말로 회사 인사 명령에 복종해!"

나는 가시방석에 앉은 것처럼 이 일을 어떻게 처리하나로 한동안을 골몰하였다. 어느 누군들 승진을 싫어하는 사람이 있을까. 그러나 이번만은 결코 받아들일 수가 없었다. 아무리 조직사회지만 나의 조그만 양심이 허락하지 않았다. 지금 생각해도 그때 그런 배짱이 어디서 나왔을지 놀랍다. 아마 나를 늘 지켜보고 계신 어머니의 힘이 작용해서였을 것이다. 나는 단호하게 말했다.

"나는 아직도 연출잡니다. 나에게 연출할 수 있는 기회를 더 주십시오. 저는 승진을 원치 않습니다."

나는 그 다음부터 나 자신도 알지 못하는 용기가 생겼다. 오로지 연출이 좋았고 어머니의 힘을 얻어서라도 내 하는 일만을 꼭 하는 것으로 임무를 삼았다. 나는 더 직책을 맡지도 않았고 위에서 다그치지도 않았다. 제작위원으로 발령이 나서 내가 원하던 PD생활을 다시 하게 된 것이 그저 좋기만 했다.

TV드라마 음악의 기수 임택수 씨와 함께 (1968년 7월).

그런 일이 있고서 주말연속극으로 남지연 작 <순애>를 연출하게 되었다. 서인석, 원미경 씨가 남녀 주인공으로 서로 사랑하면서도 양쪽 부모의 출생 비밀 때문에 어쩔 수 없이 고민하는 상황을 그린 멜로물이었다.

그러나 <순애>가 방송되면서 또 그 놈의 마가 끼었다. 웬 놈의 마는 잊을 만하면 거머리처럼 항상 그렇게 따라다니는지…….

방송이 된지 얼마 안 되어 여주인공으로 출연한 원미경 씨가 스캔들 사건으로 그만 도중하차해야 할 일이 생긴 것이다. 드라마의 주인공이 사생활 문제로 구설수에 올랐을 때 그 프로가 얼마나 죽을 쑤겠는가. 당사자에겐 야박한 일이지만 출연을 금지시킬 수밖에 없었다. 부득이 무명 탤런트인 박준금 씨를 대타로 올려놓았다.

하지만 무명의 신인 탤런트를 일약 여주인공으로 내세웠다는 것이 연출자로서는 여간 불안한 일이 아니었다. 드라마 연기는 전연 백치와 다름없는 그녀에게 많은 대사를 요구한다는 것이 더욱이나 신경이 쓰여졌다.

그때 음악 담당인 임택수 씨가 곰곰이 머리를 굴리더니 묘안을 하나 생각해냈다. 어설픈 연기를 커버할 양으로 여주인공이 출연하는 장면이면 백그라운드(BG) 음악으로 <순애>의 주제곡을 엷게 깔아준 것이었다.

얼마나 기발한 아이디어였던가. 그러자 시청자들은 여주인공의 어설픈 연기에는 관계없이 음악에 흠뻑 취해서 눈물들을 찔끔찔끔 흘렸다. 나중에는 시청자들의 반응이 얼마나 좋았던지 <순애>가 막을 내리기 한 달 전쯤부터 그 곡에 가사를 붙여 김수희 씨로 하여금 부르게 한 것이 바로 '멍에'였다.

그때까지만 해도 김수희 씨는 한낱 무명가수에 지나지 않았다. 가수로 데뷔하기는 했지만 빛이 나지 않아 집에서 밥 짓고 빨래하고 어린

아이 돌보는 평범한 가정주부에 지나지 않았다.

그러나 드라마 <순애>에 BG로 깔았던 멜로디에 가사를 붙여 구성지게 불러 젖힘으로써 하루아침에 폭발적인 인기를 얻었다.

김수희 씨의 노래 '멍에'는 전국을 강타했다. 더군다나 드라마 <순애>를 시청하고서 주인공 서인석, 박준금 씨의 운명이 불쌍하기 이를 데 없다고 눈물을 쪽쪽 짰던 시청자들은 김수희 씨가 내놓은 '멍에'를 마치 자기의 운명인 양 무드를 살려가면서 불러댔다.

그녀가 그 '멍에' 한 곡으로 레코드판이 1백50만 장인가 팔려 매니저의 입에서 5억인가 10억 원을 벌었다는 소리가 들릴 정도였다. 그 뒤 연이어 뭐가 너무 했는지는 모르지만 '너무합니다'란 노래를 내놓아 연속 홈런을 날렸다. 한편에서는 원미경 씨가 스캔들 사건에 휘말려 마가 끼어 있었을 때 김수희 씨는 하루아침에 행운을 잡고 대스타가 되어 있었던 것이다. 이것이 바로 연예계의 한 단면이다.

국장이 되다

1982년 가을, 나는 수목드라마로 박정란 작 <여자의 강>을 연출하
라는 명령을 받았다. 드라마를 또 연출하라니 일주일에 2개의 드라마
를 맡는 셈이고 횟수로 치면 드라마 4편을 일주일에 녹화를 해야 하는
강행군이었다. 나는 심신이 고돼서 역정이 났고 TV드라마 생산공장장
인가 하는 생각도 가져보았다.

그쯤 생각하자 도저히 참을 수가 없어 또 한 번 사장 면담 신청을
했다. 사장이야말로 사람들을 만난다는 게 분주하다. 사장은 찾아오는
손님도 많으니까. 그런데도 사장 앞에 다시 다가섰다.

"사장님, 이건 너무하지 않습니까. 드라마 한 편을 만드는 것도 어려
운데 두 편씩이나 맡으라니요?"

그러자 사장은 의외로 나를 조용히 바라보았다. 일주일에 드라마 4
편을 제작한다는 것이 무리라는 것을 사장 자신도 안다는 식의 표정이
었다. 그러면서 아무 표정도 짓지 않고 말문을 열었다.

"나도 다 복안이 있어서 시키는 것이오. 아무 말 말고 수고 좀 해주
시오."

복안이 있다니 무슨 꿍꿍이 같은 소리란 말인가. 나는 화가 머리끝
까지 올라 투덜거리면서도 일에 매달렸다. 명령을 받았으니 할 수 없

는 노릇이었다.

그런 일이 일어나고 얼마 안 되어 나는 비서실장으로부터 제작 2국 장으로 발령이 났다는 전갈을 받았다. 맙소사. 예능부장에서 부국장도 거치지 않고 2계급을 껑충 뛰어오르다니…….

그 소리를 듣자 나는 <여자의 강>을 연출하라고 하면서 복안이 있으니 두고 보면 알 거라는 사장의 말이 문득 떠올랐다. 사장은 국장을 시키려고 <여자의 강>을 연출하라고 했는지도 모를 일이었다.

하나 이걸 어떻게 설명해야 옳을까. 나는 국장 발령이 났는데도 하나도 반갑지가 않았다. 그것은 국장이 되면 행정적인 관리나 사무적인 일만 맡을 뿐이지 드라마 연출은 영영 할 기회가 없기 때문이었다. 그래서 비서실장에게 투정을 부리듯 말했다.

"내가 언제 국장을 시켜 달라고 했소. 저번에도 입장 곤란하게 부국장을 하라더니…….”

"그렇다면 정말 국장 하기가 싫어요? 남들은 국장이 못 돼서 침들을 흘리는 판인데…….”

"물론 언젠가는 국장도 되어야 하겠죠. 그러나 아직은 내 나이에 이르다는 생각이오.”

"아무 말 말고 잠잠히 있어요. 사장님이 어련히 아셔서 시키셨을라구.”

그러나 정신없이 <여자의 강> 제작을 서둘러서인지 그 놈의 마는 또 찾아왔다.

첫 방송된 수목드라마 <여자의 강>에 마이크가 비쭉 고개를 내밀었다고 해서 한바탕 소동이 벌어졌다. 방송은 나갔는데 극중의 사장 역인 김세윤 씨와 연인관계인 유지인 씨가 대사를 주고받는 장면에서 마이크가 불쑥 튀어나왔다고 심의실 Y심의위원이 꼬챙이로 집어내듯 지적을 한 것이었다.

오용한 목사 LA 방미
기념(1986년 6월).

　사실 드라마 녹화를 할 때 마이크는 도처에 숨겨져 있다. 천장에 조명과 함께 붙어 있는 붐 마이크, 세트 뒤 카메라에 비치지 않게 놓여 있는 스탠드 마이크, 그리고 여자의 섬세한 옷깃 같은 곳에 숨겨져 있는 핀 마이크가 그것들이다. 그 마이크들은 매우 정밀하고 민감해서 조금만 흔들려도 반응을 보인다.

　뿐만 아니라 녹화중에 마이크가 비쳐 말썽이 나고 NG를 내는 적도 적잖다.

　그러나 당시 그 심의 보고로 나는 물론이고 담당 이사까지 회의석상에서 호된 질책을 받을 수밖에 없었다. 그러면서도 좀처럼 이런 실수를 한 적이 없었는데 하고 고개를 갸우뚱거렸다.

　아니나 다를까. 방송된 녹화 필름을 다시 확인해 보니 아무리 눈을 동그랗게 뜨고 들여다봐도 마이크가 비친 장면은 없었다. 나중에 안 일이지만, 마이크가 TV화면 맨 꼭대기에서 보일까 말까 한 것을 편집할 때 연출자나 기술 스태프가 알면서도 그대로 통과시킨 것이다.

　그 이유는 송출할 때 시청자들이 보는 브라운관에서는 당연히 잘려 나가는 원리 때문에 그대로 묵과한 것이다. 그런데 담당 심의위원이 방송사 심의실에서 심의할 때 마이크가 조금 나온 것을 마치 송출할 때 마이크가 삐죽 나온 것인 양 그대로 보고서를 작성한 것이었다.

아무래도 그렇지. 드라마에 애정을 가진 연출자가 그 같은 몰상식한 연출을 했을까. 그러나 내 자신이 부끄럽고 분한 눈물이 나는지 사장이 원망스러웠다. 그 순간 문득 5일전 발령을 받고 출석한 첫 국장급 회의가 연상되었다. 신임 국장들이 한 사람씩 일어나 신임 인사를 하는 순서였다. 분위기는 인사권을 가진 사장이 회의 중앙에 앉아서인지 매우 엄숙하고 경직됐고 물을 끼얹은 듯 조용했다. 새로 임명된 A국장이 일어나서 부동자세로 인사를 했다.

"불초 저에게 국장이란 큰 직책을 주셔서 대단히 감사합니다. 사장님의 명을 받들어 맡은 바 업무를 충실히 이행하겠습니다."

대개들 허리를 90도로 굽힌 그런 인사들이었다. 그 다음엔 내 차례가 되었다. 나는 다소 상기된 얼굴로 당돌하게 입을 열었다.

"저는 지금까지 드라마 연출만 해온 PD 출신입니다. 솔직히 말씀드려 행정은 잘 모릅니다. 그러나 국장이 되었다고 해서 회전의자에만 앉아 있지는 않겠습니다. 항상 PD 의식을 갖고서 업무에 임하겠습니다. 그렇게 해서도 못하면 다시 PD로 보내주십시오!"

국장직을 맡겠단 소린가, 아니면 맡더라도 드라마 연출을 계속하겠다는 소린가. 아마 그렇게 들렸을 것이다. 묵묵히 듣고만 있던 사장이 입을 열었다.

"잘못하면 PD도 시키지 않을 거요!"

그 말에 나는 또 응수했다.

"그럼 AD로 보내주십시오!"

그제서야 사장이 내 의중을 알아채고 박장대소를 했고 그 바람에 좌중이 웃음바다가 되었다.

주위의 다른 사람들은 내 말 속에 뼈가 들어있음직하다는 생각을

했을 것이다. 그러나 나는 그런 생각을 결코 않았다. 솔직한 표현이었
다. 국장으로 발령을 낸 데 대해 그렇게 만족한 빛을 띠지 않았다.

회의가 끝나고 사장실을 나올 때, 나와 마찬가지로 신임 국장이 된
동료 S씨가 곁으로 다가와서 말했다.

"이 사람아 '열심히 하겠습니다' 한마디만 하지 뭘 그렇게 길게 인사
말을 하나? 괜히 사장의 비위를 건드릴 필요는 없잖아?"

누가 사장의 비위를 건드린다는 것을 모를까. 그러나 당시 나는 국
장이 되기에는 아직도 창창한 서른아홉의 나이였다.

<안개>와 금보라

83년, 수목드라마 <안개>를 할 때였다.

김인경 연출에 금보라 씨가 여주인공이었다. 그들은 야외 촬영을 갔다 오는 길에 스태프들이 모여 맥주집에서 목을 축였다. 하루 일과를 끝냈으니 차 한잔 마시듯 수고했다는 의미로 헤어지자는 뜻이었다. 그리고 뿔뿔이 자기의 차를 타고서 헤어졌다.

헤어질 때, 김인경 PD는 똑같이 집이 화곡동이었던 김우광 PD(현 SBS 프로덕션 전무)와 함께 동행을 하고 있었다. 운전대를 잡은 것은 김인경 PD였다. 그들은 김포 가도를 달리고 있었다.

그런데 사고가 생겼다. 김포 가도 중앙분리대 시멘트 블록을 들이받아 현장에서 김인경 PD가 그만 즉사하고 말았다. 김우광 PD는 운 좋게도 경상만 당했을 뿐이었다.

음주 교통사고가 났으니 문제는 커졌다. 형사적으로 검증도 해야 하고 보험문제도 그렇고…….

나도 어쩌다가 어울려 술을 마시기는 하나, 김인경 PD 역시 마찬가지였다. 다만 술자리에 끼어 화기애애하게 얘기를 나누면서 하루의 스트레스를 푸는 데 의미가 있을 뿐이었다. 김인경 PD의 성실함, 일에 몰두하는 정신을 보고 모두들 그를 아끼는 판이었다.

그렇게 생각하니 김인경 PD의 죽음은 스태프 모두에게 슬픔을 안겨 주었고, 동료는 물론 방송사에서도 그의 죽음에 대한 애도가 가실 줄 몰랐다.

그런데 이상한 소문이 모락모락 나기 시작했다. 금보라 씨와 그날 밤 술을 마시고 헤어진 것이 모종의 문제가 있었지 않았느냐, 하는 점이었다. 그런 소문으로 방송사에서는 수군대었다. 장례식날 가장 슬피 운 사람도 금보라 씨였다.

그 소문은 더욱 커져서, 그날 오던 길에 김인경 PD를 교통사고로 죽게 한 것은 뭐니뭐니해도 금보라 씨에게 다분히 책임이 있다는 것이었다.

금보라 씨의 입장이 난처해질 수밖에 없었다. 게다가 그런 소문이 나고부터는 PD들도 이상하게 그녀에게 배역을 주는 것을 꺼려할 정도였다.

동료 PD의 죽음을 진심으로 애도해서였는지, 아니면 금보라 씨만 보면 김인경 PD가 생각나서 그녀를 피했는지는 모를 일이었다. 아무튼 진위야 어떻든 간에 출연의 피해를 보는 쪽은 금보라 씨였다.

금보라 씨는 그 같은 소문을 맨 처음에는 귓가로만 흘리다가 더 이상 불이익을 당할 수 없다고 판단한 모양이었다. 그래서 죽은 자에게는 미안한 일이지만 극구 해명에 나섰다.

"내가 무슨 죄를 졌길래 배역까지 주지 않느냐?"

그녀는 자신의 억울한 누명을 벗겨야겠다고 생각했다. 그녀인들 하나도 죄가 없다고 생각한 바에야, 이 문제를 분명히 짚고 넘어 가야겠다고 마음먹을 수밖에 없었을 것이다. 그러나 누구 하나 앞에 서서 금보라 씨 편에 서 주는 사람이 없었다. 안타까운 일이었다.

그녀는 참다못해 최후의 수단으로 꼭두새벽부터 사장 집을 노크했다. 그녀의 손에는 장문의 탄원서가 쥐어져 있었다.

KBS 송년의 밤(1982년 12월 29일).

"사장님 저는 요 근래 무슨 이유인지 모르지만, 연속극 배역은커녕 단막극 하나를 맡을 수가 없으니 어찌된 일입니까? 그렇다고 제가 무슨 큰 잘못을 저지른 것도 없는데 말입니다. 오히려 방송사 행사나 탤런트 행사에 남보다 더 열성적으로 일해왔다고 자부하고 있습니다.

언젠가 루머치고 아주 고약한 루머로 모 PD가 저를 유난히 많이 캐스팅 했다고 해서 말들이 많은 적도 있었습니다만 그분과 저는 순전히 인간관계일 뿐, 하늘에 맹세코 부끄러운 일은 단 한 점도 없습니다. 이미 유명을 달리한 사람이지만 말입니다(이하 생략)."

그녀의 당돌하고 무모한 행동을 보고 1950년대에 제작된 윌리엄 홀덴과 글로리어 스윈슨 주연의 '선셋대로(大路)'란 영화가 뇌리를 스쳐 지나갔다.

팬들의 박수갈채가 멀어져간 한 늙은 여배우가 과거의 화려했던 전성시대를 재현시키려고 안간힘을 쓰는 처절한 여배우의 사양길을 그린 영화로 대스타들의 저택이 즐비하게 늘어선 로스앤젤레스 비버리 힐스 고급 주택에서 살인이 일어나고, 그래서 살인죄로 연행하러 온 형사들과 취재진들까지도 끝내 자기가 주연할 영화의 스태프들인 걸로 착각을 하는 라스트신은 스타인생의 무상을 실감케 해주는 영화였다.

이처럼 사람들로부터 박수갈채를 받고 살았던 스타들 중에는 자기가 관중들로부터 소원해졌다는 생각이 들면 병적으로 히스테릭해지고 급기야 자기궤멸에 빠지는 것을 종종 볼 수 있다.

소외감에서 오는 열등의식인지도 모른다. 금보라 씨의 경우는 그 같은 것은 아니더라도 6개월의 공백을 참지 못하고 오는 히스테리의 일종인지도 모르겠다. 아무튼 그녀의 그 같은 행동 때문에 애꿎게 당한 건 중간 간부들이다.

탤런트 관리를 어떻게 했길래 탤런트가 중간간부도 거치지 않고 새벽부터 사장집에 들락거리게 하느냐는 호통이었다. 또 아무렇지도 않은 유명을 달리한 모 PD와의 관계도 그녀가 변명을 하고 나섬으로써 긁어 부스럼 격으로 의혹만 더 산 꼴이 되어버린 것이다.

한 작품이 끝난 연기자가 후속 작품에 못 낄 경우 대부분 6개월이나 1년 이상을 기다려야 하는 건 당연한 순리다.

작가가 꼭 원해서 겹치기 출연할 수도 있지만 PD들은 시청자들의 식상을 두려워하고 또 겹치기 출연으로 작품의 질이 떨어질까봐 세심한 배려를 하고 있다. 그래서 특별히 맘에 들어서 계속 한 연기자만 출연시키는 건 절대로 없다. 누가 그 작품에 가장 잘 어울리겠는가를 심사숙고해서 캐스팅 한다는 것을 모든 연기자들은 알아야 한다.

PD시스템

80년대는 앞에서도 말했지만 언론 통폐합이 강행된 데다가 방송의 컬러시대를 맞았다는 점에서 한편으로는 혼란기였으면서도 다른 한편으로는 밝은 미래를 맞았다고 볼 수 있다.

신군부 정권이 들어서서 언론 통폐합으로 방송이 활기를 잃은 것은 우울한 일이지만, 컬러방송이 시작된 것은 방송인들에게는 어느 점에서 방송 기능의 진일보를 알려주는 청신호가 되었기 때문이다. 말하자면 웃고 울어야 하는 경조사가 한꺼번에 닥친 격이었다.

그러나 그 경조(慶弔)라는 의미는 서로가 해석에 따라서 달랐다. 축구시합 같은 경기에서 한 쪽은 우세를 해서 그쪽의 응원선수들이 왁자지껄 즐거워하고 있는데, 반대편에서는 울고 있는 모양새와 다름이 없었다. 5공은 그런 모양새를 주었다.

컬러시대를 맞고 보니 방송 외적(外的)으로도 많은 변모를 가져왔다. 우선 우리 생활의 모양새가 달라지기 시작했다.

예로부터 동방예의지국이라고 해서 검은 천, 흰 천의 옷들을 주로 입고 기껏해야 갈색 정도의 옷만을 걸치고 갈짓자(之) 걸음으로 다녔던 우리의 생활 관습에 울긋불긋한 옷들이 걸쳐졌다. 요즘의 현대를 달리는 젊은이들이 생각한다면 20~30년이 넘은 얘기니까 이해도 가지 않을 것이다.

옷의 패션 감각이 달라지고 옷의 혁명이 생긴 것이었다. 게다가 각종 생활용품의 다자인이 발달하고 음식을 먹는 것도 색깔을 보고 눈으로 즐겨 먹는 시대를 맞았다.

우리가 흔히 쓰는 볼펜 한 자루도 하얀 종이에다가 그어서 글씨만 잘 나오면 되는데, 글씨가 나오는 자루 자체가 각양 각색으로 예뻐진 것이었다. 이 녀석은 이 모양의 볼펜을 찾고, 저 녀석은 저 모양의 볼펜을 찾고…….

그 가장 좋은 모양새의 볼펜을 쓰면 문장이 그럴듯하게 옛날 이태백의 시(詩) 한 수처럼 풀리는 착각을 할는지는 모른다. 그러나 글을 쓸 생각은 하지 않고 글씨가 예뻐지기를 바라고 있는 세상으로 움직이고 있다.

그러니 종전의 흑백TV만 등장하다가 컬러방송에 출연하게 된 연기자들의 옷 모양새 역시 달라지지 않을 수가 없었다. 흑백시대에는 아무 것이나 몸에 걸쳐도 옷의 질이나 문양이 선명하게 나타나지 않아 값싼 옷이건 비싼 옷이건 그저 비슷한 옷으로 보였는데, 콧수염까지 색깔이 선명하게 드러나는 판이고 보니 영 그게 아니었다.

그래서 연기자들은 자신도 의식하지 않고 있는 사이에 의상에 신경을 쓰지 않을 수 없었다. 출연료라야 쥐꼬리만하고, 그래도 브라운관에서는 잘 보여야 되니까 틈만 나면 남대문 시장의 옷가게를 뒤져야 할 판이었다. 남대문 시장을 돌아다니며 아무리 싸구려를 골라잡아도 색상이 선명하고 고와야 품위가 있어 보였다.

개중에는 그래도 돈푼께나 나간다는 옷을 사버렸지만 아무리 값비싼 의상을 마련했다고 해도 그 옷을 매일 입고 TV에 출연할 수는 없었다. 몇 번 입고 나면 이미 시청자들에게는 눈에 익어 식상을 가져오기 때문이었다.

드라마 중견PD들의 송년파티(1986년 12월).

　그럴 즈음 방송사 탤런트실에는 낌새를 알아채고 옷장수 아줌마가 야금야금 드나들기 시작했다. 컬러시대와 더불어 상혼(商魂)이 생쥐의 발바닥을 핥듯 스며든 것이었다.

　아줌마는 연기자들이 분장을 마치고 녹화에 임하기 전에 잠깐 쉬는 사이에 보따리를 풀어놓았다. 이것저것…… 요 모양, 조 모양…… 여자 연기자들이 입을 블라우스나 통치마 아니면 빡빡한 바지들에 심지어 내의까지 내보였고 남자 연기자들도 입을 수 있는 점퍼와 양복들을 내놓았다.

　"자, 이 모양은 한 개밖에 없는 옷이에요."

　얼씨구, 아줌마는 어디에서 구해 왔는지 구절구절 읊어댔다. 바닥에는 너저분하게 각종 알록달록한 옷들이 피난시절의 구호물자 깔아놓듯 즐비했다.

　거기엔 커피랑 초콜릿이랑 화장품하며 외제 물품도 들어 있었다. 탤런트들이 우우, 하고 몰려 저마다 하나씩을 집어들었다. 옆에서 너도나도 사니까 구매충동이 인 것이었다.

그때 옷장수 아줌마만 오면 누구보다도 먼저 덤벼들어 아무 옷이라도 하나씩 꼭꼭 집어드는 탤런트가 있었다. 여자도 아닌 남자 탤런트 J씨였다. 남자녀석이 여자보다 옷에 대한 관심을 갖는다는 것도 심리학적으로 정신과 의사를 시켜 분석할 일이었다.

그는 TV에 두세 번 입고 출연하면 다시는 그 옷을 입지를 않았다. 특출한 연기로 시청자 앞에 돋보이지 못할 바에야 옷이라도 특이하게 입어 시선을 끌자는 작전이었다.

그러나 J씨의 경우, 문제는 거기서 그치지 않았다. 눈에 보이는 옷마다 사고 보니 알량한 방송 출연료로서는 그 옷값을 감당할 길이 없었다. 옷장수 아줌마가 오기만 하면 집어든 옷 외상값이 눈덩이처럼 커져서 나중에는 옷장수가 나타났다 하면 화장실로 피해 버려야 할 정도였다.

시청자들에게 잘 보이려고 턱없이 모양만 내려고 한 연기자들에게 컬러방송의 등장은 허세와 낭비벽만을 부채질한 셈이었다. 그것이 초창기 컬러방송을 맞고서 방송계에 불어온 탤런트들의 옷 입는 풍속도였다.

그런데 이번에는 그 같은 풍조가 철없는 일부 시청자들에게도 옮아 갔다. 10대나 20대 시청자들이 컬러방송에서 멋진 옷을 입고 나온 탤런트들을 본떠서 그대로 흉내를 내고 다니는 것이었다. 10대 여성들의 경우 TV에서 인기 탤런트가 하늘색 머플러를 목에 두르고 나오면 그 다음날로 유행이 되고, 남자 탤런트가 골덴 바지에 골덴 점퍼를 입고 나오면 그것이 멋있다고 해서 골덴 옷가게에 손님들이 끓는 것이었다.

나중에는 머리 회전이 빠른 디자이너들이 앞을 다투어서 인기 있는 탤런트들에게 자기가 디자인한 옷을 공짜로 입혀 놓고서 자기 선전을 하는 것이었다. "그 탤런트가 입고 다니는 옷은 내가 만들었다"고 하는 일종의 간접 PR 방법이다.

컬러방송은 이 같은 유행의 변천을 가져오고 있었다. 컬러방송 20년이 된 지금은 아예 컬러에 중독이 되었다고 봐야 할 것이다.

그럴 즈음 83년인가 KBS에서는 또 인사문제가 터졌다. 지금까지 행해온 인사제도의 모순점을 들어서 인사제도를 바꿔야겠다는 방침이 결집된 것이었다. 하루아침에 드라마나 쇼 프로하며 교양 프로의 담당제도가 생기고 말았다.

PD시스템이란 미명하에 수석PD가 책임자가 되어 특정 프로를 전적으로 책임진다는 CP제도였다.

그러니 하루아침에 국장이 부주간이 되고 부국장, 부장, 차장이 담당으로 밀려나는 일이 빚어졌다. 하룻밤을 자고 일어났더니 추풍낙엽이 되다니……. 인사제도 개혁으로 PD들의 항의가 빗발쳤다.

"PD들의 의견도 듣지 않고 너무한다. 너무해!"

그러자 사태를 책임져야 할 이사와 국장들은 몸뚱이를 슬그머니 피했다. 어쩔 수가 없는 일이었다. 강릉 경포대에서 열리는 교수들과의 세미나에 참석한다는 핑계를 내세워 자리를 비우고 말았다. 잠적소동이 벌어진 것이었다.

이쯤 되고 보니 중간수습에 나서야 할 사람이 없었다. 나 역시도 갑자기 제도가 바뀐 데 대해서는 적잖은 불만이 있었다. 그러나 어떻게 하랴. 연출이 좋아서 방송사에 들어왔지만 제도는 제도대로 따라야 하는 걸.

"진정들 해. 월급이 떨어지는 것도 아니고 직제가 변경되는 것인데 뭘 그래. 앞으론 능력 본위제로 각자 맡은 일만 잘 해내면 될 것 아냐?"

나는 그 말 한마디로 가까스로 수습을 하고 나섰다. 당시야 직책을 끌어내리는 것 같아서 저마다 섭섭한 감정이 없지 않았겠지만 이제 와서 보면 PD시스템 제도야말로 프로듀서의 창의력과 독립성을 보장받는 길이라는 생각이 드는 것이다.

자존심의 대결

83년에 KBS가 내놓은 대하드라마는 고려말에서 조선왕조의 등장까지를 다룬, 이은성 극본 장형일 연출의 <개국(開國)>이란 프로가 있었다.

작가 이은성 씨는 지금은 작고했지만 여간한 고집쟁이가 아니었다. 그분은 작품 하나를 맡아도 꼼꼼히 심혈을 기울였고 약속시간을 반드시 지키는 작가였다. 개인 사정을 지적하는 것은 예의에 벗어날지 모르겠지만 그분은 학력이라고 해야 초등학교밖에 나오지 않고서 오로지 독학으로 한국의 역사학을 섭렵한 입지전적인 작가였다.

그런 그가 얼마나 고집쟁이었나 하는 것은 드라마 PD와의 대판 언쟁을 벌인 사건으로 대변할 수 있다. 그가 사극을 집필하고 있을 때였다. 이은성 씨가 방송 작가실에서 원고 마감시간에 맞춰 원고를 연출실로 가져왔다. 김모 PD는 그 원고를 장시간 검토를 하고 있었다.

그 사이 이은성 씨는 PD의 'OK사인'을 받기 위해 오랜 시간을 옆자리에 앉아 있었다. 그 기다리는 시간이 시험 답안지를 선생님 앞에 내밀고 점수가 얼마 나왔는가를 기다리는 것 같아 매우 지루하였다.

그러자 원고를 다 읽고 난 PD의 표정이 밝지를 않았다. 이 같은 분위기는 PD와 작가 사이에 종종 일어나는 일이다. 작가가 써온 원고를

PD는 영상을 머릿속에 떠올리며 검토를 하기 때문에 충돌하는 경우가 적지 않다. 양쪽이 하모니를 이뤄 작품 하나를 잘 만들자는 생각이긴 하지만 '작품을 좀 고치자', '안 된다. 그대로 가자'로 언쟁을 벌일 적이 많다.

그런데 김모 PD는 이렇다 하는 일언반구도 없이 아주 못마땅하다는 표정으로 원고를 책상 위에 휙 팽개치고서 몸을 일으켰다. 작품을 수정한다고 해도 일부가 아니라 아예 다시 써야 된다고 판단한 모양이었다.

그러니 작가의 표정 또한 밝을 리가 없었다. 오랫동안 기다린 끝에 아무 말 없이 오만하게 일어난 PD의 태도를 보고서 무안을 당한 작가의 얼굴이 그만 벌개졌다. 더군다나 이은성 씨는 누구보다도 자존심이 강한 사람이었다.

"김 형. 원고를 봤으면 무슨 말이 있어야 할 것 아니오."

"어디를 뜯어 고쳐야 할지 모르겠어요. 손댈 곳이 한두 군데라야지……."

"그러니까 의견을 나누자고 이렇게 기다린 것 아니오. 그런데 말없이 원고를 휙 팽개치니 그게 무슨 매너요?"

의식과 고집의 작가 고(故) 이은성 씨와 함께(1986년 12월).

싸움의 발단은 여기서부터 벌어졌다.

"아니, 무슨 매너라니요? 오죽하면 내가 답답해서 이렇게 일어났겠어요?"

"뭐야! 정말 치사해서 방송작가 못해 먹겠구먼…… 나, 이제부터 안 써!"

얼굴이 붉으락푸르락하더니 대뜸 책상 위의 원고를 집어서 갈기갈기 찢어 쓰레기통 속으로 집어넣는 것이었다. 그리고 바람처럼 휙 연출실을 나가버렸다. 순간 당황한 것은 PD였다. 사태가 이 정도로 험악해지리라고는 상상도 못 한 것이었다.

이번에는 반대로 김모 PD의 입장이 난처해졌다. 인쇄를 해서 연습을 하고 녹화를 해야 할 시간은 사흘밖에 남지 않았는데 죽을 맛이었다. 마음을 진정시키고 작가실로 달려갔다. 전후 사정이야 어떻게 됐든 작가 선생을 달래볼 판이었다. 그러나 작가실에 있어야 할 이은성 씨는 보이지 않았다. 이미 방송사의 정문을 벗어난 뒤였다.

나중에 주위에서 중재로 나서 양쪽을 이해시키고 부랴부랴 원고를 다시 만들기는 했지만, 그 일이 있는 뒤 PD들 사이에서는 이은성 씨의 고집이 대단한 것을 알고 신경을 건드리려는 이들이 없었다.

그 뒤 이은성 씨는 방송작가들과 술좌석에서 모이기만 하면 "방송작가보다는 소설가가 되어야겠다"는 말을 누누이 했다. 드라마는 작가, 연출가, 연기자가 삼위일체가 되어 만들어지는 종합예술이라서 드라마 전체가 작가의 작품이 될 수 없지만, 소설은 혼자서 구성하고 연출, 연기까지 겸한다는 논리였다.

그래서인지 그는 드라마로 방송된 허준의 일대기를 그린 <동의보감>을 소설로 재구성해서 3권짜리 『소설 동의보감』을 내놓았다. 이 책이 1년여 동안 베스트셀러가 되어 전국의 독서계를 강타했다. 그러나 안타깝게도 그는 고인이 되고 난 뒤였다. 아마 천국에서 지켜보고 있었을 것이다.

그 뒤 84년 KBS는 일일연속극으로 나연숙 극본, 최상식 연출의 <보통사람들>을 내놓았다. 이 드라마는 시청자들에게 '유익함'과 '재미'라는 두 요소를 충족시켜 홈 드라마의 새로운 패턴을 제시하는 데 성공한 프로였다. 491회를 기록했으니 1년 반 동안이나 롱런한 셈이었다.

이 흐뭇하고 밝은 <보통사람들>의 방송을 시발점으로 KBS-1TV에서는 이은성 극본, 최상식 연출의 <사랑하는 사람들>, 제2TV에서는 최인호 원작의 <가족>(정하연 극본, 이종수 연출)이 방송되어 홈 드라마의 일일극 전성기를 맞게 된다.

〈드라마게임〉

우리 주변에서 흔히 일어날 수 있는 생활의 모습들을 소재로 시청자와 함께 문제점을 풀어나가기 위해 신설된 〈드라마게임〉은 일종의 토론 드라마로 신선한 충격을 주면서 84년 4월 '달리는 부부'를 첫 작품으로 장수한 프로그램이다.

처음 기획 당시에는 드라마가 방송된 직후 곧 이어서 전국의 시청자 의견을 전화로 수렴하는 포맷이었으나, 생방송 전화에 대한 위험부담이 크다는 이유로 전화 대신 각계 전문인사와 작가, 주연 탤런트가 나와서 의견을 개진하는 형식으로 바뀌었다.

그러나 연사들이 토론 형식을 벗어나 형식 위주의 토의에 그치고 말아 차선책으로 시청자들의 엽서 의견을 받아 그 중에서 찬반 의견을 3편씩 소개하는 수법으로 전환했다. 그러나 그것 역시 드라마의 남녀 주인공이 소개하는 것이므로 자화자찬이 많아 흥미를 잃었고 그래서 다시 아나운서 김영호 씨가 엽서를 소개했다.

그러다 다시 시인 신달자 씨와 수필가 이철호 씨로 배턴이 이어지더니 다시 여성월간지 「여원」 사장 김재원 씨의 MC로 전문인사 2~3명과 좌담으로 형식이 바뀌었다가 결국 초창기에 시도했던 시청자 의견 엽서를 주요 연기자가 소개하는 것으로 낙착되고 말았다.

이렇게 '다시'라는 말을 수없이 쓸 수밖에 없을 정도로 진행자가 바뀜에 싫증이 날지는 모르지만, 그래서 이 프로가 그만큼 인기 프로라는 것을 짐작할 수 있는 것이다. 더 말할 필요도 없이 이 프로는 방송된 지 반 년도 안 돼서 인기 드라마로 정착됐으며 87년 4월에 실시한 한국갤럽의 가장 유익하고 바람직한 드라마의 시청률 조사에서 KBS <드라마게임>과 MBC <전원일기>가 나란히 1, 2위를 차지한 것이다.

시청자의 참여를 접합시킨 특이한 형식으로 우리의 실생활과 직결된 주변의 작지만 소중한 우리의 가정문제, 부부간의 갈등, 사회적인 문제 등을 매주 다루어 공감을 얻은 작품 중 김준일 극본, 김수동 연출의 <법원 가는 길>, 심영식 극본, 이정훈 연출의 <반지>, 윤혁민 극본, 이정훈 연출의 <노란 스카프의 추억> 등이 특히 주목을 받았다.

이 드라마가 얼마나 성공적이었고 인기가 있었느냐 하면 광고(CF)가 붙은 숫자만 봐도 알 수 있다. 자그마치 CF가 24개나 붙은 것이었다. CF 1편이 20초. 24개가 붙었으면 그 광고 수익만 해도 1억 원이었다. 1주일에 한 번 방송하고서 1억 원을 벌어들였으니 당시의 상황으로서 얼마나 큰 돈인가.

〈기로〉(岐路·서영명 작) 밤촬영 때(1988년 2월).

먹이를 보고 장사꾼들이 몰리는 데야 방송사로서는 많은 이익을 챙겨 흐뭇할는지 모르지만, 처음 기획했던대로 우리 생활 속의 문제점을 작가가 제시하면 시청자와 함께 문제를 풀어서 서로를 이해하며 조화롭게 살아가자는 취지와는 달리 작가가 문제를 제시하고 답까지 다 풀어버리는 데서 시청자가 참여할 필요가 없어져 버렸다는 데 주목을 해야한다.

내노라 하는 작가가 한 번씩은 다 집필했고 PD 역시 숱하게 많았다. 이 드라마가 나중에는 신인 작가와 연출자들의 등용문으로 방송된 것은 두고두고 통탄해야 할 실수라 뉘우쳐야 할 것이다.

나는 이때 방송의 위력이 대단하다는 것을 새삼 느꼈고 프로를 제작하는 연출자로서 프로의 내용도 좋아야 할 것은 물론이지만 기획이 얼마나 중요한가 하는 점을 다시 한 번 실감하였다. 뿐만 아니라 몇 십 년을 기획, 연출을 한다고 해도 언제나 신인의 마음으로 임해야겠다는 것도 알았다.

<가요무대>

85년 12월에 <가요무대>가 막을 올렸다. 그 또한 새 기획이었다.

어른들이 밖에서 늦게들 귀가하니 안방에서 노래잔치를 벌이게 하고 가족과 오손도손하게 하자는 계획이었다.

<가요무대>는 영상처리와 함께 누구나 향수에 젖어 있는 옛날 노래도 부르고 또 신인 가수가 등장하여 젊은이들이 좋아하는 최고의 인기 노래도 간간이 섞는 프로였다. 그러니 나이든 가수가 등장할 때는 노인층의 방청객들이 좋아했다. 방청석은 그야말로 요즘 말대로 '노래방'의 화합이었다.

'노래방'이 왜 생겼을까' 하고 생각하겠지만 그것은 일본에서만 흘러들어왔다고 할 수는 없다. 일본이라는 나라가 소위 '가라오케'를 발명하긴 했지만 '노래방'이 들어오게 된 것은 하나의 시대 흐름이고 유행적인 추세라고 봐야 한다. 즐거워도 술 한잔, 슬퍼도 술 한잔을 마실 때는 지났고 길거리에서 고성방가를 할 때도 아니고, 자기의 스트레스를 자기가 목청을 돋워 스스로 부른다는 것이 '노래방'의 발상을 가져왔을 것이다.

그런 점에서 보면 TV프로는 시대와 유행의 감각을 앞질러 간다. <가요무대>는 방청객들의 참여의식으로 무대를 완전히 사로잡았다. 안

방에서 보고 있는 연로한 시청자들이 찔끔찔끔 눈물을 흘리기 시작했
다. <가요무대> 시간만 되면 주부가 설거지를 하다가도 보고, 남편이
일찍 들어오고, 할아버지, 할머니도 옆방에서 고개를 들썩거리고, 아이
들은 덩달아 킬킬거리고…… 누구나 감동과 동의를 표한다는 뜻이었다.

KBS가 <가요무대>로 판을 칠 무렵 86년 3월인가 MBC가 <애창가
요>를 만들었다. <가요무대>와 한판 승부를 겨뤄 보자는 속셈이었다.
저쪽에서 한몫을 보고 있으니 이쪽에서도 물건 하나를 만들어 보자는
것이었다.

그러나 기획이라는 것은 먼저 생각한 자에게 그만큼 선(先) 취득권
이 있고 뒤쫓는 자로서는 아무리 전력투구를 해도, 역전의 발상을 발
휘하지 못한다. 나는 그런 점에서 '앞서가는 기획'이 얼마나 중요한가
를 안다.

"머리는 먼저 굴려라."

<애창가요>는 몇 달을 방송했을까. 흐지부지 없어지고 말았다.

91년 7월 중국을 다녀왔다. 장엄한 백두산 천지를 다녀온 날 밤, 연
길의 어느 술집에서 난 깜짝 놀랐다. 마이크를 잡은 어느 50대 동족이

한국방송 60주년
기념파티(1986년
2월).

"전국의 시청자 여러분! 그리고 이 자리를 가득 메워주신 방청객 여러분! 또한 해외에 계신 동포와 근로자 여러분! 그동안 안녕하셨습니까?" 로 시작되는 <가요무대>의 김동건 아나운서(그는 실상 나와 수송초등학교 동기동창이다)의 감칠맛 나는 음성을 흉내내며 '나그네 설움'을 멋들어지게 불러 젖히는 게 아닌가? 찐한 감동과 함께 새삼 <가요무대>의 인기를 가늠할 수 있었다.

<가요무대>는 매주 월요일 밤 10시 20분이 되면 시청자를 TV 앞에 끌어들여 흥을 돋운다. 방청객과 함께 노래도 부르며 박자도 맞추는 것이 흡사 어느 단란주점에 앉아 있는 느낌까지 준다.

행여 시청자가 30~40년대의 노래 가사를 모를까봐 친절히 가사까지 TV화면 하단에 자막으로 넣어주는 친절까지 베풀어주면서 말이다.

"저희 5남매를 키워주시느라 고생만 하시고 지금은 먼 이국땅에서 손자, 손녀들과 노년을 보내시는 어머님께 불효 막심한 이 막내아들이 노래로나마 위로를 드릴까 합니다"라는 MC의 구성진 멘트와 함께 배우 김희갑 씨가 '불효자는 웁니다'를 부르자 방청객 이 구석 저 구석에선 흡사 자신의 처지인 양 훌쩍거리는 모습이 카메라에 잡힌다.

이처럼 감동적인 드라마가 있을까? 그야말로 <가요무대>는 가식 없는 논픽션 드라마인 것이다.

그런데 이 <가요무대> 프로그램을 탄생시킨 주인공은 다름 아닌 85년 2월에 부임한 박현태 사장의 아이디어였다. 그는 또 <가요무대> 프로와 함께 수준 높은 토크쇼인 <일요방담> 프로까지 신설해 시청자가 만나고 싶어했던 수많은 석학들과 저명인사를 출연시켰다.

이로 인해 생전 TV출연을 마다했던 고(故) 이병철 삼성그룹 회장까지 <일요방담>에 나올 정도였다. '86 아시안게임과 '88 서울올림픽 개최를 앞두고 주관 방송사인 KBS의 위상을 높이기 위해서 '우리의 1년은 세계의 10년'이란 캐치프레이즈를 내걸고 항상 동분서주하며 PD

간담회, 작가 간담회를 통해 박 사장이 직접 현장의 목소리를 여과 없이 경청하던 그 —. 너무나 서민적인 그리고 권위의식이 없는 우리 큰형님 같은 존재였다.

그런 어느 날, 인기 속에 방송중인 <TV문학관>에 문제가 생겼다. 최인훈 원작의 <달아 달아 밝은 달아>였다. 그 <달아 달아 밝은 달아>는 우리가 잘 아는 고전 『심청전』을 소재로 삼아 소녀 심청을 현대판의 시각으로 재조명한 것으로 작가가 소녀 심청을 청나라의 유곽에 몸을 파는 매춘부로 등장시킨 것이었다. 세상이 나날이 달라지고 보니 그렇게 봄직도 할 만할 것이었다.

그러나 대본을 본 심의실로부터 그만 제동이 걸리고 말았다.

"『심청전』은 고전이긴 하나 현대판 해석도 가능하다. 하지만 지나친 확대 해석은 사회 도덕상 문제가 있다. 대폭 수정하라."

어찌 보면 해석하기 나름이고 또 그런 해석이 나올 법도 하다. 고전(古典)을 음미하기 위해서는 현대판으로 역설적인 해석도 가능할 것이다. 코미디에서는 종종 있는 일이었으니까.

하나 그게 아니었다. 코미디 프로라면 몰라도 시청자들은 <TV문학관>을 정수의 드라마로 시청할 뿐이지 코미디로 보지 않는다는 것이었다. 그러니 절대 '방송불가'라는 것이었다.

잠시나마 머리에 혼동을 가져온 것은 PD들이었다. 시청자에게 보여주는 작품의 모양이 코미디가 따로 있고 전형적인 드라마가 따로 있느냐는 항변이었다. 결과적으로 심의실의 단호한 철퇴를 맞아 물러서긴 했지만 입맛이 씁쓰름했다. 그 <달아 달아 밝은 달아>는 시시비비의 논란이 많은 끝에 심의실이 시키는대로 대폭 수정을 해서 1년 뒤에 방송되는 햇볕을 보았다. 그러고도 그 뒤에 '꼭 그래야만 했을까' 하는 숙제로 나는 꽉 차 있었다.

멜로드라마 전성기

85년 반상계급의 명암 속에서 이룰 수 없는 사랑을 그린 멜로 사극 <꽃반지>(유열 극본, 김재형 연출)가 오락 사극의 한 면을 보여주자 이를 계기로 사극의 정서를 벗어난 멜로 사극이 판을 치기 시작했다. 사극이라고 해도 고증된 사적 자료의 틀을 벗어나지 않는 범위에서 오락성을 적당히 가미해 시청자들을 안방극장으로 끌어들여야 했던 것이다.

또 한편으로는 생활 속에 드라마의 무대를 고정시킨 일일 시추에이션 홈 드라마 <즐거운 우리집>이 자리를 잡았다. 이 또한 우리 생활 주변의 웃음과 흐뭇한 정감을 주는 드라마였다.

그뿐인가. 특집 드라마로 전쟁과 이데올로기를 휴머니즘으로 승화시킨 6·25 특집극 <광장>(최인훈 원작, 김홍종 연출)과 해외 산업 현장의 근로자를 극화한 8·15 특집극 3부작 <적도 전선>(최경식 극본, 이유황 연출)이 각각 주목을 받았다.

이때 제2TV에서 선을 보인 수목 드라마 <빛과 그림자>(이금림 극본, 최지민 연출)는 멜로물의 붐을 타고 그 시청률이 꽤나 높았다. 그러고 보니 MBC-TV와의 드라마 경쟁이 알게 모르게 불이 붙기 시작했다. 86년 선우휘 원작의 제1TV 드라마 <노다지>(박병우 극본, 이종

수 연출)는 KBS가 추구해온 '보고 즐기며 생각하는 드라마'의 표본이 었다. 이 드라마는 수난의 역사를 갑오경장으로부터 현대까지 그려온 것인데 한혜숙 씨가 주인공으로 1인 2역을 해냈다.

1부에서는 실다니 역할을 했는데 2부에서는 분장을 아주 어리게 해서 실다니의 딸 역할을 그럴듯하게 해낸 것이었다. 영화 '사랑과 죽음의 발레'에서 1인 2역이 있긴 했지만 TV드라마에서의 1인 2역은 방송 역사상 처음이었던 것이다. 이 <노다지>는 <토지>, <풍운>, <개국> 등에서부터 이어진 대하물로 사건 위주의 드라마보다는 지극히 인간적인 이야기가 드라마의 본령임을 보여 주었다.

<노다지>의 여세를 몰고 86년 4월인가, 일일연속극 <여심(女心)> (이은성 작, 황은진 연출)이 등장했다. 이 드라마는 무명의 신인 김희애 씨를 일약 스타덤에 올려놓았다. 그녀는 어디서나 쉽게 볼 수 있는 평범한 얼굴이지만 감정 표현이 능숙하고 재질이 풍부한 연기자였다.

CF 출신인 그녀는 85년 8월에 MBC <베스트셀러극장 - 알 수 없는 일>로 데뷔는 했으나 크게 두각을 나타내지는 못했다. 그러다가 황은진 PD가 주인공을 찾느라 고심하다 일일극 <여심>에 그녀를 전격 캐스팅한 것이었다.

<여심>은 KBS가 최초로 시도한 조기 제작의 드라마로서 4계절을 조금씩이나마 보여준 걸출한 드라마였다. 드라마의 내용은 송다영이라는 소녀의 눈을 통해 본 여자의 일생을 극화한 것으로 소녀가 성장하여 어머니가 되면서 변화되어 가는 삶의 과정을 그린 것이었다. 광복 이후 국토 분단의 아픔과 이데올로기의 대립 속에서 고통과 궁핍에서 오는 갖은 역경 속에서도 맑은 마음을 잃지 않고 꿋꿋이 살아가는 여인상을 보여 주었다.

<여심>은 방송이 나간 지 1주일만에 서서히 반응이 오기 시작했다. 평범한 마스크가 보여준 신선한 이미지가 시청자들의 호응을 산 것이

었다. 그래서 애초의 기획 때는 18살에서 30살까지만 김희애 씨가 하고 그 이후부터 노역까지는 다른 연기자로 배역을 바꾸기로 했으나 마땅한 사람도 물색을 못했을 뿐더러 신인답지 않게 대담한 연기력을 과시한 김희애 씨를 계속 밀고 나가기로 한 것이다. PD의 안목이 적중되어 <여심>은 그해 12월 26일 1백67회로 인기리에 대단원의 막을 내렸다.

어쨌든 국내 드라마 사상 최초로 전작제를 도입, 작품 30% 정도를 사전 제작했던 <여심>은 폭넓은 야외촬영 장면의 활용과 속도감 있는 스토리 전개로 인기를 누렸다. 또 대담하게 신인을 내세워 그 얼굴이 그 얼굴로 중복 출연하는 드라마에 식상을 한 시청자들에게 신선감을 안겨 주었다는 점에서 86년의 큰 수확으로 기록되었다.

그 뒤 일요일 아침의 <해 돋는 언덕>(윤혁민 극본, 이정훈 연출)이 일요일 아침드라마의 위치를 구축했고 <대추나무 사랑 걸렸네>(양근승 극본, 고성원 연출)로 이어졌다. 8·15 특집 3부작 시바 료따로 원작의 <고향을 어이 잊으리까>(김하림 극본, 장형일 연출)와 <TV문학관 – 단독 강화>(선우휘 원작, 이은성 극본, 김홍종 연출), '86 아시안 게임 기념 8부작 <원효대사>(김운경 극본, 최상식 연출) 등이 화제에

김희애의 출세작인 〈여심(女心)〉(1986년 4월).

올랐다.

이 당시 KBS 드라마는 제1, 2TV를 통틀어 그야말로 전성기였다. <노다지>, <여심>, <드라마게임>, 일일연속극 <사모곡>, 수목드라마 <욕망의 문> 등 5개의 드라마가 공전의 히트를 칠 때였다. 그때 MBC는 유일하게도 미니시리즈 하나밖에 인기가 없었다.

그러자 MBC가 가만히 보고만 있을 수는 없다고 하고서 특효 처방을 내었다. 한동안 집필을 멈추고 있던 작가 김수현 씨와 신봉승 씨를 끌어들인 것이었다. 언어의 마술사 김수현 씨에게는 젊은 시청자들을 노려 <사랑과 야망>을 쓰게 했고 사극의 대가 신봉승 씨에게는 <조선왕조 500년> 시리즈를 집필 의뢰했다.

그러니 KBS 쪽과 MBC 쪽은 맞불이 붙었다. 어느 쪽 하나 긴장을 풀 수가 없었다. 새벽에 방송사에 나와 별을 보고 집으로 들어가는 판이었다.

이때 드라마를 제작중인 우리 KBS 예능국에서는 드라마 AD가 태부족이었다. 드라마 하나에 AD 한 사람이 따라붙어도 일에 시달려 안절부절할 판인데 PD 숫자에 비해 AD 숫자가 모자라는 것이었다. 그뿐인가. 앞으로 기획해서 방송할 드라마 숫자는 6개나 되는데 거기에 매달려야 할 AD는 안타깝게도 한 사람도 없는 것이었다. 오죽했으면 예능국장으로서 이 같은 현황을 윗사람들에게 보고하고 선처를 바랄 정도였을까. 당시 드라마 AD 부족 현황을 도표로 보면 알겠지만 설령 AD가 부족하다고 해도 PD가 AD의 몫까지 단단히 해낼 형편밖에는 못 되었다.

그때 또 문제가 벌어졌다. 신경이 꽤나 예민해 있는 판인데 MBC에서 <사랑과 야망>을 내걸면서 KBS에 출연중인 노주현, 차화연 씨를 스카우트해 간 것이었다. 이쪽도 툭하면 참외 서리하듯 저쪽의 연기자들을 스카우트해 오는 판이어서 물론 대놓고 할 말은 없었다.

프로그램별 인원배정 사항

프로그램명		PD	AD	비 고
욕망의 문		최상식	송주하, 성준기	야외 위주
사 모 곡		이윤선	윤영묵, 신정관	야외 위주
푸른 해바라기		하강일	전성홍	
타 인		이종수	전 산	
월화드라마		최지민	허성룡	
형사 25시		염현섭	이민홍	
TV소설		한정희, 정을영	박영주	야외 위주
전설의 고향		임웅빈, 안영동, 오동석	나상엽	야외 위주
드라마게임		고성원, 정병식, 맹만재	김종식	야외 위주
사랑이 꽃피는 나무		운군일	윤용훈	
해 돋는 언덕		이정훈	신현수	
TV문학관		김재순, 이근용, 이영국 엄기백, 김현준	김종선	야외제작
추리극장		류시형, 문영진	김용규, 온형옥	
이 화		김재형	이현석, 최길규	야외 제작
토 지		주일청	공영화, 이덕건	야외 제작
특 집	사로잡힌 영혼	장기오	윤홍식	진행중
	지 리 산	김충길	문정수	진행중
	추석특집	이종한	이상우	진행중
	이 상 재	장형일		준비중
	김 만 철	전세권		준비중
	종 자	전세권		준비중
	아 리 랑	김홍종		준비중
	성탄특집	장기오		준비중
	불도저 군단	장형일		준비중
	미니시리즈	이유황, 황은진		AD 6명 부족
	한국인물사	이영희, 이응진		
PD 데뷔작		박수동 이성연 ─ 가요 드라마 이녹영 홍성덕 ─ 전설의 고향		

하지만 기분이 썩 좋을 리는 없었다. 공영방송으로서 시청자들에게 유익한 프로라면 어느 방송사에서 제작을 하든 관계가 없고 연기자들이 상대 방송사 쪽으로 옮겨갔어도 대수롭잖게 생각하고 선의의 경쟁을 벌여야 할 일인데, 상대방이 좋은 프로를 만드는 것이 왜 그리 배가 아픈지 참으로 알다가도 모를 일이었다. 그저 파랑새 한 마리가 훌쩍 날아간 것처럼 연기자 한 사람을 상대 방송사에 빼앗기고서, 어디 두고 보자 하고 씁쓰름해 할 뿐이었다.

작가, PD, 그리고 탤런트

1987년 3월인가 KBS에서도 새 주말연속극 <애정의 조건>(홍승연 작, 최지민 연출)이 선을 보였다. 그때 노주현, 차화연 씨를 빼앗겼던 쓸쓸한 일을 만회할 길이 생겼다.

작가 홍승연 씨가 새로 집필하는 <애정의 조건>의 남녀 주인공으로 MBC 출신인 황신혜, 김주승 씨를 스카우트해 버린 것이었다. 황신혜 씨는 83년 MBC 16기로 입사해 <첫사랑>에 일약 주연급 탤런트로 급부상한 터였고 황신혜 씨와 연기 호흡이 잘 맞는 김주승 씨 역시 그녀와 MBC 동기생으로 참신한 이미지를 갖고 있었다.

이 두 사람을 MBC 쪽에서 빼왔으니 MBC 쪽이 가만히 있을 리가 없었다. 몇 달 전에 차화연, 노주현 씨를 빼갔던 일은 까마귀처럼 잊어먹고 반사조건으로 격한 반응이 날아들었다.

"아니 신인을 정성 들여 키워 놓았더니 하루아침에 말도 없이 빼가요? 그런 법이 어디 있소!"

"있긴 어디 있소. 당신네들도 빼앗아 가구선……!"

과자 한 개를 갖고 골목에서 어린아이들끼리 툴툴거리듯 꼭 그런 웃지 못할 일이 벌어지고 있었다. 그러나 황신혜가 당시 스카우트 당할 때만 해도 그녀는 자유출연을 선언하고 나섰을 때였다. 그녀보다 앞서 오현경, 김인태, 노주현, 반효정, 김인문, 김자옥 씨 등이 좋은 드라마에 출연하기 위해서는 어느 한 방송사에 묶이지 말고 자유출연 연기자로 선언하고 나섰기 때문이었다. 그런데 이번엔 작가와 PD 사이가 불협화음이 생겼다.

불화의 원인은 기획단계에서부터 생기기 시작했다. 작가 쪽에서는 작가의 의견은 고려하지 않고 연출자 멋대로 독주한다는 불평이 나왔고, 연출자는 작가가 작품만 집필하면 됐지 너무 지나치게 연출자의 영역까지 침범한다는 불만을 드러내었다. 결국에 녹화 2주째부터 갈등이 폭발하여 작가가 집필을 거부하고 병원에 입원해 버렸다.

이를 중간에서 중재를 해야하는 내 입장이 매우 난처하였다. 작가와 연출자가 서로 촌보의 양보도 없이 팽팽히 맞서고 있으니 어느 한 쪽의 편만을 들어줄 일도 아니었다. 끝내는 1987년 3월 27일 사장에게 사건의 경위를 알리는 보고서를 올려야 했다.

보 고 서

- 보고일자 : 1987년 3월 27일
- 보 고 자 : 김연진
- 제   목 : 〈애정의 조건〉 연출교체 경위

〈애정의 조건〉 연출자 교체 경위를 아래와 같이 보고합니다.

1. 연출자 최지민 결정과정

최지민 연출자는 원래 수목드라마 〈뜨거운 강〉의 후속 드라마를 준비중이었음. 후속 작품으로 김기팔의 〈욕망의 문〉이 전격 결정됐으나, 작가 김기팔이 최상식 담당과 오래 전부터 대하드라마 〈노다지〉 후속 〈돌아온 사람들〉을 기획중이었음. 따라서 작가 김기팔은 최지민 연출보다는 최상식 연출을 요구해, 자동적으로 주말연속극 〈애정의 조건〉을 맡게 되었음.

2. 작가와 연출 불화동기

처음 기획시 일주일 동안은 두 사람간에 아무런 하자가 없었으나, 첫 녹화 1주일을 앞두고 돌연 작가가 연출자의 교체를 요구해 왔으나 일방적인 작가만의 요구라 작가를 각서(8회까지 두고보자)까지 써주면서 설득해 스타트했음.

• 4회 녹화가 끝난 12일부터 작가와 PD가 동시에 문제성을 심각히 제기했음. 불화의 원인은 작가는 작품을 위해 연출자와 부단한 대화와 만남을 요구했고 연출은 작가는 작품만 집필하면 그만이지 너무 지나치게 연출의 영역까지 침범한다는 상반된 성격의 노출이었음. 결국 중간 간부가 나서서 양쪽을 설득 5, 6회 녹화를 하루 연기하면서 녹화를 끝냄.

• 17일 최지민 PD가 간부들의 만류에도 불구하고 PD회의를 소집, 배경 설명했으나 대부분 PD들은 작가와 연출자의 개인적인 불화문제라고 동조 않음.

• 19일 녹화 당일 밤 12시경 본부장이 출연자 및 스태프 격려차 스튜디오에 방문했음.

• 20일 아침 6시경, 녹화 새벽 3시 30분 종료를 본부장께 보고, 아침 8시경 전화로 불손한 언동과 협박전화(연출 최지민).

• 본부장 아침 10시 간부회의 때 중대결단 발표, 연출을 부국장으로 당분간 교체하고, 최지민 PD의 자숙을 지시.

• 작가 및 간부 등이 설득하여 27일 녹화중임.

• 27일 주간지 가십기사화 됨(일간지 「조선일보」 3월 25일).

- 끝

그러자 위에서 연출자는 그래도 KBS에 몸을 담고 있는 정식 사원이고 작가는 외부에서 집필을 의뢰했으므로 객이나 다름없으니 PD를 설득하여 일단 연출자를 부국장으로 당분간 교체하는 수밖에는 없다는

주말연속극 〈애정의 조건〉(1987년).

결론이 내려졌다. 말하자면 쌍방간의 잘잘못을 가리기보다는 사건을 무마하는 뜻에서 PD에게 자숙의 경고가 떨어진 것이었다.

일은 그렇게 일단락됐으나 담당 연출자는 분이 풀리지 않았고 자기의 입장만 곤경에 빠진 셈이 되었다. PD는 간부들의 만류와 설득에도 불구하고 자기 나름대로 PD회의를 소집하였다. 그리고 작가와 충돌하게 된 배경을 소상하게 설명하였다. 그러자 PD들 대부분이 고개를 돌려버리고 말았다. 작가와 PD간의 개인적인 불화문제에는 끼어들고 싶지 않으니 쌍방간이 타협을 보라는 것이었다.

결국 연출자의 교체로 가까스로 위기를 넘기는가 했더니 이번에는 연기자 황신혜 씨가 돌연 출연거부를 하고 나선 것이었다.

연기에 멋만 부리지 말고 작품에 지적한대로 성실하게 연기를 하세요. 또 불민한 작가(본인)의 작품에만 출연하겠다고 맹세한 사실을 잊지 마세요.

작가 홍승연 씨가 대본에다가 경고를 하고 있었다. 홍승연 씨는 작품의 마디마디와 자기가 생각한 감정의 표현을 말하고 있는 중이었다. 작품을 잘 만들어 보자는 뜻이었다. 그것은 후퇴한 PD도 마찬가지일 것이다.

나는 작가나, PD나, 연기자들의 주장이 다 일리가 있다는 것을 안다. 그건 내가 옳다 그르다를 명확히 가리지 않고 두루뭉실 넘어가기 위해 양쪽을 싸잡아 두둔하려는 것이 아니라 누구나 좋은 작품을 만들고 싶어하는 뜻을 알기 때문이다.

그러나 황신혜 씨가 그 소리를 듣고 기분이 좋을 리가 없었다. 작가가 황신혜 씨에게 연기교육(?)을 지시하자 황신혜 씨가 작가의 간섭이 너무 심하다고 맞선 것이었다. 사실 작가로서는 당시 모 재벌 2세와 열애에 빠져 연습을 소홀히 하는 그녀를 따끔히 충고하기 위한 고도의 수법이었는데도 그녀가 그것을 감지하지 못했던 것 같다.

그래서 선배 연기자들이 나서 그녀를 겨우 설득했지만 풍랑에 휩쓸려 이리저리 방황하던 배가 암초에 부딪쳐 산산조각 나듯 결국 <애정의 조건>은 예정된 횟수를 채우지 못하고 도중하차하는 얼룩진 드라마가 되고 말았다. 이 무슨 망신살이 주렁주렁 달린 것인가.

황신혜 씨도 마지막 녹화를 마치고 보란 듯이 E제화의 E모 씨와 결혼식을 올렸으나 결국은 이혼의 쓰라림을 당하고 말았다.

끝내 상대 방송사의 기분을 망가뜨려 놓아선지 아니면 그 놈의 마(魔)가 또 끼어서인지 <애정의 조건>은 방송된 지 얼마 안 돼, 작가와 PD 연기자가 불협화음을 일으켜 12회로 끝나는 단명의 드라마가 되어 버리고 말았다.

작가와 작품의 특별 고료

(1987년)

작 가	프로그램 명	특 별 고 료
김 기 팔(故)	욕망의 문	8,100만원(100회) / 회당 810,000원
홍 승 연	애정의 조건	6,800만원(100회) / 회당 680,000원
임 충	사 모 곡	2,500만원(120회) / 회당 208,300원
김 하 림	토 지	3,000만원(100회) / 회당 300,000원
김 항 명	이 화	1,800만원(60회) / 회당 300,000원
이 금 림	애정의 조건(후속)	3,900만원(100회) / 회당 390,000원

하기사 애정에 무슨 조건이 찰떡처럼 붙어야 하고, 또 필요하겠는가. 애초부터 '조건이 붙은 애정'은 상상도 할 수 없을 뿐더러 이미 애정일 수도 없을 것이다. 그런 뜻에서 <애정의 조건>이란 제목이 붙은 드라마가 혹시 파경을 맞은 것은 아닐지……. 지금 생각해도 뒷맛이 씁쓸할 뿐이다. 1987년 초, 방송작가들이 탤런트처럼 인기가 충천하듯 시청자들의 총애를 한 몸에 받고 집필을 할 무렵, 프로야구 선수들마다 연봉이 다르듯 방송작가들도 작가 경력이나 드라마의 인기도에 따라 그 계약 고료가 달랐다.

참고로 당시 인기가 있었던 작가들과 작품의 특별고료는 앞의 표와 같다.

제3부

김 PD와 김 교수

코미디와 유랑극단

지금까지 드라마에 관한 얘기로 일관해 왔지만 나는 사실 코미디 프로에 대해서도 깊은 애정과 관심을 갖고 있다. 그 점은 코미디 프로가 드라마와는 별개의 성격을 가진 것처럼 보여지지만 엄밀히 말해서 드라마 속의 독립된 한 장르로 보아도 되겠기 때문이다.

코미디 프로, 코미디란 말 자체가 함축하고 있듯 관객을 단순히 웃기려고만 하는 데 목적을 둔 것이 아니라 인생의 희비 양면을 묘사한 인생극이다.

다시 말해 표면적으로는 배를 쥐고 웃으면서도 내면으로는 인간의 밑바탕에 깔려 있는 아픔과 고통을 풍자, 유도하고 부조리한 사회에 대해 경종을 울려주는 구실을 하는 측면이 있다고 봐야 할 것이다.

그런 면에서 보면 창작이라는 것은 다 어려운 것이지만, 코미디 프로를 만드는 것이 드라마를 만드는 것보다도 더 어렵다고 봐야 한다. 드라마가 흐뭇한 인간미를 그려 시청자들에게 감동을 주는 면을 주로 하고 있다면, 코미디 프로는 그 시대의 상황을 분석하고 풍자하는 비판 기능을 갖고 있으므로 제작상의 제약이 따르기 때문이다.

암울한 일제시대의 떠돌이 '유랑극단'이 바로 블랙 코미디의 대표적 케이스로 볼 수 있다. 나라를 빼앗긴 슬픔을 은연중 코미디로 표현했고 입이 있어도 말을 못했던 아픔을 바보 흉내를 내가면서까지 코미디로 흉내냈던 점이 또한 그것이다.

해방이 되고 나서도 코미디의 흉내 내지 기능은 마찬가지였다. 이승만 정권이나 군사 정권 속에서 독재의 제약을 받고 있을 때, 독재자에게 항거하기 위한 방편의 하나로 은연중에 빈정대는 코미디가 등장했던 것이다.

그 빈정댐이 바로 풍자였다. 세상이 잘 돌아가라는 바른 소리였다. 그걸 언짢게 보거나 자신의 비리나 부도덕성을 감추려는 인간들은 "어디다가 감히……" 하고서 압력을 넣었다.

그러고 보니 권력자나 상류층을 풍자한 그 같은 하이 코미디(High Comedy)를 만든다는 것은 쉬운 일은 아니었다. 독재 권력의 행태나 형태를 비꼬거나 풍자하는 이른바 '지하 코미디' 제작에 번번히 제동이 걸렸기 때문이었다.

그런 까닭에 코미디 프로를 어설프게 만들 수밖에는 없고 시청자로부터의 반응은 촌스럽고 저질 코미디란 소리를 듣기가 예사였다. 그러나 그 중에서도 일제시대부터 명맥을 유지해온 유랑극단의 향수는 아직까지도 우리의 머릿속에서 잊혀지지 않고 있다.

집시처럼 전국을 돌아다니며 <이수일과 심순애>, <장한몽> 같은 신파극으로 나라 잃은 슬픔을 달래주던 그 유랑극단-. 그것이 바로 코미디의 표본이 아니었나 하는 생각이 든다.

일제 36년 동안 나라를 잃은 우리 나라 백성들은 하나같이 유랑민족이었다고 해도 과언이 아닐 것이다. 독립운동을 하기 위해 집을 떠난 사람도 많았지만 남아있는 사람도 마찬가지로 정신적인 집시였다. 해서 유랑극단이 최고로 인기를 끌었던 때였다.

어쩌다 동네에 유랑극단이 들어온다는 소문이 퍼지면 마치 명절을 맞은 것처럼 잔치 분위기에 들떴다. 산골에 묻혀 있던 아낙네들도 유

주말연속극 〈내 마음 별 과 같이〉(1986년 8월).

랑극단을 보기 위해 입장료를 대신할 수 있는 계란 꾸러미나 보리쌀을 바가지로 부모 몰래 퍼 가지고 나와 유랑극단 천막 앞에 진을 치고 있었던 일이 다반사였으니 얼마나 유랑극단이 우리 민족의 애환을 달래 주었는지는 말하지 않아도 알 수 있다.

그래서 KBS는 86년 8월, 남지연 작·주일청 연출 〈내 마음 별과 같이〉를 만들었다. 이 복고풍의 드라마가 바로 1950년대 피난시절의 유랑극단을 재현한 것으로 원래의 제목이 '유랑극단'인 것을 '감격시대' 로 할까 하다가 〈내 마음 별과 같이〉로 바꾼 것인데, 말하자면 정석 드라마에 코미디를 삽입시킨 것으로 그 일화도 많았다.

우선 70년대 KBS의 〈다녀왔습니다〉와 TBC의 〈결혼행진곡〉을 히트시켜 코믹드라마의 붐을 일으켰던 여류작가 남지연 씨에게 집필을 맡겼다. '코미디'를 아는 작가였다. 종래의 성격과는 전혀 다른 드라마 를 시도했다는 점이 시청자들의 눈길을 끌었다.

출연진 또한 유랑극단 출신인 원로 코미디언 배삼룡 씨와 지금은 고인이 됐지만 양석천 씨가 주연을 맡았고, 가수 현철 씨로 하여금 주 제가를 부르게 했다. 배삼룡 씨는 원래가 코미디를 아는 '바보' 역할의 명수다.

내용을 보면 1930년대 초에 톨스토이 원작 '부활'의 카투사의 노래와 윤심덕의 '사의 찬미'가 서울 장안을 휩쓸고 있을 때, 충남 옥천의 얌전한 처녀 옥례(선우은숙 扮)는 마을에 온 유랑극단의 '장한몽'을 보고 자극을 받아 집을 뛰쳐나오게 되고 그때부터 생의 가시밭길을 걷게 된다. 그러다가 운명의 남편 유동하(한진희 扮)를 만나 한때는 악극단의 간판스타로 성공도 하지만, 8·15 해방과 6·25를 겪으면서 다시 온갖 시련에 시달리는 한 여배우의 인생유전을 그린 드라마였다.

"산 너울에 두둥실 / 홀로 가는 저 구름아 / 너는 알리라 내 마음을 / 부평초 같은 마음을……"

우리 귀에 익은 노래. '내 마음 별과 같이'는 현철 씨의 구성진 노래와 부평초 같은 유랑의 인생과 맞물려 큰 히트를 쳤다. 가수생활 20년 만에 비로소 햇빛을 본 것이었다. 그는 3년 뒤 KBS 가수왕을 2년 연속 수상하는 영광을 안게 됐으니 얼마나 의미가 있는 일이었던가. 코믹드라마는 이처럼 단순해 보이면서도 은유하는 데가 많다.

그런가 하면 87년 KBS 코미디 프로의 간판으로 내세웠던 <유머 1번지>에서 '회장님, 회장님, 우리 회장님' 코너를 만든 적이 있다. 회장 역을 맡은 개그맨 김형곤 씨의 일약 출세작이라고도 할 수 있다.

60~70년대에는 다방에 들어가서 "사장님" 하고 부르면 열 명 중의 아홉은 돌아볼 정도로 모두가 '사장'일 때가 있었다. 그런데 요즘은 '회장님'으로 불린다. 열의 다섯은 자신이 아닌가 하고 돌아본다는 우스갯소리가 있다. 그만큼 우리 나라는 사장님이나 회장님이 많다는 증거일 것이다.

역설로 말하면 '장'이나 '님'자를 불러 주기를 은근히 바라는 풍조와 또 그 앞에서 아부하기를 좋아하는 세태의 한심한 작태에서 비롯됐는지도 모르겠다.

비좁은 골목에다가 '복덕방'이란 입간판을 세워놓고 그 옆에 낡은 의자 한 개를 놔두고 '사장님' 소리를 듣고 싶어하는 하는 사람들, 골목에서 달구지의 시금치를 팔면서 사러오는 아낙네들에게 '사모님'이라고 불러줘야 잘 팔리는 세태를 보면 가히 우리 나라 사람들이 얼마나 자기격상의 '신드롬'에 빠져 있는지를 짐작할 만하다.

이런 우리 사회의 만연된 자기과시 풍조를 풍자해서 KBS가 코미디 프로의 일대 중흥을 내걸고 와신상담 끝에 내놓은 코미디가 안인기 PD의 <유머 1번지>였다. 그 중의 한 장면을 예로 들어보자.

회　　장 : 이 주간지에 실린 '재벌님, 재벌님' 소설 말야 이거 이 따위로 써갈겨도 되는 거얏!

김이사 : (딸랑딸랑 종 흔들며) 회장님의 충실한 종, 김 이사 한 말씀 올리겠습니다. 잡지사에 대해 압력을 넣는 겁니다. 즉, 계속 그 따위로 소설이 나갈 경우 모든 광고를 끊겠다고 엄포를 놓으면 지들이 어쩌겠습니까?

엄이사 : 그건 안 됩니다. 지금 그 소설이 폭발적인 인기를 얻고 있고, 또 그 소설이 어느 특정인을 왜곡하거나 욕하는 것도 아닌데 말입니다.

회　　장 : 아무튼 우리로서는 별로 유쾌한 소설이 아니니까 빨리 중단시키도록 해! (이때 전화벨이 울리자 얼른 수화기를 들고서) 예, 접니다. 너무 옹졸한 짓이라고요? 네, 알겠습니다. 사모님! 노여움을 푸십시오. 네, 네……!

86년 11월부터 방송된 <유머 1번지>의 '회장님, 회장님, 우리 회장님' 코너는 그렇게 폭발적인 인기를 끌면서 시청자들을 사로잡았고 주말마다 우리 국민들의 카타르시스를 풀어주는 청량제가 되었다.

회장 역의 김형곤 씨의 능청스런 연기와 아부만 일삼는 이사진들의 '조오 - 습니다'란 대사는 어린아이들에서 어른에 이르기까지 즐겨 쓰는 유행어가 되었고 코미디 프로의 질적 향상을 가져온 기폭제가 되었다.

그러나 이 프로는 방송된 지 불과 1년만에 중단이 되었다. 이유는 시청자들에게 식상을 가져왔기 때문이라지만, 더 깊은 이유는 재벌이나 권력층을 비아냥거림으로써 계층간에 위화감을 준다고 판단했기 때문인 것 같았다.

스타 탄생

PD는 '스타메이커'라고 한다. 나도 그 말을 수시로 듣고 있으나 '스타메이커'라는 말에는 책임감이 따른다. 이유는 'PD면 누구나 맡은 드라마나 코미디 프로, 쇼 프로에 대한 제작 집념'일 것이다. 나는 항상 이 한계에서만 말하고 있다.

그래도 나는 코미디 프로에 대해 얘기할 것이 있다. 프로마다 특징이 있듯 코미디 프로도 특징이 있다. 명사들 중에 수염을 기르거나 줄곧 나비넥타이만 매고 다니는 사람이 있듯이 연예인들 중에도 자기를 돋보이게 하는 '트레이드 마크'가 있다. 출연한 연기자마다 트레이드 마크를 살리고 있다는 것을 알기 때문이다.

가수 하춘화 씨는 왕눈, 나훈아 씨는 짙은 눈썹, 이미자 씨는 큰 입, 탤런트 김하림 씨는 이마의 복점, 또 가수 하청일 씨는 얼굴에 사마귀 비슷하게 나온 복스런 점이 눈길을 끌고 있다. 최초로 콧수염을 달고 나온 사람은 '그건 너'를 부른 가수 이장희 씨였다. 그는 지금 미국 로스앤젤레스에서 한인 라디오 방송의 사장으로 변신을 했지만 70년대 초만 해도 그의 콧수염은 유별나서 그를 바라보는 팬들의 관심을 꽤나 끌었다.

그러나 그는 바로 그 문제의 콧수염 때문에 방송출연 정지를 당해야 했다. 그 콧수염이 시청자들에게 혐오감을 준다고 방송사에서 판단했기 때문이다. 하지만 그는 콧수염을 깍지 않았다. 방송출연을 못 할망정 콧수염을 깎을 수 없는 사연이 있었다.

대학시절 친구들과 함께 다방에서 커피를 마시다가 한 친구가 시비가 붙어 상대방이 홧김에 물컵을 집어던진 것이 그만 입술 윗부분에 맞아 째지고 말았다. 상처를 꿰맸다고는 하나 흉터가 크게 남았다. 그래서 그는 그 흉기를 가리기 위해 마음에도 없는 콧수염을 길러야 했던 것이다.

그때만 해도 요즘처럼 개방된 사회가 아니고 보수적인 면이 짙었던 때라 젊은 남자가 콧수염을 기르고 무대에 서는 것이 기성세대의 눈에 거슬릴 것은 당연했다.

그 뒤, 젊은이들의 유행감각을 기성세대들이 조금씩 이해하기 시작하면서 벙거지 모자에 콧수염을 기르고 출연한 가수가 있었다. 벙거지를 폭 눌러쓰고 나와서 '울고 싶어라'를 청승맞게 부른 이남이 씨였다. 그는 지금까지도 벙거지 모자에 콧수염을 기른 것을 트레이드 마크로 내세우고 있다.

이남이 씨의 콧수염이 인기를 얻자 이번에는 '호랑나비'를 부른 김흥국 씨가 콧수염을 달고 나타났다. 그의 콧수염은 그 큰 입을 커버하는데 일익을 담당해 이남이 씨의 콧수염과는 다른 맛을 풍기고 있다

콧수염이 유행으로 번지자 이번에는 탑골공원에 놀러온 할아버지들이 애용하는 덕분에 마카오 시대 명맥을 유지할 법한 그 중절모를 '당신'이라는 노래를 부른 김정수 씨가 쓰고 나왔다.

그런가 하면 시각장애인도 아니면서 미국의 마이클 잭슨을 흉내낸 것처럼 시커먼 안경을 쓰고 나와 시청자들을 답답하게 하는 가수도 있다.

이렇듯 연예인들은 자신의 생긴 외모의 특징을 살려서 팬들에게 어

필하려는 경향이 많다. 이 같은 경우는 탤런트들이나 가수들 쪽보다는
특히 코미디언 쪽이 더 많다.

턱이 길어 '주걱턱'이란 별명을 가진 코미디언 심철호 씨를 팬들은
지금도 기억할 것이다. 이제는 연예활동을 그만두고 '사랑의 전화'라고
하는 사회사업에 전념하고 있지만 그는 "세상에 하고많은 직업 중에
코미디언처럼 어려운 직업은 없다"고 말한 적이 있었다.

그가 사회사업을 하느라고 코미디언을 슬그머니 그만뒀는지는 모르
지만 유랑극단 시절부터 연예계에 몸담아 오면서 느낀 '코미디언의 애
환'을 나와 진지하게 나눈 적이 있었다.

그는 무엇보다도 턱이 길어서 많은 수난을 받은 코미디언이었다. 어
디를 가도 그는 이름보다는 '주걱턱'으로 통했고 특히 여성 팬들과 초
등학교 어린이들에게는 놀림(?)의 대상이 됐다. 그래도 얼굴 하나 찡그
리지 않았다. 오히려 그렇게 코미디언이 되게 해준 조물주에게 감사를
드린다는 조크를 늘어놓는 정도였다.

그는 코미디언이 '얼굴을 팔아먹고 사는 직업'임을 인정하고 "상품
구실을 하려면 턱이라도 묘하게 생겨야지" 하고 말했다.

그런 그가 제일 고충스러웠던 일은 초상집과 아이들이 다니는 학교
를 찾아갈 때였다. 슬픔을 나눠야 하는 초상집을 엄숙한 마음가짐으로
찾아가면 조객은 말할 것도 없고 상주마저 웃어버리는 것이었다.

화투를 치던 문상객들이 돈을 잃어 얼굴이 구겨졌다가도 웃어버리
고 빈소에 곡을 하고 나서던 아주머니들도 웃어버리는 것이다.

학교 운동장에 들어서도 마찬가지였다. 아이들이 창문마다 다닥다닥
붙어 "주걱턱, 주걱턱⋯⋯!" 하며 깔깔대었다. 어디 그뿐인가. 개구쟁이
아이들의 등쌀 때문에 대문에 문패도 달지 못할 정도였다. 술집에 들
어가도 술집 아가씨들이 짓궂게 달려들어 웃겨보라는 것이다.

74년에 MBC-TV <유쾌한 청백전>에 출연했을 때, 그는 태릉 어린

이 놀이터 미끄럼틀에서 물찬 제비처럼 미끄러지는 게임을 한 적이 있었다. 그때 미끄러지면서 땅바닥에 그만 코를 찧는 바람에 코뼈가 부러지고 말았다.

"정말 죽을 맛이더군요. 웃지 않을 수도 없고……."

가까스로 억지 웃음을 짓고 나서 전치 2주 진단에 코에 깁스를 해야 했다. 얼마나 아팠겠는가. 그 뒤부터 그는 조심하기 시작했다. 아는 사람이 초상을 당했을 때도 남을 시켜 부의금만 보내고 딸이 다니는 학교도 찾아가지 않았다. 팬들로부터 갖가지 험담과 가학적인 조크를 들어도 코미디언이기 때문에 귀를 막고 뒤로 흘려야 했다.

오래 전 서울 정동에 있었던 MBC 방송 정문 앞에 외제차 캐딜락 한 대가 서 있었다. 드라마 <수사반장> 연습을 마치고 점심을 먹으려고 방송사에서 나오던 최불암, 김상순, 조경환 씨 일행이 이 번쩍번쩍한 캐딜락을 보고서 눈들이 휘둥그래졌다.

"멋진 차구만, 외국 귀빈이 온 모양이지?"

"글쎄 말야. 이런 차를 타고 다니는 사람들은 얼마나 기분이 좋을까? 아주 신바람이 날거야."

저마다 부러운 눈으로 차안을 들여다보았다. 푹신한 안락의자하며 양탄자가 깔린 바닥에 눈길이 머물렀다. 그때 캐딜락의 주인공이 의연히 나타났다. 그는 의젓하게 캐딜락 뒷자리에 올라탔다. 다름 아닌 코미디언 배삼룡 씨였다.

그는 보란 듯이 그 육중한 차에 몸을 싣고 어깨를 으쓱거리며 방송사 앞을 떠났다. 구경하던 탤런트들이 차의 주인공이 배삼룡 씨임을 알자 또 한 번 놀라고 말았다.

"저 차를 움직이자면 돈깨나 들 텐데……."

그러나 그의 생각은 달랐다. 그는 당시 MBC 코미디 프로 <웃으면 복이 와요>에서 극중의 라이벌 구봉서 씨와 쌍벽을 이루며 주가가 충

방송 400회를 맞은 〈유머 1번지〉의 출연자.

천할 때였다.

"적어도 코미디언이라면 사람들이 깜짝 놀랄 차를 타고 다녀야 하는 거야. 이것도 인기관리의 한 방법이거든. 돈을 몽땅 쏟아 넣어서 장만 했지."

비실비실 웃는 그의 소리였다.

고(故) 양주동 박사가 자신을 일컬어 자칭 '국보'라고 한 것처럼 그도 자신을 코미디계의 독보적인 존재요 보물이라며 떠들고 다녔다. 그렇게 자신을 추켜세우는 것마저도 코미디다운 맛을 주었다.

길을 가면 한 떼의 팬들이 몰려들어 사인을 해줄 것을 요구했다. 그는 사인공세에 진절머리가 났다. 그를 보필하고 있는 몇몇의 매니저들이 슬금슬금 사인을 대신해 줄 때였다.

그는 돈도 계산하지 못하는 바보로 소문이 나 있었다. 극중의 행동 그대로 평소에도 비실비실하고 얼간이 짓에 무언가 모자라는 듯한 짓만 하고 있으니 누가 봐도 바보로밖에 볼 수 없었다. 그러나 그를 예의 주시하고 있는 사람들은 그가 바보가 아니라 누구보다도 똑똑하고 계산에 밝다는 것을 알 수 있었다.

"세상을 현명하게 살아가려면 말야, 내가 상대방보다 모자란 듯 해야 하는 거야. 그래야 상대가 나에 대한 경계심을 풀거든……"

왜 코미디언이 되었느냐는 질문에는 또 이렇게 대답했다.

"내가 코미디언이 되고 싶어서 되었겠소? 세상이 코믹하게 보이니까 코미디언이 되기로 마음먹었죠."

그는 언제나 싱글벙글이었다. 캐딜락을 몰고 다니는 것부터가 코미디였고 행동 하나하나가 모두 코미디였다.

"인천 앞바다가 사이다가 돼도 곱부(컵) 없이는 못 마시는 신세…… 가갈갈갈, 살사리 몰랐지이?"

이는 타계한 왕년의 명코미디언 서영춘 씨의 전매특허 메뉴였다. 그는 50년대 후반부터 60년대 초반까지 지금도 깜짝 놀랄 만큼 화려한 무대활동을 한 코미디언이었다.

화폐개혁 전으로 무대에 한 번 서는 출연료가 60만 환(당시 쌀 한 가마니에 1만1천 환이었다)에 하루에 서울과 부산을 무대로 7개의 극장을 돌아다닐 때였다. 그는 서울과 부산간을 세스나기를 왕복 40만 환에 전세를 내어 하루에도 3차례씩 날아 다녔다. 서울 여의도 공항에서 세스나기를 타고 부산 수영비행장에 내리면 극장주나 흥행사들이 머리를 싸매고 달라붙었고 팬들이 몰리는 바람에 교통경찰까지 동원되었다.

그뿐인가. 1편당 80만 환~1백만 환씩 하는 영화출연도 겹치기로 3편이나 하고 있었다. 그를 따라 다니는 매니저만도 3명이었다. 잠자는 시간은 한 줌도 되지 않았고, 하도 바빠서 하루 한 끼를 먹을 때도 많았다. 30이 조금 넘은 나이에 그야말로 '서영춘 전성시대'를 구가했다.

지금 내가 돌아간 양반의 얘기를 왜 끄집어내느냐 하면 "꿈인지 생시인지 모를 이 같은 세월이 죽을 때까지 갈 줄 알았다"고 술회한 적이 있기 때문이다. 75년 9월로 기억되는데 그가 TBC-TV 코미디 프로 <좋았군 좋았어>와 <오늘도 남풍>에 출연할 때였다.

"사람마다 일생에 딱 3번 돈을 벌고 명성을 날릴 기회가 온다고 하더군. 나에게도 그런 시절이 있었지. 그러나 지금은 말씀이 아냐."

그는 그 황금시절 이후 위장수술을 받고 인기가 하락하기 시작했다. 비행기를 타고 하늘을 날고 왜건(WAGON)을 타고 다니며 그렇게 돈을 부대자루에 긁어모았어도 남은 총 재산은 7층짜리 빌딩 하나였다. 물론 스타는 명멸하는 것이지만, 그에게는 너무나도 큰 충격이었다.

서영춘 씨가 황금의 날개가 떨어졌음을 스스로 인정하고 마음에도 차지 않는 TV 코미디 프로에 출연하는 동안 코미디계에도 많은 후배들이 들어섰다. 그 중에 땅달이 이기동의 인기는 젊은 팬들을 사로잡았다. '주걱턱' 심철호 씨, '휘청휘청' 임희춘 씨 등이 자리를 잡았다.

움직이는 곳마다 돈과 술과 여자가 뒤따랐던 서영춘 씨는 34살의 느지막한 나이로 결혼을 할 때도 진땀을 뺐다는 것이다. 그의 전성시대인 62년도에 결혼하면서 워낙 인기인이었는지라 '부정한 일로 어디에서 애라도 나타나게 되면 위자료를 크게 물고 이혼을 한다'는 각서를 신부측에 써야 할 정도였으니, 가히 그의 인기도를 짐작할 것이었다.

"그래도 황금기였을 때 수입보다는 인기 맛에 살았지. 팬들이 내 옷자락 하나 만져보는 것도 큰 영광으로 생각했었으니까."

그가 살아 있을 적의 회상이었다.

코미디언 최용순 씨의 연기생활은 25년이 넘는다. 69년도 KBS 탤런트로 들어왔을 때 그녀를 본 사람들은 그만 입을 쩍 벌렸다. 알다시피 그녀의 몸은 배우 오천평 씨 못지않게 우람했기 때문이다.

내가 최용순 씨에게 유독 관심을 가진 것은 그 뚱뚱한 몸매로 어떻게 탤런트 생활을 해낼 수 있을까, 하는 것이었다. 몸매가 날씬하고 얼굴이 예쁜 여자라야 탤런트가 될 수 있다는 일반적인 속성을 깨고 탤런트가 됐으니 당연히 그런 생각을 갖지 않을 수가 없었다.

그러나 이색적인 배역은 어쩌다가 한두 번 기회가 있을 뿐이지 늘 있는 것은 아니었다. 그러고 보니 그녀의 드라마 출연 기회는 한정적일 수밖에 없었다. 드라마의 특성을 살려 그 뚱뚱한 몸매를 필요로 하기 전에는 다른 연기자에 비해 출연 기회가 지극히 제한되었던 것이다. 아닌게 아니라 그녀에게 주어지는 역은 마음씨 좋은 동네 아줌마 배역이 고작이었다.

그 같은 고민은 당시 함께 탤런트가 된 뚱뚱한 체격의 한주열 씨도 마찬가지였다. 그나마 그는 남자인 만큼 체력이 우람한 것은 별로 신경을 쓰지 않아도 되었지만, 시력이 형편없었다. 평상시에도 늘 안경을 써야 했다.

그러나 주어진 역의 성격에 따라 안경을 썼을 때 맞지 않는 배역이 있다. 예를 들면 옛날 머슴 역을 해야 할 경우가 생겼을 때 안경 쓴 머슴이 어디 있겠는가. 그의 이미지는 완전히 망치고 희극이 돼 버릴 것은 뻔했다.

"안경을 벗고서 연기를 하란 말이오!"

연기를 할 적마다 번번히 연출자의 호통이 떨어졌다. 할 수 없이 도수 높은 안경을 벗어버려야 했다. 하나 안경을 벗고 연기를 하려니 앞이 보이질 않는 거였다. 연신 NG가 나왔다. 이쪽 벽에 머리를 부딪치고 저쪽 벽에 엉덩이를 틀어박아 온통 난리법석이었다.

그때 최용순 씨와 한주열 씨를 유심히 관찰해온 동료 L연출자가 있었다. L씨는 그들이 연기에 임하는 노력은 높이 살 만하나 신체적인 조건 때문에 드라마에 출연시키는 데는 적잖이 문제점이 있다는 것을 알았다.

"당신네들은 코미디언이 되는 게 좋겠어. 한쪽은 뚱뚱해서 특징이 있고 한쪽은 안경만 쓰지 않으면 어리벙벙한 역은 힘 안 들이고 할 수 있을 테니까 말야.”

스타가 탄생되는 순간이었다. 그들은 곧바로 코미디 쪽으로 자리를 옮겼다.

역시 L연출자의 안목은 적중했다. 드디어 미운 오리새끼처럼 뒤뚱대는 그들의 코믹한 연기가 절로 빛이 나기 시작했다.

뭍에 있던 고기가 물을 찾았다던가. 최용순 씨는 지난 91년 코미디 연기대상에서 특별상을 받았다. 그녀는 그 큰 얼굴에 눈물을 펑펑 쏟으며 “엄마, 나 드디어 특별상 먹었어!”라며 기뻐했다.

그러나 최근 그녀가 오랜 지병으로 투병생활을 하다가 떠났다는 비보가 들렸다. 아까운 나이에 이승을 하직한 고(故) 최용순 씨의 명복을 빈다.

〈사모곡〉 파문

86년 봄부터 87년 말까지는 가히 KBS-TV 드라마의 르네상스 시대(?)라고 해도 과언이 아니었다. 제1TV가 〈여심〉과 대하드라마 〈노다지〉가 주목을 받고, 제2TV에서는 〈드라마게임〉과 〈사모곡〉(임충 작, 이윤선 연출) 그리고 〈욕망의 문〉(김기팔 작, 최상식 연출)이 폭발적인 인기를 끌어 5개의 화제의 드라마가 밤마다 시청자들을 사로잡아 타(他) 방송국의 드라마를 압도하고 있을 때였다.

KBS의 제1, 2TV를 다 합쳐 14개의 드라마 중에서 2개만 히트를 해도 대만족일 판에 무려 5개가 효자 노릇을 하고 있으니 그야말로 KBS 드라마의 전성시대가 아닐 수 없었다.

그러나 또 호사다마(好事多魔)라던가. 반드시 좋은 일만 일어나라는 법은 없었다. 예기치 않은 속담 한 구절이 불씨가 된 사건이 터지고 말았다. 87년 2월 2일부터 방송된 일일연속극 〈사모곡〉의 경우였다.

이 드라마는 신분 사회를 적나라하게 그렸다기보다는 조선시대의 총각인 만강(길용우 扮)의 파란만장한 일생을 그린 것인데, 당시 여고 1년생인 '김혜수'라는 신인을 일약 만강의 애인인 보옥의 역할로 픽업함으로써 시청자들의 인기가 높았다. 김혜수 양은 여고 1년생이긴 하지만 매우 성숙해 보여 단 한 편의 이 드라마로 일약 스타덤에 오른 행운을 안기도 했다.

　그런 드라마가 왜 문제가 되었을까. 문제의 불씨가 된 대사를 일단 그대로 옮겨 보자.

　엄　가 : 여보게. 그 사람 심기가 풀린 것 아냐?
　엄　생 : 그럴 리가요?
　엄　가 : 아냐. 풀렸어. **'절간의 중이 고기 맛을 보면 빈대도 잡아먹는다'** 했는데 조실부모하고 오래도록 고생하다 처자식이랑 편히 살게 되니까 이젠 고생이 지겨워진 거야. 대과에 대비한다는 게 여간한 고생인가? (이하 생략)

　'절간의 중이 고기 맛을 보면 빈대도 잡아먹는다'는 속담을 비유한 대사 한마디(1987년 8월 19일 밤 방송)가 화근이 되어 불교계를 벌집처럼 들쑤셔 놓고 말았다.

　불교계 쪽의 항의인 즉, "사모곡의 극중 대사 일부가 불교의 다수 청정 구도승들을 왜곡, 모독하는 내용을 전체 국민을 대상으로 하는 공영방송을 통해 방영된 것을 유감으로 생각한다"며 이에 대한 즉각 사과방송과 함께 관계자의 문책을 요구하고 나선 것이었다.

　신성한 불교계를 모독했다 -, 실로 엄청난 과잉 반응이었다. 이쪽은 일상생활에서 흔히 통용되고 있는 속담 하나를 인용했을 뿐인데 저쪽에서는 영 그게 아니었다. 오히려 고개를 갸우뚱한 것은 이쪽이었다. 그러나 어떻게 하랴. 불교계의 중추인 조계종에서 문제를 삼고 일어났으니……

　KBS는 연일 회의를 열고 숙고한 끝에 일단 불씨를 끄자는 데 중의를 모으고 즉시 담당 국장인 나와 작가 그리고 당시 KBS 불교신도회장인 강부자 씨를 조계종으로 보내어 정중한 사과를 하고 양해를 구했다.

"우리는 절대로 불교계를 모독하려 한 것도 아니고 딴 뜻으로 그 같은 대사를 사용한 것도 아니니 오해가 없으시기를 바랍니다."

그러나 그것으로 일단 양쪽의 불협화음이 해소되는가 했더니, 웬걸 종무원 쪽의 중간간부 몇 사람이 또 다시 들고일어나는 것이었다.

"관계자를 즉각 엄중 처벌하라. 그렇지 않으면 전국의 주지들을 모두 상경시켜 KBS 앞에서 항의 데모를 하겠다."

문제는 폭발 일보 전에 이르렀다. 사찰의 주지들이 몰려들면 전국의 불교신도들도 합세할 것은 불을 보듯 빤한 일이었다. 오해가 없도록 양해를 구했으면 그 정도로 일단락이 될 일이지 어떻게 이런 일이 일어난단 말인가.

'절간의 중이 고기 맛을 보면 빈대도 잡아먹는다'는 말은 옛날부터 흘러내려 온 속담이고 불도에 정진하지 않는 사이비 중들을 비유해 세상사에 그럴 수도 있는 사람들의 행실을 꼬집은 말이 아닌가.

사실 그동안 KBS가 수많은 불교 드라마를 제작(7편)해 불교를 전파했던 공(?)은 참작해 주지도 않으면서, 속담 하나로 불교도들의 비위를 거슬렸다고 물고 늘어지는 모양새는 자비를 표방하는 불교계에서 그렇게 바람직한 일은 못 된다는 생각이 중론이었다.

이에 나는 예능국장으로서 지금까지 KBS가 불교계에 많은 관심을 갖고서 그동안 〈TV문학관〉에서 〈등신불〉, 〈만다라〉, 〈열반제〉와 〈선구자 효봉스님〉 그리고 석탄일 특집 드라마로 〈원효대사〉, 〈이차돈〉, 〈청담스님〉 등을 제작 방송해 왔음을 상기시키고 "일부 대사가 본의 아니게 불교계의 심려를 끼친 데 대해 진심으로 사과를 드린다"는 요지의 '사과문'을 총무원장 앞으로 보냈다. 나는 진심으로 오해가 없기를 바랐던 것이다.

그러나 불교계에서는 그 정도도 용납하지를 않았다. 불교계 일각에서는 내가 보낸 사과문 정도로 이해할 수 있다는 반응을 보이긴 했지만 다른 일각에서는 관계자를 문책하라는 소리가 더 높았다.

정말이지 왜들 그럴까. 불교계를 모독하려 한 것이 아니라 우리의 일상생활에서 자주 입에 오르내리는 속담 한마디를 아무런 생각 없이 대사 속에 인용한 걸 갖고서……. 혹시 오해가 있다고 해도 이쪽의 진심을 진정으로 안다면 얼마든지 이해해 줄 수 있는 일이 아닌가.

관망만 할 수는 없다고 작정하고 KBS 드라마PD협회가 발끈하고 나섰다. 고분고분하게 그쪽의 일방적인 주장만을 받아들일 수는 없고 맞대응을 함으로써 사건을 해결하자는 것이었다.

"표현의 자유를 침해하는 지나친 행위는 우리도 용납할 수 없다. 절대로 불교계를 모독한 것이 아님을 재천명한다. 아울러 드라마 제작의 자유 수효를 위해 앞으로 불교에 대한 어떠한 프로그램도 제작을 거부한다."

어쨌든 파국 직전의 국면이 극적 화해로 수습은 됐으나 그런 일이 있고서 한 달이 지난 뒤, 담당 국장인 나와 〈사모곡〉의 연출을 맡았던 이윤선 PD가 전격적으로 타부서로 발령이 나버렸다. 그리고 발령을 냈던 장본인들인 사장과 본부장도 그 어느 날, 소리 없이 KBS를 영원히 '아듀' 했다.

91년 5월, 모 국회의원이 정치에 환멸을 느끼고 탈당계를 내면서 "절이 싫으면 중이 떠나는 법"이라고 한 말이 생각나고 있다. 아마 그 국회의원도 아무 생각 없이 일상에서 통용되는 그 속담을 비유로 들고서 불교계의 항의전화를 받았을지 모른다.

그러나 내가 지금 이 〈사모곡〉의 사건을 다시 거론하는 것은 이 문제가 본질의 해결을 떠나서 "제작 자유의 침해다", "아니다. 제작 자유에도 분명한 기준과 한계가 있어야 한다"는 새로운 논쟁을 불려 일으켰다는 점이다.

〈사모곡〉의 이윤선 PD와 황정아와 함께(1987년 8월).

　불교계 쪽에서 끈질기게 물고 늘어지고 KBS 고위층들이 잡음을 없애기 위해 원만한 해결을 보려 하자 이를 보다 못한 KBS 드라마 연출자들이 결의문을 채택, '제작의 자유를 침해하지 말 것을 엄숙히 결의'하고 나선 것이었다.

결 의 문

　방송의 주인은 국민으로 표현의 자유와 알 권리는 인간다운 삶을 실현하는 기본권임을 확신하는 우리 드라마 PD 일동은 최근 불교계 일각의 과민반응으로 노정된 제작 자유 침해사례에 접하여 아래와 같이 결의한다.

1. 제작의 자유를 침해하는 어떠한 형태의 내외부적인 간섭과 부당한 압력을 배격한다.
2. 드라마의 제작은 기본적으로 제작자의 양식과 객관적 양심의 기준에 따라 이뤄져야 한다.
3. 드라마의 내용은 국민 일반의 필요와 편의에 부응하여야 하며 이를 위하여 자유로운 제작 여건이 확보되어야 한다.
4. 최근 불교계 일각의 부당한 요구는 불교계 전체의 품위를 손상시키는 일

부 인사의 무분별한 처사로써 편견과 독선에 기인한 횡포이며 이러한 비
(非)이성적 압력은 마땅히 철회되어야 한다.

5. 이번 사태에 대처하는 일부 사내 고위층의 미온적이고 임기 응변적인 처
사로 인해 야기될지도 모를 불신조장을 우리는 염려한다.

6. 향후 사태의 추이를 우리는 예의 주시할 것이며 제작 자유의 수호를 위
해 제작 거부까지도 불사할 것임을 엄숙히 결의한다.

1987. 8. 27
한국방송공사 TV PD 일동

그러나 서울불교 청년회에서도 "공공기관에 종사하는 사람들로서 자
신들의 견해와 판단만이 옳고 정당하다고 생각하는 것은 위험천만한
것"이라고 응수하고 나선 것이었다. '서울불교 청년회장'의 이름으로 '드
라마 표현 자유 주장에 대한 우리의 견해'란 결의문이 날아든 것이다.

드라마 표현 자유 주장에 대한 우리의 견해

최근 KBS-TV의 연속극 〈사모곡〉의 극중 대상 일부가 불교의 다수 청정
구도승들을 왜곡, 모독하는 내용을 전체 국민을 대상으로 하는 공영방송을
통해 방영되었음은 매우 유감이 아닐 수 없습니다.……(중간 생략)

특히 우리 나라의 같은 다양한 계층과 집단이 상호 이해관계로 얽혀 있
는 사회에서는 공공기관에 종사하는 모든 사람들은 자신들의 견해와 판단만
이 옳고 정당하다고 생각한다거나, 사실이라 하여 액면 그대로 보도, 방영한
다는 것은 위험천만한 것이기도 합니다.……(중간 생략)

모든 국민과 집단이 자신들의 위치와 책무를 망각한 채 자신들의 행위를
침해, 방해하였다 하여 모든 것을 자유라는 단어로 미화하거나 횡포를 자행
하려함은 자유는 또 다른 자유의 침해를 낳음으로써 자유의 피해자를 발생

하게 하는 것입니다. 그래서 자유가 방종과 오만이 되지 않도록 하여야 할 책임이 여러분들에게도 있고 또한 질서 있는 민주사회가 되도록 하는 사명의 일부가 여러분의 시각과 판단 그리고 취재, 선택, 제작, 보도 자세에 있음도 잊어서는 아니될 것입니다. 고로 생각하는 자유에는 한계가 없다지만 행동하는 자유에는 한계가 있다고 봅니다.

누구든 그 한계를 넘는다면 그것은 만용이요 부자유를 부르는 것입니다. 그래서 자유의 한계는 '남의 자유를 침해하지 않는 것이 자유의 한계'라고 생각합니다. 우리 국민, 아니 전 인류와 우주가 공정하고 평등한 자유를 누릴 권리가 있습니다.……(중간 생략)

자! 과연 여러분들의 자유만을 앞세울 수 있는 것인지요. 어디까지가 여러분들의 자유입니까? 여러분의 자유가 귀중하듯이 우리의 자유와 생활도 귀중합니다. 지금까지 우리 불교 청년들은 방송, 언론 등의 형평 잃은 보도 자세와 경향, 빈도 등에 있어서 많은 불공정, 불평등 대우를 받아 왔음을 느끼고 있습니다. 그리하여 그 원인 제거에 자체 노력을 기울이고 있습니다. 내 종교와 사상과 생각이 다르다 하여 공정 잃은 편향은 지양합니다.……(중간 생략)

우리 청년불자들은 이번 일이 확대되어서 사회에 물의를 일으키지 않기를 바라는 것입니다. 1987년 9월 4일까지 회신 바랍니다.

서울 불교 청년회 회장 배 영 진

혹독한 꾸짖음이었다. 그들의 주장하는 논리가 비단 그들의 판단 기준에 의해서만 고집하고 있는 것은 아니었다. '절간의 중이 고기 맛을 보면……'이란 속담이 있다고 하더라도 불교계에서 볼 때는 유쾌하지 않을뿐더러 불교계를 모독한 것으로 간주할 수밖에는 없다는 결론이었다.

생각하는 자유에는 한계가 없다 해도 행동하는 자유에는 한계가 있고 반드시 책임이 따른다는 논리는 이쪽에서 생각해도 공감하는 소리였다. 특히 국민 전체의 방송인 KBS-TV가 무책임하게 사전 검토 없이 '절간의 중이 고기 맛을 보면……' 운운했다는 것은 KBS 쪽에서 제작의 자유를 침해했다고 반박하기 이전에 응당 책임을 져야 한다는 주장이었다.

두고두고 논쟁의 여지가 없는 것은 아니나, 사태는 KBS-TV에서 일단 물의를 일으킨 데 대한 잘못을 시인하고 합의서를 작성하는 것으로 일단락되었다.

미치지 않고서야…….

　1987년 9월 5일 주말연속극 <애정의 조건>이 작가와 연출자, 연기
자와의 불협화음으로 말썽이 나서 막을 내리자 이금림 극본, 이종수
연출의 <타인>이 선을 보였다. 이 드라마는 6년만에 TV에 컴백하는
장미희 씨를 여주인공으로 내세웠다고 해서 화제의 초점이 되었다.

　그녀는 언제가 찢어진 슈미즈 차림에 머리는 산발을 한 채 맨발로
서울의 중심부 광화문 대로를 활보한 적이 있었다. 그때 차들이 오가
는 중심부로 뛰어드는 바람에 교통이 일대 혼잡을 이루었고 오가는 행
인들은 발길을 멈추고 그 진풍경을 구경하느라고 인도마저 마비되었
다.

　그녀는 실성한 여인처럼 차도 한가운데 서서 실실 웃기도 하고 머
리를 마구 헝클어뜨리기도 해 사람들을 놀라게 했다.

　그러나 그것은 나중에 알고 보니 영화촬영의 한 장면이었다. 빌딩의
옥상에 설치된 카메라가 그녀의 일거일동을 쫓고 있었고, 또 다른 카
메라는 그녀를 끈질기게 따라다니며 찍어대고 있었다. 한참 뒤에야 행
인들은 그녀가 실성한 여인으로 분장을 하고 연기를 하고 있다는 것을
알고 놀랐던 가슴들을 풀었다. 그녀는 그만큼 맡은 역에 열정을 기울
여 해내는 신들린 연기자였다.

그러나 장미희 씨가 81년 드라마 <길>에 출연할 때 X양 사건에 휘말려 정체불명의 사나이들로부터 납치를 당해 출연을 펑크낸 일이 있었다. 이 사건은 항간에 많은 소문을 낳았다. 스캔들 사건에 휘말려 보복을 당했다는 둥, 짝사랑을 해온 팬이 교묘하게 납치를 했다는 둥, 갖은 억측이 나돌았다. 하지만 그 뒤로도 사건의 내용은 선명하게 밝혀지지 않았고 지금까지도 수수께끼로 남아 있다.

그런 장미희 씨를 드라마 <타인>의 여주인공으로 설정하고서 수소문하기 시작했다. 팬들의 관심권 속에 있는 그녀를 출연시킴으로써 드라마의 인기를 높여보자는 계산에서였다. 그녀를 수소문한 결과, 로스앤젤레스에서 영화 <사의 찬미>를 촬영하고 있다는 소식이 들려왔다. 그녀를 국제전화로 불러내었다.

"장미희 씨 오래간만이군요. KBS에서 새로 방송되는 드라마에 출연하실 생각이 없으십니까?"

그러자 그녀는 국제전화를 통해 한마디로 OK를 했다. 탤런트 김미숙, 한진희 씨 등과 열연한 드라마로 시청자들의 눈길을 끌었다.

이처럼 TV드라마가 시청자들에게 어필하자면 드라마 내용만 좋아서 되는 일도 아니었다. 물론 작가의 작품이 좋아야 하고 출중한 연출력이 돋보여야 하는 것이 우선이지만, 주연급 연기자를 누구로 하느냐가 중요한 관건이 될 적이 많다. 시청자의 머릿속에서 사라졌을 법한 장미희 씨를 다시 브라운관에 내세운 것도 바로 그러한 이유에서였다.

그러나 연기자가 아무리 연기를 잘해낸다고 해도 스캔들에 휘말리거나 겹치기 출연 등으로 뻔질나게 브라운관에 모습을 비치게 되면 식상하게 되고 신선도를 잃게 된다. 그래서 연출자는 카메라 앞에 서보지도 않았던 신인을 과감하게 등용해 모험을 걸어보기도 한다.

87년 4월에 주연급 탤런트를 공모해 <사랑이 꽃피는 나무>의 여주인공으로 최수지 씨를 건진 것이 바로 그 경우였다. 연기자를 '건졌다'

일일연속극 〈세월〉(고성
원 연출, 1987년 9월).

라는 표현이 우습지만 월척을 낚았다는 의미로 방송사에서는 자주 '건
졌다'는 말을 쓴다.

그녀는 내가 예능국장으로 있을 무렵, 주연급 탤런트로 뽑은 15명
(남8, 여7) 중의 한 사람으로 CF모델 출신이었다. 최종 선발 때 그녀
가 부산진여고를 나와 경상도 사투리가 약간 있어 심사위원들이 몇 번
씩이나 대사를 테스트했던 기억이 난다. 교육이 끝나자마자 동기생 중
제일 먼저 행운을 얻은 그녀는 〈사랑이 꽃피는 나무〉(윤군일 연출)에
여주인공 '석영' 역을 맡아 신인답지 않은 당찬 연기를 보여주었다.

그 최수지 씨도 당시에 실은 순박해 보이기는 했으나 메이크업과
의상이 촌스러워 속을 무던히도 썩혔던 신인이었다. 가정 형편상 어쩔
수 없는 일이었지만 주인공이 항시 똑같은 의상만을 입는다고 지적 당
해 의상까지 특별 지원해야 했던 그녀였다.

그런 그녀가 드라마 파트의 전폭적인 지원 속에 데뷔한 지 반 년만
에 박경리 작 〈토지〉의 여주인공 역을 따내 하룻밤 사이에 신데렐라
가 됐던 것이다. 그로 인한 인기에 힘입어 CF와 영화출연까지 누비는
인기스타로 급부상하면서 청소년층에서는 미국의 미녀스타 '브룩실즈'

를 연상케 한다고 해서 대단한 열광을 받았었다.

그처럼 신선한 마스크와 균형 잡힌 유망주로 인기 가도를 달리던 그녀가 어느 날 갑자기, 연기생활을 중단하고 재미교포 윤모 씨와의 결혼 발표를 해 그녀를 아끼는 총각 팬들을 또 한 번 어리둥절하게 만들었다.

그런 소식이 들려올 때마다 연출자들은 언제나 느끼는 일이지만 씁쓸한 기분을 가눌 길이 없다. 여자란 주가가 한창 올랐을 때 결혼을 하는 거라고는 하나, 기왕 연예계에 적을 둔 사람이라면 인기가 성숙되었을 때 자신의 진로를 신중히 결정해야 된다는 심정인 것이다.

당시 나는 예능국장으로서 신경을 써야 하는 일이 한두 가지가 아니었다. 내가 연출만을 맡았을 적에는 나에게 맡겨진 드라마만을 연출하면 되었지만 '국장'이란 책임을 맡고 보니 행정적이나 실무 차원에서도 기숙사의 사감이나 공사장의 감독처럼 늘 PD들과 AD들의 뒷바라지를 해줘야 했다.

그래서 행정요원을 확보해서 PD들의 잔일들을 도와주는 일이 필요했다. 드라마 녹화를 끝내고 나서도 파김치가 된 PD나 AD들이 출연자들의 출연료 지불 청구서를 만들기 위해 일일이 출연료등급을 매긴 표를 보고 '출연료 지불 청구서'를 작성하는 일이랑, PD와 AD가 머리를 맞대고 작품의 '콘티'를 짜야 하는 시간에 연기자들의 연습시간을 알리는 일이랑, AD의 손이 딸려 보조 진행요원을 둬야 하는 일까지도 필요하다는 것을 알았다.

무슨 일을 하던 간에 반드시 팀워크가 필요했다. 농구경기나, 배구경기나, 야구시합이나, 축구경기 모두가 선수들끼리 팀워크가 맞지 않으면 패하게 되어 있다.

패인의 요인은 팀워크가 맞았느냐, 맞지 않았느냐에 달려 있다. 작전 타임이 걸렸을 때 벤치에 앉아 마음을 조리고 있던 선수들이, 땀을 흠뻑 흘리고 들어온 출전 선수에게 달려들어 목도 주무르고 물병도 갖다주고 다리나 어깨도 마사지하는 것을 볼 수 있다.

TV드라마도 팀워크가 있어야 하는 것은 마찬가지다. 나는 PD와 AD를 위한 보조진행요원인 FD(플로어 디렉터), 즉 스튜디오를 관리하는 감독을 등장시켰고 더 나아가 드라마의 '사전 제작'을 정착시켰다.

'사전 제작'이란 이름 그대로 사전(事前)에 미리 준비하는 것이다. 그때 그때마다 번갯불에 콩 튀겨먹듯 1회용으로 처리하기보다는 작가가 미리 4계절을 담은 작품을 써오면 그것을 1년 또는 6개월, 아니면 2~3개월 전이라도 사전에 야외촬영을 제작해서 사실감을 살리고 시간에 쫓겨 작품이 허술한 것을 방지하자는 것이 목적이었다.

그래야 일이 빈틈이 없다. 거기에 고증자문위원회를 확대 강화시켰다. 사극을 방송할 경우, 학계에 내노라 하는 자문위원들이 검토를 하는 것은 사실이지만 명확한 고증을 통해 다시 한 번 확인하는 일도 중요했다.

그 극성 탓인지 당시 KBS 드라마는 탄탄하게 시청자들의 사랑을 받고 있었다.

나는 이때처럼 자신이 하는 연출작업에 대해서 자부심과 긍지를 가진 적이 없었다. 몸뚱이는 바스러지더라도 신바람이 나는 일이었다. 갑자기 아내의 얼굴이 떠올랐다. 무슨 이유인지 아내는 빙그레 웃고 있었다.

나는 어느 책에선가 '내 몸을 불사르고서라도 내가 좋아하는 길을 가련다' 하는 작가의 서문(序文)을 읽은 적이 있다. 나는 집보다도, 사랑하는 아내와 아이들보다도 '방송'을 더 사랑하고 있다는 생각이 들었다. 그러면서도 아내는 나의 이 마음을 십분 이해하고 있음을 아내의 얼굴에서 봤다.

"내가 이처럼 일에 미친 것은 오로지 당신의 뒷바라지 덕분이다."

사장의 전화

어느 분야이건 사람들은 하기 싫은 일이면서도 마지못해 해야 할 때가 있고, 스스로 좋아서 하고 싶은 일인데도 자기에게 기회가 주어지지 않는 때가 있다. 또 마음에 내키거나 않거나, 상사의 명령을 받고서 일하는 사람들도 있다. 그 갖가지 부류 중에도 가장 신바람 나는 일은 자기가 원하고 자기가 선택해서 하는 일이다.

특히 창의력을 발휘해야 하는 PD의 경우는 어느 다른 분야보다도 간섭받기를 싫어한다. 항상 독창적으로 머리를 짜내야 하니 옆에서 누가 간섭하면 짜증이 나고 신경이 예민해질 수밖에는 없을 것이다.

PD들은 하나의 드라마가 끝나면 또 다시 다른 드라마를 어떻게 만들까 하고 머리를 굴리게 된다. 새 기획을 내놓는 일이 얼마나 힘이 드는지, 아마 해보지 않은 사람들은 모르리라.

87년 3월 4일 예능국장으로 있을 당시, 3개의 드라마가 새로 또 시작되었다. 그 하나는 <가요드라마>로 대중가요에 얽힌 사연을 드라마로 엮는 것으로 가요를 곁들인 프로였다. 언제나 들어도 싫지 않은 흘러간 노래 '두만강'으로 우리의 뇌리에 남아 있는 김정구 씨나 한창 주가가 올라가고 있는 조용필 씨 같은 가수가 부른 노래의 사연을 극화하는 것이었다.

또 하나는 <TV소설>의 등장이었다. <TV소설>이란 아직도 우리 뇌리 속에 남아있는 주옥같은 한국의 내노라 하는 소설가의 대표 작품을 드라마화하되, 내레이션을 깔아 줌으로써 드라마의 기본 틀을 깨뜨려 보자는 작전이었다.

예를 들어 이광수의 『사랑』이나 정비석의 『산유화』 같은 원작 소설을 드라마화한 것으로 흘러간 고전에 가까운 소설들을 시청자들이 재음미, 재감상할 수 있는 기회를 갖게 하자는 것이었다. 그리고 3번째로 신설된 드라마가 <추리극장>이었다.

그 당시 <추리극장>은 또 하나의 붐을 이루었다. 섹스(사랑)와 돈, 살인으로 이어지는 극중 트릭이 절정을 이루었다. 안방극장으로서 그 같은 추리물이라는 것이 용인될까 하면서 시작한 드라마였다.

그러나 <가요드라마> 같은 기획은 그렇게 큰 성공을 거두지를 못했다. 드라마의 새로운 틀을 시도한 것은 사실이나 역시 드라마는 드라마다워야 한다는 결론이었다. 가요를 곁들여 봤자 그것은 코믹 터치의 드라마일 뿐이라는 것이었다. 드라마는 보는 자(시청자)의 느낌으로 의미를 알게 해주면 되었지 의도적으로 웃게 만들고 공감을 불러일으킬 수는 없었다. 그것은 시청자들 각자가 판단할 문제였다.

<TV소설>도 시청자들에게 저마다 느끼는 어떤 영상이나 영감을 머릿속에서 떠올리라고 만든 것이었지만, 그 영상이나 영감이 공감대를 형성할 수는 없었다. 구구절절 시(詩)를 낭송하는 것처럼 졸음이 오고 재미가 없다는 결론이 났다. 아무리 머리를 써서 드라마를 만들어도 시청자들의 입맛을 맞춘다는 것은 힘이 들었다.

<추리극장> 역시 방송윤리위원회로부터 불륜과 살인의 맛을 빼고 제작하라는 추상같은 지침이 떨어져서, 그 입맛에 맞춰 밋밋하게 작품을 구성하다보니 고전할 수밖에 없었다.

아무튼 3개의 드라마가 시청자들로부터 별 관심을 끌지 못했다.

그런데 이광수의 『사랑』을 드라마로 만들고 있을 때, 또 문제가 생겼다. 준수하게 보이는 임동진 씨를 병원의 의사 역으로 내세웠고 간호사 역에는 영화배우로 인기가 올라가던 조용원 씨를 내세웠는데 조용원 씨의 얼굴이 그만 엉망진창이었다. 다름 아니라 2년 전에 교통사고로 그 예쁜 얼굴을 크게 다쳐, 대수술로 몇 십 바늘을 꿰맨 것

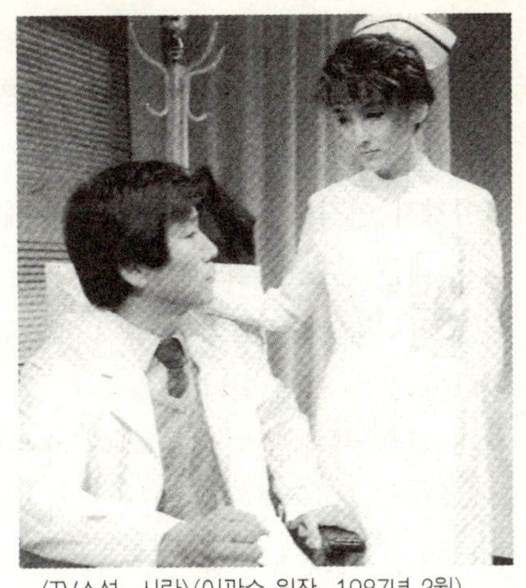

〈TV소설 ― 사랑〉(이광수 원작, 1987년 3월).

을 알고도 출연시킨 것이 문제가 된 것이었다.

요즘, 돈푼깨나 있는 집안의 여자들이 툭하면 마사지 범벅을 하고 '이 세상에서 내가 최고의 미인이 되겠다' 하고서 성형 수술들을 하는데 거기에 비하면 조용원이란 연기자는 교통사고를 당해 성형수술을 한 것이 크게 문제될 리가 없었다. 하나 카메라에 비친 얼굴은 그게 아니었다. 수술 자국이 TV화면에 그대로 비쳐 얼굴이 우툴두툴하게 보이는 것이었다.

나는 은근히 걱정이 되어 〈사랑〉의 연출자인 황은진 씨에게 조심스럽게 물었다.

"인기는 있다지만 아무래도 저런 얼굴을 출연시킨 것이 마음에 좀 걸리는데……?"

그때 연출자 황은진 씨의 말,

"괜찮아요. 옆으로 보여주면 그만이니까. 그 인기는 살려줘야죠."

나는 연기자의 얼굴이 화면에서 비교적 예쁘게 보이는 것이 좋다고 생각해 온 터이긴 하지만 그래도 미모보다는 연기를 잘 해내는 쪽을

높이 사는 편이다. 초창기의 드라마를 제작할 때는 '누구보다도 예쁜 얼굴'을 내세워 시청자들의 관심을 끌어야겠다고 생각했었다.

그러나 최근에 와서는 시청자들의 드라마를 감상하는 수준도 꽤나 높아져서 연기력을 의식하지 않고 예쁜 얼굴만을 출연시켰다가는 번번 히 실패를 본다는 것을 그간의 연출 경험을 통해 터득했다. 그러고 보 니 인형 같은 얼굴보다는 연기자의 감정이나 풍김이 더 우선이 되어야 한다는 것을 알고 있다.

그 같은 생각은 황은진 씨도 마찬가지다. 나는 <사랑>의 연출을 맡 은 황은진 씨가 어련히 잘 알아서 했겠냐고, 그의 의견을 존중하고 있 었고 또한 그의 노련한 연출력을 믿고 있었다.

하나 방심한 것이 탈이었다. 문제는 또 6층에서 터졌다. 모니터를 하고 있는 심의실이 아니라 의외에도 사장이었다. 심의실에서 신경을 쓰는 것은 물론이지만 그날 따라 마침 드라마를 시청하고 있던 정구호 사장으로부터 불호령이 떨어졌다.

"아니 지금 방송되고 있는 드라마의 여자 얼굴이 왜 그래요? 그 일 그러진 얼굴을 어떻게 화면에 내세웠소?"

그 소리에 나는 그만 놀라 버렸다. 녹화장면을 확인하지 않고 '저 얼 굴로 출연하면 될까' 한 것이 끝내는 화근을 불러 일으켰다. 나는 방송 된 것을 본 사장의 소나기처럼 퍼붓는 고함소리에 당황할 수밖에 없었 다. 도대체 정신을 차릴 수가 없었다. 사장의 전화 소리가 딸깍 끊기는 순간, 나는 황은진 연출자를 황급히 찾았다. 그때 황은진 씨가 또 하는 말.

"나도 정말 모르는 일이 일어났구먼. 어두운 카페 조명에서 봐서 그 랬나? 조용원의 얼굴을 잘 못 봤네……!"

저, 능청……. 그 순간 내겐 그 소리가 그처럼 엉뚱하게 들릴 수가 없었다.

　그리고 그렇게 가슴이 답답해질 수가 없었다. 담당 PD에게 심한 배신감을 느꼈다.

　그런 일이 있은 뒤, <추리극장>의 <밤피리>(김항명 극본, 김재형 연출)라고 하는 드라마가 등장했다. 일본의 미스터리 극장을 본뜬 것으로 을시년스러운 감정을 불러 일으켜 시청자들의 입맛을 맞춰 보자는 것이 제작 의도였다.

　그러나 나는 사실 이 드라마를 만드는 것에 대해 애초부터 고개를 절래절래 저었다. 그 이유는 미스터리 드라마라고 하는 것은 무더운 한 여름밤에 더위를 식혀줄 수 있는 납량물이 될지는 몰라도, 대개가 살인 사건을 다루거나 육감적이고 충동적인 장면을 보여줌으로써 청소년들의 정서를 해칠 수 있다고 생각했기 때문에 안방극장의 드라마로서는 부적합하다는 판단이었다.

　아니나 다를까. 내 생각은 딱 맞아 떨어졌다. <추리극장>은 방송된 지 3개월만에 도중하차하고 말았다. 단명(短命)의 드라마란 기록만을 남겼을 뿐이었다.

개혁의 조건

나는 예능국장직에서 갑자기 평PD로 발령이 난 것을 지금도 잊을 수가 없다. 88년 10월 2일, 퇴근 때쯤 해서 난데없이 예능국장직을 그만두고 연수원 교수직으로 가라는 인사발령이 떨어졌다. 나는 그만 얼굴이 시뻘개졌다. 아닌 밤중에 홍두깨 격으로 갑자기 일을 당했기 때문이었다.

거대한 조직 KBS에서 정기적으로 인사발령은 흔히 있는 일이고 나 역시도 언젠가는 예능국장직에서 물러나야 할 일이지만 사전에 본인에게도 알리지 않고 감쪽같이 인사발령을 냈다는 것이 나로서는 여간 서운한 일이 아니었다.

아니 그보다도 발령 나기 2시간 전에 인사발령이 있다는 소문은 나도 들은 바였다. 거기에 사장도 바뀔 것이란 소리로 분위기는 술렁술렁했다. 나는 이 같은 소문을 확인할 양으로 당시 예능국을 관장하고 있는 직속 상관인 K본부장실 문을 두드렸다.

"본부장님, 인사발령이 있다는 소리가 들리는데요?"

"아무 걱정 말고 일이나 잘해요."

본부장은 한마디로 잘라 말했다. 나는 본부장의 말을 믿고 예능국장직은 바뀌지 않는 모양이구나 하고 생각했다. 그런데 이 무슨 깜짝쇼란 말인가. 본부장과 얘기를 나눈 지 단 10분도 되지 않아 인사 발령이 난 것이었다. 그러니 얼마나 서운하겠는가.

내가 예능국장직을 맡아오는 동안 무엇을 잘못했나를 곰곰이 생각했고 적어도 국장급인데 이렇게 본인도 모르게 인사발령을 낼 수 있는가를 생각하였다. 그러나 이 같은 생각은 마음속으로만 접어두었을 뿐 겉으로는 아무 내색도 보이지 않았다. 당시 KBS가 정부의 시녀노릇을 하고 있는 마당에 몸을 고슴도치처럼 웅크리고 있어야 할 때였으므로 소나기는 피해가라고 했듯 그저 침묵만을 지키고 있는 것이 최상이란 생각이 들어서였다.

그러나 K본부장으로써도 미안스러웠던지 위로를 한답시고 나를 불렀다. 사실 그가 원망스러웠다. 직속 상관인 그가 인사권에 영향을 미쳤을 수도 있었을 터였고 또 그게 아니고 더 높은 사장이 인사권을 행사했다고 해도 사전에 내 자리가 바뀐다는 것을 알고서도 시치미를 떼고 있었다는 것이 못마땅하였다. 그도 자신의 그런 언행이 쑥스러웠던지 조금은 서먹서먹한 기분으로 말했다.

"김 국장, 그동안 수고했어요. 일이 너무 고되니까 병들까봐 좀 쉬라고 해서 인사를 한 것 같아요. 그리 알고 좀 쉬어요."

본부장은 나를 무척 아껴서 그렇게 인사발령을 냈다는 표정을 지었다. 그렇다면 그렇게 나를 위해 예능국장직을 물러나게 한 것을 왜 사전에 떳떳이 말해 줄 수가 없었던가.

그러나 나중에 신문에 난 방송기사를 읽고서 내가 예능국장직에서 물러난 이유를 알았다. 앞에서도 지적했지만 드라마 〈사모곡〉을 방송할 때 불교측의 비위를 건드렸다고 해서 빚어진 항의 소동이 불씨였다. 말하자면 자신의 몸들을 보호하고 사건을 더 시끄럽지 않게 하기 위해 나를 희생양으로 삼았다는 것이 만천하에 밝혀졌다.

하지만 나는 그 같은 이유가 납득이 가지 않았다. 그 사건은 불교측과 KBS 드라마PD협의회가 이미 타협을 본 뒤였다. 나는 예능국장이란 큰 짐을 벗은 것은 시원했지만 농간에 끌려 다닌다는 것이 기분이 나빴을 뿐이었다.

몹시 불쾌했다. 누굴 믿고 뼈빠지게 지금까지 일해온 것이 정말 분했다.

그러나 다음 순간, 박현태 사장과 정구호 사장이 배턴을 서로 넘겨주며 바뀔 때 행한 K본부장의 철면피한 처신을 나는 기억하고 있었다.

그때 나는 내 두 눈으로 똑똑히 K본부장의 야비한 행동을 목격하였다. 사장이 바뀌었다는 발령이 난 저녁에 박현태 사장을 위로할 겸 송별회 형식으로 KBS의 전체 실·국장급과 본부장들이 일식 집에서 회식이 있었다.

그때 모든 사람이 다 참석했는데 딱 한 사람, K본부장만이 빠져 있었다. 우리는 그가 개인적으로 집안 일이 있거나 피치 못할 선약을 해둔 것이 있기 때문에 불참한 것이려니 생각하고 있었다.

하나 그게 아니었다. 우리가 회식을 끝내고 물러나는 박현태 사장이 내일 부임할 정구호 사장에게 사장실을 내주기 위해 사물을 정리하려고 사장실로 다시 돌아왔을 때, 맙소사, 이렇게 얼굴이 화끈거릴 일이 일어날 수가 있나. K본부장이 새로 취임할 정구호 사장을 이미 사장실로 안내하고 들어와 있었던 것이었다. 그러니 양쪽 사장이 얼마나 어색했겠는가.

그때 나는 K본부장이 고개를 숙이고서 얼굴이 새빨개져 있는 것을 보았다. 여지껏 모시고 있었던 박현태 사장을 언제 봤느냐고 헌신짝처럼 차버리고서 새로 취임하는 정구호 사장에게 아첨을 떨다니…… 아무리 심장이 두껍다고 해도 상상도 할 수 없는 일이었다. 그야말로 속물중의 속물이요 비겁자였다.

내 후임으로 새 예능국장이 된 김수동 씨는 원래는 영화감독 출신이었다. 그는 영화나 TV드라마의 연출만을 해온 터여서 행정에 대해서는 그리 밝지를 못했다. 다만 그는 PD 개개인의 의견을 존중해 주는 휴머니스트 쪽이었고 무슨 일이건 자율에 맡기고 있었다. 그러니 관리면에서는 PD들의 애로사항이 상부에 전달되지 않는 일이 일어나게 마련이다.

예능국장으로서의 상하의 교량역할을 해내야 할 판인데 그것이 잘 안 되니까 PD들 사이에서는 자연 불평의 소리가 튀어 나왔다. 인간적으로 미워서가 아니라 일의 처리나 조직적인 관리가 부실하니 그런 점이 못마땅해서였다.

그렇잖아도 예능국의 평PD들은 평소 가슴속에 방송사에 대한 갖가지 불만들이 앙금처럼 웅크리고 있었다. 김수동 국장이 행정 관리에 미숙하다고 하더라도 전적으로 그가 책임을 맡아야 할 일도 아니었다. 이미 폭발 직전의 사태였던 것이다.

아니나 다를까. 그 불평의 소리는 더욱 불거져서 원성의 소리로 변했고 스트라이크의 조짐을 보이기 시작했다. 선배나 간부들을 믿을 수 없다는 것이었다. 김수동 씨는 예능국장이 되었어도 시기를 잘못 맞아

대하드라마 〈노다지〉 종료 파티 (1987년 5월).

재수가 없는 쪽이었다. 급기야는 예능국의 전 PD들이 모여 성명서를 발표하는 사태에까지 이르렀다. 1988년 10월 10일에 일어난 일이었다.

결 의 문

우리는 요즈음 드라마 부서에서 벌어지고 있는 제반 상황들을 검토한 결과 드라마 부서의 존재 자체를 위협하는 지경에까지 이르렀다고 생각한다. 드라마는 도대체 어디로 가고 있는 것인가?

우리에게는 후배는 선배를 항상 존경하며, 선배는 후배를 아껴주고 동료간에는 양보와 희생으로 서로 도와주었던 자랑스런 전통이 있었다.

이 전통이 무너진 지금, 상의하달, 하의상달도 제대로 되지 않고 동료간에는 보기 민망할 정도로 상호 질시와 불신만이 가득 차 있다. 과연 그 이유는 어디에 있는 것인가?

동료에 대한 무관심, 간부들의 아집과 독선, 학맥, 인맥으로 뒤얽힌 지나친 불화, 몇몇 중간 간부들의 알력에 의한 불신풍토 조성, 소아병적인 경쟁의식, 이러한 이기주의, 과대망상증으로 인해 불쌍하게도 우물 안 개구리가 되어버렸다는 사실에 부끄러움을 금할 길이 없다.

인사, 기획, 행정 등이 은밀한 곳에서 시작되어야만 잘된단 말인가. 어느 날 갑자기 동료 연출자들이 전출, 전입되고 또 설상가상으로 협박의 소리마저 들린다. 본인의 적성, 요구 등이 별로 고려되지 않은 채 프로그램이 배정되고 옆 동료가 무슨 드라마를 준비하는지를 알기 힘들며 다음날의 업무조차 모르겠다는 소리가 들려온다.

최소한의 인원조차 충원되지 못한 상황에서 유휴 노동력의 집산지라는 오해와 멸시의 소리가 들린다. 작가, 연기자를 둘러싼 악성루머가 끊임없이 나타나 우리에게 '범인 은닉죄'의 억울한 누명을 뒤집어쓰고 있다.

한편에서는 행정부재의 불만이, 한편에서는 행정과잉의 불만이 시한폭탄처럼 터지기만을 기다리고 있다. 도대체 보직 발령, 휴일, 근무수당까지 본인들이 직접 챙겨야 하는 부서가 방송사 내에 또 어디 있단 말인가?

우리는 그동안 '드라마 발전을 위한 모임'을 수차례 가졌었고 그때마다 상당수의 개선안을 내놓은 바 있다. 조기 기획, 조기 제작, CP제도의 정착, 제작과 행정의 분리, 기획 전담반 운영, 드라마 형식 및 편성시간의 검토, 연기자 자유출연제 정착, 연기자 관리의 획기적 개선, 제작비 현실화, 기타 제작여건의 개선 등등. 결코 짧지 않은 그동안의 시간 속에서 우리가 이룩한 것은 과연 어느 정도였을까?

발전보다는 퇴보를 선택했던 우리들이다. 만시지탄의 피눈물을 흘리면서, 그러나 드라마에 대한 애정이 아직도 뜨거움을 확인하면서, 그리고 직업적 생존본능의 발로로써 개혁을 위한 최소한의 요구이다.

모든 사안의 해결은 우리 모두의 의식개혁에서 시발하는 것이지만, 해결의 현실적 주체는 선배 간부들(국장, 부국장, 부주간)임을 확인하면서 장기적인 문제점은 상설 전담반을 설치, 운용함으로써 해결하고, 단기적인 문제점의 해명은 본 결의문에 접수된 3일 이내에 드라마 PD 총회 석상에서 성실한 답변을 서면으로 전달할 것을 요청한다.

만약 이행을 못할 경우에는 간부 전원의 보직 사퇴를 요구하며 어떠한 실력행사도 불사할 것임을 천명한다.

우리는 향후 어떠한 상황의 변화에도 TV드라마의 이상을 향하여 모든 노력을 바칠 것을 다짐하면서 드라마 혁신운동에 선배, 동료, 후배 여러분의 동참을 호소하는 바이다.

1988. 10. 10

예능국 TV드라마 평PD 일동

간 큰 여자

예능국 드라마 평PD들의 이 같은 결의문 채택은 KBS 고위층들을 아연 긴장시켰다. 더군다나 PD들의 요구사항을 이행 못하면 국장, 부국장, 부주간 등 간부 전원의 보직을 사퇴할 것을 요구하고 나섰으니 분위기가 여간 삭막한 것이 아니었다.

어떠한 실력행사도 불사할 것을 천명한 이상 자칫하다가는 제작 업무를 보이코트하는 초강경 태세로 나올지도 모르는 일이었다.

나는 이 같은 일련의 사태가 앞으로 어떤 부작용을 몰고 올 것인가를 심히 염려하고 있었다. 요구사항을 내세운 것은 '원칙'을 고집하는 젊은 PD들로서 이해가 가는 일이나 반대급부로 잃는 것도 없지 않을 것이란 생각이 들었다. 상하관계나 선후배간의 보이지 않는 갈등과 불신의 골이 더 깊어질지도 모른다는 점이었다. 그렇게 되면 원칙만을 내세운 나머지 동료애나 선후배간의 오가는 따뜻한 정은 점점 엷어진다.

겹치는 말이 되겠지만 나는 평PD를 지냈고, 방송사를 다니면서 불평도 많았고, 선배들과 싸움도 잦았고, 또 선배들의 어려움도 많았음을 알았기 때문이다. 그러나 KBS는 항상 내가 다니는 평생 직장이고 나의 삶의 장소였다. 그러면서도 내 평소의 생각을 후배들에게 전하기 위해 조심스럽게, 아울러 타이밍을 엿보기로 했다.

실상 내가 예능국장을 지냈던 위치에서 말하라면 더더욱 말을 할 수가 없다. 예능국장이야말로 '한 계급 더 올라갔다'는 말뿐이고 둥근 의자에 앉아 있을 뿐이다. 나는 그 의자도 반갑지 않고 어정쩡했다.

나는 직책 자체가 'PD'면 족(足)하였다. PD, 프로듀서, 생산자……. 나는 그 점을 잊지 않고 늘 머리를 굴렸다. 흔히 마시고 떠드는 것보다는 혼자서 생각하는 것이 좋다는 뜻이었다.

그래서 평소에 아끼고 있는 몇몇 후배 PD들에게 너무 원칙만을 고집하지 말고 서서히 개선해 나갈 것을 종용하였다. 즉 '원칙의 정의'는 안다만, 제작 여건이 흡족하지 않고 몇몇 선배 PD나 간부들이 무사안일주의로 제작에 임한다고 해도 이에 대한 불만을 품지 말고 끈기와 기다림 속에 제작 여건을 서서히 개선해 나가는 게 지름길이라는 충심의 권고였다.

좋은 제작 여건이 있어야 일의 능률이 더 오른다기보다는 비록 최악의 조건에서도 무(無)에서 유(有)를 창출할 수 있는 것이 모름지기 PD가 지녀야 할 자세가 아니냐고 일러주었다.

나는 요즘의 젊은 후배들의 의식이 TV 초창기 남산 KBS 시절에 평PD로 내가 지녔던 의식과는 너무도 다르다는 생각이 들었다. 그때는 예산도 부족하고 시설도 열악한 조건이었지만, 그래도 불평 한마디 없이 드라마 제작에 임했었다. 1인 3역 내지 4역까지 해낼 정도였다.

그때에 비하면 요즈음은 제작 여건이 얼마나 나아진 편인가. 그런데도 제작여건이 좋지 않다고 요구조건을 내세우는 데는 세상이 많이 바뀌어졌구나 하는 격세지감까지 들게 된다.

그렇다고 그들이 내건 요구사항이 전혀 무리이거나 이치에 닿지 않는 것은 아니었다. 원칙적으로 따진다면 하나도 틀리는 것이 없었다. 세상의 모든 일이 원칙만으로 이루어질 수는 없다. 나는 원칙(原則)이

KBS 〈형사기동대〉 제100회 기념사진 (1985년 8월 12일).

나 어떤 정의(定義)에 대한 설명을 할 수는 없다. 그것은 각자가 누리고 있는 잣대(尺)에 의해 움직이기 때문이다.

때로는 시행착오가 있게 마련이고, 때로는 선배나 후배나 실수도 있게 마련이다. 서로 개성이나 생각이 다른 사람들이 모여 하는 일이니 그럴 수밖엔 없을 것이다. 정확하게 돌아가는 시계 바늘처럼 원칙만으로 모든 일이 해결된다면 얼마나 좋으랴.

나는 무슨 일이든 쌍방의 이해와 적절한 양보 속에 어디까지나 대화로 이뤄져야 한다는 생각이다. 그리고 하나의 조직은 화합과 우애의 정신이 반드시 우선이 되어야 '원칙'을 찾을 수도 있다는 점이다. 선후배간이나 상하간에 화합의 정신이 없고 불신풍조만 만연되면 어떤 조직이든 더 좋은 제작 여건을 만들 수가 없다.

결국 평PD들이 내건 25가지의 요구사항을 한꺼번에 다 들어준 것은 아니었다. 그 점을 한몫에 들어줄 수도 없었고 서로가 이해하는 시간도 필요했다. 또한 후배 PD들도 그 점은 알고 있었다.

점차 시간이 흐르면서 고위층에서도 평PD들의 제작 개선요건을 어느 정도 수용하였고 평PD들 역시 어느 정도 양보하는 선에서 사건은

일단 수습되었다. 평PD들도 처음에는 다소 흥분된 분위기에서 강경태
세를 보였다가 조직사회에서는 양보와 이해, 화합이 중요하다는 것을
알았던 모양이었다.

　사건은 일단 고위 책임 간부들에게 경종을 울려주는 선에서 그쳤고
그 뜻을 간부들 또한 음미해야 할 것이었다. 분위기는 언제 그런 일이
있었냐는 듯 다시 조직의 화합과 사랑을 찾았다. 고마운 일이었다.

　그러나 나에게는 또 1988년 12월 31일, 인사위원회로부터 징계처분
을 받아야 하는 심의 결정이 내려졌다. 이유는 행정요원이 8천여 만
원을 횡령한 데 대한 지휘감독 책임인 것이었다. 나는 자신도 모르는
사이 떨어진 징계 결정에 얼굴이 뜨거워졌다.

　문제는 묘하게 뒤틀렸다. 당시 행정반의 홍모 양은 사례비를 지급하
는 담당자로서 80년 TBC와 통폐합시절부터 그 자리에 있었다. 그런데
그녀가 돈에 눈이 어두워서 나의 사인을 위조하여 수천만 원을 횡령하
고 도주해 버린 사건이 일어난 것이었다. 그야말로 여느 남자보다 간
큰 여자였다.

　결국 국장인 내가 직책상 책임을 질 수밖에 없었다. 참으로 억울한
일이었으나 그 놈의 '국장'이란 직책 때문에 나는 징계처분을 받아야
했고 모든 불이익을 감내할 수밖에 없었다.

미니시리즈의 태동

TV드라마의 제작 형태별 흐름을 보면 1987년은 미니시리즈의 시대가 열린 해였다. 미니시리즈는 연속물이긴 마찬가지이나 주간연속극이나 일일연속극, 1회용 특집극과는 또 다른 맛의 특성을 갖고 있다. 5회 또는 7회 이상 16부작까지의 연속극을 일컫는 작품이다.

86년까지만 해도 TV외화를 통해 몇 개의 미니시리즈 작품이 방송되어 시청자들의 관심을 끌어왔지만 우리의 방송 자체가 미니시리즈를 본격적으로 제작 방송하게 된 것은 MBC-TV가 87년 1월 최인호 원작의 <불새>(김한영 연출)를 내놓은 것이 처음이라고 할 것이다.

<불새>는 작가 최인호 씨의 독특한 구성에 의해 사회상을 적나라하게 해부한 작품이었다. 극중에서 제비족 출신의 유인촌 씨가 재벌 2세인 현석 씨를 도박판에서 만나 수단과 방법을 가리지 않고 자신의 야망을 이루려는 장면들이 작품의 주류를 이룬 것이다.

그런데 뺑소니차가 등장하고, 만취한 재벌의 딸을 거리낌없이 폭행하고 무서운 사냥개로 하여금 사람을 물게 하거나, 사람을 다락 속에 감금시키는 장면 등이 속속 펼쳐졌다고 해서 <불새>는 첫 방송이 되면서부터 의식 있는 시청자들의 빈축을 샀다.

요즘이야 시대 감각이 변해서인지 이 같은 장면은 안방극장에서 눈살을 찌푸리면서도 청소년 시청자들에 경종을 울려주는 선도용으로 얼마든지 시청할 수 있지만, 그때만 해도 TV드라마에서 금기시되었던 것들이었다. 영화처럼 관객이 어느 작품을 선택해 제 발로 상영관을 찾아 작품을 관람하는 것과는 달리 TV드라마는 안방에서 누구나 시청할 수 있는 자유로운 채널권을 갖고 있어 청소년 시청자들에 악영향을 끼칠 것을 우려했기 때문이었다.

문제는 여기서부터 벌어졌다. 아무리 좋은 작품이라고 해도 비윤리적이고 잔혹한 장면들을 여과하지도 않고 안방극장에 불러들일 수 있느냐는 점이었다.

방송심의위원회로부터 미니시리즈 <불새>에 대한 경고처분이 벼락같이 떨어지고 말았다.

"부도덕한 애정 행각과 범법 행위를 무비판적으로 묘사했을 뿐만 아니라 계층간의 위화감을 조장하는 퇴폐적인 호화생활 등 방송에 부적절한 내용을 다루었다."

그러자 불씨는 또 번지기 시작했다. 방송평자들이 가만히 있을 리가 없었다. 미니시리즈 전작을 다 보지도 않고 고작 2편만을 보고서 '경고'라는 중징계를 내린 것은 성급한 처사가 아니냐며 이의를 단 것이었다. 말하자면 극중 내용의 전체를 보지도 않고 일부분만을 떼내어 보고 어떻게 방송에 부적절하다고 판단할 수 있느냐는 반론이었다.

일리 있는 항의였다. 그러나 방송심의위원회는 '경고처분'을 내려놓고 입을 군내가 나도록 닫아 버렸다. 아무리 반론을 제기해 봐야 퇴폐적이고 비윤리적인 내용을 방송한 것은 사실이지 않느냐는 투였다.

하긴 <불새>가 그 당시만 해도 시청자들이 보아온 일상적인 드라마와는 구분이 되는 색다른 영역을 보여준 것은 사실이었고 장면마다 퇴폐적인 풍조만을 다룬 것도 사실이었다. 그러나 부분적으로 봐서는 비윤리적이고 퇴폐성이 짙은 장면만으로 일관했을지는 몰라도 <불새>가

주는 작품의 의도는 그 같은 퇴폐 풍조의 사회를 어떻게 보느냐 하는
점이 분명했다.

이처럼 작품을 다룰 적마다 작품의 예술성과 윤리문제는 언제나 마
찰과 갈등을 불러일으키는 쟁점이 되고 있다. 윤리성을 교과서식으로
강조하자니 예술적인 드라마적 감각이 뒤떨어지는 목적극이 되어 버리
고 예술성을 강조하자니 계도적인 윤리성의 전달이 미흡해 보이는 것
같은 극적 분위기를 보여주고 있는 것이다.

이 점은 나로서도 드라마를 연출해 오면서 늘 머릿속에서 신경을
쓰는 과제였고 또한 항상 숙제로 풀어가야 하는 문제였다. 그러면서도
꼭 올바른 윤리관만을 내세웠다고 해서 비뚤어진 청소년들을 계도할
수 있다고는 생각하지 않았다.

오히려 올바른 윤리성을 제시하고자 하는 의도를 가졌다면 그 반대
의 비윤리적인 요소를 내세워야 한다는 점이었다. 악한 행동이나 퇴폐
적인 행위를 보여줌으로써 악한 행동이나 퇴폐행위가 얼마나 나쁜가를
깨닫게 해주는 것이 입버릇처럼 '착하라, 착하라' 하는 것보다는 한결
계도적 효과가 있다는 점이었다. 그리고 거기에서 예술의 가치를 얻는
것이다.

결국 <불새>는 도중하차하는 불운을 겪었지만 미니시리즈의 태동
은 이렇게 해서 처음부터 드라마의 예술성와 윤리성의 마찰에 대한 논
쟁의 불씨를 안고 태어났다.

그 뒤 나는 <드라마게임>의 연출을 하고 있다가 1988년 5월 주말연
속극 <은혜의 땅>(윤혁민 작)을 연출하기 시작했다. <은혜의 땅>은
지금까지 10여 년간을 줄곧 애정 일변도의 주제로만 일관되어 온 주말
연속극의 틀을 탈피하고, 가난에 찌들은 달동네에서 살아가는 인간의
끈끈한 삶과 정을 적나라하게 묘사해 사회적 공감대를 불러일으킨 작
품이었다.

주말연속극 〈은혜의 땅〉 종료 기념사진(1988년 10월).

나는 이 작품의 무대를 시흥 달동네로 정하고 출연제작팀들과 함께 야외촬영을 나갔다가 그들의 생활환경을 보고 심한 충격을 받았었다.

서울올림픽을 치르고 난 우리 나라가 중진국을 벗어나 선진국 대열에 들어섰다며 요란스레 샴페인을 터뜨렸던 소리와는 달리 그곳에는 아직도 절대적인 빈곤의 틀을 벗어나지 못하고 있는 사람들이 많았다.

그들은 한 푼의 돈이라도 벌까 싶어 집집마다 개를 키우고 있었고 그 때문에 골목에는 여기저기 개똥이 즐비했다. 게다가 다닥다닥 붙은 판잣집엔 단독 화장실도 없어 아침마다 공중변소 앞에는 몇 줄씩 줄을 서서 기다리는 모습이 보였다. 그뿐인가. 사방 통틀어 여덟 자 정도밖에 안 되는 좁은 방에서 3대가 함께 사는 집도 있었다.

<은혜의 땅>은 바로 이 비참한 달동네에서 살아가는 한 집안의 가정사를 통해 그들의 애환을 그려보자는 것이었다. 뿐만 아니라 이처럼 소외된 계층에 살고 있는 사람들에 대한 관심을 시청자들로 하여금 갖게 하자는 것이 제작의도였다. 그런데도 촬영을 나가 그들을 볼 때마다 마음은 늘 무겁고 답답하고 우울할 수밖엔 없었다.

나는 이 드라마의 여주인공으로 이미숙 씨를 점찍고 있었다. 그녀를 남자 주인공 길용우 씨와 함께 출연시키면 연기호흡이 잘 맞을 것 같았다. 그러나 87년 '두 여자의 집'이란 영화와 말도 많았던 MBC 미니시리즈 <불새>의 출연을 끝으로 연예계를 떠난 그녀를 다시 브라운관에 끌어낸다는 것은 그리 쉬운 일이 아니었다. 그녀는 성형외과 의사인 홍성호 박사와 결혼해서 아이를 낳은 지 보름밖에 안 되어 산후 조리를 하고 있는 몸이었다.

그러니 출연 섭외를 해본들 보나마나 딱지를 맞을 것이 빤했다. 그런데도 한번 시도를 해야겠다고 마음먹었다. '연출자'란 직업처럼 인정머리도 없고 잔인한 쪽은 없는 것 같았다.

나는 그녀의 집 근처 카페에서 누가 볼세라 도둑질을 하듯 그녀를 불러내었다 그리고 <은혜의 땅>의 여주인공 역을 맡아줄 것을 간곡히 부탁하였다.

그러나 답변은 한마디로 '노'였다.

"이젠 결혼한 주부예요. 탤런트 생활보다는 가정이 더 소중해요."

그녀의 말은 백 번 옳은 말이었다. 나는 작전을 달리 짤 수밖에 없다고 생각하였다. 그녀의 어머니와 남편 홍 박사를 설득시켜 보는 일이었다. 어머니와 남편의 허락만 떨어지다면 그녀의 마음이 달라질 수도 있다는 약삭빠른 계산에서였다. 그 같은 생각은 똑 맞아 떨어졌다. 의외로 쉽게 승낙을 받아낼 수가 있었다. 어머니의 딸을 생각하는 마음이 넓었다.

"오히려 지금까지 해온 연기생활을 취미 삼아 하는 것이 산후 조리에도 좋을 거예요. 그러나 결정은 딸애가 내려야죠. 우리 사위하고 상의해 보세요."

얼마나 서글서글하고 시원한 말인가. 나는 그 말에 희망을 걸고 그녀의 남편을 만났다.

"그래요? 장모님이 좋으시다면 저도 좋습니다. 무조건 OK입니다."

남편인 홍 박사도 흔쾌히 허락하였다. 나는 연출자로서 쾌재를 불렀다. 그때부터 홍 박사는 매우 협조적이고 적극적이었다. 그녀의 인터뷰나 촬영 때 의상을 비롯해 모든 것을 챙겨주면서 자신이 병원에서 할 일을 마치면 그녀의 녹화가 끝나는 시간이 몇 시간 걸려도 기다려서 차를 대기시켜 놓고 아내를 모셔 가는 것이었다.

어찌나 금실이 좋은지 기자들이 몰려와 인터뷰를 청하니,

"나에겐 홍 박사님밖에 없어요."

끝까지 그녀는 '박사님, 우리 박사님'이란 말뿐이었다.

미망인 파티

세상이 많이 변하여 남녀가 똑같이 평등권을 누리는 것 같아도, 아직도 우리 사회 전반에 걸쳐 남성우월 통념이 지배적인 것은 사실이다. 그러나 방송계만은 이 상식을 뛰어 넘어 여성들이 우월권을 행사하고 있다.

탤런트의 경우만 해도 드라마에서 보면 남자 탤런트들보다 여자 탤런트들이 더 많이 등장하고 방송작가, 성우, MC, 가수, 코미디언들을 봐도 남녀의 출연 숫자가 팽팽하지 않으면 여성들이 더 눈에 띄고 돋보인다. 그 중에서도 드라마 작가의 경우, 여류 작가들이 중요 작품 집필을 독점하고 있는 여성상위 현상이 두드러지게 나타나고 있다.

그렇다면 왜 여류작가들이 드라마 집필을 독점하고 있는 현상이 나타나고 그들이 쓴 작품들이 더 돋보이고 있을까.

내가 알기로는 컬러방송이 시작된 81년 초부터 이런 현상이 태풍처럼 몰아친 것 같은데, 어떤 면에서는 남자들보다는 끈질기고 바지런하고 또 다이얼로그 그 자체에 여성 특유의 섬세한 터치가 큰 이점이 아닌가 생각된다.

대사의 마술사라 불리는 고대 국문과 출신의 김수현 씨와 시나리오 작가 출신인 나연숙 씨의 <보통사람들>을 필두로 이대 국문과 출신인 박정란 씨(가족), <전원일기>의 김정수 씨, <사랑이 꽃피는 나무>의 서영명, 박리미 씨, <빛과 그림자>를 히트시킨 이금림 씨, <애정의 조건>의 홍승연 씨, 청소년 드라마의 개척자인 남령초 씨 등의 중견 여류작가들이 맹활약을 하고 있다.

그 뒤를 이어 신진 세력인 박진숙(<산너머 저쪽>), 박희숙(<또 하나의 행복>), 홍영희(<밀월>), 최연지(<하늬바람>), 최성실(<우리의 천국>), 신선희(<장미빛 인생>) 씨 등과 <드라마게임>의 단골 집필자인 주희 씨를 비롯해 <드라마게임>의 집필진도 약 70%가 여류작가들이 집필해 왔다.

이 밖에도 사회문제성 주제를 다루는 의식의 작가 박수복 씨, <내 마음 별과 같이>, <순애> 등 멜로드라마를 양산시킨 남지연 씨, <드라마게임>으로 화려하게 데뷔한 조소혜 씨, KBS 당선작가 김지수, 황순영, 청소년 드라마로 데뷔한 서현주, 김혜린, 김선정 등 기라성 같은 여류작가들이 무수하다.

어쨌든 99년 12월 현재 KBS, MBC, SBS의 주간편성 드라마 중 '일요베스트'와 시트콤 드라마를 뺀 23편의 드라마를 여류작가가 15개 집필하고 있다는 것은 주목할 만하다. 안방극장의 TV드라마가 대체로 가정에서 일어나는 아기자기한 일상사를 그리고 있기 때문에 디테일한 심리묘사에 뛰어난 여류작가들이 집필하는 것이 남성 작가들보다는 훨씬 성공적이라고 해도 너무 독과점이 아닌가 하는 생각이 드는 것이다.

아울러 특이한 현상은 많은 여류작가들이 독신(?)을 고수하고 있다는 사실과 교사출신이 의외로 많다(이금림, 박리미, 남령초)는 점이다. 특히나 종교에 심취한 여류작가들도 적지 않다. 독실한 크리스찬인 나연숙 씨는 아들 이름까지 '사도'로 지을 정도로 기독교에 심취하고 있으며 박정란 씨는 연예인교회 집사, 남령초 씨는 불교사상에 몰입한 나머지 '남지심'이란 예명으로 『우담바라』 소설까지 발간한 다재다능한 작가이다.

그런데 여류작가들이 집필하고 있는 드라마의 등장인물을 보면 의외로 미망인들이 많이 등장하고 있다. 여류작가들 중에 독신(?) 고수자들이 많아서 그런 것인지 모르겠으나 아무튼 한 개의 드라마에도 5~6명의 미망인들이 등장하고 보니 호기심이나마 그 요인을 더듬어 보고 내 딴에 연구하지 않을 수가 없었다.

미망인 -, 국어사전을 찾아보니 남편이 죽고 홀로 사는 여인, 또 다른 뜻으로는 아직 죽지 못한 사람이라고 적혀 있었다.

미망인을 상상하면 우선 하얀 소복차림을 하고 산길을 홀로 걸어가는 뒷모습을 떠올리게 된다. 거기에 바람이라도 살짝 불어와 그녀의 긴 머리카락이 흩날리는 것을 보면 한없는 연민의 정이 솟구치는 것을 느낄 수 있다. 더욱이 남자라면 그 모습을 보고 더 말할 필요가 없을 것이다.

언젠가 나는 아랑 드롱 주연의 '미망인'이란 영화 제목을 보고 가냘프고 연민 어린 여인을 상상하고서 영화를 봤는데, 거기에 나오는 미망인은 웬걸 50이 넘은 여자인데다가 뚱뚱하고 무뚝뚝하여 가랑이를 쩍 벌리고 어기적거리며 걷는 모습에 실망을 했으면서도 작품 내용이

KBS 수목드라마 〈미망인〉(박정란 작, 1986년).

좋아 끝까지 본 적이 있다.

그러고 보면 우리가 연상하기에 숱한 사연이 담겨 있을 것 같은 미망인을 어찌 작가들이 작품의 주인공이나 조연으로 써먹지 않겠는가. TV드라마에서 미망인 역을 가련하고 슬프게 그려놓으면 여성 시청자들이 가엾어서 눈물을 줄줄 흘리고 또 그 같은 환경에 처한 여성들이나 정작의 미망인들도 자신의 처지를 보는 것 같아서 '아이구 불쌍해라' 하고서 주먹만한 눈물을 펑펑 흘릴 것이다. 그래서 소설이나 영화, 연극, 드라마에서 미망인을 소재로 다룬 것이 많이 있는가 보다.

그러나 그것도 도가 지나치면 비난을 받게 마련이다. 좋은 약도 과용하면 부작용을 일으키듯 특히나 안방극장 TV드라마에서는 더욱 그렇다.

1987년 KBS, MBC 양 방송사는 우연의 일치치고는 너무나 묘하게 주말연속극에 숱한 미망인이 출연하는 드라마를 내보낸 적이 있었다. 그래서 속된 말로 주말만 되면 안방극장에서 미망인 역을 맡은 탤런트들이 얼마나 등장했는지 '미망인 파티'가 열린다는 우스갯소리까지 나올 정도였다.

여성 심리를 예리하게 표출 잘 하기로 유명한 작가 김수현 씨와 홍승연 씨가 집필한 2개의 드라마에서 미망인이 무려 13명이나 쏟아져 나온 것은 너무나도 놀랄 만한 일이었다. TV드라마가 여성 취향의 홈드라마라 해도 그것은 한마디로 '미망인 경연대회'나 다름없는 인상을 주었다.

KBS <애정의 조건>의 경우, 각기 극중 역할은 다르지만 6명의 미망인이 등장했다. 톱가수를 노리는 황신혜 씨를 필두로 그녀의 어머니 서우림 씨, 서우림 씨의 친구 이진숙씨, 그녀의 고모 정영숙 씨, 그녀의 후원자 김영애 씨, 그리고 이웃집 여자 김을동 씨 등이 하나같이 남편 없는 미망인으로 등장해 시청자들의 눈을 휘둥그렇게 했다.

　　MBC <사랑과 야망>에서는 이에 질세라 <애정의 조건>에서 나온 6명의 미망인보다 하나 더 보탠 7명이 나왔다. 여배우 역의 차화연 씨를 필두로 태수 어머니 김용림 씨, 춘천댁 남능미 씨, 이모 김영옥 씨, 마담 역의 정혜선 씨, 과수원집 여자 김청 씨, 그리고 매니저로 나오는 윤여정 씨 역시 미망인에 가까운 독신녀였다.

　　물론 TV드라마에 미망인이 등장한 것은 이번이 처음은 아니지만 이처럼 대거 등장한 것은 TV드라마 방송 35년만에 처음인 것 같았다.

　　평범한 보통 인물보다는 흡사 인생의 비극을 혼자 몽땅 지닌 양 애수가 깃든 여인상이 좋아서였을까? 아니면 미망인은 작가들이 좋아하는 고정 메뉴였기 때문일까?

TV광고의 횡포

예나 지금이나 광고가 극성이다. 길을 걸어가도 눈에 띄는 것이 광고뿐이고 버스나 전철을 타도 벽에 붙은 것 또한 광고다. 하다못해 담뱃갑, 전화카드까지도 광고가 붙어 있다. 집에 들어와서 휴식을 취하면서 신문을 펼쳐도 간지용 광고가 쏟아지고 TV드라마를 보려고 해도 광고가 연발이다. 그야말로 광고가 홍수처럼 밀어닥치고 있다.

물론 광고는 우리에게 유익한 생활정보를 전달하고 공익 캠페인도 벌이고 있다. 그러나 광고주 쪽에서 보면 어떻게 해서든지 구매충동을 일으키게끔 하는 것이 목적일 것이다.

현대는 가히 PR시대라서 광고가 우리 생활에 필수적이고 특히 요즘 광고는 공익성이 있고 미학적인 광고를 내보내고 있다. 말하자면 광고 내용의 질적 수준이 많이 향상됐다는 증거다.

하지만 70년도 상반기까지만 해도 얼굴을 찌푸릴 정도로 외설광고가 범람했었다. 얼마나 광고윤리가 위험 수위를 넘어섰는지 방송윤리위원회나 사회단체 일각에서 "이럴 수가 있는가" 하고 메스를 가할 정도였다.

그도 그럴 것이 지금처럼 광고주가 방송사를 찾는 게 아니라 방송사가 "TV에 광고 좀 내주십시오" 하고 굽실거리며 광고주들을 쫓아다닐 때였으니 광고주들이 위세를 부릴 만도 했다.

그러니 광고주들이 횡포 또한 얼마나 컸겠는가. PD들에겐 시어머니가 또 하나 생긴 셈이었다. 드라마나 쇼프로에 광고가 붙으면 "이러이러한 연예인들을 등장시켜 주시오" 하고 주문까지 하니 출연진은 물론 작가나 PD까지 어처구니없게도 광고주들의 입맛을 맞출 정도였다.

그 즈음 "술을 너무 많이 마십니다" 하는 '금주'를 주제로 한 내용의 드라마가 방송된 적이 있었다. 그런데 이 드라마에 붙은 광고가 어처구니없게도 '소주광고'였다.

"이 술을 한잔 크윽 마시면…… 만사가 콰아악……!"

난센스 중의 난센스였다. 물론 당시 소주광고 말고도 성적 충동을 유발시키는 선정적인 내용의 광고가 판을 친 것은 두말 할 것도 없었다. 어느 정도였는가 하면 둔부를 내보인 광고도 있었고 유방이나 반라의 해괴한 장면을 담은 내용의 광고도 있었다.

그 중에서도 제일 심했던 것은 길다란 모양의 '아이스 바' 광고였다. 한 젊은 여성이 아이스 바를 빨고 있을 때 흘러나오는 CM송은 누가 들어도 혀를 내두를 만큼 기가 찼다.

"큰 것은 요 것…… 좋은 것 큰 것!"

이 CM송을 들은 아이들은 무슨 뜻인지도 모르고 아이스 바를 쪽쪽 빨며 "큰 것은 요 것……" 하고 흉내를 내고 다녔다.

당시 비속어나 은어는 TV드라마 대사에서도 마찬가지였다. 드라마의 시청률을 높이기 위한 수단으로 비속어나 은어를 의도적으로 반복해 사용하고 있었다.

"바쁘다, 바빠…… 죽갔네…… 어쭈, 못 말려…… 아이구아야……."

뭐가 바쁘고 뭐가 죽겠는지 생각할 겨를도 없었다. 광고 횡포에 마비가 되어 있었던 것이다. 그때 틈을 비집고 얼굴을 내민 광고가 또

MBC 수목드라마 〈겨울꽃〉(1987년).

하나 있었다.

피임약 광고였다.

잠을 잘 시간대를 이용해 속삭이듯 한 여인이 코맹맹이 음성이 들리는 것이었다.

"아나보라…… 아나보라…… 아나아 보아라……!"

이제 그때에 비하면 광고주들의 횡포도 많이 사라졌고 광고윤리도 어느 정도 지키고 있으니 다행이다.

나는 1991년 5월 연세대학교 행정대학원 신문방송 고위과정을 연수 중이었을 때 'TV 연예오락 방송의 광고 고찰'이란 리포트를 작성한 적이 있었다. 그 리포트를 요약해 본다.

▪ TV 연예오락 방송의 광고 현황

우리가 볼 만한, 인기 있는 연예오락 방송을 보고 있노라면 순간이 멀다 하고 광고가 등장한다. 특히 볼 만한 프로그램에는 어김없이 시청자에게 "짜증을 내려면 내라"는 식으로 시청자의 감정은 아랑곳 않고 마라톤 광고가 계속 줄줄이 이어진다. 시청자들은 "돈을 얼마나 벌어들이기에 저 지경이냐"고 따지고 싶지만 어느덧 면역이 되어 그저 잠시 쓴웃음만 지을 뿐이다. 그러면 과연 어느 프로, 어느 광고가 가장 많은 돈을 방송사에 안겨 주는지 1991년 5월 현재, 지나간 인기 있는 연예오락 프로그램 몇 개를 통해 그 내역을 알아본다.

표에서 본 바와 같이 TV 단일프로그램에선 KBS-2TV의 〈드라마게임〉이 가장 많은 광고 수입을 올리는 것으로 드러났다. 〈드라마게임〉은 20초짜리 단가 4백29만 4천 원의 CF를 무려 24개를 붙여 모두 1억 3백5만 6천 원의

KBS, MBC-TV 광고료 수입 순위

순위	프로그램명	방송사	시간대등급	광고시간 및 편수	광고수입 총액
1	드라마게임	KBS-2TV	SA	20초×24편	103,056
2	주말의 영화	MBC-TV	SA	20초×7편 30초×8편	77,503
3	토요명화	KBS-2TV	SA	20초×7초 30초×10편	75,758
4	베스트셀러 극장	MBC-TV	SA	15초×4편 20초×11편 30초×4편	75,613
5	일요일 밤의 대행진	MBC-TV	SA	15초×19편	74,765
6	그 여자	MBC-TV	SA	15초×19편	74,765
7	토요일 토요일은 즐거워	MBC-TV	SA	15초×3편 20초×13편	73,489
8	일요특선	MBC-TV	A	15초×5편 20초×14편 30초×9편	72,355
9	미니시리즈	KBS-2TV	SA	15초×1편 20초×14편 30초×6편	63,768
10	몽실언니	MBC-TV	SA	15초×3편 20초×12편	63,768

* SA=스페셜 A급, A=A급, 단위:천원

광고 수입을 올렸다. 이 프로는 늘 25개 내외의 광고가 붙어왔다. 방송광고법에 따르면 최대광고 허용시간은 프로그램 방송시간의 8%로 제한되어 있다. 따라서 100분짜리인 〈드라마게임〉은 20초 CF 24개를 붙여 제한된 시간 8분을 모두 팔아치운 셈이다. 광고료 수입 2위는 MBC-TV의 〈주말의 명화〉로 단가 5백67만 1천 원인 30초짜리 8개, 단가 3백78만원인 20초짜리 7개, 단가 2백83만 5천 원인 15초짜리 2개 등 모두 17개의 CF를 붙여 총 7천7백75만 8천 원이 수입을 올려 간발의 차이로 3위에 머물렀다. KBS-1TV의 〈명화 극장〉은 광고를 붙이지 않았다. 이상의 3개 프로그램은 본 방송이 시작되기 전, 프로그램 앞에 모든 광고가 나가 시청자들에게 더욱 더 지리함을 안겨주는 대표적인 프로다. 또한 같은 주말 골든 시간에 방송되는 MBC 〈베스트셀러 극장〉은 〈주말의 명화〉와 같은 단가로 30초짜리 4개, 20초짜리 11개, 15초짜리 4개 등 19개의 CF를 붙여 총 7천 5백61만 원의 광고 수익을 올려 4위를 차지했다. 그리고 수요일과 목요일 저녁시간에 방송하는 〈그 여자〉와 일요일에 방송하는 〈일요일 밤의 대행진〉은 똑같이 단가 3백93만 원의 15초짜리 19개를 붙여 각각 7천4백76만 원으로 동률 5위를 차지하고 있다. 〈그 여자〉는 일주일 2회 방송으로 주당 1억 4천9백53만 원을 벌어들이는 셈이다.

▪ 문제점

이처럼 광고료 수입계산은 모두 통상 광고비 개념인 전파료에 방송사별 프로그램 제작비를 합친 것으로 실제 제작비는 대단치 않다.

수입 1위인 〈드라마게임〉의 경우, 전파료는 1천3백68만 9천 원으로 총 수입금 8천9백37만 원을 제작비 명목으로 거둬들이고 있다. 〈드라마게임〉 1편 제작비가 3천만 원도 안 되는 것을 감안하면 방송사에서는 엄청난 폭리를 취하는 셈이다. 더구나 외화의 경우는 더욱 심해, 재탕 삼탕을 거듭할 때마다 심각한 문제라고 아니할 수 없다.

특히 최근의 〈드라마게임〉은 한술 더 떠서 20초 CF를 15초로 줄여 32개까지 붙이고 있으니 시청자들을 무시한 방약무인한 횡포다. 따라서 TV광고의 규제와 질적 향상을 위해서도 시청자들로 구성된 시민연합 단체가 결성되어 TV광고에 대한 감시와 시정을 강력히 제기하는 조치가 속히 이루어져야 한다고 믿는다.

이 제도가 성공할 때 TV광고의 횡포를 막는 것은 물론, TV광고도 고도의 예술작품으로 승화시켜 질적인 광고방송의 향상은 물론 더 나아가 한국방송문화 발전에 크게 기여하리라 믿는다.

30초의 예술……. 이것이야말로 광고의 예술성의 집약이며 시청자로부터외면 받지 않는 광고의 나아갈 길이니까.

<서울 뚝배기>

90년 10월은 나로서는 유난히도 바쁜 나날이었다. 번갯불에 콩 튀겨 먹는다고 김운경 극본 <서울 뚝배기> 연출에 전력투구하느라고 사무실 책상에 붙어 있는 시간이 거의 없었다. TV드라마를 수십 년이나 연출해온 나로서도 실패하면 끝장이라는 중압감과 또한 그 알량한 체면이 앞섰기 때문이었다.

쟁쟁한 후배 PD들이 선배들을 바짝 추격하는 마당에 10년만에 다시 일일연속극을 연출한다는 것은 역시 산고를 치러야 하는 진통의 연속이었다. 게다가 MBC 드라마에 눌려 KBS의 드라마가 시청자 인기도에서 최하위를 달리고 있었으므로 드라마 제작진이 모두 비상이 걸려 있을 때였다.

"이러다가는 파멸밖에 없다. MBC의 드라마를 맹추격하라!"

그러한 집요한 노력의 결과였는지 방송 2주째부터 예사롭지 않은 반응을 보이더니 한 달만에 드라마 인기 랭킹 2위로 껑충 뛰어오른 것이었다. 그때 시청률 조사에서 1, 3, 4, 5, 6위가 모두 MBC가 차지하고 있었다. 1위 <그 여자>, 3위 <몽실언니>, 4위 <전원일기>, 5위 <한지붕 세 가족>, 6위 <충청 가윗골>, 그리고 유일하게 KBS <서울 뚝배기>가 2위였다.

<서울 뚝배기>는 3대째 가업으로 설렁탕집을 경영하는 집안에서 일어나는 얘기를 엮은 드라마였다. 오지명 씨(홀아비 강사장 역)를 주인공으로 주현(건달 역), 서승현(여동생 역), 도지원(딸 역), 길용우(지배인 역), 최수종(종업원 역), 김애경(마담 역) 씨 등이 출연했다.

이 드라마는 한탕주의 사고방식이 만연된 이 세상에서 노력한 대가만큼 살아가는 것이 행복의 요체라는 것이 주제였다. 원래 작가가 써온 드라마 제목은 '소문난 집'이었으나 나는 이 제목이 마땅치가 않았다.

서울에서 소문난 집이라면 설렁탕집을 우선적으로 머릿속에 떠올릴 것이라는 생각이었다. 설렁탕이라면 그게 뭐냐. 뚝배기를 연상할 것이다. 그래서 <서울 뚝배기>로 제목을 바꾸었다. 뚝배기라고 하면 서민풍의 구수한 냄새도 나고 우리의 토속적인 냄새는 물론 사람마다 오가는 정감이 흐를 것이었다.

<서울 뚝배기>가 하늘 높은 줄 모르고 인기가 치솟자, 90년 12월 31일로 막을 내리려던 드라마가 91년 3월말까지 연장된 것이었다. 나로서는 여간 신바람이 나고 기쁜 일이 아니었다. 아무리 신역이 고되다고 해도 연출자의 보람은 바로 이런 데서 찾는 것이 아닌가 하는 생각이 들 정도였다. 나는 오전 7시 반에 일찌감치 출근해서 밤 12시, 심지어는 다음날 1시나 2시에 귀가하는 일이 많았고 그 날의 할 일에 따라 새벽 0시에도 출근해서 콘티를 짜느라고 대본과 씨름하는 경우가 다반사였다.

<서울 뚝배기>의 시청률이 치솟자 덩달아 혜택을 보는 것은 <KBS 9시 뉴스> 시간이었다. 매일 밤 8시 30분에서 30분 동안 <서울 뚝배기>가 방송되고 나면 곧바로 <KBS 9시 뉴스>가 방송되기 때문이었다. 시청자들은 자기가 선택한 프로를 보다가 다음으로 이어지는 프로를 그냥 시청하는 경우가 대부분이다. KBS 뉴스가 MBC 뉴스를 압도하는 현상이 빚어졌다.

당시 뉴스 앵커맨 박성범 씨(현 국회의원)가 기분이 좋아서 방송사에서 나와 얼굴을 마주칠 적마다 "김 형, 고마워. 김 형 덕분에……" 하고 감사를 할 정도였다.

그 즈음 나는 「스포츠 조선」에 '컬러방송 10년 - 스탠바이 큐'란 칼럼을 쓰기로 되어 있었다. 10년간의 컬러방송을 위주로 녹화장에서 일어난 일이나 연기자들의 신변 얘기, 연출 얘기 등 방송에 얽힌 비화를 쓰는 일이었다.

나는 드라마 연출을 하면서도 틈만 있으면 신문지상이나 전문 방송지에 글을 싣는 것을 무척이나 즐기고 있었다. 이런 방송비화를 쓰기 위해 틈틈이 자료를 모으고 있었고 그동안 스크랩한 자료도 일기장 분량으로 20여 권이나 갖고 있었다.

그러나 그것도 <서울 뚝배기>가 연장 방송되는 바람에 연출을 하면서 매일 연재되는 200자 원고지 7장을 메울 수는 없었다. 결국 91년 1월 1일부터 연재하기로 한 것을 4월 1일부터 연재키로 미룰 수밖에 없었다.

하지만 계획은 또 엉켰다. <서울 뚝배기>가 2개월을 재연장 방송하기로 결정한 것이었다. 91년 2월에 방송위원회가 한국갤럽조사위원회에 의뢰해서 전국 1천 명을 대상으로 TV프로의 전반적인 질을 조사한 결과, 가장 재미있는 드라마가 <서울 뚝배기>이고, 가장 유익한 프로가 <인간시대>로 나타났으니 그 반향을 보고서도 연장 방송을 하지 않을 수가 없었을 것이다.

건달 역을 맡은 주현 씨의 "……걸랑요"와 마담 역 김애경 씨의 "실례합니다아……" 하는 코맹맹이 소리가 장안의 유행어가 되어 어디서나 시청자들의 입에 오르내릴 만큼 폭발적인 인기를 얻고 있을 때였다.

나는 또 연재계획을 미룰 수밖에 없었다. 두 번째 약속까지 지키지 못하고 결국에는 세 번째로 91년 6월 1일부터 쓰겠다고 약속을 했다.

일일연속극 〈서울
뚝배기〉(1990년
10월).

나는 면도칼 같은 「스포츠 조선」의 정중헌 부장(현재 「조선일보」 논설
위원)의 얼굴을 마주 바라볼 염치가 없었다. 그쪽의 연재계획을 시간
이 없다는 이유로 자꾸만 미뤄왔기 때문이었다. 나는 그만큼 〈서울 뚝
배기〉에 몰두해 있었고 몸은 바쁘고 고달팠지만 그렇게 마음이 즐거
울 수가 없었다.

그런데 좋은 일만 있으란 법은 없었다. 이 무슨 날벼락 같은 소리란
말인가. 91년 3월 24일 일요일 아침, 교회를 가려고 문을 나서는데 직
장동료로부터 전화가 걸려왔다.

"김 형, 김 형이 연세대 교육 발령이 났는데 자원한 거요?"

"무슨 소리요. 내가 자원을 하다니?"

나는 무슨 잠꼬대 소린가 했다. 물론 연수교육이 아니라 어떠한 교
육이라도 '배운다'는 일은 좋은 일이다. 당시 석사학위까지 받았지만
늘 배우려 하는 욕망을 갖고 있다. 그러나 지금 한창 〈서울 뚝배기〉
연출로 눈코 뜰 새 없는 마당에 교육을 받는다는 것은 무슨 소리이고
또 내가 교육을 받기로 자원을 했다니⋯⋯. 그렇다면 지금 연출하고
있는 〈서울 뚝배기〉는 어떻게 하고서⋯⋯. 나는 일순 내 머릿속에 스

쳐가는 불길한 예감을 느꼈다.

나는 <서울 뚝배기> 연출에 바빠 방송사 안의 돌아가는 행정적인 움직임에는 전혀 신경을 쓰지 않고 있을 때였다. KBS 서기원 사장이 중견 간부급들의 질적 수준을 향상시키기 위해 '중견간부 연수교육'을 1년간 코스로 연세대에 위탁시켜 실시키로 한 것이었다.

그러나 교육 목적은 'KBS 중견간부 질적 향상'에 있었지만 그 이면에는 포화상태에 있는 중견급들을 솎아내기 위한 명분상의 제도라는 소문이 파다하게 나돌고 있었다. 연수교육을 받는다는 명분으로 1년 동안 방송 실무를 떠나게 되는 것은 아예 방송사를 떠나라는 소리와 마찬가지란 루머도 나돌았다.

그러니 얼굴들이 새하얗게 변해 구명운동이라도 하듯 고위층을 찾아다니는 간부들도 있었고, 연수교육을 받는다는 것이 능력이 없어 한직으로 물러난다는 인상을 짙게 했다.

그런데 연수교육자 명단 속에 내가 낀 것이었다. 나는 여간 기분이 좋지 않았다. 내가 그 속에 끼리라고는 전혀 생각지도 않았기 때문이었다. 교육생으로 차출된 데 대해서 이해가 가지 않았고 오히려 어안이 벙벙하였다. 교육은 한가할 때나 받으라는 것이지 <서울 뚝배기>를 연출하는 마당에 이럴 수가 있나. 나의 가슴속에서는 일말의 분노마저 꿈틀거렸다.

그러나 어떻게 하랴. 회사의 절대적인 명령인걸. 사실 내가 왜 1차 교육 대상자 속에 끼어야 했는지도 알 수가 없었다. 차출된다고 해도 <서울 뚝배기> 연출이나 끝내고서 2차에 교육을 받아도 될 텐데, 왜 그랬을까 그 이유가 뭘까. 나는 마치 연출을 잘못해서 밀려나는 기분이 들었고 누가 나를 모함해서 함정에 빠뜨린 것 같은 느낌도 들었다. <서울 뚝배기>의 연출은 내 대신에 황은진 제작위원이 맡게 되었다.

연출자가 바뀐다는 소식을 들은 <서울 뚝배기>의 연기자들도 이해

할 수 없다는 표정이었다. 호흡이 맞아 잘 방송되고 있는 드라마의 연출자가 갑자기 바뀌면 연출의 흐름이나 감각 또한 바뀐다는 것을 잘 알기 때문이었다.

야구경기에서 투수가 9회전까지 끝까지 볼을 던져 완투승을 거두는 영광처럼 나도 <서울 뚝배기>가 끝날 때까지 연출해 하나의 작품을 완성시키는 것이 솔직한 바람이었다. 그러나 아쉽게도 도중하차하는 몸이 되었고 출연진들에게 나는 침통한 기분으로 고별인사를 했다.

"시인 엘리오트는 '4월은 잔인한 달'이라고 노래했습니다만 저에게는 오늘이 3월 26일이니까 3월을 '배신의 달'이라고 하겠습니다. 지난 일요일 아침 이 소식을 전해 듣고 처음에는 멍했고 점차로 분노가 솟구쳤습니다. 얼마나 아끼고 얼마나 고생해서 성공시킨 <서울 뚝배기>인데, 하루아침에 연출을 그만두고 연수교육을 받으라니…… . 처음에는 작가 김운경 씨도 펄쩍 뛰었고 몇몇 연기자들도 말도 안 된다고 어안이 벙벙했습니다.

그러나 시간이 약이라고 점차 흥분을 가라앉혔을 때 저는 시류에 따르기로 했습니다. 독주하는 인기는 오히려 멍에가 된다는 사실…… 방송생활 27년만에 참으로 별난 걸 다 느껴봅니다. 하지만 저, 김연진은 결코 죽지 않습니다. 지금은 비록 패자가 되어 교육을 떠나지만 분명히 다시 돌아올 겁니다.

아무튼 약 8개월 동안 함께 고생한 오지명 씨를 비롯한 전 연기자들, 그리고 이덕건 씨를 비롯해 FD 미스터 최, 미스터 신, 그리고 작가 김운경 씨께 정말 고마웠고 또 잊지를 않을 겁니다.

그동안 본의 아니게 저에게 야단을 맞고 면박을 받은 우리 뚝배기 식구들에겐 미안함을 느끼지만, 작품의 성공을 위한 사랑의 종아리였음을 이해하시고 부디 각 개인마다 하는 일에 행운과 또 건강함이 있기를 하나님께 항상 기도 드리겠습니다. 그리고 여러분들도 다같이 노력합시다.

후임 연출을 맡으신 황은진 위원은 저보다 더 훌륭한 연출자이십니다. 여러분들이 뜻을 같이 하시리라 믿습니다. 또한 <서울 뚝배기>를 통해 많은 스타들이 탄생된 데 대해 보람을 느낍니다. 자, <서울 뚝배기>를 위해 파이팅을 외쳐봅시다. <서울 뚝배기> 파이팅!"

"파이팅!"

다음 순간 나를 전송하는 박수소리가 터져 나왔다.

"감사합니다."

연수교육 입교를 하루 앞둔 그날 밤, 나는 분노와 심한 모멸감에 잘 마시지도 못하는 술에 취해 있었다.

밤새 안녕하십니까?

교육을 받기 위해서 입교하는 날, 서기원 사장이 교육대상자들을 모두 모아놓고 연수교육 실시에 대한 취지를 설명하였다. 그런데 가만히 보니 이미 통보됐던 명단에서 10여 명이 빠지고 최종으로 입교생 43명이 결정된 것이었다. 구명운동을 했다는 소문이 사실로 판명되었다.

나는 그 점에 대해서 더욱 화가 났다. 진정한 의미의 교육이라면 왜 빠져야 하고, 무슨 이유로 그들은 빠졌으며, 또 빠져도 된다면 나 같은 경우에는 회사에서 얼마든지 배려를 해줄 수도 있지 않느냐는 점이었다. 나는 사장의 당부의 인사말이 끝나자마자 그 점을 따지고 들었다.

"몇 가지 질문을 사장님께 드리겠습니다. 저는 엊그제까지 일일연속극 <서울 뚝배기>를 연출해온 김연진 PD입니다. 제가 KBS에 27년간 재직하고 있는 동안에 이런 기회가 한 번도 없었는데, 서 사장님의 이번 중견간부 위탁교육은 참으로 바람직한 혁명적인 조치라고 우선 생각됩니다."

나는 일단 위탁교육 실시에 대한 긍정적인 면부터 수긍하였다. 주위는 내 입에서 무슨 말이 떨어질까 하고서 갑자기 조용해졌다.

"그러나 이러한 참신한 정책을 집행하는 데 있어서 좀 미진하지 않았나 하는 부분이 있다고 생각됩니다. 물론 사장님의 오랜 고심의 결

단이라 사료됩니다만, 일단 국별로 시행되는 과정 속에서 해당자들과
사전에 충분한 취지 설명 등이 전연 없었고, 물론 이중엔 지원자도 있
습니다만 무슨 큰 극비사항이라도 추진하듯 '밤새 안녕하십니까' 하는
식으로 일방적이고 쌍팔년에 군대에서 사역병 차출하듯 한 것은 좀 너
무 하지 않았나 생각됩니다."

나는 불만부터 터뜨렸다. 그리고 또 따졌다.

"또한 선발의 기준이 뭔지 모르겠습니다. 제가 알기로는 무릇 교육
이란 무보직자나 그렇게 바삐 뛰지 않는 사람이 일단 대상인 줄 아는
데, 아침 6시부터 현업에서 정신없이 뛰는 사람까지 포함시킨 이유는
납득이 안가며, 특히 처음에 1차로 교육 대상자로 발령이 났던 사람
중에 10여 명이 빠지고 최종 43명이 선발된 이유는 무엇인지 모르겠습
니다. 물론 이유는 55세 이상은 해당이 되지 않기 때문이라고 하고 또
개중에는 박사학위 소유자도 있어서 제외시켰다고 들었습니다만, 그럼
선발된 연수 대상자 중에 각 개인의 학력이나 경력도 안 보고 했다면
이건 난센스가 아닙니까?"

주위는 물을 끼얹은 듯 조용했다. 자신들의 불만, 불평의 소리를 대
변해 주고 있기 때문일 것이다. 나는 또 물고 늘어졌다. 이왕 입을 연
이상 사장 앞이라고 머뭇거릴 일은 아니었다. 어차피 미운 털이 박혔
다면 그 근본적인 이유라도 알아야 할 것이었다.

"또 이 역사적 연수교육제도를 정착시키려면 사장님께서는 앞으로 5
년 정도는 계속 KBS에 계셔야 합니다. 왜냐 하면 예를 들어 일일연속
극인 경우, 첫 주가 가장 중요한데 일단 첫 주 방송이 나간 후 여러
가지로 면밀히 검토해서 작가의 작품구성이 산만하면 압축한다던가,
연기자의 오버액션이 있으면 눌러 준다던가, 연출의 템포를 더 준다던
가 하는 이러한 여러 가지를 보완해서 2, 3주 방송이 나간 후 시청자
를 확 끌어당기면 마음놓고 계속 나가지만, 시청자에게 외면 당하면

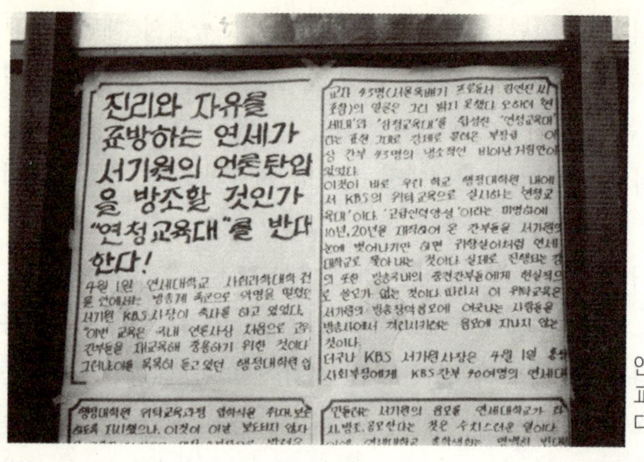

연세대의 대자보 "연청
교육대 云云"이 눈에 띈
다(1991년 4월).

이건 빨리 중단해야지 괜한 예산 낭비이고 전파 낭빕니다.

마찬가지로 이 위탁교육을 1년 실시해 본 후 커리큘럼이 적당한가, 강사진은 어떤가, 기간이 짧은가, 긴가 등 여러 가지 문제점을 보완해서 정착되려면 최소한 3~4년이 걸려야 하고 그때쯤 되면 정말로 연수교육제도가 인기가 있어 너무나 많은 지원자도 몰릴 것이고 선발 시험까지 치르는 즐거운 비명의 소리도 들릴 것입니다. 그런데 이것이 도중에 행여 타의에 의해 중단된다면 문제가 크지 않은가 하는 생각입니다. 이런 의미에서 몇 가지 우려의 말씀을 드렸습니다."

나는 그 말을 끝으로 자리에 앉았다. 주위는 물을 끼얹은 듯 조용했다. 동병상련 속에 누구나 나의 질문을 긍정적으로 받아들였다. 그러나 답변을 해야 할 사장의 표정은 그렇게 밝지가 않았다. 사장은 나를 한참을 바라보더니 짤막하게 말했다.

"그 질문은 참고로 하겠습니다."

그리고 다음 날부터 연수교육은 시작되었다. 매일 아침 KBS로 향하던 발길이 연세대학교 캠퍼스로 들어서야 했다. 학교 다니던 추억이 되살아났다. 격일로 아침 10시부터 오후 4시까지 주 3회 실시되는 철저한 강의의 연속……. 쉬는 요일은 도서관에 들러 자료를 찾거나 관계 서적을 탐독해야 했다.

누구나 마찬가지겠지만 나의 경우, 일단 새로운 일에 부딪쳤다 하면 맡겨진 일이라 생각하고서 그곳에 몰입하는 경향이 있다. 나는 차츰 강의에 빠져들었다. 이미 주사위는 던져진 이상 다소의 불만이 있더라도 꾹 참고서 충실히 강의를 받아야겠다는 생각이었다.

강의는 전문 방송인들로서의 한국방송의 문제점, 외국 TV방송의 경향, 방송의 역할, 한국 TV드라마의 변천과정 같은 내용의 강의가 펼쳐졌고 방송인으로서 알아야 할 교양강좌까지 곁들여졌다.

그때 나는 연수교육을 받는 것 이외에 내가 해야 할 또 하나의 일이 있다는 것을 알았다. 「스포츠 조선」과 약속한 칼럼을 이 기회에 연재하는 것이었다. 그 글을 쓰는 것은 내가 강의를 받고 있는 교육과정에도 도움이 되었다. 마침 시간적 여유가 있다는 것을 「스포츠 조선」의 김동철 기자가 눈치채고서 달려왔다.

"김 선생님, 이 차제에 연재를 하시죠?"

6월 1일부터 연재하기로 약속을 한 것을 한 달을 앞당겨 5월초부터 시작하자는 것이었다. 본의는 아니었지만 두 번씩이나 신문사를 골탕먹인 죄(?)로 나는 쓸 수밖에 없었다. 그러나 공부하면서 매일 200자 원고지를 7장씩 긁어대는 것이 그렇게 쉽지 않았다. 재미와 흥미를 갖추되 품격을 잃지 않아야 된다는 마음 때문에 여간 힘든 작업이 아니었다.

일주일쯤 지난 뒤, 나는 온몸이 지쳐서 그만 집필을 중단하고 싶은 심정이었다. 그러나 이를 악물고 용케도 4개월간의 예정된 횟수를 끝낼 수 있었다. 한 가지 보람은 「스포츠 조선」에 연재되고 있는 동안 수많은 사람들로부터 그 치밀한 자료 수집에 놀랐다면서 방송사적인 가치에 대해서도 조언을 해주신 분들이 있었다. 그렇게 고마울 수가 없었다.

드라마는 봉인가?

　91년 7월, KBS 방송연구원 22명은 백두산 기행을 위해 중국을 방문했었다. 국제도시 상해의 버스 안에서 그동안 우리를 가이드 했던 중국여행사 조선동족 안내원이 마지막 인사를 하겠다며 자리에서 일어났다.

　"여러분과 헤어질 시간이 얼마 남지 않았습니다. 그동안 10일간을 함께 생활하다 보니 저도 모르게 정이 들었습니다. 이제 여기서 헤어지면 선생님들과는 영영 이별이고 내일부터는 또 다른 한국 여행객들과 만날 것입니다. 전 그분들을 만나면 자랑할 게 한 가지 생겼습니다. 그것은 다름이 아니라, 저는 <서울 뚝배기> 연출자 선생님 일행을 가이드 했걸랑요. 실례합니다아 —."

　이렇게 안내원은 비음까지 섞어가며 애교 있는 작별인사를 하는 것이었다.

　<서울 뚝배기>의 유행어 "……했걸랑요!"가 이제 막 해빙무드를 탄 중국까지 건너간 것을 보고 놀람과 함께 새삼스레 방송의 위력을 실감했다.

　가끔 대학가 등에서 은어로 통하던 것이 유행어가 된 것도 있으나, 뭐니뭐니해도 유행어의 산실은 단연 방송 분야다. 특히 TV프로그램에

서 숱한 유행어가 탄생되는데, 당시 세태를 반영하는 자연발생적인 유행어는 누구도 막을 수 없는 시대의 조류라고 생각된다.

우선 86년에 <유머 1번지>의 '회장님, 회장님, 우리 회장님' 코너에서 "조오-습니다"는 어린아이들에게 유행, 학급반장선거에서 투표도 부치지 않고 "조오-습니다"의 만장일치로 통과시키는 해프닝을 벌이며 당시 시대상을 적나라하게 풍자했다.

또한 KBS 일일극 <사모곡>에서 박혜숙이 남편 장항선을 몰아 세우면서 내뱉은 말인 "몰러, 뭘 몰러", KBS 주말연속극 <사랑의 굴레>에서 고두심이 퍼트린 "증말 잘났어" 등의 대사가 청소년층을 비롯, 성인층에까지 유행됐었다. MC생활을 그만둔 탤런트 이덕화가 MBC <토요일 토요일은 즐거워>에서 "부탁해요", "보여주세요" 등은 그가 개발한 유행어였고, <일요일 일요일 밤에>의 주병진이 유행시킨 "모아 모아 모아서"는 여성들의 가슴을 돋보이게 하는 브래지어 CF와 의약품 선전문구로 등장했다.

91년에 인기를 끈 유행어로는 MBC <청춘행진곡> '병팔이의 일기'에 나오는 민지(최형선)라는 꼬마아이가 유행시킨 말로 "말도 안 된다. 흥!" 하는 귀엽고 깜찍한 것도 있다.

이처럼 시대에 따라 유행어가 나오지만 그 유행어를 부정적인 눈으로 보는 사람도 많다. 왜냐하면 "조오-습니다" 같은 유행어는 아직 인격이 형성되지 않은 어린이들이 여과 없이 받아들임으로 인해 장차 커서 무조건적인 아부형의 사람이 될 수 있는 소지가 많기 때문이다.

그러나 그러한 부정적인 측면이 있는 반면, 드라마나 다른 프로그램의 인기를 올리는 데 결정적인 조미료 역할을 톡톡히 하는 것과 함께 스트레스를 많이 받는 현대생활에서 참신한 유행어가 카타르시스가 된다는 것도 무시할 수가 없다.

10여 년 전 대흥행을 기록한 영화 '사랑과 영혼'의 도입부. 한밤중에

일일연속극 〈타향〉(1974년 10월).

일어나 도자기를 굽는 데미 무어의 양 겨드랑이를 끌어안고 애무하는
패트릭 스웨이지. 순간 '언체인드 멜로디' 주제가 고조되면서 데미 무
어의 도자기 굽는 손이 갑자기 빨라지기 시작한다. 흡사 남성의 심벌
을 애무하는 것 같은 느낌을 주면서, 이때부터 관객을 숨 쉴 틈도 없
이 스크린에 몰입하는 것을 볼 수 있다.

  이와 같이 영상을 주로 하는 영화나 TV드라마는 도입부의 첫 신이
매우 중요하다. 그러나 영화는 극장에서 한번 봐 버리면 끝나겠지만,
TV드라마는 거의 매일 시청자와 안방에서 접하기 때문에 한 작품을
맡았을 때 PD가 드라마에 쏟는 정열은 그야말로 필사적이다. 빈틈없
는 기획은 말할 것도 없고 작가 선정과 적재 적소에 맞는 연기자 캐스
팅 문제는 연출가에겐 필수적이며 기초상식이다.

  PD의 전력투구는 이때부터 시작된다. 역량 있는 작가를 섭외하기
위해 온갖 자존심을 다 팽개쳐버리고 삼고초려(三顧草廬)한다.

  그뿐만이 아니다. 산뜻한 뉴 페이스를 찾기 위해 미친놈 소리를 들
어야 한다. 인파가 붐비는 명동거리를 하루종일 방황해야 하고 때로는

여자대학 입구에서 서성거리다가 인신매매범으로 몰려 파출소 신세도 져야 한다. 그보다 더한 고통은 드라마 타이틀 백에 새로운 아이디어의 영상미를 표출하기 위한 어려움이다.

그러나 이렇게 숱한 고통을 치르는 작품이 방송되면서 첫 회부터 별 반응이 없고 그것이 일주일, 한 달을 넘기면 아예 자살해 버리고 싶은 마음이다. 그렇게 정성을 들인 작품이 관심 밖의 작품으로 낙인찍혔을 때의 담당 PD나 간부들은 비통을 떠나 절망의 나락으로 떨어질 수밖에 없다.

낙심해 있는 제작부서에 누구하나 위로의 말도 없는 판에 또 신문과 방송평자들은 수없는 돌멩이를 던진다. 그러한 비운의 드라마로는 87년 KBS 3월 개편 때 신설된 〈가요드라마〉, 〈TV소설〉, 〈일요추리극장〉 등으로 이 세 드라마는 겨우 6개월을 넘기고 도중하차한 불행한 드라마였다.

원인은 성공보다는 실패율이 높다는 제작부서의 건의가 전연 무시되었기 때문이다.

1백여 명이 넘는 드라마 작가에 1천여 명이 넘는 탤런트, 남아 돌아가는 PD가 얼마든지 있기 때문에 어떤 포맷의 드라마를 신설해도 내일 당장 제작이 가능하다는 편성책임자의 그릇된 사고방식이 문제다.

숱한 작가 중에 과연 쓸 수 있는 작가가 몇이나 있고, 그 많은 탤런트 중 연기다운 연기를 하는 사람이 몇이나 될까? PD라고 아무나 시키면 안타를 칠 수 있는지 도저히 납득이 안 가는 드라마에 대한 몰상식. 히트 작품을 기대한다면 적어도 6개월 내지 1년 정도를 사전 기획 후 제작을 하는 근래에 비하면, 불과 5년이지만 '드라마가 봉'처럼 인식되는 사고방식이 불식되지 않는 한 드라마의 발전은 요원하다고 본다.

SBS의 개국

　민방 SBS가 개국된 것은 1991년 12월 9일이었다. 80년 12월 1일 민방 TBC-TV를 KBS-TV에 흡수 통합시켜 민영 TV를 없애버린 뒤 10년만에 다시 민방 허용을 한 것이었다. 이른바 '공·민영 공존시대의 새로운 구도'의 징표로서 SBS의 등장은 적법한 절차를 밟으면서 세인의 이목을 집중시켰다.

　민방 SBS가 탄생됐으니 KBS나 MBC로부터 기존 인력을 스카우트하는 바람이 드세게 불기 시작했다. 이미 개국 2개월 전부터 MBC의 표재순 씨(전무), 김광수 씨(편성, 제작이사), 변건 씨(대구 MBC 관리이사) 등이 이동했고 KBS의 우석호 씨(보도이사)가 건너갔다. 드라마는 KBS의 임형두 씨(92년 3월, 제작이사)를 비롯하여 MBC의 곽영범 씨(드라마 PD)가 중심을 잡았다.

　KBS의 중견 PD인 주일청, 이남기, 이종수, 이근용, 김재순, 운군일, 공영화, 오세강, 고홍식 씨 등이 합세했고 MBC에서는 김수룡, 이장수, 정세호 (후일에 MBC 컴백), 이강훈, 오종록, 구본근, 장시홍, 손홍조 씨 등 7명이 떠나갔다. 작가 쪽으로는 신봉승, 정하연, 지상학 씨 등의 중진급과 신선희, 이석영, 박리미, 최현경, 이선 씨 등 새로운 세대들이 조화를 이뤘다.

이쯤 되니 방송사간에는 끌어가기와 인력을 빼앗기지 않으려고 단속하는 줄다리기가 팽팽해졌다. KBS나 MBC에서는 다음날 아침 눈만 뜨고 나면 누가 또 스카우트 당했나를 점검해야 했고 신생 SBS는 파격적인 대우를 명분으로 야금야금 빼앗아 갔다.

그러니 방송간에 날카로운 신경전을 벌이지 않을 수가 없었다. SBS가 PD나 관리직을 뽑아가는 것 말고도, 어느 날 갑자기 연기자들을 무더기로 스카우트해 감으로써 기존 방송사의 드라마 진영을 흔들어 놓았기 때문이었다.

SBS는 우선 초창기 정규 드라마에 원미경, 유동근, 남성훈, 김청, 김영란, 김윤경, 남일우, 김형자, 박원숙, 노주현, 이상아, 오미희, 연규진, 황신혜, 길용우, 김용림, 조경환, 최명길, 김자옥, 김창숙, 주현, 이덕화 씨 등의 연기자들을 대거 포진시켰다.

물론 새로 방송사가 개국하려면 주요 간부를 비롯한 방송 요원들과 연기자들의 대이동은 예견된 사실이다. 그러나 키워서 쓰려는 신인 탤런트까지 쏙 빼어가자 참다 못한 MBC가 분노한 나머지 SBS를 걸어 법정소송을 제기한 것을 봤을 때, 나는 지켜져야 할 방송사간의 상도의나 윤리성마저 허물어져 가는 것 같아 씁쓸함을 금치 못했다.

SBS가 방송한 특집드라마 〈모래시계〉 (1991년).

나 역시도 새 드라마의 제작을 준비하려 할 때 점찍어 둔 타방송사의 몇몇 연기자에 대해 욕심을 내고 벼락 스카우트를 하지 않은 것은 아니었다. 나도 연기자를 뺏겨보기도 하고 또 뺏어온 쪽이기도 하다. 그러나 법정소송까지 간 적은 없었다.

나는 타방송사의 탤런트를 스카우트하면서도 짓궂은 장난이라도 저지르는 어린아이처럼 푸푸푸, 웃을 때가 많았다. '스카우트'해 오는 것을 어렸을 때 참외밭이나 수박밭에서 애교 삼아 '서리'를 하고 있는 것쯤으로 생각하고 있었기 때문이었다. 그러니까 슬며시 웃음이 날 수밖에 없었다.

그런데 요즘의 농촌은 아주 달라졌다. 참외 서리를 하다가 들키면 도둑으로 몰아버리는 세상이 되어 버렸다. 그러니 참외 서리쯤으로 생각했던 탤런트 스카우트도 하나의 도둑질로 보여질 수밖에는 없을 것이다.

지금부터 15년 전인 81년 2월, 방송 통폐합이 된 지 불과 3개월도 안 돼 TBC에서 온 이덕화, 이미숙 씨가 돌연 KBS를 박차고 MBC로 줄행랑을 친 적이 있었다.

당시 KBS는 이른바 황금의 트로이카인 장미희, 정윤희, 유지인 씨, 그리고 한진희, 노주현, 임동진 씨 등이 버티고 있어 이덕화 씨와 이미숙 씨로서는 KBS에서 자신들의 입지를 굳히기는 틀렸다고 재빨리 상황판단을 한 모양이었다. 그러나 그 당시는 전속금에 묶여 있는 상황이었다. 도저히 박차고 나갈 수가 없는 상태였다. 그런데도 그들은 철새처럼 MBC로 날아가 버렸다.

일순간에 뒤통수를 얻어맞은 KBS는 한동안 강경했었다. 전속금을 3배로 물리고 두 사람은 물론 상대 방송사까지 법정고소를 하겠다며 으름장을 놓았다. 그럴 수밖에 없는 것이 꿀 먹은 벙어리처럼 묵묵히 내버려두면 그 같은 일이 전례가 되어 다른 연기자들도 동요를 일으킬 수 있기 때문이었다.

그러나 KBS는 시간이 지날수록 냉정을 되찾고 구렁이 담 넘어가듯 무관심한 태도를 보이는 것이 KBS다운 면모라고 결론지어, 결국 어떠한 제재도 내리지 않았다. 그 대신 대비책으로 신인들을 과감히 주연급 후계자로 키우기 시작했다.

그 결과 미모의 삼총사 장미희, 정윤희, 유지인 씨가 스캔들에 휘말리거나 결혼으로 브라운관을 떠났을 때, 그 뒤를 잠시 김미숙, 금보라, 이덕희 씨가 메웠고, 곧이어 이들의 뒤를 김희애, 전인화, 김혜수, 하희라, 조민수 씨 등이 당차게 대를 이어갔다. 또한 지금은 한 걸음 더 나아가 무서운 신인들이 기라성 같이 뒤를 잇고 있다.

스카우트 전쟁. 64년 TBC가 개국했을 때는 KBS가 피해를 봤고, 69년 MBC 개국 때는 TBC가 쑥밭이 되었으며 SBS 탄생에서는 KBS, MBC 두 방송사가 함께 타격을 입는 전철을 되풀이해온 셈이다.

그러나 결국 뛰어봤자 벼룩이라고 고작 3개의 TV방송사간에 돌고 도는 행동반경을 유념한다면, 자유출연이 어느 때보다도 활발한 시점에서 신인 탤런트까지 스카우트해가며 티격태격 싸울 필요는 없다는 생각이 든다.

이제는 시청자들도 누구, 아무개 아니면 드라마가 인기를 못 얻는다는 고정 관념에서 벗어난 지가 오래 되었다. 드라마에서 탤런트가 차지하는 비중보다는 작가의 공감 어린 작품내용과 절묘한 캐스팅, 그리고 감각적인 연출력에 아낌없는 박수를 보내는 것이 최근의 추세이다.

방송 역사만큼이나 방송사의 틀이 잡혀 있는 이상, 어느 방송사건간에 탤런트를 비롯한 방송요원 육성에 인색하지 말아야 할 것은 물론 상호 교류를 통해 방송의 질을 높이는 데 주력해야 할 것이다.

또 제4 제5의 신생 방송사를 위해서도 그렇지만, 다가올 남북통일 시대에 대비해서도 선의의 경쟁 속에 방송의 질을 높이는 것이 무엇보다 절실하다. 방송을 지켜보고 있는 시청자들의 눈이 깨어 있기 때문이다.

드라마의 차별화

그래도 지구는 돈다고 92년 3월, 1년간 연수교육을 마치면서 「한국 TV드라마의 역사적 변천에 관한 연구」라는 논문을 작성, 제출하였다. 결론을 요약하면 다음과 같다.

바야흐로 TV 3사 경쟁시대의 부활로 신생 방송사인 SBS가 드라마를 집중 편성함으로써 방송사간에 치열한 시청률 경쟁이 벌어지고 있으며 또한 SBS가 작가와 연기자 및 PD를 비롯한 방송요원의 스카우트 피동으로 TV드라마의 질적 저하가 우려되고 있는 실정이다.

즉 SBS가 '건강한 방송'을 슬로건으로 내세우며 갓 출발하였으나 현재 가장 건강치 못한 방송으로 평가됨으로써 참신을 기대했던 시청자들의 기대를 저버리고 있다. 드라마의 경우 지나치게 화려하고 소비지향적인 내용으로 계층간 위화감을 조성하고 있다는 여론의 비판을 받고 있으며 또한 편성차별화의 실패로 드라마가 별로 시선을 못 끌고 있다. 그리고 기존 KBS, MBC의 9시 뉴스 이미지를 궤멸시키기 위한 SBS의 저녁 8시, 10시 뉴스 편성은 결국 뉴스는 물론 9시대의 드라마까지 빛 바랜 꼴이 되어 자멸의 편성이 되고 말았다. 따라서 SBS는 하루 빨리 전열을 재정비하여 드라마 편성에 보다 신중한 배려가 없는 한 최소한도 2~3년은 기사회생하기 어려울 것으로 보인다.

MBC는 장기제작(2년 4개월)과 막대한 제작비(30억 원) 투입으로 심은 것만큼 열매를 거둔 <여명의 눈동자>와 참신한 기획으로 좋은 평을 받았던 <동의보감> 그리고 김수현 특유의 깔끔한 터치로 시청률이 높은 <사랑이 뭐길래>로 현재 드라마 부문에선 단연 선두를 달리고 있으나, 그렇다고 문제점이 없는 것은 아니다. 그것은 아무리 상업방송이라도 공공성과 공익성 등 방송 본래의 사명을 최대한 살려야 하는 것이 원칙이다. 아무리 <사랑이 뭐길래>가 자체 조사 시청률이 76.9%라 하더라도 우리 사회의 건강한 가정 모럴을 송두리째 흔들어 놓은 드라마는 결국 백해무익한 독버섯밖에 안 된다.

예를 들어 신성한 인륜대사인 결혼이 코미디처럼 희화화되고, 부모 자식간의 대사가 아래위도 없이 뒤죽박죽 되고 기존의 학교교육과 가정교육이 하루아침에 전도되는 역기능을 초래하고 있다. 드라마는 재미도 중요하지만 우리 사회의 평균 인물의 가치관을 보다 높은 곳으로 한 차원 끌어올리는 선도의 책임도 갖고 있기 때문이다.

마지막으로 KBS의 드라마를 보면 기획과 편성에 다소 문제가 있다.

KBS 최장수 일일극 <보통 사람들>(1982년).

기획 측면에서 볼 때 전통적인 KBS의 간판 드라마인 대하드라마 <바람꽃은 시들지 않는다>(유안진 원작)와 9시 뉴스를 받쳐주는 일일극 <옛날의 금잔디>(이금림 작)는 작품선정과 작가선정에 보다 더 신중을 기했어야 했다. 무리 없는 잔잔한 스토리 텔링으로는 작가나 PD의 머리꼭대기까지 올라가 있는 시청자를 확 끌어당기기에는 역부족이라 생각된다. 또한 편성측면에서도 문제점이 지적될 수 있다. 단적인 예로 신생사인 SBS가 9시 뉴스 시간에 드라마를 편성한다고 해서, 아침드라마로 기획된 영상소설 드라마를 제2TV 8시 55분에 긴급 이동 편성하는 것은 SBS의 드라마를 약화시키기 위한 불가피한 대응 편성이라 강변할지도 모른다.

그러나 이것은 대내적으로는 제1TV의 9시 뉴스까지 침식당하는 결과를 초래하게 되었고 대내적으로는 아침드라마를 MBC가 독주하도록 방치하는 결과가 되고 만 것이다. 특히 더 아쉬운 것은 91년 12월 4일에 첫 방송을 시작한 미니시리즈 <교토25시>를 MBC의 간판드라마인 <여명의 눈동자>와 맞물려 편성함으로써 가장 KBS적인 드라마이면서도 내실 있는 작품이 빛을 못 보고 있는 것이다. 만일 MBC <동의보감> 시간대와 맞물려 편성했더라면 <동의보감>이 끝나고 지금 허덕거리며 방송되고 있는 <약속>(김지수 작)이 졸작이기 때문에 <교토25시>가 단연 돋보일 수 있는 절호의 찬스를 놓쳐 더 한층 아쉬운 일이다. 따라서 이 시점에서 KBS 드라마가 3국 경쟁체제 속에서 생존할 수 있고 나아가 더욱 발전할 수 있게 하기 위해 아래와 같이 제언하고자 한다.

첫째로 공·민영 3사 경쟁시대에서 과감히 기선을 제압하기 위해서는 제1TV와 제2TV의 드라마를 차별화시키되, 우선 몇 개의 스테이션 이미지 드라마를 집중 지원하여 안정권에 올려놓고 나머지 드라마 역시 순차적으로 개선해 나가는 방법이다. 즉 제1TV는 대하드라마와 8

시 30분 일일극에 최대 역점을 두되, 품위와 재미가 가미된 작품을 선정하여 공영방송의 책임을 완수해야 한다. 제2TV는 주말연속극과 미니시리즈에 전력투구하되 시청률 제일주의에 입각한 정통 멜로드라마로 MBC와 SBS에 정면 대응하는 전략을 수립해야 한다. 이같이 차별화된 드라마의 대응방안은 KBS만이 수립할 수 있는 장점이기도 하다. 실제로 86년, 87년에 방송된 제1TV 대하드라마 <노다지>(선우휘 원작)와 8시 30분 연속극 <여심>(이은성 작), 제2TV의 9시 30분 연속극 <사모곡>(임충 작)과 수목드라마 <욕망의 문>(김기팔 작) 등이 MBC를 통쾌하게 압도한 찬란한 과거가 있다.

둘째, KBS 드라마는 국제화 시대에 급변하는 방송 환경 속에 능동적으로 대처하기 위해 세계로 눈을 돌려야 한다. 다채널의 다미디어시대에 공영 독점 형태의 방송이 시장경제 형태로 바뀌면서 위성방송과 CATV 방송의 확산, 프로그램 시장의 국제화, 그리고 지역단위의 블록화 등으로 방송의 초국가적 흐름이 가속화되고 있다. 이제 방송은 하나의 사회적 제도이며 문화적 현상으로 등장하고 있는 것이다. 앞으로 우리 나라에도 90년대 중반 이후 뉴미디어 방송시대가 본격적으로 도래하게 되면 HDTV를 도입함으로써 드라마의 연출, 제작 기법도 엄청나게 변화할 것은 불을 보듯 뻔한 이치다. 이런 의미에서 한국의 대표 방송인 KBS는 공익성 제고와 함께 국제적 협력과 국제 경쟁력을 지녀야 할 시점에 왔다고 본다. 따라서 KBS 드라마 PD에게도 방송의 국제화시대에 적응할 수 있는 정보를 제공하기 위해 내실 있는 재교육 프로그램과 해외 합작 형태의 드라마 제작에 적극적인 검토가 뒤따라야 한다고 본다. 제1단계로 남북 화해무드와 함께 남북 합작드라마 제작에 공영방송인 KBS가 주도해야 한다. 남북간에서 남한이 우월한 분야는 영화, 연극, 무용보다는 TV드라마가 유일하게 월등히 앞서기 때문에 남북 합작드라마 제작을 성사시키면 한국방송사에 에폭(epoch)을 굿는다 하겠다. 만일 이것이 성공하면 한·중 및 한·소 합작드라마 제작도 시도할 수 있을 것이다.

셋째, KBS 드라마의 발전을 위해서는 획기적인 기구 개편이 필요하다고 본다. 즉 현재 드라마제작국과 예능제작국으로 분리되고 있는 제작 현업 부서와 아트비전에 소속되어 있는 미술 파트를 한 울타리로 묶어 '현업 제작단'을 신설하거나 가칭 '예능본부'로 통합시키는 방법이 필요하다. 좀더 세분하면 본부장 밑에 각 장르별 담당 국장 1명씩만 두고, 국장 밑에 CP 관할의 수십 개 팀을 만들어 CP 안에 PD와 미술 스태프, 행정 담당이 한 팀이 되어 철저한 관리 책임하에 집행하고 제작을 실시한다. 그러나 1년 단위로 실적을 평가하여 상벌원칙을 엄격히 시행함으로써 그야말로 책임과 능률이 조화되는 획기적인 제도를 말하는 것이다. 이 제도가 도입되면 현재 드라마, 쇼 등 현업 제작부서가 TV본부장 직속하에 있으나, 제작부서의 손발이 되어야 할 미술 분야는 아트비전에 속해 있는 비효율적 운영체제가 개선됨으로써 입체적인 세트, 감각적인 카메라 구도, 그리고 섬세하면서도 스피디한 연출이 가능하여 드라마의 질을 한껏 높이는 계기가 마련될 것이다.

KBS는 오랜 역사와 전통을 갖고 있다. 그것은 무서운 저력이다. 아무리 어려운 여건 속에서도 항상 공영방송 본연의 책무를 성실히 수행하기 위해 부단히 노력해왔다. 민방이 감히 상상도 못 하는 기획과 행사, 기발한 아이디어를 창출하는 엘리트 집단이기도 하다. 이제 KBS 드라마도 서서히 기지개를 펴고 비상의 나래를 펼 날이 속히 오리라 확신한다. PD와 작가, 그리고 연기자와 스태프(미술, 기술 포함)가 저마다 하나의 작품을 승화시킨다는 목표 아래 최선을 다했을 때 그날은 더 빨리 다가오리라 믿어 의심치 않는다.

그대들 먼저 가십니까?

나는 방송작가와 연출자 중에서 이미 타계한 김기팔 형과 사상완 형을 요즘도 머릿속에 떠올릴 적이 많다. 나이가 들어가면서 사색하는 것도 많아지고 살아온 길을 되돌아보는 습관이 생겨서겠지만 두 사람이 다 '분명한 의식'을 갖고 살다가 갔다는 점이다.

내가 이 두 사람을 처음 알게 된 것은 38년 전이었던가. KBS에 몸을 담기 전에 학창시절 때부터였다. 그때 전국 대학 방송극 경연대회에서 기팔 형이 직접 쓰고 상완 형이 연출한 <산울림 이야기>가 최우수상을 차지해서 함께 축하주를 마신 것이 첫 만남이었다.

그 뒤 김기팔 씨는 KBS 라디오 드라마 <해바라기 가족>이 당선되어 방송작가로 화려하게 데뷔하였고 사상완 씨는 방송사로 진출, PD가 되어 나와 같은 길을 걷게 되었다.

그런데 김기팔 씨와 사상완 씨의 죽음이 참으로 묘했다. 그들은 이승에서도 단짝이었지만 저승에서도 단짝이 되고 싶었나 보다. 그렇지 않고서야 대학시절부터 나란히 창작 예술 쪽의 길을 걸어와 나란히 천국행으로 향하다니……. 1991년 10월 31일 사상완 씨가 급서하더니 그해 12월 24일 김기팔 씨도 갑자기 세상을 떠나버린 것이었다. 두 형은 생각이 깊은 사람들이었다. 김기팔 형은 많은 의식이 있는 작품을 남졌다. <정계야화>(DBS), <제1공화국>, <야망의 25시>(MBC), <욕망의 문>(KBS) 등 주로 논픽션 다큐멘터리 드라마와 기업 드라마를 개척해 정착시킨 독보적인 작가였다.

기팔 형은 죽음을 맞기 얼마 전까지만 해도 <땅>이라고 하는 드라마를 집필했다. 매주 1회씩 방송으로 50회 예정이었는데 기팔 형의 목숨처럼 15회로 끝난 단명의 드라마가 됐다. 그 이유는 첫 회에서부터 굴절된 정치현실을 적나라하게 묘사했기 때문에 권력층으로부터 거부감이 온 것이었다.

노태우 정권하에서 전두환 전대통령이 백담사로 쫓겨가 설법하는 장면, 3당 통합의 뒷얘기, 국회의사당에서 예산 등 각종 안건에 대한 날치기 통과사건, 또 남북 총리회담을 다뤘고, 땅 투기하는 재벌들의 지저분한 얘기하며 정·재계 인사들의 퇴폐상을 낱낱이 파헤치고 있으니 압력이 들어오는 것은 불을 보듯 빤한 일이었다. 방송심의위원회로부터 '사회의 부패요인을 낱낱이 지적하는 것은 좋으나 그 묘사가 지나친 나머지 항의가 빗발치니 사과방송을 하라'는 요지의 명령이 떨어졌다. 결국에는 15회로 도중하차하고 말았다. 그러던 기팔 형이 갔다.

그때가 멋있었는데…
우측이 고(故) 사상완
씨(1990년 7월).

사상완 형 역시 교양 프로, 드라마, 쇼 프로의 PD까지 두루 섭렵한 장인정신을 가진 연출가였다. 상완 형은 후배 PD들이 연출상의 애로나 행정면의 불만을 토해내도 "참아, 참아, 참는 게 좋다" 했고 "방송은 드라마가 살아나야 그 시대를 조명할 수 있는 거야" 하고 말했던 것이 늘 생생하다.

인간은 누구나 죽는 것이지만 누구도 예측을 못한 죽음이 닥쳤을 때, 그 충격이 이렇게 큰 줄은 몰랐다. 나는 이런 충격을 내 50평생에 꼭 4번을 경험하였다.

첫 번째는 어머니의 죽음이었다. 남들은 84세까지 사셨으니 호상이라고들 했지만 마루에서 미끄러워 넘어지신 뒤, 뇌사상태에서 한마디의 유언도 없이 5일만에 승천하셨다. 그 죽음은 막내아들인 나의 가슴을 회한의 통곡 속으로 몰아 넣었다. 막내가 다니는 방송사 스튜디오를 그렇게 견학하고 싶었던 것이 오매불망이었는데, "요즈음 바빠요. 다음에 해 드릴게요" 하고 일에 쫓겨 못해 드린 죄와 불효……. 그런데도 아들의 눈빛만을 바라보고 기다렸던 깊고 깊은 어머니……. 어머니의 그 소원 하나를 이루어 드리지 못한 것이 지금도 가슴 아프다.

두 번째는 앞에서도 말했지만 85년 겨울 교통사고로 아깝게 먼저 간 김인경 PD다. 내가 지금껏 보아온 후배 PD 중에 책임감이 강하고 감각적인 연출력과 몸을 아끼지 않아 일에 성실한 PD였던 그가 너무 아까워 어머니 돌아가신 이후 가장 많이 울었다.

그 다음에는 거의 두 달 간격으로 이 세상을 하직한 상완 형과 기팔 형에 대한 충격이다. 인생무상……. 나는 갑작스런 죽음에 어처구니 없이 장성한 유자녀들을 보고 한없이 울음을 토해냈다.

현실이 너무 분해서이다. 오늘 이 땅에 기팔 형만큼 의식 있는 양심의 작가가 과연 몇이나 있으며 상완 형같이 장인의식의 방송인이 몇이나 있을까?

　이제 TV 3국 시대의 부활과 더불어 두 분 같은 방송인이 절실한 이 시점에서 먼저 가시다니 원통하다 못해 허망된 마음뿐이었다.

　방송은 드라마가 살아야 생기가 넘친다고 입버릇처럼 되뇌이시던 두 분들의 주장이 아직도 눈에 선하다. 인생은 바람에 날리는 갈대와 같고 아침 이슬 같다고 하지만 다시 한 번 인생무상을 절감한다.

　어머니! 김인경 PD! 그리고 상완 형과 기팔 형! 너무나 사랑하는 분들이 먼저 승천했지만 그러나 난, 굳게 믿는다. 하늘 날에서도 두 눈을 부릅뜨고 방송이 누구의 것인가를 굽어 살펴주실 거라고……

　그리고 사상완 형의 장례식 날 '하늘나라에서 우리를 지켜주십시오' 하고 이 같은 심중을 털어놓았다. KBS방송연구원으로 있던 시절이었다.

〈서른한 살의 반란〉

동물들의 생태는 언제나 '반란'을 꿈꾼다. 집안에서 키우는 개나 돼지나 닭이나 고양이가 뭉쳐 있으면 서로 으르릉 대고 경계를 하고 그 중에서 기선을 잡으려고 애를 쓴다. 인간들도 마찬가지일 때가 있다.

'반란'이라고 하는 것은 바꾸어 표현해서 일종의 '탈출'이요 '데모(Demonstration)'를 뜻한다. '탈출'이나 '데모'라고 하는 것은 지금까지 참고 참아왔던 감정을 노골적으로 나타내는 이른바 시위현상이다. 내가 왜 '반란'과 '데모'라는 말을 쓰고 있느냐 하면, 내가 드라마 제목으로 〈서른한 살의 반란〉을 연출했기 때문이다. 처음엔 〈서른한 살의 반란〉이란 제목에 꽤나 신경을 썼는데, '반란'이란 표현에 "이래도 괜찮을까?" 하는 마음을 가졌던 것이다. 특이한 드라마 제목으로 시청자들의 눈길을 집중시키겠다는 의도는 그런대로 효과적이라고 할 수 있었으나 극중에서 주부의 반란이 평범한 시청자 가정에 파장을 일으키지 않을까 하는 염려에서였다.

대다수의 사람들은 영화 '크레이머 vs 크레이머'를 기억하고 있을 것이다. 이 영화는 남편과 아들을 둔 평범한 가정주부 메릴 스트립이 왜 집을 나갔는지에 대해 얘기를 전개시키고 있다. 〈서른한 살의 반란〉도 바로 이러한 문제들을 새로운 각도에서 되짚어 보는 드라마로 아침드라마의 주 시청자층이 주부라는 점을 감안할 때 아침 시간의 많은 주부들에게 적잖은 파문을 일으킬 것으로 예상한 것이다. <서른한 살의 반란>에는 베테랑 연기자들이 대거 투입되었다. 이영하, 김미숙 씨가 극중 부부로 콤비를 이루고 김청, 임채무, 김서라, 김혜리, 윤다훈 등이 가세해 기존의 자신의 이미지와는 전혀 다른 새로운 모습으로 변신했다. 이 드라마는 평범한 월급쟁이 남편과 그 사이에 난 두 아이, 까다로운 시어머니와 사사건건 스트레스를 주는 노처녀 시누이에 묻혀 살아온 서른한 살의 주부 서한나(김미숙 扮)가 화려했던 '과거'에 비해 초라해진 현실에 대한 '반란'에서 시작된다.

이 드라마가 1993년 6월 21일부터 KBS-2TV를 통해 방송되자 아니나 다를까 예상한대로 각계 각층으로부터 파문이 일기 시작했다. '반란'이라고 하는 단어 자체가 충격적으로 느껴졌기 때문이다.

"극중 주인공인 한나는 평범하지 않은 주부예요. 평범한 주부는 아무리 힘들어도 집을 뛰쳐나갈 생각까지는 하지 못하거든요. 요즘 신세대 주부들에게 생기는 병이죠."

여주인공 역을 맡은 김미숙 씨의 말이었다.

극중에서 김미숙 씨가 집을 뛰쳐나가는 데 있어 결정적인 동기를 부여한 송수정 역은 김서라 씨가 맡았다. 그녀는 죽은 남편의 친구 이영하 씨와 가까워지면서 김미숙 씨를 자극한다.

"처음엔 애가 있는 미망인 역이라 망설였어요. 하지만 경험하지 않은 배역도 훌륭히 소화해 내는 게 진정한 연기자라는 생각이 들었습니다."

나는 이 드라마를 제작, 연출하면서 집에서는 가장이나 아버지 또는 자식으로, 직장에서는 상사 또는 부하로서 다양한 관계의 중심에서 인생의 중요한 시점을 맞이한 남편과, 이런 남편을 둔 주부가 결혼생활을 어떻게 조화되게 이끌 것인지를 모색해 보는 데 역점을 두었다.

<서른한 살의 반란> 속초
촬영장에서(1993년 6월).

　다시 말해 '가정의 행복은 작고 평범한 일상 속에 있다'는 평범한 진리를 깨닫게 해주자는 것이 연출 의도였다.

　그러나 그 같은 뜻이 잘 전달되지가 않았다. 공보처는 물론 신문의 칼럼이나 방송평론가들 사이에서 "신선한 아침에 신선해야 할 아침드라마가 불륜과 가정 파탄을 조장하고 있다"고 들고일어난 것이었다. 언뜻 보기에는 그러할 것이다. 그러나 아무리 시청자들의 눈길을 끄는 드라마를 만드는 데 혈안이 되어 있다고 해도 안방극장의 주부 시청자들에게 '반란'이나 '가출'을 부채질하는 연출자가 어디 있단 말인가. 작품의 무게로 따져 극중의 여주인공이 가출해 영영 돌아오지 않는 근본적인 이유와 책임이 누구에게 있느냐 하는 것으로 사회에 경종을 울려주려 했으나 끝내는 극중의 여주인공 김미숙 씨가 가정으로 돌아오고 마는 싱거운(?) 해피 엔딩으로 끝나고 말았다. 그러나 <서른한 살의 반란>, 이 드라마가 하룻밤을 자고 일어나면 주부들의 의식구조가 바뀌는 오늘의 현실에, 현실을 지혜롭게 살아가야 한다는 데 교훈을 준 것만은 사실이다. 그런 면에서 나는 지금도 <서른한 살의 반란>이란 드라마를 잊을 수가 없다.

김 PD와 김 교수 335

그 뒤 나는 청소년 드라마 <사랑이 꽃피는 교실>의 연출을 맡았다. 이 드라마는 1994년 10월 1일 첫 방송된 이후 96년 2월 26일까지 68화(話)로 끝맺은 프로였다. 시청률 20% 이상을 늘 유지해 3개 방송사 주간 드라마 시청률 랭킹 10위 안에 들었고, 최고 28.5%까지 기록해 인기 드라마 시청순위 3위에까지 올랐었다. 저녁 7~8시대가 가족 단위의 시청률이 좌우했으므로 어린이들로부터 노인층의 시청자들까지 다양한 계층이 이 드라마를 즐기고 있었다. 물론 고등학생층은 연장수업과 과외수업으로 시청할 기회가 없었지만. 그러나 청소년들을 계도하는 것이 목적인 이 드라마는 소재의 선택에서 애로가 많았다. 술과 담배, 본드, 폭력, 가출 같은 비교육적인 문제는 교묘히 배제를 하고 매번 교육적인 메시지를 전달하려 하자니 그게 쉽지가 않았다. 일방적으로 도덕성을 부르짖거나 귀가 따가울 정도의 교과서적인 전달은 잘 먹혀 들어가지가 않기 때문이다.

나는 청소년 드라마를 연출하면서 '교장 선생님'이 아니면 '훈장 연출자'란 별명을 달 정도였다. 그만큼 나는 청소년 드라마 연출에 매혹되어 있었다. 나는 나이를 먹으면서 어린이가 되어 간다는 것을 알았고 성인용 드라마보다도 어린이 드라마나 청소년 드라마를 연출하는 것이 훨씬 마음이 젊어지고 있다는 것을 알았다.

나는 새로운 신세대의 스타들을 배출하고 있다는 데 대해서도 긍지를 가졌다. <여명의 아침>에서 김옥균 역을 맡은 이민우, 동복 역의 이오비, 반장 역의 황지온, 말썽꾸러기 남자 주인공 박용하, 이궁희, 이재윤, 약방의 감초역 김미자, 조윤정 판소리를 잘 하는 정자림 등 여러 청소년들이 신세대의 스타로 배출되었다. 작가도 이 드라마로 하여금 서현주, 박세영, 김선정 씨가 빛을 보았다.

내가 <서른한 살의 반란>과 <사랑이 꽃피는 교실>을 머릿속에 떠올리는 것은 바로 아쉬움과 보람을 떨쳐 버리지 못하기 때문이다.

칼럼니스트

1998년 7월 31일 나는 35년 내 젊음을 바쳐 일해왔던 KBS를 명예퇴직했다. 사실상 1998년은 나에겐 분노의 한해였다. 금쪽같이 믿었던 이사장과 조사장, 그리고 H의원에 대한 실망은 충격을 몰고와 급기야 외로운 3개월의 투병생활을 해야 했기 때문이다. 퇴원 후 1999년은 부활과 거듭남의 한해였다.

그리고 그해 가을 박사 논문의 마지막 피치와 자가용을 용도 폐기하고 버스와 지하철의 대중교통과 친해지고 사철탕과 소주를 가까이 하는 나는 어느새 평범한 사람으로 변해가기 시작했다. 명지대 사회교육대학원의 강의는 여전했고 마지막 소망을 위해 각 대학의 정보를 교환하면서 또 나의 부활을 위해 열심히 써야 했다. 그런 의미에서 「조선일보」의 '일사일언(一事一言)'과 여의도클럽(중견방송인 모임)의 '단소리 쓴소리' 칼럼연재와 「중앙일보」 '열린마당'에 역사드라마에 대한 반론, 그리고 『한국방송작가사(史)』와 「작가협회보」에 기고는 여간 보람이 아니었다.

① PD란 직업의 명암

나와 인척인 외과 전문의 K박사가 어느 날 병원을 정리했다. 어리둥절한 나에게 그는 푸념같이 말했다.

"5시간 뼈빠지게 수술해 살려놓으니까 빨리 퇴원 안 시킨다고 닦달에다, 세금은 왕창 나오고…… 이제 좋은 세월 다 갔어요."

그렇다. 1965년 5월 내가 방송사에 입사하던 시절만 해도 미혼여성들의 신랑후보는 '사'자 돌림의 의사, 약사, 판·검사, 변호사가 상위 그룹에 있었다. PD는 열외였다.

그런데 얼마 전 한 여론조사에서 '사'자들이 어찌된 일인지 뒤로 밀리고 1위가 방송 PD라니 상전벽해란 말이 새삼 실감난다. 명예퇴직하고 현재 한 대학원에서 강의를 하고 있는 내가 방송생활 35년간을 회고해 보면 PD란 직업은 겉보기와는 달리 고민과 아집의 나날이었다고 생각된다.

조직의 일원이란 이유 하나로 급박한 파행제작에 순응해야 했고 자신의 연출만이 최선이라는 프라이드 과시는 결국 역기능의 프로그램만 낳았다. 특히 드라마는 오직 광고수익과 시청률만 의식한 표절과 무분별한 작품으로 인해 시청자의 의식구조를 오도해왔다는 반성이 앞선다. 이런 의미에서 드라마를 직접 연출하고 또 주요 간부로써 제작, 지휘, 감독까지 한 나는 크나큰 죄책감을 느낀다. 하지만 작가, PD, 탤런트만 있으면 언제라도 드라마 제작은 가능하다는 위험한 '발상'을 하는 책임간부가 존재하는 한 철학과 비전 있는 고품질 드라마의 기대는 요원하지 않을까 걱정된다.

(1999년 11월 1일)

② 新 노인운동

'사람은 누구나 죽기를 싫어한다. 때문에 불혹(不惑)의 나이를 넘으면 늙는 것 자체를 두려워하게 된다. 그래서 사람마다 오래 살기를 원하고 온갖 장수의 비결을 찾는다. 이른바 건강보조식품을 비롯해 온갖 장수약을……

그러나 시대는 공경 받기만을 고집하는 노인의 권위의식에 스스로의 변화를 요구한다. 실상 노인들은 전철을 타면 이리저리 살피며 자리 양보를 기대한다. 행여 자리를 양보 받으면 당연한 듯 고마움의 표시를 않을 때도 있다. 이런 곳에서부터 발상의 전환이 필요하다고 생각한다.

'신(新) 노인운동'이라고나 할까 우선 아랫사람에 대한 말 한마디부터 조심하고 남에게 상처를 주지 말아야 한다. 또 의존적인 타성으로부터 탈피, 독립적이고 생산적인 활동을 해야 하며 항상 감사하는 마음과 긍정적인 사고를 지녀야한다.

어쩌다 학교 앞 건널목에서 교통정리를 하는 노인들을 본다. 건강하고 아름답게 사는 노인의 바람직한 모습이라 생각해 혼자 미소 짓는다. 실제로 왕성한 활동이 인체의 뇌를 자극하고 낙천적인 노인이 100세 이상 장수한다는 조사가 최근에 미국에서 나왔다. 늙으면 누구나 퇴행성으로 인체 대부분의 기능이 쇠퇴하기 마련이다.

그런데 노인 관광을 빙자해 가짜 약을 팔아 노인들을 울리는 얌체들까지 있다. 한술 더 떠서 노인의 실수를 억지로 유도하여 흥밋거리 삼기에 급급한 일부 TV프로그램은 당사자인 노인은 물론 뜻있는 사람들에게 실망을 준다. 한국에 신(新) 노인운동이 제대로 자리잡도록 미디어들이 노인 문제를 좀더 진지하고 많이 다뤘으면 하는 바람이다.

(1999년 11월 8일)

③ 늦었다고 할 때

"귀하께서는…… 주경야독(晝耕夜讀)으로…… 기념하고자 합니다."

84년 3월 석사 학위증과 함께 받은 기념패의 일부분이다. 대학졸업 후 PD생활 20년만의 보람이었다.

"너무 늦었잖아요?"

"늦었다고 생각할 때 해야죠."

절친한 김 박사가 40대 국장인 나에게 박사과정을 간곡히 권했지만 차일피일하다 결국 10년만에 다시 용기를 냈다. 다행히 문명의 이기(호출기와

핸드폰)로 수업중에 마음졸임은 없었으나 매주 영문교재로 발표하는 세미나
는 곤혹이었다. 석·박사 공통과목 시간에 행여 오역이 나오면 40대 교수들
이 유머로 위기를 넘겨주고, 어쩌다 회식 때 삼겹살과 소주를 함께 하며 Y
담을 토하던 사제지간. 새벽 2시까지 영어사전과 씨름하다 의자에 앉은 채
잠든 나에게 담요를 덮어주던 대학생 아들녀석, 애써 졸음을 참으며 과일과
커피를 챙겨주던 딸, 아침 6시면 어김없이 깨워 조깅까지 함께 해준 아내,
가족에 대한 사랑, 스승에 대한 고마움을 새삼 느꼈다.

　동기생 4명 중에 한 사람이 일찍 탈락했고, 또 한 사람은 지방에서 비행
기로 통학했다. 여기서 분발했을까. 몇 번이나 포기의 유혹을 떨쳐버리고
'학문의 길'은 영원하다는 일념으로 끝내 해낸 늦깎이 박사수료에 만감이 교
차한다.

　늙은 제자와 젊은 교수ㅡ.

　비록 세대간 인식의 차이는 있을지 몰라도 학문에 대한 의욕은 모두가
같지 않을까. 지금 늦깎이 공부를 꿈꾸는 이들에게 내가 해줄 말은 이것이
다. '늦었다고 생각한 때가 가장 빠른 때다.'

(1999년 11월 15일)

석사학위기념(1984
년 3월).

④ 만년필 러브레터

　지금은 문명의 혜택이 넘치는 축복의 시대다. 전화는 물론 삐삐, 핸드폰,
컴퓨터 채팅에 이르기까지 커뮤니케이션이 놀랍도록 빠르고 편해졌다.

　현대 문명의 최대 수혜로 볼 수 있는 '전화'는 70년대 중반까지만 하더라
도 신청해서 빨라야 6개월, 그것도 공공기관 차장급 이상이라야 받을 수 있
었다. 담 하나 사이인 은행 지점 간부에게는 전화가 나왔는데 방송사 간부
가 신청한 전화는 감감 무소식이라 전화국에 항의했더니, 은행이 방송사보
다 우선 순위가 높다는 답이 돌아온 해프닝이 통했던 시절이었다. 집을 이
사할 때는 웃돈을 붙여 매매돼 재산 목록에 들 정도로 '전화'는 소중한 존재
였다. 하지만 전화는 이제 일반화되고, 핸드폰은 심지어 유치원생까지 휴대
하게 되었다.

　그 옛날 전화가 없던 시절엔 '기체후 일향만강 하옵시고……'라며 밤새
정성스레 먹을 갈고 붓으로 쓴 편지가 어렵사리 교환됐다. 구구절절 사랑의
고백으로 인해 몇 날을 가슴앓이 했던 우리 어른들. 문학전집을 뒤져 '부르
다가 내가 죽을 이름이여……'라며 소월 시를 인용하든가, '아 그대는 나의
별! 내 가슴에 별이 되게 하소서……'라고 괴테의 서한체를 모방해 장문의
프로포즈를 하는 애소법이 대유행이었다. 어쩌면 순진하다고 할까, 그러나
분명 낭만이 깃든 추억이었다.

　현대는 전화나 핸드폰을 통해 'I love you', 이 한마디면 족한 초스피드
고백시대다. 문명의 이기로 간편함과 '멋'은 있을지 몰라도, 여유와 혼이 밴
붓과 만년필의 러브레터가 지닌 '맛'의 아쉬움이 남는다. 이런 말을 한다고
행여 쉰(50)세대라 핀잔 받지나 않을지 모르겠다.

(1999년 11월 22일)

⑤ 무책임한 아침방송

　17세 여가수와 불륜 관계인 남편을 둔 40대 유부녀. 그러나 그녀 역시 백

화점 에스컬레이터에서 눈이 맞은 연하의 청년과 러브호텔에서 정사를 나눈다는 내용의 TV드라마, "이 길에서 까마귀가 양산 쓴 여인을 습격해 크게 다쳤습니다"라고 호들갑 떠는 리포터, 20년 전 일본에 세미나차 갔다가 나는 일본 아침 방송에 큰 충격을 받았다.

2000년을 불과 한 달 앞둔 우리의 아침 방송은 어떤가? 지금부터 18년 아침드라마 〈포옹〉은 제목부터가 퇴폐적이라는 이유로 도중하차했고, '미망인과의 약속 잊지 마세요!'라는 방송 안내는 예고에 불과한데, 야하다고 경고까지 받았다. 그 아픔을 잊었는지 감동은 물론 메시지도 별로 없고 흥미에만 치우친 진부한 아침드라마가 지금도 4개씩이나 피나는 시청률 경쟁을 하고 있다.

인생의 진지한 조명이나 문제의식은 도외시한 채 연예인의 신변잡담을 마치 성(性)의 가이드인 양 아침방송에 내보내는 무책임한 행태, 덧붙여 아침에 방송되는 보건의학 관련 방송 내용들이 검증 안된 정보여서 시청자에게 혼란만 초래한다는 대한의학회 조사도 최근 나왔다. 흡사 20년 전 일본 방송을 닮아 가는 것 같아 뒷맛이 씁쓸하다.

프로그램을 기획할 때 고려사항의 ABC가 시청 대상이다. 아침방송의 주 시청자는 주부들이다. 행여 탈선과 과소비를 조장하지나 않을까 매우 염려스럽다. 아침방송을 과감히 개선해야 한다. 그렇지 않으면, 언제 또 방송에 대해 칼을 대자는 타율적 규제론이 나올지 누가 알겠나 싶다.

(1999년 11월 29일)

⑥ 드라마 캐스팅의 활성화

드라마의 캐스팅 과정의 투명성과 관련해 PD와 한국방송연예인노조(이하 '방연노'라 표기한다)간의 캐스팅 협의회 문제가 초미의 관심사로 대두되고 있다. 실상 캐스팅의 잡음은 어제오늘의 얘기가 아니다. 공중파 세 방송사의 전속제가 풀리는 동시에 일부 인기 연기자들의 겹치기 출연 등이 늘어나면

서 시청자들은 여기저기 겹치기 출연하는 연기자들로 인해 쉽게 프로에 식
상해 하고, IMF 사태를 맞은 수많은 비인기 연기인들이 기본 생존권마저 위
협당하고 있는 것은 이미 많은 사람들이 알고 있는 현실이다. 결론부터 말
하자면 지금 당장 양쪽을 만족시킬 왕도는 없다. 그 대신 이해 당사자인 방
송사(PD)와 방연노는 서로 조금씩 양보의 미덕을 바탕으로 소박한 해결 답
안을 찾아야 한다.

　캐스팅, 이는 분명히 PD의 고유권한이며 책임 또한 크다. 작품(작가)과
연기자(캐스팅) 그리고 연출(PD), 이 세 분야가 하모니를 이루었을 때 멋진
작품이 탄생되는데 미스캐스팅으로 인한 졸작의 경우 PD가 책임을 짊어질
수밖에 없는 것 또한 부정할 수 없는 현실이다. 그러므로 이러한 문제를 해
결하기 위한 폭넓은 캐스팅 제도장치의 마련이 시급하다고 본다.

　이 제도장치가 수행해야 할 다섯 가지 측면을 살펴보면 첫째, 각 방송사
는 '방연노'에 소속된 전 연기자를 대상으로 유고 여부를 확인할 필요가 있
다. 사고사, 이민, 결혼, 질병으로 인한 탈락자들을 정리해 현재 활동 가능
한 연기자의 인원을 정확히 파악해야 한다. 이러한 자료 정리야말로 PD나
제작자들이 출연섭외를 위한 시간을 줄일 수 있도록 할 수 있을 뿐 아니라
연기자들도 자신들의 정확한 거취를 알림으로써 더 많은 출연의 기회를 얻
을 수 있기 때문이다.

　둘째, 각 방송사 주요간부와 '방연노'가 참여하는 가칭 '드라마발전 협의
회'를 구성하여 한 연기자의 주 2, 3회 이상 드라마 출연은 금지하고 제재하
는 역할을 수행한다.

　셋째, 각 방송사의 연중 행사인 신인 연기자 모집을 폐지함과 동시에 각
사의 부설기관인 아카데미를 통한 엄격한 선발을 제도화하며 특채는 케이스
바이케이스 별로 실시하여야 한다. 매번 30여 명의 새 얼굴을 선발하지만
실상 그 중에 살아남은 연기자는 고작 1~2명으로 수많은 고급실업자(?)가
탄생되는 악순환이 계속되기 때문이다.

넷째, '방연노' 역시 그냥 앉아서만 권리를 부르짖을 게 아니라 자구책을 마련해야 한다. '방연노'가 주관이 되어 대형 연극이나 대형 쇼, 뮤지컬 등을 전국 순회하며 수익금을 창출해 내고 그 수익금을 복지기금으로 적립하거나 대기업의 협찬행사를 활발히 전개할 필요가 있다. 이러한 행사들을 주최함으로써 기대되는 효과는 두 가지로 볼 수 있다. 그 첫째는 위에서 말한 바 있는 수익금의 창출이며, 나머지 하나는 보다 더 많은 연기자들을 출연시킴으로써 다양한 연기층을 확보하고 연기자들이 단지 일약 스타가 되기 위한 입문으로써 연기생활을 하는 것이 아니라 진정한 자신의 소질을 계발하고 평생을 업으로 삼을 수 있다는 신념을 가질 수 있게 된다는 것이다. 마지막으로 방송사(PD)와 '방연노'는 항시 이마를 맞대고 서로의 현안을 협의하는 공동체 의식을 가져야 한다. 공동체 의식이 성숙되게 자리잡을 때야말로 비로소 드라마의 성숙된 발전을 그려 볼 수 있기 때문이다. 그런 의미에서 SBS 수퍼모델 선발과 MBC가 공모중인 신인 탤런트 행사는 난센스이며 낭비적인 구태 의연한 발상이라고 아니할 수 없다. 지금도 꿈과 현실사이에서 방황하며 밤낮으로 막노동에 시달리는 연기자들이 있으니 꿈을 향한 그들의 인내력에 갈채를 보내는 한편, 그들의 질 낮은 생활을 그대로 방관만 하고 있는 방송계가 이들의 구제책에 보다 많은 관심을 기울여 주길 바란다.

(1999년 11월)

⑦ 〈王과 妃〉 비난은 연출자 고유권한 침해

아무리 빼어난 작품성에다 시청률까지 높은 드라마도 비판의 목소리는 있게 마련이다. 시청자의 안목과 구미가 높고 다양하기 때문이다. 결국 작가는 최대 공약수에 포인트를 맞추고 정밀한 작품으로 승부를 걸게 된다. '성종'의 기구한 생애를 통해 권력과 인간의 애증, 함수관계를 새롭게 조명하려는 기획 의도와 덕목을 깡그리 외면한 채, '시중의 한 회의에서의 우려의 소리란' 미명하에 27일자 중앙시평에 기고된 정옥자(서울대) 교수의 비(非)역사적 드라마 〈王과 妃〉는 편견과 독선의 극치다.

드라마는 오락성과 함께 계도성을 갖고 있다. 따라서 흥미를 고조시키기 위한 지나친 미화나 비하는 금물이지만, 다소의 과장된 묘사는 극작상 기승전결에 따른 의도적인 테크닉이다.

그런데 드라마 일부 대사와 양념적인 장면을 문제삼아 일언지하에 〈王과 妃〉를 폄훼 하는 것은 작가와 연출자의 고유권한을 침해하는 것이다. 역사 드라마인 경우 결정적인 고증의 실수나 사적(史的)인 오류 시정 의견은 몰라도, 드라마의 흐름을 위한 불가피한 설정까지 거론하는 것은 문제가 있다고 본다. 드라마는 결코 현실성을 외면할 수 없다. 어떤 고전이라도 현실적인 해석을 통해 재현하는 것이 시청자에 대한 서비스요, 감동을 촉발시키는 요인이다. 등장인물 모두가 선인(善人)에다가 극적 갈등이 무시되고 오직 효(孝)만 내세운 교훈적인 메시지만이 강요될 때 드라마는 비(非)드라마로 전락하고 말 것이다.

새 밀레니엄을 맞아 좁은 안목에서 벗어나 넓은 곳으로 시선을 옮겨야겠다. 그런 의미에서 사료의 한 구절에 불과하고, 기껏 한 무명장수의 에피소드를 과대포장·미화해 역사의 위대한 인물로 부각시키는 일본 NHK의 대하 드라마를 한번쯤 의식할 필요가 있다고 본다.

(1999년 12월 29일)

⑧ 드라마의 '맛(味)'과 '멋'

TV드라마가 '멋'에 한껏 도취해 있다. 비현실적인 불륜에다 상식을 뛰어넘는 설정이 이상해 기록을 찾으면 영락없이 표절 작품이다. 인생을 달관하고 조명한 원숙미가 넘친 노련한 중견작가는 철저히 배제한 채, 신인 여류작가의 집필도 불안한데 주요 캐스팅까지 신인이니 설정의 미스 그리고 경색된 연기와 과장이 나오기 마련이다.

TV드라마 연출의 ABC를 깡그리 무시한 채 영화와 비디오의 감각적 구도만 모자이크하는 것은 그런대로 눈감아줄 수 있으나, 작위된 연출(밤 육교 벤치에 앉은 주인공의 샷 〈초대〉)은 언어도단이며 〈사랑하세요〉에서 무의미한 샷의 남발은 시청자를 피곤케 한다. 드라마가 멋만 부리기 때문이다.

5공 시절 조작된 시청률로 고위 간부의 눈을 가리고 부귀영화를 누렸던 부끄러운 행태가 있었다. 고무줄 같은 시청률에 민감해 KBS가 드라마의 러닝타임을 5분 늘이고 방영시간까지 5분 앞당기는 파행편성은 Easy-Going 수법이다.

이런 편법은 오히려 드라마의 스피디한 탬포감만 떨어뜨리고 분산된 스토리 텔링으로 역작용될 소지가 있다. 그보다는 부진한 드라마의 원인을 철저히 분석해 방향을 급선회함과 동시에 미스캐스팅이 있으면 아무리 주인공이라도 비중을 낮추고 조연급에 치중하는 한편, 연출이 역부족이면 극약처방이지만 PD를 교체하던가 그래도 비관적이면 최후로 드라마를 교체하는 발빠른 지혜가 필요하다.

일일극의 핵심은 내일을 기대하게 하는 흡인력에 있다. 흡인력은 재미가 있어야 하는데 재미는 흡사 음식의 맛처럼 씹으면 씹을수록 묘미가 있어 다음에 다시 그 음식을 찾게 하는 비법, 즉 감동이 있어야 한다. 재미와 감동이 있으면 자연히 메시지는 전달되고 그 여운은 당연히 내일을 학수고대하는 효과를 낳게 마련이다. '멋'에 치우친 드라마를 '맛'으로 승부하는 과감한 결단이 필요하지 않을까?

(2000년 1월 1일)

⑨ TV드라마의 선구자

한국 TV드라마 40년사에 길이 기억될 PD이며 작가인 이남섭 선배를 내가 처음 만난 것은 1965년 5월로 그가 신명나게 〈실화극장〉을 연출하던 때였다. 신참 PD인 나의 인사를 한 번 치켜 뜨고 바라보곤 곧 자신의 콘티작업에 들어가는 첫 느낌이 매우 쌀쌀하게 느껴졌다.

그렇다. 그는 그때 그럴 수밖에 없었으리라. KBS 1기 공채 TV PD와 탤런트(KBS 1기 김난영) 부부 1호란 자부심과 모든 PD가 선망하는 〈실화극장〉을 연출한다는 데 프라이드가 남달랐기 때문이리라. 실상 당시 〈실화극장〉은 정보부(현 국정원)가 기획과 촬영, 섭외, 연기자 캐스팅은 물론 제작비(연출·진행비 포함)까지 지원하기 때문에 PD는 오직 연출에만 전념하면 그만인 그야말로 PD가 왕이었다. 그가 〈돌무지〉(김동현 작)를 연출할 때 당대 최고의 배우였던 김승호 씨도 그의 연출의도엔 이의를 달 수 없었다.

나와의 직접적인 인연은 1969년 일일연속극 〈신부 일년생〉(임의재 작)을 이남섭 PD가 연출하면서 싹트기 시작한 조직사회(공무원 신분)에 대한 염증이, 끝내는 그의 두 번째 일일극인 〈이웃사촌〉을 거부하고 프리 선언을 하는 바람에 나에겐 행운(?)이라고 할까 초년병이 기라성 같은 선배들을 제치고 일일극을 연출하게 되는 배턴터치(Baton Touch)였다.

이 선배는 1971년 7대 대통령선거와 국회의원 선거를 앞두고 국정 홍보용으로 신설된 일일 홈드라마 〈10분쇼〉(출연 : 송해, 장욱제, 김난영)를 자신이 쓰고 직접 연출했고, 여기에 자신을 얻은 그는 1972년 4월부터 이해 말까지 시청률 70%(KBS 73년도 연감)라는 공전의 히트 작품인 〈여로〉를 탄생시킨다. 〈여로〉의 주인공은 장욱제, 태현실을 과감히 캐스팅했는데 바보 역 '영구'를 리얼하게 소화한 장욱제는 이 한 작품으로 스타덤에 올라섰다. 이후 74년 일일극 〈그리워〉, 77년 〈유럽특급〉 등을 작·연출하는 정열을 과시했다. 그는 지나치게 검소하다 할까 아니면 자린고비라 할까. 하지만 70년대 초 아무도 상상할 수 없는 '피아트'를 구입해 자가용으로 사용하는 호기한 면도 있었다. 1980년 12월 1일 제5공화국에 의해 단행된 방송통폐합으로 얼어붙은 현실에 그도 순응키로 했는지 아니면 이미 그때부터 아내의 병세가 감지되어 오직 아내의 간병에만 전념하기로 했는지, 아내 김난영이 지역드라마 〈영산강〉(양근승 작, 고성원 연출) 촬영을 위해 광주로 갈 때마다 옆에 동행했고, 스튜디오 녹화시 종일 분장실과 C스튜디오를 지켰다. 당시 예능국장이었던 나는 그와 커피를 마실 기회가 있었다.

"이 선배, 요새 너무 잉꼬 부부 같애?"

"오! 난영이? 김 국장도 내 나이 돼 보라고 허허허……."

천진난만하게 웃던 선배의 모습. 그렇게도 열심히 쓰고 연출했던 이남섭 선배, 아침드라마 연습이 새벽 6시라 망우리 집에서 오려면 4시에 일어나지만 꼭 5분 10분씩 늦어 모닝 커피를 사야 했던 연기파 탤런트 김난영, 이들은 그 아까운 돈을 헛되이 낭비 않고 충청도 온양에 과수원을 사들였다. 주말이면 그곳에 내려가 벌레를 잡고 거름과 물을 주며 흙내음을 한껏 맡았던 잉꼬부부. 그러나 어느 날 갑자기 찾아온 김난영의 죽음은 그를 헤어날 수 없는 슬픔의 나락으로 몰고 갔다. 위패 앞에서 내 손을 꼭 붙잡고 하염없이 울던 그─. 너무나 핼쑥한 몰골에 안쓰러움이 컸다. 그로부터 1달 후 이남섭 선배 역시 그렇게 알뜰히 사랑하던 님의 곁으로 갔다. 세상을 하직하고서도 부부의 인연을 영원히 간직하길 원했는지. 그들은 평소에 아끼고 보살폈던 과수원 땅에 나란히 묻혔다. 슬하에 1남 1녀를 둔 채…….

생전에 그의 딸 '미경'이 엄마를 닮아 탤런트로 선발되어 장래가 촉망되었으나 아직까지 행방불명인 것이 가슴 아프다. 이남섭 선배 하면 비상한 두뇌와 예리한 감각이 생각되면서 부인 김난영이 오버랩되는 것은 부부관계를 떠나 각기 한국 TV드라마의 발전을 위해 선구자 역할을 했다는 데 의미가 있다.

나는 TV드라마를 '작품(작가)', '연출(PD)', '연기(탤런트)', 이 세 분야가 조화를 잘 이루어야 멋진 예술작품이 탄생한다는 신념하에 TV드라마를 '트리오(Trio)'의 예술이라고 주장한다. 이런 의미에서 작가, 연출자로서의 이남섭 선배는 비록 20년 남짓 활동했으나, 한국 방송사에 길이 남을 큰 족적을 남겼다고 생각한다.

(2000년 2월)

풍년이 왔네! 핸드폰…….

99년 12월 8일 아침 10시 53분 핸드폰 음악이 요란히 들렸다.

풍년이 왔네! 풍년이 왔네!

이윽고 낯선 목소리가 이어졌다.

"여기 제천의 세명대학교인데요…… 네, 내일 오후 2시까지 총장실로 오십시오."

"내일은 이미 오래 전에 긴한 약속이 잡혀서 곤란한데요."

"정말 그래요? 그럼 뭐 할 수 없죠."

침묵……. 순간 나는 참 한심한 놈이라고 생각되었다. 그렇게 오매불망했던 대학인데 총장이 면담하자고 하는데 약속을 취소하고라도 응해야 할거 아닌가 말이다. 그러나 이미 핸드폰은 꺼졌고…… 그리고 까맣게 잊은 내게 오후 4시 30분에 또 연락이 왔다.

모레, 그러니까 8일(금) 오후 5시까지 총장실로 오라고…….

이틀 후 12시 50분 고속버스로 제철행에 나섰다. 평일이라 그런지 쉬지 않고 달리는 버스는 흘러간 옛 노래의 십팔번인 '울고 넘는 박달재'를 희망이 가득한 채 넘고 있었다. 예정보다 도착시간이 빨라 1시간 정도 여유가 있어 터미널 옆에 다방에 들어가 커피를 주문했다. 오후 3시라 그런지 커피집은 여자 둘 뿐이었다.

나는 그녀들과 눈인사를 하고 음료수를 함께 하면서 슬쩍 내가 찾아가고 있는 대학에 대해 물었다. 대단한 재단에 멋진 대학이라고 침이 마르도록 찬양이다. 나는 그들의 친절로 택시를 타고 학교로 향했다. 다방의 여자들 얘기처럼 이 시골에 캠퍼스가 너무 깨끗하고 큰데 놀랐다.

기초 면접인 부총장과 교무처장과의 일문일답식 인터뷰는 끝나고 마지막으로 총장과의 면담이 있었다. 총장의 결론은 물론 면담자 모두가 마음은 쏙 들었는데 대우문제로 고심하는 것 같아 나는 소신을 얘기했다.

"방송사 35년의 실무경험을 토대로 한 강의를 참작하시어 평가하십시오!"

다시 만날 수 있는 기회를 기대한다는 총장의 얘기를 끝으로 우리는 헤어졌다. 교무처장이 따라나오며 소정의 서류양식을 주면서 빠른 시일 안에 FAX로 보내란다. 그래야 교수 호봉을 책정한다고……

이제 내 임무는 깨끗이 끝났다 과연 내 뜻대로 교수호봉이 책정 안되면 나는 NO하리라 다짐했다.

왜?

교수의 보수가 직책에 비해 턱없이 적은데다 강의 업무가 너무 과중해 결국 가정과 떨어져 지방 대학교 앞에 하숙을 해야 하는 외로움이 갑자기 내 자신을 압박하고 있었기 때문이다.

그리고 'ㄱ', 'ㄴ' 대학의 유혹 역시 신중의 이유이기도 했다. 그저 모든 것은 하나님께 맡기고 나는 기도만 하면 되리라 굳게 결심했다.

청소년 드라마 〈사랑이 꽃피는 교실〉(1995년 11월).

TV드라마 이대로 좋은가?

우리는 이따금 '우리의 TV드라마, 이대로 좋은가?' 하는 의문을 갖게 된다.

그것은 TV드라마 방송역사 40여 년이 흘렀는데도 소재의 폭이 매양 가정에서 일어나는 일상사가 아니면 애정물, 사극에만 국한되어 있기 때문이다. 하긴 TV드라마가 여성 시청층을 주 대상으로 하고 있으므로 부부간의 문제나 고부간, 시누이 올케간의 갈등, 자식 문제를 다룬 여성취향의 드라마가 붐을 이룰 수밖에는 없을 것이다.

그러나 가만히 보면 방송사마다 제작한 드라마의 내용이 비슷비슷한데다가 장면도 안방이나 건넌방, 거실의 소파, 주방, 현관 등을 왔다갔다 하면 끝나는 것이 고작이다. 문학성에 의미를 부여해 시청자들로 하여금 작품을 음미할 수 있는 승화된 예술성을 전달하기보다는 건성 말장난에 웃고 즐기고 소동 피우는 '시간 때우기'식의 드라마 전개에 불과하다.

2000년 3월 현재 KBS 1·2, MBC, SBS 등 일일연속극을 보면 10편이나 된다. 아침드라마 4편(KBS 2편, MBC 1편, SBS 1편)에다가 저녁의 일일연속극 6편(KBS 2편, MBC 2편, SBS 2편)으로 그야말로 드라마 홍수를 이루고 있다.

　이것은 3공시절 이래 다시 되살아난 방송사간의 안일한 TV드라마
정책으로 봐야 할 것이다. 문화관광부와 방송위원회가 수수방관하는
것도 엄밀한 의미에서는 책임이 크지만, 방송사 자체가 TV드라마의
질적 향상을 위해 노력하는 흔적이 보이지 않는 것이 더욱 문제다. 마
치 드라마의 질보다는 양에 치중해 광고 수입을 올리는 데만 혈안이
되어 있는 모습이다.

　이 같은 현상은 눈앞에 보이는 당장의 효과는 있을지 몰라도, 긴 안
목으로 볼 때는 의식 있는 시청자들로부터 외면을 당하기 쉽다는 것을
알아야 한다.

　TV드라마의 질적 향상을 위해서라면 현재의 TV드라마 수를 반으
로 줄이고 정밀하고 성의 있는 드라마 제작으로 시청자들을 사로잡아
야 할 것이다.

　우리는 흔히 TV외화(外畵)는 선호하고 우리의 드라마는 경원, 경시
하는 경향이 있다. 그 이유가 어디에서 오는 것일까.

　TV외화 <특선 디즈니 가족>이나 <페이턴 플레이스> 같은 프로를
보면 무엇인가 우리의 가슴을 뜨겁게 하고 무엇인가 의미를 전달하고,
공감하는 구석이 있다. 뿐만 아니라 시청한 뒤에는 한동안 생각하고
음미하게 하는 여운이 남는다. 그러나 우리의 TV드라마는 그런 면을
찾아 볼 수가 없고 그저 1회용으로 머릿속에서 스쳐가면 그 뿐이다.

　사극의 경우도 마찬가지다. 올바른 의미의 정통 사극이 없다. 표면
상으로는 KBS의 대하드라마 <王과 妃>와 MBC <허준>이 정통 사극
이라고 하지만 시청자들의 오락적인 시청 기호에 편승해 궁중 안에서
의 권력 다툼, 시기, 모함 그리고 임금을 둘러싼 궁중 여인들의 암투를
묘사하고 있는 것이 일반적인 현상이다. 이는 역사를 바로 알려는 젊
은이들에게 역사관의 혼돈을 갖다 줄 우려가 있다.

　다시 말하면 방송사간의 TV드라마 과열경쟁이 드라마의 질을 떨어

뜨리는 요인이 되고 있다. 95년 가을 프로그램 개편 때, SBS가 <코리아 게이트>의 기획 제작을 발표하자, MBC도 이에 질세라 <제3공화국>을 기획, 제작 방송하여 똑같은 소재의 드라마를 2개의 방송사가 경쟁을 벌인 것이 대표적인 경우이다.

결국 제3공화국 시절의 내노라 하는 실세들이 아직도 현존해 있는 마당에 3공의 역사를 과연 사실대로 그릴 수 있느냐 하는 것도 의문이었지만, 시청효과만을 노린 무모한 드라마를 기획 제작하여 시청자들에게 역사를 정립하는 가치관의 혼돈을 가져다 주었다는 것도 문제가 됐다고 봐야할 것이다.

게다가 쿠테타를 일으키고 계엄령을 선포해 사병이 상관에게 총질을 하는 비윤리적인 장면을 묘사함으로써 역사의 진실을 전달했다는 의미보다는 다른 한편으로 군의 사기와 도덕성을 떨어뜨렸다는 점에서도 충격을 주고 있다. 끝내는 방송위원회로부터 주의 경고를 받았고 의식 있는 시청자들로부터 격렬한 찬반을 불러일으키고야 말았다. 이것은 한마디로 전파의 낭비일뿐더러 시청자를 우롱한 기획 드라마였다고 볼 수 있다.

연세대 고위과정 1기생의 백두산 관광기념(1991년 6월).

KBS의 인기 일일연속극 <바람은 불어도>가 작가의 개인적인 사정에 의해 2주간 재방송으로 어물어물 땜질한 사건이 있었다. 이는 엄밀한 의미에서 방송의 중대한 사고였다.

작가의 사정에 의해 2주간을 방송할 수가 없었다면 아무리 인기 드라마라고 하더라도 과감히 도중하차하고 다른 작품으로 대체했어야 하는 것이 시청자들을 존중하는 제작방법의 도리였다. 그러나 지금까지 방송된 드라마의 내용을 다이제스트해서 2주간이나 재방송을 했다는 것은 무책임한 '눈 가리고 아웅' 식의 제작방법이요, 문제 중의 문제가 아닐 수 없다.

KBS의 <젊음의 양지>도 주말연속극으로 시청률을 높이는 데는 성공했으나 연출면에서 문제점이 노출된 것은 안일한 제작 태도였다.

시종일관 카메라를 유동시키는 어떤 동기가 없는 카메라 워크는 이미지 라인은 물론 안정된 TV화면과 스토리 텔링의 전달을 위해서는 결코 바람직한 일이 아니다. 듣기에는 PD가 외국의 비디오를 보고 모방한 연출 수법이라 하지만, '모방'이라는 것도 연출 수법의 ABC를 무시한 모방은 괜한 멋에 불과하다고 할 것이다.

96년 4월 1일부터 SBS에서 월요드라마 <만강>이 대대적인 PR과 함께 방송되었는데, 이 또한 정확하게 말해서 약 10년 전 KBS에서 인기 일일연속극으로 방송되었던 <사모곡>의 남자 주인공 <만강>을 리바이벌한 드라마였음을 지적하지 않을 수 없다. SBS측은 작가가 <사모곡>을 다시 한 번 재조명하기 위해 내놓은 것이라고 하지만 이 땅의 작가들은 그렇게도 드라마 소재를 폭이 좁고 소재의 빈곤 속에 재탕을 거듭하고 있나 하는 생각이 든다.

99년 히트작이라 거명된 <청춘의 덫>(김수현 작) 역시 80년대 MBC에서 방영된 리메이크 작품이라 안일한 방송사의 기획의도가 의심되는 한심한 작태이다.

　이제 우리의 TV드라마도 확연히 변화할 때가 온 것이 사실이다. 첨단의 방송시설 속에서 안일한 제작방법으로는 승부를 보기가 어렵다는 사실을 알아야 한다.

　이제는 시청자들의 TV드라마를 시청하는 수준도 높아졌고 방송시설의 화면 조작이나 기술적인 트릭으로 시청자들의 호응을 받을 것이란 기대는 버려야 할 것이다.

　어디서 본듯하다 싶으면 꼭 표절로 판명되는 현실, 그 단적인 드라마가 MBC의 <청춘>이 아닌가 싶다. 또한 화면 자막을 통한 간접 PR 역시 도에 지나친다. 특수시설이나 개방이 불가능한 지역의 촬영협조는 굳이 탓할 문제는 아니나, 벽지협찬까지 무려 20~30개의 촬영협조가 스크롤로 소개되는 것은 참으로 눈 가리고 아옹하는 철면피 수법이라고 본다.

　시청자들은 단 30분짜리의 드라마라고 해도 그 속에서 마음의 양식이 될만한 어떤 의미를 부여받고 싶어한다. TV드라마가 대중적인 매체로 오락적인 기능을 전제로 하고 있는 것은 사실이지만 오락적 기능 속에 우리의 삶을 살찌게 하는 교육적, 계도적 기능도 갖고 있음을 간과해서는 안 된다.

　TV드라마는 재미있으면서도 무엇인가를 전달해주고 깨닫게 해주는 메시지가 있어야 한다. 35년간 방송계에 몸을 담아온 나로서도 이 문제는 항상 풀어야 할 숙제로 남아 있는 것이다. 바야흐로 2000년을 맞아 빨리 버려야 할 구태의연한 사고방식은 모두 쓰레기통에 버리고 산뜻한 아이디어로 승부 하는 발상의 전환이 시급하다고 생각된다.

에필로그

박사교수!

2000년 1월 20일 오전 10시 -

충북 제천의 '세명대학'으로부터 전임교수로 결정되는 순간이었다. 그야말로 빅 뉴스임에 틀림없다. 그렇게 오매불망했던 대학교수가 된 것이다. 지나온 갈망의 순간이 파노라마처럼 흐른다.

연세대와 중앙대 특강에서 기립박수를 받던 순간, 국장직을 수행하면서 한여름 외국어대까지 출강하여 끝내 명앵커 제자를 탄생시킨 생각, 명지대 사회교육대학원의 3년 출강으로 영상미디어의 지도 인사를 잉태한 보람 등이 새삼스럽다.

어디 그 뿐이랴. 오늘의 나를 있게 한 K회장의 끈질긴 설득, 묵묵히 나를 뒷바라지한 아내와 아들과 딸들, 그리고 수많은 형제, 자매, 친척, 교회…… 모든 분들의 한결같은 뜨거운 성원에 힘입었다 하겠다.

특히 미국의 시애틀에서 목회활동을 하고 계신 형님 김동진 목사님의 물심양면에 걸친 도움이 컸다. 논문 작성을 목전에 두고 생사의 문턱을 넘나드는 결정적인 순간에 재기의 용기를 북돋아준 간절한 기도는 아무리 친혈육이지만 정녕 고맙기 그지없다.

아울러 늙은 제자를 둔, 박사논문 지도교수인 김정탁 님, 그리고 방정배, 이효성 교수님께 한결같이 사부님으로 감사드린다.

이제 내가 해야 할 길은 아들, 딸 등과 같은 '세명'의 미디어창작 전공 학생들께 정성을 다해 현장의 땀이 밴 비전의 열강에 매진하는 것뿐이리라.

　그리하여 나를 눈여겨 지켜보는 관심 있는 분들께 비록 '늦깎이 박사 교수'지만 멋진 삶의 의미를 가슴에 기록하고 끝없이 달려가는 존재를 확인시킴이 아닐까.

　아! 고맙습니다. 하나님 -.

　그리고 나의 인연을 맺은 모든 분들께 -

2000년 3월

지 은 이

저자와의
협의하에
인지생략

김연진의 TV비망록

내 연출, 내 젊음 35년

초판1쇄 발행일/2000년 3월 25일

지은이/김연진

펴낸이/전의식

펴낸곳/**다인미디어**

출판등록/1997년 10월 10일, 제1-2233호

주소/서울시 종로구 운니동 65-1 월드오피스텔 603호

전화/(02) 742-9183

팩스/(02) 743-7615

ISBN 89-87957-19-5

값 10,000원

• 잘못된 책은 구입한 서점이나 본사에서 바꾸어 드립니다.
• 이 책은 한국언론재단의 퇴직언론인 저술지원기금으로 출판됐습니다.